ro
ro
ro

Joanna Nell stammt aus England und studierte in Oxford Medizin. 2003 zog sie mit ihrem Mann und den zwei Kindern nach Australien, wo sie heute als Ärztin in einer Praxis in Sydney arbeitet. Sie ist Absolventin des Australian Writers' Centre und hat bereits mehrere Auszeichnungen für ihre Werke erhalten. Dies ist ihr erster Roman.

«Diese herzerwärmende Geschichte über das Altern – sowohl würde- als auch schmachvoll – ist eine witzige, geistreiche und durch und durch unterhaltsame Lektüre.» (Daily Telegraph)

«Spritzig und skurril ... mit einigen nachdenklichen Aspekten zum Thema Altern, Liebe, Gemeinschaft und Freundschaft.» (The Sydney Morning Herald)

JOANNA NELL

Das Leben ist bunt

ROMAN

Aus dem Englischen von
Sabine Längsfeld

Rowohlt Taschenbuch Verlag

Die Originalausgabe erschien 2018 unter dem Titel
«The Single Ladies of Jacaranda Retirement Village»
bei Hodder & Stoughton, London.

Deutsche Erstausgabe
Veröffentlicht im Rowohlt Taschenbuch Verlag,
Hamburg, Januar 2020

Redaktion Katharina Rottenbacher
Die Übersetzung des Gedichts von Dylan Thomas
stammt von Johanna Schall
Covergestaltung any.way, Barbara Hanke/Cordula Schmidt
Coverabbildung Kai Pannen
Satz aus der DTL Documenta ST
bei Pinkuin Satz und Datentechnik, Berlin
Druck und Bindung GGP Media GmbH, Pößneck, Germany
ISBN 978-3-499-27638-5

Für Molly und Lol

Geh nicht gelassen in die gute Nacht

Geh nicht gelassen in die gute Nacht,
Glüh, rase, Alter, weil dein Tag vergeht,
Verfluch den Tod des Lichts mit aller Macht.

Denn weise Männer, wissend, nichts, was sie gedacht,
Hat Licht gebracht ins Dunkel, und es ist zu spät,
Gehn nicht gelassen in die gute Nacht.

Und gute Männer brüllen, schon der letzten Welle Fracht,
Und denkend ihrer Mühn, im Meer verweht,
Verfluchen Tod des Lichts mit aller Macht.

Und wilde Männer, die der Sonne Pracht
Im Fluge singend fingen, die nun untergeht,
Gehn nicht gelassen in die gute Nacht.

Und ernsten Männern, blind schon, wächst Verdacht,
Auch blindes Auge lacht und blitzt, eh es vergeht,
Verfluchen Tod des Lichts mit aller Macht.

Und du mein Vater, den, der bei dir wacht,
Verdamm und segne weinend ihn. Hier mein Gebet:
Geh nicht gelassen in die gute Nacht.
Verfluch den Tod des Lichts mit aller Macht.

Dylan Thomas 1914–1953
Deutsch von Johanna Schall

1

Salomes Handtuchtanz

Peggy Smart war sich neunzigprozentig sicher, dass Montag war. Sie musterte die Beschriftung ihrer Pillenbox. Was für eine geniale Erfindung! Dank der einzelnen Kästchen mit den Wochentagen vergaß sie nie, ihre Tabletten zu nehmen. Und, noch viel wichtiger: Auf diese Weise konnte sie Brian nicht verpassen.

Mit einer frischen Tasse Tee bewaffnet, ging Peggy in Stellung. Sie hielt den dampfenden Becher umfasst und wartete. Er war spät dran heute Morgen, und ihre Zuversicht schwand. Was, wenn sie ihn doch verpasst hatte? Was, wenn er schon gefahren war? Dann musste sie vierundzwanzig Stunden warten, bis sie ihm wieder heimlich dabei zusehen konnte, wie er zu seinem Auto lief, das gestreifte Strandtuch lässig über die Schulter drapiert. Auf der Suche nach Trost wandte Peggy sich der Zuckerdose zu. Sie rührte noch ein Löffelchen Linderung in ihren Tee und drehte sich zum Küchenfenster zurück. Und da war er, zu ihrer großen Überraschung – lief mit einer Zeitung in der Hand vor ihrem Haus den Gehweg entlang. Brian Cornell sah zu ihrem Fenster hoch. Er lächelte. Und winkte ihr zu.

Erschrocken schüttete Peggy sich den heißen Tee auf die Pantoffeln. Halt suchend griff sie nach dem Fensterbrett. Brian hatte sie gesehen. Mehr noch. Er hatte gewinkt. In einem einzigen Augenblick lösten sich Monate des Zweifels in Luft auf, und Peggy wurde in das schwindelerregende Reich der Möglichkeiten katapultiert.

Sie wagte einen letzten verstohlenen Blick durch die Tüllgardinen. Der Gehweg war wieder leer. Brian und sein *Morning Herald* waren verschwunden. In Peggys Enttäuschung mischte sich Euphorie. Dieses Winken, so flüchtig es auch gewesen war, markierte definitiv einen Wendepunkt in ihrer aufkeimenden Beziehung.

Lächelnd reihte Peggy die Montagspillen auf der gestreiften Tischdecke auf – eine kleine Armee Chemiesoldaten im Kampf gegen das fortschreitende Alter. Sie hatte Teds Tablettenfläschchen immer noch im Schrank, weil sie es nicht über sich brachte, Medikamente wegzuwerfen. Die Tabletten gegen Sodbrennen zum Beispiel konnte sie bei einem verdauungstechnischen Notfall sicher irgendwann gebrauchen. Mit den Prostatapillen war es natürlich was anderes. Die müsste sie eigentlich in die Apotheke zurückbringen. Es sei denn, Brian hatte auch mit der Prostata zu tun. Peggy verdrängte das Bild seiner Silhouette. Es war sinnlos, so zu tun, als wäre das Leben perfekt. In ihrem Alter gab es keine Beziehung ohne Beipackzettel.

Die erste Pille verschwand mit einem Schlückchen extrasüßem Tee. Peggy aß einen Bissen Toast und schlug ihren Kalender auf. Sie hatte ihn letztes Jahr von ihren Enkelkindern zu Weihnachten bekommen. Jede Monatsseite zierte ein anderes Foto, auf dem Emily und Sam ohne sie ihren Spaß hatten. Doch Peggy Smart hütete sich zu jammern. Bloß nicht die Pferde scheu machen, lautete das Motto, wenn es um die Familie ging.

Peggy blätterte bis Oktober vor. Auf der Seite prangte ein niedliches Foto von Sam und Emily gemeinsam mit den Eltern ihrer Schwiegertochter beim Eiersammeln auf einem Bauernhof. *Na toll.* Ein ganzer Monat, um sie tagtäglich an ihren Platz in der Hackordnung zu erinnern. Kurz war Peggy versucht, Geraldine die Schneidezähne schwarz zu malen und Mike einen Schnurrbart zu verpassen. Doch das wäre reichlich kindisch für eine Frau von neunundsiebzig Jahren.

Seit sie letzten Monat die neue Farbcodierung in ihrem Kalender eingeführt hatte, hatte Peggy ihres Wissens noch keinen einzigen Termin versäumt. Sie gratulierte sich täglich aufs Neue zu ihrem Einfallsreichtum. Rot für Arztbesuche, Lila für die medizinische Fußpflege, Blau für den Friseur. Und dann gab es noch die Gold-Termine. Peggy hatte sich aus Emilys flauschigem grünem Federmäppchen einen Stift geborgt, um den Einkaufszettel zu schreiben, und vergessen, ihn zurückzugeben. Jetzt hatte der goldfarbene Glitzerstift einen Ehrenplatz neben dem Kalender. Er war für die Versammlungen des Siedlungskomitees reserviert. Immer am ersten Donnerstag im Monat. Eigentlich musste sie, seit Brian Schatzmeister war, die Daten gar nicht mehr markieren. Wenn es um Herzensangelegenheiten ging, funktionierte Peggys Gedächtnis tadellos.

Brian Cornell.

Die Vorstellung, wie er sich ihren Sonntagsbraten schmecken ließ, jagte ihr Schauder über den Körper. Sie stellte sich seine schmalen Gesichtszüge bei Kerzenschein vor und wie seine Hand auf der geklöppelten Spitzendecke nach ihrer griff. Ein einziger Bissen von ihrem köstlichen Dattelkuchen, und um den gutaussehenden Witwer wäre es geschehen.

Aber so was konnte sie unmöglich einfach nebenbei ins Gespräch einflechten. «Guten Abend, Brian. Haben Sie das Budget für die Bepflanzung der Auffahrt schon freigegeben? Oh, und wo wir gerade dabei sind: Würden Sie bei Gelegenheit zu einem romantischen Candle-Light-Dinner bei mir vorbeikommen?»

Vier Jahre Smalltalk, ein Kompliment über ihre selbstgebackenen Brötchen und die unvermeidlichen Fragen über das

Befinden – weiter hatten sie sich immer noch nicht vorgewagt. Entweder handelte es sich hier um langsam schwelende Leidenschaft auf völlig neuem Niveau oder um vergebliche Liebesmüh.

Es war allgemein bekannt, dass Frauen ab einem gewissen Alter unsichtbar wurden, sogar für Männer über achtzig. Es war, als wäre Peggy Smart vollkommen neutral geworden. Sie verschmolz dermaßen perfekt mit dem geschmackvollen Dekor der Seniorensiedlung, dass sie schlicht nicht mehr vorhanden war. Das war wenig verwunderlich. Sie war weder aufregend noch glamourös. In jeder Hinsicht ausgesprochen unscheinbar. Ihre Phantasie war nichts anderes als genau das: ein Hirngespinst.

Seufzend schlürfte Peggy den sirupartigen Bodensatz aus ihrer Tasse. Eine Frau durfte doch wohl noch träumen, oder nicht? Eines Tages würde sich die perfekte Gelegenheit ergeben. Bis dahin leistete ihr die Erinnerung an Ted weiter Gesellschaft. Und Basil war schließlich auch noch da. Er schnarchte in seinem Körbchen vor sich hin, und die Frühstücksreste zitterten in seinen grauen Schnurrhaaren.

«Jetzt gibt es nur noch dich und mich, alter Knabe», sagte sie.

Vielleicht war es besser so. Wäre Ted noch am Leben, er würde sich im Grabe umdrehen.

Zweimal wöchentlich entkleideten sich die wagemutigeren Bewohnerinnen des Jacaranda Retirement Village gemeinsam in der beengten Sammelumkleide des siedlungseigenen Hallenbads. Peggy hatte jedes Mal damit zu kämpfen, sich ihre Verlegenheit nicht anmerken zu lassen, indem sie streng darauf achtete, den Blick nur ja auf Augenhöhe zu halten. Es war schwierig, dieses Übermaß an nacktem Fleisch mit dem von ihrer Mutter unablässig gepredigten Anstand in Einklang zu bringen. Sheila Martin war offensichtlich die Einzige, die eine ähnlich strenge Erziehung genossen hatte wie Peggy. Sie zog sich zum Umziehen sogar in eine abgeschlossene Kabine zurück wie eine viktorianische Dame in ihren Badekarren.

Die Wassergymnastik war der ultimative Gleichmacher, eine Atempause von den politischen Winkelzügen und Machtspielchen des Alltags in der Seniorensiedlung. Hier, in der Sammelumkleide, standen die Frauen Schulter an Schulter in ihren «Unaussprechlichen» – praktisch, baumwollen, in sämtlichen Weißtönen, standardmäßig industrietauglich verstärkt. Peggy hatte die Lizenz zum ungestraften Tragen vernünftiger Unterwäsche immer als einen der unerwarteten Vorzüge des Altwerdens empfunden.

Bequeme Schlüpfer. Große Schlüpfer. Die Sorte Schlüpfer, die im Dreierpack verkauft wurden.

Weil sämtliche anständigen Exemplare heute zum Trocknen auf der Leine hingen, versteckte Peggy ihren Notfallschlüpfer, solange es ging, unter den Rockfalten. Er war im Laufe der Zeit zu einem undefinierbaren Grau verwaschen, aber das Gummi war noch tadellos in Schuss, und sie brachte es nicht über sich, das Exemplar allein aus ästhetischen Gründen in den Müll zu werfen. Ihr Badeanzug sah kaum besser aus. Der schwarze Stoff war unten am Gesäß, wo sich das Elasthan bereits aufgelöst hatte, ein wenig schlaff. Aber er erfüllte noch immer seinen Zweck, und außerdem wurde das ausgeleierte Material mit jedem Tragen bequemer. Peggy hatte es nicht eilig, das fadenscheinig gewordene Stück zu erneuern. Sie hasste Einkaufen. Neue Unterwäsche war schon eine Herausforderung, aber Badebekleidung war eine Klasse für sich. Nichts passte, egal, was das Etikett behauptete. Dieser hier war als «Figurwunder» tituliert worden. Das einzige Wunder an dem Ding war jedoch, dass sie es nicht sofort ins Geschäft zurückgetragen und wegen irreführender Reklame ihr Geld zurückverlangt hatte. Sie wickelte sich das Handtuch um die Hüften, um das schlabberige Hinterteil zu kaschieren, und tippelte auf Zehenspitzen über die nassen Fliesen zum Schwimmbecken.

Um Punkt zehn Uhr überließ Peggy Smart ihre Zipperlein der Schwerelosigkeit des Wassers im flachen Nichtschwimmerbereich.

«Dann mal los, meine Damen. Schnappen Sie sich eine Schwimmnudel und suchen Sie sich einen Platz.»

Alle liebten Libby, die junge Schwimmlehrerin. Natürlich konnte es keine der Frauen mit ihrer schlanken Figur aufnehmen, und ihr Anblick war die reinste Erholung von der Grübchenparade in der Sammelumkleide. Außerdem gewährte Libby der Wassergymnastikgruppe jedes Mal bereitwillig kleine Einblicke in ihr Privatleben: ihre unzuverlässigen Freunde, ihre exotischen Reisepläne und ihr Traum vom Muttersein. Peggy empfand Libbys Geschichten als erfrischende Abwechslung zu dem üblichen Hickhack rund um das ewig gleiche Thema: «Wer übertrumpft wen mit welcher Unpässlichkeit?»

Mavis Peacock hüpfte mit einer pinkfarbenen Schwimmnudel an ihr vorüber. «Morgen, Peggy», flötete sie. «Hast du meine Nachricht bekommen, wegen dem Empfang am Freitag?»

Peggy nickte. Der Termin war garantierte Brian-Zeit und stand längst mit Glitzergold in ihrem Kalender. Peggy ließ sich keine Gelegenheit entgehen, sich als aktive, intelligente Frau zu präsentieren, die sich großmütig für die Belange der Gemeinschaft engagierte. Eine moderne Frau. Und Schöpferin allseits bewunderter Backwaren.

«Zu Beginn joggen wir ein bisschen auf der Stelle.» Libby simulierte am Beckenrand einen Dauerlauf, während ihr knackiger Körper der Schwerkraft bei jedem Sprung ein Schnippchen schlug. Mavis stand wie immer ganz vorne und produzierte mit ihren wogenden Brüsten riesengroße Wellen. Sheila Martin, deren Spatzengestalt über keinerlei natürlichen Auftrieb verfügte, klammerte sich verzweifelt an ihrer Nudel fest.

Libby joggte lässig zu ihrem iPod hinüber und drehte die Lautstärke auf. «Los, los, meine Damen, ich will die Arme sehen.» «I'm Walking on Sunshine» singend klatschte sie über dem Kopf in die Hände und lud sie alle ein, mit ihr im Sonnenschein zu spazieren.

Peggys Schulter protestierte, und sie wechselte zu stummem Applaus auf Brusthöhe.

Mavis kam an ihre Seite gehüpft. «Wir haben diesen Monat einige Neuzugänge», sagte sie. Ihre flatternden Flügel gewannen zunehmend an Schwung, und sie sah aus, als würde sie jeden Moment abheben.

«Und jetzt die Nudeln unter die Achseln, auf den Rücken gelegt und: Zeigt her eure Füßchen.»

«Ich trage dich für die Häppchen ein?» Mavis neigte zu rhetorischen Fragen.

«Das würde ich mir um nichts in der Welt entgehen lassen!» *War das ein wenig zu dick aufgetragen?*

«Na los, meine Damen! Hoch die Beine! Kick und kick und kick und kick!»

«Wie gut, dass wir uns in Sachen Verpflegung auf dich verlassen können», erklärte Mavis. «Es sind diesmal gleich ein paar neue Bewohnerinnen dabei, und bei so wenigen Männern habe ich Jim Wilde und Brian Cornell gebeten, zur Unterhaltung der weiblichen Neuzugänge die Gastgeber zu spielen.»

Peggy hörte abrupt auf zu strampeln. Bei der Vorstellung, wie ihr Brian mit irgendeinem alleinstehenden Golden Girl auf

Schmusekurs ging, während sie sich im Schweiße ihres Angesichts in der Küche abrackerte, zog es ihr förmlich das Wasser unter den Füßen weg. Ehe sie wusste, wie ihr geschah, versank sie. Ihre Zehen suchten tastend nach festem Boden. Die gedämpfte Musik drang nur noch verzerrt an ihr Ohr. Streifen aus Sonnenlicht marmorierten das stille Blau, das sie umfing wie eine weiche Decke. Wie leicht es doch wäre, den Kampf aufzugeben und sich heimlich davonzumachen. So wie Ted.

Um sie herum strampelten sich auf unsichtbaren Fahrrädern die bleichen Schenkel von Frauen ab, die waren wie sie. Außerhalb des Beckens wurde gezankt und getratscht, gelacht und mit Fotos von den Enkelkindern angegeben. Hier unten waren sie alle gleich: Sie traten alle Wasser.

Nach vier Jahren Kampf, sich allein durchs Leben zu schlagen, war Peggy die Mühe leid. Sie fragte sich immer wieder, ob es nicht leichter wäre, einfach aufzugeben. Die Enkelkinder würden traurig sein, aber Grandma Geraldine und Grandpa Mike waren schließlich auch noch da. Ihre Kinder David und Jenny würden zweifellos gebührend trauern und dann in ihrem Testament Trost finden. Und Brian? Würde er überhaupt mitbekommen, dass sie nicht mehr da war?

«Ich habe Peggy schon lange nicht mehr gesehen», würde er vielleicht sagen. Irgendwann.

Die letzten Bläschen entwichen Peggys Mundwinkel und stiegen nach oben. Plötzlich fiel ihr das längst überfällige Buch aus der Leihbücherei wieder ein und die nasse Wäsche in der Waschmaschine. Nein, sie war noch nicht bereit abzutreten. Strampelnd kam Peggy zurück an die Oberfläche.

«Ich dachte an Blätterteigpastetchen», rief die nichtsahnende Mavis über die Musik hinweg, als Peggy prustend auftauchte. «Und irgendwas mit Räucherlachs, falls du das hinbekommst.»

Peggy stellte sich vor, wie sie Mavis ein mit Pilzcreme gefülltes Pastetchen ins Gesicht drückte und fragte: «Möchtest du den Räucherlachs auch noch kosten?» Stattdessen griff sie hustend nach der Schwimmnudel und lächelte gezwungen: «Wie wär's mit Miniwienern im Schlafrock?»

Libby zog sich die Trainingsjacke aus und enthüllte ein Fähnchen von Unterhemd. Ihre kecken Brüste standen stramm wie gestürzte Götterspeise. «So, meine Damen, und jetzt tun wir was für unseren guten alten Beckenboden.» Sie knickte die Schwimmnudel und schob sie sich zwischen die honigfarbenen Oberschenkel. «Wir wissen ja alle, wie wichtig es ist, den Beckenboden in Form zu halten, wenn wir älter werden. Außerdem ist das gut fürs Liebesleben!»

Libby hatte bestimmt einen hervorragenden Beckenboden, dachte Peggy. Aber sie hatte ja auch keine zwei neun Pfund schweren Babys zur Welt gebracht. Zumindest noch nicht. Sie konnte mit dem Bus verreisen, ohne einen einzigen Gedanken an die nächste Toilettenpause zu verschwenden, und sich im Flugzeug bedenkenlos ans Fenster setzen.

«Wir konzentrieren uns auf unseren Beckenboden, ziehen ihn nach innen und oben und kneifen vorne und hinten alles zusammen.» Libby lag auf dem Rücken und machte es vor. «Anspannen, entspannen, anspannen, entspannen.» Im Takt der Musik quetschten ihre Oberschenkel die Nudel zusammen.

Das ist doch lächerlich, dachte Peggy. Wir planschen hier rum, lauter Frauen über siebzig, in unseren Bauchwegschwimmanzügen, und konzentrieren uns zur Verbesserung des Liebeslebens auf mythische Muskelgruppen.

Libby und ihre Nudel kamen langsam in Fahrt. «Stellen Sie sich vor, Sie müssten eine volle Blase kontrollieren . . .»

Kein Problem, ich muss ständig eine volle Blase kontrollieren. Ich versuche es zumindest.

«… und sich gleichzeitig ein Lüftlein verkneifen.»

Peggy versuchte, ein Kichern zu unterdrücken. Es entkam ihr durch die Nase. Hinter sich hörte sie es glucksen. Eine andere lachte laut. Peggy hatte alle Mühe, nicht hysterisch loszuprusten. Die todernste Miene, mit der Mavis versuchte, ihren schlaffen Damm zu disziplinieren, machte die Situation noch komischer. Schließlich konnte sich fast keine von ihnen mehr vor Lachen halten. Endlich fing auch Mavis' Mundwinkel verdächtig an zu zucken. Ihre Augen weiteten sich, dann wieherte sie los.

Peggy tat vor lauter Lachen das Gesicht weh, und ihre Oberschenkel brannten, so sehr presste sie die Knie zusammen. Entflohene Schwimmnudeln schwammen durchs Becken wie Suppennudeln. So hatte Peggy seit Jahren nicht mehr gelacht. Sie hatte sich nicht getraut. Mitgerissen von einem Augenblick weiblicher Solidarität bogen und krümmten die Frauen sich vor Lachen, während die liebliche Libby am Beckenrand zappelte wie eine auf dem Rücken liegende Schildkröte.

Zurück in der Umkleide, kicherten die Aqua Girls immer noch. Es kam kurz zu einem peinlichen Moment, als Mavis sich aus ihrem Einteiler schlängelte, das Gleichgewicht verlor und um ein Haar auf Peggys Schoß gelandet wäre – ein Beinahezusammenstoß der unerwünschten Sorte, der Peggy dazu brachte, ihr Revier mit den Ellbogen zu verteidigen. Es war unmöglich, sich in dieser Enge ordentlich abzutrocknen. Das ganze Geschlängel und Gewinde kam ihr fast vor wie ein neumodischer Freitanz. Der Duft von Talkumpuder hing in der Luft wie Weihrauch. Der ganzen Angelegenheit haftete etwas eigenartig Spirituelles an. Die heilige Verbundenheit der Ältesten, die Feier der Weiblichkeit, der Weisheit und der Fähigkeit, über die Absurdität des Lebens zu lachen.

Peggy fiel der Artikel wieder ein, den sie vergangene Woche beim Friseur gelesen hatte. «Warum Frauen Freundinnen brauchen». Irgendwas mit Oxymoron oder wie das hieß, dieses Hormon, das stillende Mütter mit ihren Säuglingen verband. Offensichtlich wirkte es entzündungshemmend und förderte Gefühle von Ruhe, Zufriedenheit und Empathie. Drei Eigenschaften, von denen ihre Seniorensiedlung ruhig noch ein wenig mehr gebrauchen könnte.

Doch was Peggy trotz all dem, was die hormongeschwängerte Verbindung zwischen Frauen zu bieten hatte, vermisste, war echte Intimität, die tiefere Verbindung zu einem anderen Menschen. Seit sie in die Siedlung gezogen war, hatte sie viele Bekanntschaften gemacht, doch keine ging über geteilte Schwimmnudeln, verschenkte Weihnachtspastete oder ein gelegentliches «Gib mir mal das Popcorn rüber» am Filmabend hinaus. Selbst die anderen Mitglieder des Siedlungskomitees waren kaum mehr als nette Bekannte. Leider galt das auch für Brian.

2
Gottes Wartezimmer

Peggy schraubte das Sardellenglas zu und wischte sich die Hände am Handtuch ab. Wo um alles in der Welt war nur ihr Urinprobenbehälter hingeraten? Sie hatte zuerst im Kühlschrank nachgesehen und dann zur Sicherheit auch noch in der Mikrowelle. Das Becherchen war nur einer von vielen Gegenständen, die in letzter Zeit ständig verschwanden. Peggy brauchte nur etwas aus der Hand zu legen, und schon löste es sich in Luft auf. Hätte sie es nicht besser gewusst, sie hätte schwören können, dass jemand sich heimlich in ihre Wohnung schlich und absichtlich ihre Sachen versteckte. Die Lesebrille war am schlimmsten. Das blöde Ding kam ständig an den unmöglichsten Stellen wieder zum Vorschein, gerne auch oben auf ihrem Scheitel oder wahlweise in der rechten oder linken Hand.

Das Positive war, dass sie sich wegen des geopferten Sardellenglases jetzt wenigstens auf Salade niçoise heute Abend freuen konnte. Der Gedanke, die restlichen Sardellen einfach wegzuwerfen, war Peggy ein Gräuel. Sie hasste es, Lebensmittel zu verschwenden, und war eine ausgemachte Improvisationskünstlerin, vor allem bei Zutaten wie Sardellen. Dazu noch Kartoffeln, Ei und Thunfisch aus der Dose. Welch ein Luxus für einen Dienstagabend.

Der Weg vom Bad ins Schlafzimmer sah aus, als würde nachts statt einem Paar Lammfellpantoffeln Größe 38 eine Herde Gnus ins Bad und wieder zurück wandern. Peggy erwog, einen neuen Vorleger zu kaufen, um die verschlissene Auslegeware zu kaschieren. Ted wäre dagegen gewesen. Er hatte nie viel für überflüssige Heimtextilien übriggehabt. Aber Ted war dahin, genau wie der Teppichflor.

Peggy wickelte das Konservenglas in mehrere Lagen Papierservietten und versenkte es auf dem Grund ihrer Handtasche. Das Letzte, was sie wollte, war, mit einer Probe frischem Mittelstrahlurin in den Händen Brian über den Weg zu laufen.

Der Hügel kam ihr steiler vor als sonst, und Peggy blieb auf halber Strecke stehen, um Atem zu schöpfen. Vor ihr schleppten Umzugsmänner Möbel über die Rampe eines großen Transporters in eine leerstehende Erdgeschosswohnung. Ein vierschrötiger Mann balancierte ein unförmiges Samtsofa auf seinen Schultern und lächelte Peggy freundlich zu, als sie auf die Straße trat, um an dem Transporter vorbeizukommen. «Guten Morgen, meine Liebe», sagte er.

Peggy wusste nicht, ob sie geschmeichelt oder pikiert sein sollte. Sie war so daran gewöhnt, ignoriert zu werden, dass sein Gruß sie völlig überrumpelte. «Sie sollten nicht auf dem Gehsteig parken. Das ist für jemanden in meinem Alter sehr gefährlich!», sagte sie.

Sein Lächeln versiegte. Augenblicklich bereute Peggy ihren Ausbruch. Er hatte nur versucht, nett zu sein. Alte Gewitterziege, dachte er jetzt bestimmt.

Zum Gemeindezentrum hin flachte der Hügel ab. Das Zentrum war der Knotenpunkt der Siedlung, hier tauschten die Bewohner Freundlichkeiten, Klatsch und Tratsch aus. Der gepflegte Empfangsbereich war absolut hochglanzbroschürentauglich, nur den retuschierten Senioren aus den Anzeigen war Peggy bis heute nicht begegnet. Mit Ausnahme von Brian. Brian war eine ganz heiße Nummer. Definitiv die oberste Stufe auf Peggys Backofenskala.

Auf der Rückseite des Gemeindezentrums lag die kleine Arztpraxis. Peggys Ansicht nach überwog die bequeme Erreichbarkeit Dr. Szczpanskis Einfühlungsvermögen nur marginal. Sie hätte David ja gebeten, sie zu Dr. Steele zu fahren, ihrem altvertrauten Familienhausarzt, doch den hatte Peggy bereits überlebt.

Im Wartezimmer ging es zu wie in einem Bienenstock. Silberhaarige Siedlungsbewohner saßen auf den gepolsterten Bänken wie aufgereihte Weihnachtskugeln. Einige sahen aus, als würden sie schon Jahrzehnte warten.

Hinter einem Blumenkasten in der Ecke des Wartezimmers spähte Sheila Martin mit finsterer Miene hervor. Am besten, man reagierte gar nicht. Die Schriftführerin des Siedlungskomitees hatte Freunde an allerhöchster Stelle, und das Letzte, was Peggy wollte, war eine Wiederholung des berüchtigten Scrabble-Abends, der die Siedlung in zwei Lager gespalten hatte.

Im Raum war es stickig, und Peggy wurde sehr warm und ein wenig benommen zumute. Sie musste sich hinsetzen, und zwar am besten freiwillig, ehe sie auf dem Boden landete.

«Hier. Setzen Sie sich.»

Peggy drehte sich um. Ausgerechnet Brian hatte sich erhoben und bot ihr seinen Platz an. Ihr Herz setzte einen Schlag aus und fing dann an, wie wild gegen ihre Rippen zu pochen. Sie wusste alles über Brians Knie. Sie hatten auf der letzten Versammlung ein paar kostbare Minuten mit dem Vergleich ihrer künstlichen Gelenke zugebracht. Ein Profi wie Brian hatte sich natürlich beide Knie in einer Privatklinik von einem Chirurgen mit Bindestrich im Namen machen lassen. Peggy hingegen war in einem öffentlichen Krankenhaus gewesen. Ihr Operateur besaß nur einen einzigen Nachnamen, und sie hatte sich das Zimmer mit einer Dame geteilt, die die halbe

Nacht gestöhnt hatte. Doch vieler kleiner Unannehmlichkeiten zum Trotz war Peggy dankbar und mit einem einwandfrei funktionstüchtigen neuen Gelenk nach Hause gegangen. Auf den Ersatz des zweiten wartete sie noch immer geduldig.

«Das geht auf gar keinen Fall», sagte Peggy.

«Ich bestehe darauf», sagte Brian und winkte die errötende Peggy auf seinen Platz. «Für eine Dame stehe ich grundsätzlich auf.»

Peggy vergaß zu atmen.

Mit seiner Paisley-Fliege sah Brian heute besonders disintegriert aus oder wie das hieß. Gemessen an den bewundernden Blicken im Raum war Peggy nicht die Einzige, die so dachte. Die Feindseligkeit in Sheila Martins Blick sickerte wie Senfgas zwischen den angestaubten Ficus-Blättern hervor. Wieder tat Peggy so, als würde sie nichts merken.

Sich in Brian zu verlieben, war keineswegs geplant gewesen. Ein amouröses Abenteuer hatte sie nun gar nicht im Kopf gehabt, als sie mit dem Tausendteilepuzzle der venezianischen Gondel begonnen hatte. Es war an einem verregneten Nachmittag im Clubhaus gewesen. Sie hatte sich bereits seit ein paar Minuten auf Randstücke konzentriert, als jemand sich ohne Vorwarnung über sie beugte und ein Puzzlestück in ihre Seufzerbrücke einsetzte. Zutiefst empört, machte Peggy sich innerlich bereit, den dreisten Täter aufs schärfste zurückzuweisen, drehte sich um und blickte in die von einer Gleitsichtbrille vergrößerten hellblauen Augen von Brian Cornell. Witwer. Vereidigter Buchprüfer, wie sie später erfahren sollte. Lexusfahrer.

Völlig verdattert hatte Peggy die obere rechte Ecke fallen lassen. Sie purzelte unter den Tisch und kam nie wieder zum Vorschein. Später strich jemand das «1000 Teile» auf der Schachtel durch und schrieb «999» darunter. Seit dieser Begegnung hatte Peggy das Gefühl, nach dem fehlenden Teilchen zu suchen. Nach dem Brian-förmigen Teil zur Vervollständigung ihres persönlichen Puzzles.

«Sie können sich gerne hier mit hinquetschen, Brian», sagte Mavis Peacock und rutschte ein Stückchen zur Seite. Brian lehnte mit einem höflichen Winken ab und wandte sich wieder dem Evakuierungshinweis an der Infotafel zu.

«Dauert es schon wieder länger?», fragte Peggy, als sie seinen Platz einnahm, in der Hoffnung, Brian in einen kleinen Smalltalk zu verwickeln. Die dem Stoffbezug entströmende Wärme stieg wie Flammen in ihr hoch. Sie spürte es in sich rieseln und fragte sich bange, ob sie schon wieder auf die Toilette musste.

«Frau Hanski-Panski ist noch gar nicht gekommen», sagte Celia Davenport hinter der Seniorenzeitung hervor. «Es gibt Leute, die was Besseres zu tun haben, als ihre kostbare Zeit damit zu verschwenden, auf Frau Doktor Griesgram zu warten.»

«Was hast du denn schon Wichtiges zu tun?», fragte Mavis mit ihrer schrillen Schulrektorenstimme. «Zündkerzen polieren oder was?»

Celia raschelte mit der Zeitung zwischen ihren ölverschmierten Fingern. Sie murmelte etwas just außer Mavis' Hörweite, das Brian zum Grinsen brachte. Peggy mochte Celia. Sie war geradeheraus und zupackend. Es hieß, als junge Lady Celia sei sie angesichts eines drohenden Debütantinnenballs samt anschließender Ballsaison mit all den gesellschaftlichen Scharaden, die zum Ziel hatten, ihr einen passenden Ehemann zu bescheren, in London Waterloo in den Zug nach Southampton gestiegen und habe per Schiff die Flucht in Richtung Australien angetreten. Von da an ohne Zugriff auf ihr Erbe, hatte sie eine Ausbildung zur Mechanikerin absolviert und sich als Spezialistin für Traktoren einen Namen gemacht.

Peggy fragte sich oft, was eine so robust wirkende Frau wie Celia beim Arzt wollte. Dasselbe galt für Brian. Auf der Suche nach verräterischen Anzeichen musterte sie ihn verstohlen. Hoffentlich kam er nur zur Vorsorge. In unserem Alter, dachte sie, kann man gar nicht oft genug zur Vorsorge gehen.

Dann erschien Christine, die Siedlungsleiterin, im Wartezimmer, und alle Köpfe fuhren herum. Christine sah immer aus wie frisch aus dem Ei gepellt. «Meine Damen und Herren, es tut mir leid, aber Frau Dr. Szczpanski kann heute nicht kommen», verkündete sie.

Eine La-Ola-Welle des Unmuts wogte durch den Wartebereich.

«Ich hatte um zehn Uhr einen Termin!», sagte Mavis und zog mit Nachdruck den Reißverschluss ihrer Handtasche zu. «Das ist absolut unmöglich!»

«Aber», fuhr Christine fort und lächelte durch ihr perfektes Make-up hindurch, «ich würde Ihnen gern Dr. Stephen Lim vorstellen. Er ist Allgemeinarzt und wird ab sofort am Dienstag- und Donnerstagvormittag im Jacaranda Retirement Village seine Sprechstunde abhalten. Ich bin mir sicher, Sie heißen ihn bei uns herzlich willkommen.» Hinter ihr stand ein junger Mann mit dunkel gerahmter Brille und kragenlosem Shirt.

Dr. Lim folgte Christine mit seiner großen schwarzen Arzttasche ins Sprechzimmer. Er wirkte sehr jung für einen Arzt. Doch das traf im Vergleich zu dem alten Dr. Steele eigentlich auf jeden zu.

Mavis wandte sich an ihre Nachbarin. «Ich weiß nicht, ob ich von einem Mann behandelt werden möchte. Die können nicht besonders gut zuhören.»

«Wer will sich schon dein Gejammer anhören?» Celia faltete den *Senior* zusammen und verschränkte die Arme. «Solange er weiß, was er tut, ist mir das egal.»

«Aber was, wenn es um … intimere Dinge geht?», flüsterte Mavis für jeden hörbar.

«Er ist Arzt, kein Anlageberater», sagte Celia.

Peggy fing Brians Blick auf. Er zwinkerte ihr zu und grinste. In Peggys Heiterkeit mischte sich ein bisschen Besorgnis bei der Vorstellung, wie sie ihr Sardellenglas einem fremden, kaum der Pubertät entwachsenen Mann in die Hand drückte. Sie schlug ihr Buch auf und versuchte, nicht an das zu denken, was ihr bevorstand.

Der Duft von frisch getoasteten Sandwiches aus der Cafeteria lenkte Peggy von ihrer Lektüre ab. Gerade, als es spannend wurde. Es musste inzwischen fast Mittag sein, und außer ihr war niemand mehr im Wartezimmer. Voller Vorfreude knickte Peggy die Ecke der Seite um. Sie hatte dieses Buch schon so oft gelesen, dass sie es beinahe auswendig kannte, und das war auch gut so, weil sie schon wieder ihre Lesebrille verlegt hatte. *Draufgänger in Weiß. Eins neunzig groß, mit einem Kinn wie gemeißelt und strahlend blauen Augen, widmet der weltbekannte Herzchirurg Dr. Sebastian McBride sein Leben dem Heilen und Brechen von Herzen.* Natürlich hatte das nichts mit dem echten Leben zu tun, aber welche Frau brauchte nicht ab und zu ein wenig Eskapilismus, oder wie das hieß, in ihrem Leben?

«Peggy Smart?» Dr. Lim stand in der Tür und lächelte sie freundlich an.

Peggy stopfte das Buch in ihre Tasche, schaukelte ein wenig vor und zurück und hatte schließlich genug Schwung gewonnen, um aufzustehen. Die Hand, die er ihr reichte, war warm und glatt wie eine Kinderhand.

«Ich bin Dr. Lim, aber Sie können mich gern Stephen nennen.»

Peggy dachte kurz darüber nach. Aus der Nähe sah er sogar noch jünger aus – als hätte er sich die Brille seines Vaters ausgeliehen. Auf seinem Kinn prangte ein Pickel. Sie war alt genug, um seine Großmutter zu sein. In was für einer seltsamen Welt sie doch lebte. Jahr für Jahr wurde ihre Generation noch ein Stückchen weiter abgehängt, während die Zeit immer schneller verging. Doch jetzt war sie da, die perfekte Gelegenheit, um zu demonstrieren, dass sie durchaus in der Lage war, mit der wild galoppierenden Zeit mitzuhalten.

«Danke, Dr. Stephen», sagte sie. Die Worte kamen ihr ganz natürlich von den Lippen. «Nennen Sie mich Peggy.»

«Okay. Was kann ich für Sie tun?»

Peggy fischte das Sardellenglas aus den Tiefen ihrer Handtasche, wickelte es aus und stellte es behutsam vor sich auf den Tisch. Die Urinprobe changierte zwischen Chardonnay und Wermut. Sie konnte dem jungen Arzt nicht in die Augen sehen. Es war so peinlich, als läge zwischen ihnen ein abgeschlagenes Körperteil. Sie wappnete sich innerlich für das unvermeidliche Antibiotikum, das er ihr sicher gleich verschreiben würde und das ihr außer sieben Tagen Übelkeit nicht viel bringen würde. Wieso konnte sie es nicht einfach aussprechen? Wieso hatte sie nicht den Mut, ihn um Hilfe für ihr Problem zu bitten, anstatt zu hoffen, dass ihr ein Wunder widerfuhr? Sie war eine erwachsene Frau, Mutter zweier Kinder – drei, wenn sie Basil mitzählte – und Großmutter. Aber alte Gewohnheiten waren nun einmal nur schwer zu verändern.

Dr. Stephen räusperte sich und schwieg. Er konsultierte seinen Bildschirm und klickte sich mit der Maus durch Peggys Krankenakte. Nach ein paar Minuten lehnte er sich zurück, platzierte die Ellbogen auf den Armlehnen und legte die Spitzen seiner Kinderfinger vor dem Gesicht zusammen.

«Als Arzt ist man immer auch ein bisschen Detektiv», sagte er. «Man muss stets nach Hinweisen Ausschau halten.»

«So wie *Inspector Barnaby*, meinen Sie?»

«In gewisser Weise, ja.»

Die Hinweise waren ja wohl offensichtlich. Das Zehenkrümmen, das Lippenzusammenpressen, das Händeringen. Von dem Glas auf dem Tisch und dessen Inhalt ganz zu schweigen.

«Die Diagnose ergibt sich aus der Geschichte. Das war das Allererste, das ich in meinem Medizinstudium gelernt habe.»

Peggy wurde nervös. Geschichte war noch nie ihre Stärke gewesen. Ted hatte sich im Fernsehen ständig diese endlosen Kriegsdokumentationen angesehen: die beiden Weltkriege, der Amerikanische Bürgerkrieg, der Vietnamkrieg. «Ich habe es mehr mit Tierdokus», sagte sie.

Dr. Stephen räusperte sich. «Nein, ich meine die Krankheitsgeschichte. Wann haben die Beschwerden begonnen, was hat Linderung verschafft, was hat sie verschlimmert? Solche Dinge.»

«Ach so, natürlich.»

«Also. Kehren wir noch einmal ganz an den Anfang zurück. Seit wann haben Sie schon Probleme beim Wasserlassen?»

Wie Luftblasen stiegen eine ganze Reihe unschöner Szenen aus Peggys Unterbewusstsein an die Oberfläche. Sie schob die ungebetenen Bilder beiseite.

Nein. Selbstmitleid kommt nicht in Frage. Ich werde vor diesem reizenden jungen Mann ganz gewiss nicht in Tränen ausbrechen.

«Solange ich denken kann. In dieser Beziehung war ich schon immer anders als andere Menschen. Bereits als Kind hat meine Mutter mich für meine Missgeschicke bestraft. Das hat es nur noch schlimmer gemacht. Sie sagte, ich wäre verkehrt, bei mir wäre was nicht in Ordnung.»

«Und Sie sind deswegen nie behandelt worden?»

«Es war mir immer zu peinlich, mit jemandem darüber zu sprechen. Bis jetzt. Ich dachte immer, meine Mutter hätte recht gehabt und ich wäre so eine Art Missgeburt. Ich glaube, ich habe einfach gelernt, es zu verbergen.»

«Es war bestimmt nicht leicht für Sie, all die Jahre heimlich zu leiden.»

«Ich glaube, es ist mir ganz gut gelungen, so zu tun, als wäre ich normal. Jedenfalls gut genug, um zu heiraten und zwei Kinder großzuziehen. Dann kam irgendwann die Menopause, und von da an ging es nur noch bergab.» Zusammen mit den ganzen anderen Widrigkeiten: das Herzrasen, die nächtlichen Schweißausbrüche, die dafür sorgten, dass sie jeden Morgen die Bettwäsche wechseln musste, und die ständigen Hitzewallungen, die immer völlig aus dem Nichts kamen. Der arme Ted musste sich vorgekommen sein, als lebte er mit einer Betrügerin zusammen: eine schwitzende Fremde im Körper seiner Ehefrau, die bei der kleinsten Kleinigkeit aus der Haut fuhr.

Zu ihrem Schreck spürte Peggy, wie eine Träne sich aus dem Augenwinkel löste und ihr über die Wange rann. Dr. Stephen reichte ihr eine Schachtel Kosmetiktücher, und sie putzte sich die Nase. Wieso ging ihr das nach all den Jahren plötzlich so nahe? Hatte es damit zu tun, dass sie Brian begegnet war? Eines musste man den Heldinnen ihrer Groschenromane lassen, die Frauen von heute waren viel direkter als ihre Generation. Es lag an ihr, den ersten Schritt zu machen. Doch ihr war, als hätte eine riesige Inkontinenzeinlage sämtliches Selbstvertrauen aufgesaugt.

Dr. Stephen reichte ihr den Papierkorb hinüber und hörte aufmerksam zu, während Peggy ihm ihre Geschichte erzählte. Als sie bei Teds Tod anlangte, war der Papierkorb voll von durchweichten Kosmetiktüchern.

«Es tut mir schrecklich leid. Ich bin normalerweise nicht so nah am Wasser gebaut.»

Dr. Stephen legte seine Hand auf ihre. «Ich würde Ihnen

gerne helfen», sagte er. «Wenn Sie bereit sind, mir zu vertrauen.»

Peggy nickte. Was blieb ihr anderes übrig? Zum ersten Mal in ihrem Leben gab es einen Hoffnungsschimmer.

«Ich verspreche nichts, aber wir können ein paar Dinge versuchen», sagte Dr. Stephen.

Peggy beugte sich gespannt zu ihm vor, bereit, die Zauberformel zu empfangen, die eine gehemmte alte Dame mit einem peinlichen Geheimnis in eine selbstbewusste reife Frau verwandeln würde, die der Toilette lang genug fernbleiben konnte, um einen Mann namens Brian gefahrlos zum Abendessen zu sich zu bitten.

«Ich bin bereit», sagte sie feierlich.

«Gut. Zuerst muss ich Sie untersuchen.»

Peggy schluckte. *Sie untersuchen?* Vermutlich meinte er damit nicht nur einen flüchtigen Blick auf ihre Mandeln. Verflixt, damit hatte sie nicht gerechnet, aber wie hatte Celia vorhin bereits so treffend gesagt? Er war Arzt, kein Anlageberater.

Als Dr. Stephen endlich die Gummihandschuhe in den Abfalleimer schnalzte, hatte Peggy im Geiste sämtliche Blumentöpfe auf ihrer Terrasse neu arrangiert und sich für eine neue Sitzgarnitur unter der Minipergola entschieden. Und sie hatte die Fahrt in das nette Gartencenter geplant, wo man zwischen Saatgut und wetterfesten Kinkerlitzchen so nett Kaffee trinken konnte.

Dr. Stephen zog diskret den Vorhang hinter sich zu, während Peggy sich anzog.

Aus Angst, ihm sowieso schon viel zu viel Zeit gestohlen zu haben, knüllte sie die Strumpfhose zusammen und stopfte sie zu *Draufgänger in Weiß* in ihre Handtasche.

Nervös nahm sie wieder Platz. «Muss ich operiert werden?» Peggy hasste Krankenhäuser, vor allem seit das mit Ted geschehen war. «Ich frage nur, weil ich neulich zufällig gehört habe, wie Marjorie von ihrer Cousine erzählte, der ein Intimchirurg den Beckenboden einer rumänischen Bodenturnerin versprochen hat.»

«Ich fürchte, eine Operation würde hier nicht helfen», sagte Dr. Stephen und erläuterte ihr dann sehr detailliert ihr Leiden, welches durchaus weit verbreitet war und außerdem nichts, wofür man sich schämen müsste.

«Wollen Sie etwa sagen, ich bin nicht die Einzige?» Damit hatte sie nicht gerechnet. Allerdings wäre Peggy auch nie auf die Idee gekommen, über so etwas bei einer Tasse Tee zu plaudern.

Dr. Stephen lächelte ein wenig süffisant und reichte ihr eine Broschüre. Sie war voll anatomischer Schaubilder und gespickt mit Fachjargon, der den Gedanken nahelegte, sie könnte womöglich eher einen Anwalt als einen Arzt brauchen. Ein grauhaariges Paar auf Fahrrädern zierte den Titel. Abgesehen von dem Zahnpastalächeln hätten das ebenso gut Brian und sie sein können.

«Jede dritte Frau leidet im Laufe ihres Lebens irgendwann an Inkontinenz. Sie wären überrascht, wie viele junge Frauen davon betroffen sind. Ich habe ständig damit zu tun.»

«Jede dritte?» Peggy durchkämmte im Geiste das überfüllte Wartezimmer, in dem sie vorhin gesessen hatte. Welche ihrer Mitbewohnerinnen wohl genau dasselbe peinliche Leiden vor der Welt verbargen wie sie?

«Ich möchte, dass Sie einen Termin bei einer Kontinenzberaterin vereinbaren. Hier ist die Telefonnummer.» Dr. Stephen reichte ihr eine Visitenkarte. *Schwester Slack.* Das klang reichlich unseriös. Slack wie Schlapp? Die größte Herausforderung wäre, bei diesem Namen ein ernstes Gesicht zu wahren.

«Vielen Dank. Das ist sehr nett von Ihnen.» Peggy hätte den

jungen Arzt um ein Haar umarmt. Stattdessen schüttelte sie kräftig seine Hand und tupfte sich den nächsten Schwall Tränen weg.

Wieder im Wartezimmer, öffnete Peggy die Handtasche, um nach der hastig hineingestopften Strumpfhose zu sehen. Dabei fiel ihr versehentlich das Buch aus der Tasche, und als sie sich danach bückte, kippte die Handtasche um, und der Inhalt verteilte sich auf dem Fußboden. Es gelang ihr, die Geldbörse und den Schlüsselbund zu retten, doch die straff zusammengeknüllte Strumpfhose wagte den Sprung in die Freiheit und kullerte über die Auslegeware. Den Blick noch immer von Tränen verschleiert, tasteten Peggys Finger vergebens auf dem Teppichmuster herum.

«Hier», sagte eine Frauenstimme. «Das haben Sie verloren.»

Jemand drückte ihr die zusammengeknüllte Strumpfhose in die Hand, gefolgt von *Draufgänger in Weiß*. Peggy lief es eiskalt den Rücken hinunter. Die Stimme jagte ihr einen eisigen Schauder der Erinnerung über den Rücken.

Peggys Herz fing an zu galoppieren wie ein aufgescheuchtes Fohlen.

War das tatsächlich möglich?

Nach all den Jahren?

Angie.

3
Die Hausschlüsselkrise

Zusammenpuzzeln. Das war Peggys Lieblingswort beim Scrabble und brachte immerhin neunundzwanzig Punkte. Sie wartete immer noch auf den richtigen Augenblick, es ins Gespräch zu streuen und Brian mit ihren Scrabble-Kenntnissen zu beeindrucken.

«Ist alles in Ordnung?»

«Wie bitte?» Peggy hatte keine Ahnung, wo sie war und wie sie hier gelandet war. Sie sah sich um und suchte zwischen Seidenblumenarrangements und gerahmten Aquarellen nach Hinweisen.

Wo bin ich?

Christine fasste sie sanft an der Schulter und dirigierte sie zu einem Stuhl im Foyer. «So, da wären wir. Setzen Sie sich und ruhen Sie sich einen Augenblick aus.»

Sich ausruhen. Sich wieder zusammenpuzzeln. Die fehlenden Teile finden und wieder zusammensetzen. Und zwar schnell. Verwirrt zu wirken, war nun wirklich das Letzte, was sie brauchen konnte. Peggy setzte ein möglichst aufgeräumtes Gesicht auf und strahlte Christine an. «Was für eine hübsche Jacke!», sagte sie.

Christine runzelte die Stirn. «Soll ich David anrufen?»

Es hatte keinen Sinn, ihr etwas vorzumachen. «Nein danke. Mir geht es gut», sagte Peggy.

«Oder Jenny? Soll ich lieber Jenny anrufen?»

«Nein! Jenny auf gar keinen Fall!» Nicht ihre Tochter. Das

konnte sie unmöglich riskieren. Ein einziger besorgter Anruf von Christine, und schon würde Jenny vor der Tür stehen und mit ihr einen «kleinen Ausflug» unternehmen, von dem es kein Zurück mehr gäbe. Schwups, und schon würde Peggy sich in irgendeinem Seniorenheim wiederfinden, mit einer Tasse Tee und einem Keks in der Hand vor dem Fernseher geparkt, auf ewig verurteilt zu *Bares für Rares.*

«Soll ich Dr. Lim bitten, nach Ihnen zu sehen?»

«Ich komme gerade von ihm», sagte Peggy und umklammerte die Broschüre und die Visitenkarte der Blasentante.

«Halten Sie es für möglich, dass Sie eben einen winzigen *Schlaganfall* erlitten haben?»

Christine hatte zwar die Stimme gesenkt, trotzdem befanden sie sich in Hörweite der Warteschlange an der Kaffeetheke. Bis zum Nachmittagstee hätte sich die Nachricht von Peggy Smarts «Schläglein» wie ein Lauffeuer in der Siedlung verbreitet. Was Geheimnisse betraf, ging es hier schlimmer zu als im Hauptquartier vom MI5.

«Mir geht es gut.» *Los, gib dir mehr Mühe, aber übertreib es nicht.* «Ich stand nur ein kleines bisschen unter Schock. Das ist alles.» Ehrlich gesagt war Peggy sich nicht sicher, was den größeren Schrecken verursacht hatte: sich untenrum für einen Mann frei zu machen, der jung genug war, um ihr Enkel zu sein, oder aus heiterem Himmel diese Stimme wieder zu hören.

Angie. Angie Valentine. Internationale Jetsetterin. Fabelhafte Fashionista. Glamouröse Karrierefrau, die sogar mal für die *Vogue* gearbeitet hatte. Peggy hatte vor einigen Jahren einen Artikel über sie gelesen. Zuerst war sie völlig aus dem Häuschen gewesen, so unvermutet das vertraute Gesicht wiederzusehen, und hatte sich, sobald die Sprechstundenhilfe ihrer Podologin telefonierte, heimlich die Seite aus der Zeitschrift gerissen. Wahrscheinlich hatte sie den Artikel zwischen die Seiten ihres Tagebuchs gesteckt und irgendwann weggeworfen, denn sie hatte seit sehr langer Zeit nicht mehr an Angie gedacht. Bis heute. Was hatte eine Frau wie Angie Valentine ausgerechnet an einem so entschieden unglamourösen und nicht internationalen Ort wie dem Jacaranda Retirement Village zu suchen?

Christine reichte Peggy ein Glas Wasser. Warum taten Leute das? Wasser war nun wirklich das Letzte, was Peggy im Augenblick brauchte. Schon beim Anblick klarer Flüssigkeit krümmten sich ihre Zehen.

«Soll ich Sie zu Ihrer Wohnung fahren?»

Bitte nicht. Alles, nur nicht der Golf-Buggy. Der Golf-Buggy war nun wirklich der Anfang vom Ende.

«Mir geht es schon wieder viel besser. Danke. Ich werde wohl nach Hause spazieren und Basil an die frische Luft lassen. Nicht, dass er noch anfängt, sich Sorgen zu machen», sagte Peggy.

Christine blickte sich nach beiden Seiten um und beugte sich vertraulich zu ihr vor. «Wo wir gerade dabei sind, ich möchte Sie vorwarnen. Uns ist da eine winzige Angelegenheit zu Ohren gekommen», flüsterte sie und maß die exakte Größe besagten Problems zwischen Daumen und Zeigefinger ab.

Im Jacaranda Retirement Village gab es keine «winzigen Angelegenheiten». Weltkriege waren wegen weniger vom Zaun gebrochen worden. «Was für eine Angelegenheit?»

«Es geht um Basil. Es gab eine Beschwerde.»

Peggy sträubten sich die Nackenhaare. «Was für eine Beschwerde denn?» Der arme kleine Shih Tzu war taub und so gut wie blind. Er verließ die Wohnung lediglich, um irgendwo kurz das Bein zu heben, und bellte, außer wenn der Postbote kam, so gut wie nie.

«Na ja. Wir haben einen Antrag auf Revidierung der Regeln zur Haltung von Haustieren erhalten.»

«Welche Art von Regeln?»

«Gesundheit und Sicherheit der Siedlungsbewohner.»

Wie um alles in der Welt sollte Basil jemandes Gesundheit oder Sicherheit gefährden? Peggy wusste, dass der Tag, an dem sie ihn einschläfern lassen musste, irgendwann kommen würde. Sie hatte sich immer vorgestellt, dass David sie dann zum Tierarzt fahren würde, aber er hatte inzwischen mit seinem Beruf und den Kindern zu viel um die Ohren. Mit Mel verheiratet zu sein, war an sich schon ein Fulltimejob. Zur Not konnte sie zwar immer noch Jenny fragen, aber ihre Tochter wohnte zu weit weg auf dem Land. Peggy kannte die Strecke gut. Sechs Stunden hin und zurück, vierzehn Toilettenpausen.

«Das verstehe ich nicht. Als ich in meine Wohnung zog, hieß es, ich dürfe Basil behalten, bis er stirbt.»

«Der genaue Wortlaut war, Sie dürften Basil behalten, solange es keine Beschwerden gibt.» Christine legte mitfühlend den Kopf schief. «Jetzt gibt es eine Beschwerde.»

«Von wem?»

«Darauf zu antworten, steht mir nicht zu. Sie erhalten zu gegebener Zeit ein offizielles Schreiben, doch es genügt wohl zu sagen, dass Basil eine Frist gesetzt bekommt, es sei denn, das Komitee entscheidet auf der nächsten Versammlung zu seinen Gunsten.»

«Eine Frist wozu?»

«Zur Ausweisung.»

«Wie lange wird die sein?»

«Vier Wochen.»

Die Automatiktür stellte sich stur, als Peggy darauf zustürmte. Sie trat ein paar Schritte zurück und wedelte hektisch mit den Armen. Endlich reagierte der Sensor, und die Türen glitten auf. Heiße Luft wehte durch das Foyer wie ein Föhn. Aus der Cafeteria ertönte Protestgemurmel.

Alte Meckerliesen!

Manchmal hasste Peggy die Siedlung und bereute es, dass sie das Haus nach Teds Tod so schnell verkauft hatte. Jennys Worte spukten ihr im Kopf herum. «Denk doch nur mal an die vielen Aktivitäten, Mum», hatte sie gesagt. «Und jede Menge Leute in deinem Alter.»

Genau das war ja das Problem. Die tägliche Rollatorparade war eine permanente Erinnerung an ihre eigene Endlichkeit. Es war, wie auf einen Zug zu warten, der vielleicht noch jahrelang nicht und dann plötzlich ohne jede Vorwarnung angedonnert kommt. Peggy fühlte sich völlig in der Schwebe: zu alt, um jung zu sein, und zu jung, um alt zu sein.

Als sie den Parkplatz überquerte, frischte der Wind auf. Staub wehte ihr ins Gesicht, und sie musste husten. *Armer Basil.* Welcher kaltherzige Mensch beschwerte sich über ein unschuldiges Hündchen? Sie würde ihm heute Abend etwas ganz Besonderes zu fressen machen. Hackfleisch mit Kartoffeln. Seine Lieblingsspeise.

Vor der Haustür angekommen, streckte Peggy die Hand in ihre Tasche und wühlte nach dem Haustürschlüssel. Sie schüttelte die Tasche ein paarmal hin und her und lauschte auf das Klimpern. Wo war der Schlüssel hin?

Mit wachsendem Unmut räumte sie die größeren Einzelteile vor sich auf den Gehweg. Strumpfhose. Brieftasche. Eselsohriges Taschenbuch. Lesebrille ... *aha. Da ist sie also.* Kein Schlüsselbund.

Ein altvertrautes Kribbeln in der Blase trieb sie zur Eile an.

Basil kratzte auf der anderen Seite an der Tür und wollte so dringend raus wie sie rein. Peggy kontrollierte die Innentaschen und wippte auf den Absätzen vor und zurück, um sich abzulenken.

Als das Innenfutter blank vor ihr lag und noch immer kein Schlüssel in Sicht war, erwog sie ernsthaft, sich in die Gardenien zu erleichtern, wie Basil es morgens häufig machte. Sie trippelte auf der Stelle, krümmte die Zehen, wand sich hin und her, presste die Zähne zusammen und durchwühlte hektisch sämtliche Außentaschen ihrer Handtasche.

Nichts.

Plötzlich spürte Peggy jemanden hinter sich näher kommen.

Bitte verschwinde, wer du auch sein magst!

«Ich glaube, den haben Sie verloren.»

Peggy drehte sich um. Brian kam auf sie zu. «Ich rufe Ihnen schon seit dem Parkplatz hinterher, aber Sie haben mich nicht gehört.»

Ausgerechnet Brian.

«Danke sehr.» Peggy riss ihm den Schlüsselbund aus der Hand und rang sich mit zusammengebissenen Backenzähnen ein Lächeln ab. Brian zögerte. Was? Wartete er etwa auf ihre Einladung hereinzukommen oder hatte er Angst, sie hätte eine Kiefersperre? Das frische Früchtebrot auf der Anrichte neben dem Wasserkocher fiel ihr ein. Eine Scheibe wäre jetzt herrlich, mit einer schönen Tasse Tee, und dazu Brians Gesellschaft.

Sie steckte den Schlüssel ins Schloss. Krampf folgte auf Krampf, jeder immer noch drängender als der letzte. Sie konnte keine Sekunde länger warten.

«Es tut mir leid, Brian, ich muss dringend los.»

Brians dunkle Augenbrauen furchten sich fragend zusammen. Obwohl seine Haare beziehungsweise das Wenige, was davon noch übrig war, schneeweiß waren, hatten seine Augenbrauen erstaunlicherweise ihre Farbe behalten. Peggy riskierte den Bruchteil einer Sekunde und stellte sich Brian als gutaussehenden jungen Mann vor.

«Na», sagte Brian, «dann will ich mich mal wieder auf den Weg machen.»

Er tippte sich an die Krempe seines Strohhuts und ging davon.

4
Lieblich oder trocken?

Wie kam es, dass Peggy in der Lage war, allein beim Anblick der Regale ihrer Speisekammer Dutzende kulinarische Variationen zu kreieren, und zwar mit den aufregendsten Geschmackskombinationen, ihr es aber, wenn es um ihre Garderobe ging, völlig an Vorstellungskraft mangelte? In ihrem Kleiderschrank sah es aus wie in den Regalen bei Oxfam, derart vollgestopft mit nicht zueinanderpassenden Kleidungsstücken, dass es unmöglich war, die einzelnen Teile auseinanderzuhalten, ganz davon zu schweigen, sie harmonisch miteinander zu kombinieren.

Das war alles viel zu anstrengend. Kein Wunder, dass es in der Siedlung Leute gab, die sich irgendwann einfach aufgegeben hatten und im Nachthemd oder im Pyjama durch die Gegend liefen. Wieso konnte sie nicht auch zu den Frauen gehören, die in Sachen Garderobe immer das richtige Händchen besaßen? Von wegen immer, Peggy Smart wäre auch schon mit ab und zu zufrieden gewesen, ach was! Einmal im Leben das richtige Händchen würde schon reichen. Von Natur aus stilsichere, modebewusste Frauen wie Angie Valentine schienen einen Instinkt dafür zu besitzen, was ihrer Figur schmeichelte und was sich kombinieren ließ. Das musste ihnen in den Genen liegen – Angie Valentine als Mitglied einer Untergattung von Frauen mit der genetischen Prädisposition, grundsätzlich immer zu den richtigen Accessoires für einen eleganten, niveauvollen Look zu greifen.

Dabei sparte *Women's Weekly* nicht mit Ratschlägen: Kleiden Sie sich passend zu Ihrer Körperform, achten Sie bei den Basics schon bei der Anschaffung auf den richtigen Mix, vermeiden Sie Querstreifen. Ein Artikel hatte Damen jenseits der sechzig empfohlen, Schwarz zu meiden, es sei denn für Beerdigungen. Peggy war, seit sie in die Seniorensiedlung gezogen war, schon auf einigen Trauerfeiern gewesen. Ehrlich gesagt, sie hatte mehr Menschen auf einer Trauerfeier getroffen als zur Happy Hour. Das einzig Gute war, dass die Trauergäste heutzutage oft aufgefordert waren, in den Lieblingsfarben des Verstorbenen zu erscheinen. An der aktiven Beerdigungsszene in ihrer Siedlung lag es, dass sich inzwischen ein Kaleidoskop an Primärfarben in ihre ansonsten eher neutrale Garderobe mischte.

Im Küchenradio lief schon die Feierabendsendung, und Peggy geriet in Panik. Ihr lief die Zeit davon. Sie musste für die Willkommensveranstaltung heute Abend noch die Häppchen vorbereiten. Sie musste sich wirklich beeilen, aber der offene Kleiderschrank lag leider als undurchdringlicher Dschungel zwischen ihr und den Lachs-Blinis.

Basil lag auf dem Bett, die Pfoten vor sich ausgestreckt wie eine schneeweiße Sphinx, und sah ihr zu.

«Bitte sag mir, was ich anziehen soll.»

Sie sehnte sich danach, dass Ted etwas für sie heraussuchte, ihr den Reißverschluss zumachte und ihr sagte, sie sehe wunderbar aus. Sie hätte sogar noch im Kartoffelsack seine rosa bebrillte Zustimmung bekommen.

Peggy schloss die Augen und versenkte die Hand in der Wand aus Kleidungsstücken. Was sie auch herauszerren mochte, sie würde es anziehen. Dazu noch ein Spritzer Parfüm, und fertig. Außerdem würde Brian sowieso viel zu sehr damit beschäftigt sein, die weiblichen Neuzugänge zu unterhalten, um sie auch nur zu bemerken.

Abgesehen davon war Peggy nach dem Vorfall mit dem Hausschlüssel ohnehin noch nicht wieder bereit für eine Begegnung.

In der kleinen Clubhausküche herrschte glühende Hitze. Schweiß lief Peggy den Hals hinunter und durchtränkte das Polster aus Taschentüchern, das sie sich in den Ausschnitt geschoben hatte. Am Anfang hatte das tiefe Dekolleté sie gar nicht gestört. Das Kleid, das sie blind von der Stange geangelt hatte, sah ganz passabel aus, auch wenn sie sich beim besten Willen nicht daran erinnern konnte, welcher ihrer verblichenen Mitbewohner ausgerechnet Königsblau geliebt hatte. Ihre Massen in den Stoff zu quetschen, erinnerte Peggy an das Verteilen von Kuchenglasur in einem Spritzbeutel. Zum Glück bedeckte das Kleid ihre Knie.

Doch als sie anfing, sich in der Küche zu schaffen zu machen, wendeten die Dinge sich zum Schlechteren. Das Kleid schien in der feuchtheißen Luft zu schrumpfen. Sie kam sich vor wie vakuumverpackt. Der Synthetikstoff klebte an ihr und rutschte bei jedem Schritt ein Stückchen weiter die schweißnassen Oberschenkel hinauf. Peggy bekam schreckliche Angst, die Neuzugänge versehentlich mit sehr viel mehr Pikantem zu begrüßen als nur ein paar Knabbereien. So, wie sie aussah, konnte sie eine Begegnung mit Brian definitiv nicht riskieren. Sie würde sich den ganzen Abend in der Küche verstecken müssen.

«Du hast dich mal wieder selbst übertroffen.» Jim Wilde mopste sich ein Pastetchen von der Platte. Wann immer es irgendwo umsonst etwas zu essen oder einen wohlgeformten Knöchel zu bewundern gab, konnte man sich darauf verlassen, dass Jim ein bisschen frech wurde.

«He, Pfoten weg, die sind für unsere Neuen.»

«Bist du dir wirklich sicher, dass du mich nicht doch heiraten willst, Deidre?» Jim steckte sich das Pastetchen ganz in den Mund und zwinkerte.

«Wie immer vielen Dank für das freundliche Angebot», erwiderte Peggy, «aber nein danke.»

Im Leben nicht.

Jim war völlig harmlos und hatte ein Namensgedächtnis wie ein Sieb, aber das war Teil seines Charmes. Er gehörte in der Siedlung zu den lebendigsten Exemplaren. Er hatte für einen Mann seines Alters eine gute Figur und außerdem einen Satz kostspieliger Keramikveneers im Mund. Mit seinen Jeans und der Lederjacke sah er aus wie ein alternder Rockstar, und genau das war er auch. Sein hinfälliges Gehör und die Reibeisenstimme zeugten von einem Leben auf der Überholspur bei voller Lautstärke. Betrüblicherweise sang er inzwischen nur noch unter der Dusche. Seine leidgeplagten Nachbarn nannten es «Jimmys Wassermusik», auch wenn die Melodien eher Hendrix als Händel waren.

«Ich liebe den Willkommensabend», sagte er und schnappte sich das nächste Pastetchen. Dann warf der nicht mehr allzu wilde Jim Wilde ihr unter seinen buschigen Augenbrauen einen feurigen Blick zu und tänzelte mit einem Elvis-Kräuseln auf der Oberlippe summend davon. Nach ein paar Schritten blieb er stehen und massierte sich die Rückseite des Oberschenkels. Armer Jim. Offensichtlich machte ihm sein Ischias wieder zu schaffen. Peggy fragte sich, wie viele Frauen er wohl heute Abend noch mit Deidre ansprechen würde.

Von ihrem Aussichtspunkt an der Ausgabe sah sie zu, wie die Bewohner einzeln oder paarweise eintrafen. Zu den Frühankömmlingen gehörte Mavis, glänzend in Kirschrot, und direkt dahinter huschte Sheila Martin in Marineblau herein.

Peggy musste unwillkürlich an David Attenborough denken. *Sehen Sie nur, wie der Storch auf dem Rücken des ahnungslosen Wasserbüffels reitet.* Sie grinste und schob sich ein Pastetchen zwischen die Lippen.

Das Clubhaus füllte sich schnell. Jim ging an der Tür in Stellung und trennte die Ankömmlinge in einzelne Damen und Paare, wobei er Letztere zur Unterhaltung an Mavis weiterleitete. Dank des üblichen Mangels an alleinstehenden männlichen Exemplaren, ob Neuzugänge oder nicht, zog Jim aus seiner Position den größtmöglichen Vorteil. Peggy war hin- und hergerissen zwischen ihren Pflichten an der Theke und dem Schauspiel vor ihren Augen. Es war faszinierend, einen Profi wie Jim in Aktion zu erleben, zuzusehen, wie er auf der Suche nach dem nächsten Opfer den Blick durch den Raum schweifen ließ. Wieder kam ihr David Attenborough in den Sinn.

Gerade als Peggy zwischen zwei Tabletts Miniwienern im Schlafrock eine Verschnaufpause einlegte, betrat Celia den Saal. Sie hatte den unvermeidlichen Overall gegen Jeans und ein sauberes T-Shirt getauscht, und Peggy stellte sie sich als junge Frau vor, rittlings auf ihrem geliebten Motorrad. Sie und ihre Maschine waren beide derselbe Jahrgang und beide erstaunlich gut erhalten, auch wenn es heutzutage eher das tiefe Röhren des Motors war, das die Männerherzen höherschlagen ließ, als die ausgerissene Debütantin.

Sie steuerte direkt auf die Ausgabe zu und verkündete: «Ich brauche einen Drink.»

«Dann mach dich nützlich und biete Sherry an.» Peggy wies mit dem Kinn auf ein Tablett voll identischer Gläser. «Lieblich links, trocken rechts.»

«Okey-dokey. Vielleicht genehmige ich mir aber zuerst selbst ein paar. Bei meiner Enfield hat die verfluchte Kupplung den Geist aufgegeben. Wie mich das nervt. Manchmal glaube ich, das alte Mädchen macht mehr Ärger, als sie es wert ist.»

Celia wohnte nur ein paar Türen weiter, und Peggy war an den hochtourigen Motorenlärm gewöhnt. Aus Celias Garage ergossen sich oft die Einzelteile ausgeschlachteter Motoren ins Freie hinaus und oft genug auch bis auf den Weg zur Haustür hinüber. Niemand schien sich daran zu stören. Zu Peggys Erstaunen wirkte Brian an Celias Hobby besonders interessiert. Sie hatte ihn bereits des Öfteren vor der Garage stehen sehen, um Celias enthüllte Teile zu bewundern.

Während im Ofen ein Blech Käsetörtchen bräunte, linste Peggy noch einmal durch die Ausgabe. Der Saal war inzwischen gut gefüllt. Von Brian war nichts zu sehen. Erleichtert arrangierte sie die letzte Fuhre Würstchen im Schlafrock auf dem Tablett und griff nach der Sherry-Flasche, um sich den Rest zu gönnen. Das Glas war nur noch Millimeter von ihren Lippen entfernt, als Sheila in der Tür zur Küche auftauchte.

«Mavis sagt, wir brauchen noch mehr Räucherlachs, und könntest du jetzt die Pastetchen rausbringen?»

Peggy murmelte was von Sklavenarbeit und drückte Sheila die Würstchen in die Hand. «Lachs ist alle.»

Sheila machte ein Geräusch durch ihre Nase. Sie sah aus, als wäre sie extra beim Friseur gewesen, und Peggy hätte schwören können, dass sich die frisch ondulierten Löckchen sichtbar auf ihrer Kopfhaut kräuselten.

Mavis hatte gut reden, ständig Finger-Food auf Gourmetniveau zu fordern, und das bei einem Budget für Nudelsalat. Peggy hasste es, dass ihre Dienste für selbstverständlich genommen wurden. Sie nahm sich fest vor, das Thema beim nächsten Treffen des Siedlungskomitees anzusprechen. Ob Brian ihr als Kassenwart den Rücken stärken würde?

Sie fühlte sich inzwischen, als wäre ihr im Laufe des Abends die Hälfte ihres Körpergewichts in die Knöchel gerutscht. Sie lehnte sich gegen die Anrichte und inspizierte das geschwollene, von den Riemchen der Sandalen abgebundene Fleisch. Ihre Füße sahen aus wie Rollbraten.

Knubbelknöchel, sagten Sam und Emily dazu und meinten damit die Stelle, wo bei ihr Waden und Knöchel nahtlos ineinander übergingen. *Grannys Knubbelknöchel.* Peggy schaufelte sich den letzten Löffel Pilzfüllung in den Mund und spülte mit einem Schlückchen Sherry nach.

Nachdem sie das abgewaschene Geschirr ordentlich aufs Abtropfbrett gestapelt hatte, trocknete Peggy sich erst die Hände und dann das Gesicht am Geschirrtuch ab. Draußen war es plötzlich eigenartig still geworden. Sie steckte den Kopf durch die Ausgabe, um zu sehen, was vor sich ging. In der Eingangstür zeichnete sich die Silhouette einer Frau ab. Sie trug ein langes, fließendes Gewand. Als eine Brise in die durchscheinenden Ärmel fuhr, meinte Peggy, einen Engel vor sich zu sehen.

Im nächsten Augenblick griff eine eiskalte Hand mitten in sie hinein, packte ihre Eingeweide und wrang sie aus wie einen nassen Lappen. Gleichzeitig löste sich auch der allerletzte verbliebene Zweifel in Luft auf. Sie war es tatsächlich. Die Frau im Wartezimmer, die ihr verheultes Gesicht gesehen und ihr die Strumpfhose zurückgegeben hatte, war zweifelsohne und unverwechselbar Angie Valentine, die Angie, mit der sie einst befreundet gewesen war.

Peggy erhaschte in der metallenen Teemaschine einen Blick auf ihr verschwitztes Spiegelbild und geriet in Panik. Ihre Wangen waren fleckig rot, und unter den Armen prangten zwei riesige dunkle Schweißflecke. So wollte sie jemandem wie Angie nach über fünfzig Jahren auf keinen Fall wieder begegnen. Nicht, wenn sie auch nur ein Fünkchen Selbstachtung behalten wollte.

Draußen im Saal wurden die Gespräche wieder aufgenommen, immer wieder von dem etwas zu schrillen Gelächter durchsetzt, das typisch für im Grunde peinliche gesellschaftliche Ereignisse war. Peggy spähte noch einmal hinaus, sah aber nur Mavis, die sich, während sie mit einem angebissenen Würstchen im Schlafrock wedelte, mit einem neu in die Siedlung gezogenen Ehepaar unterhielt. Von Angie keine Spur. Und von Brian ebenfalls immer noch nicht.

Sie hatte ihren Seufzer der Erleichterung erst zur Hälfte ausgestoßen, als die Menge vor ihr sich teilte. Die schöne, souveräne, selbstbewusste Angie Valentine höchstpersönlich schwebte direkt auf sie zu. Augenblicklich war alles wieder da, Peggys lähmende Unsicherheit und ihre quälende Eifersucht, so schmerzhaft, als wäre kein einziger Tag vergangen.

Der Engel hatte die Ausgabe beinahe erreicht, als Jim von links ins Bild geschossen kam und Angie von der Herde trennte wie ein Schäferhund das Schaf.

Dich schickt der Himmel, Jim Wilde, du geiler alter Bock.

Peggy hatte gerade noch genug Zeit, um sich unbemerkt davonzustehlen. Bevor Angie sie erkannte. Bevor Brian kam.

5
Die zuckerfreie Pille

Ich bestehe darauf, David», sagte Peggy. «Ich backe Sam immer den Geburtstagskuchen.»

«Das können wir dir doch nicht schon wieder zumuten, Mum.»

«Das macht überhaupt keine Umstände. Ich habe mir schon was ausgedacht. Roter Biskuit mit Buttercremeglasur.»

Das Rezept lag vor ihr auf dem Küchentisch. Sie hatte sich bereits einen Einkaufszettel geschrieben, auf die Rückseite von Dr. Stephens Broschüre. In Glitzergold.

«Das klingt ... super. Aber Mel will auf gar keinen Fall, dass du dir so viel Mühe machst. Sie hat Angst, dass es dir zu viel wird.»

«Das klingt, als würde sie nicht wollen, dass ich Sams Kuchen backe.» Peggy hielt Basil ein Stückchen gebutterte Toastrinde hin. Der alte Hund begutachtete das Angebot mit seinem gesunden Auge, schnupperte und schnaubte abfällig. Seufzend schlurfte er zurück in sein Körbchen.

«Mum, jetzt sei nicht gleich beleidigt. Sie hat dieses Jahr einfach etwas anderes im Sinn.»

«Aber zur Geburtstagsfeier meines Enkelsohns darf ich trotzdem kommen, ja?»

Peggy wollte David so dringend nach dem Datum fragen. Sie hatte es sich mit Sicherheit irgendwo aufgeschrieben, aber leider nicht in den Kalender.

«Natürlich bist du eingeladen. Die Feier findet nächsten Monat statt. Ich habe dir letzte Woche die Einladungskarte mitgebracht. Erinnerst du dich nicht?»

Tatsächlich?

«Hallo, Granny!», erklang plötzlich eine andere Stimme am Telefon.

«Sam, bist du das? Wie schön!»

«Gefällt dir meine Einladung? Ich habe sie selbst geschrieben!»

«Aber ja, mein Schatz, und wie! Vielen Dank.» Jetzt hatte sie es endgültig vergeigt.

«Es wird eine *Star-Wars*-Party. Grandma Geraldine und Grandpa Mike kommen auch. Dad sagt, das ist schön für dich, weil du dann ein paar andere alte Menschen zum Reden hast.»

Mels Eltern hatten ihre Einladung mit Sicherheit nicht verbummelt, darauf konnte sie wetten. Die Karte hatte bestimmt einen Ehrenplatz an ihrem lächerlich großen Kühlschrank bekommen, als hätte Sam damit den Schülerwettbewerb gewonnen. Mels Eltern kannten mit Sicherheit den Unterschied zwischen *Star Wars* und *Space Invader.*

«Ich freue mich schon», sagte Peggy.

«Es ist echt schade, dass du mir keinen Kuchen mehr backen darfst, Granny. Aber Mummy hat gesagt, sie will dieses Jahr einen, der schmeckt.»

Peggy musterte Dr. Stephens Gesicht, während er sie mit dem Stethoskop abhorchte. Als sie ihren Puls in der Manschette pochen fühlte, lugte sie auf das Display.

«165 zu 90.»

«Das ist für meine Verhältnisse gut», sagte Peggy. «Bei Dr. Szczepanski war mein Blutdruck immer viel höher.»

«Er ist trotzdem noch zu hoch. Bluthochdruck ist eine Belastung für Blutgefäße und Herz. Das bedeutet ein erhöhtes Risiko für Herzinfarkt, Nierenversagen und Schlaganfall.»

Na herrlich.

Peggy überdachte die Alternativen. Hätte sie die Wahl, sie würde sich für den Herzinfarkt entscheiden. Warum nicht? In der Siedlung gab es jede Menge Leute, die schon mal einen erlitten hatten, und die waren alle im Nullkommanix wieder auf den Beinen gewesen. Abgesehen von denen natürlich, die daran gestorben waren.

Ein Schlaganfall war allerdings eine völlig andere Hausnummer. Ein Schlaganfall würde den Verlust ihrer Unabhängigkeit bedeuten. Und genau das war Peggys allergrößte Angst: völlig auf ihre Kinder angewiesen zu sein. Sie wollte nie jemandem zur Last fallen, nicht ihren Kindern und auch sonst niemandem. Das halbseitig gelähmte Gesicht ihres Vaters ließ sie bis heute nicht los – als hätte man ihn zu lange am Ofen gelassen, und er wäre geschmolzen. Er war nie ein großer Redner gewesen – wie auch, wo Peggys Mutter jede einzelne Äußerung von ihm grundsätzlich verbessert hatte –, aber das stoische Schweigen nach dem Schlaganfall war erschütternder, als wenn er sich mit wütendem Gebrüll gegen die erlittene Ungerechtigkeit gewehrt hätte. Im Alter von fünfzig Jahren. Was für eine Verschwendung.

Sollte ich je einen Schlaganfall erleiden, dachte Peggy, dann bitte richtig; auf einen Schlag alles aus und vorbei.

«Die gute Nachricht lautet, gemäß dem letzten Blutbild arbeiten Ihre Nieren normal, und Sie leiden auch nicht an Diabetes.» Dr. Stephen drehte den Bildschirm zu ihr um und deutete auf eine Reihe von Zahlen.

«Gut!», sagte Peggy mit hoher Stimme.

«Noch nicht.»

Peggy ließ die Schultern hängen. Sie gab sich wirklich Mühe, erklärte sie ihm und hoffte, nicht zu jämmerlich zu klingen. Sie ging regelmäßig zur Wassergymnastik, rauchte nicht und trank nur ab und zu ein Gläschen Sherry. «Und illegale Drogen rühre ich auch nicht an», fügte sie aus völlig unerfindlichem Grund hinzu.

«Es liegt an Ihrem Gewicht», sagte der Arzt und legte seine hübsche glatte Stirn in Falten.

Peggys Lächeln stahl sich davon und machte einem Schnütchen Platz. Sie hatte nun wirklich alles versucht, jede Diät, die es gab. Nichts funktionierte. Sogar Robert Atkins hatte irgendwann verzweifelt die Hände über dem Kopf zusammengeschlagen. Es war jedes Mal dasselbe: Sie verlor ein paar Kilo, bekam schlechte Laune, und dann sorgte schon der kleinste Rückschlag dafür, dass sie sich Hals über Kopf in ihrer Vorratskammer wiederfand.

Peggy machte sich auf die übliche Standpauke gefasst.

«Es gibt verschiedene Gründe, übermäßig viel zu essen. Manche Menschen haben kein Sättigungsgefühl, manche naschen zwischen den Mahlzeiten Snacks mit hohem Zuckergehalt, und andere wiederum sind emotionale Esser, das bedeutet, sie essen, um sich zu belohnen, oder in Zeiten von Stress oder Verstimmungen. Klingelt es da bei Ihnen irgendwo?»

Bim, bim, bim und bam. Sie aß, weil sie Hunger hatte. Ganz einfach. Das Problem war, sie hatte *ständig* Hunger.

«Nach Teds Tod habe ich all meine Willenskraft verloren. Nicht, dass ich davon besonders viel hatte, als er noch am Leben war. Aber seit ich allein bin, ist mir oft langweilig, ich fühle mich einsam. Essen fühlt sich an wie ein Freund.»

Dr. Stephen beugte sich zu ihr vor und drückte mitfühlend ihre Schulter. «Ich verstehe. Wie wär's? Sie stellen sich jetzt kurz auf die Waage, und dann machen wir einen Plan.»

Peggy mochte Dr. Stephen. Er konnte gut zuhören und gab praktikable Ratschläge. Diesmal war sie fest entschlossen, nicht zu scheitern. Ihm zuliebe und sich selbst zuliebe. Und falls sie irgendwann doch Angie in die Arme laufen sollte, was an einem Ort wie dem Jacaranda Retirement Village unvermeidlich war, wollte sie fit und fabelhaft aussehen und beweisen, dass sie ihr Selbstwertgefühl nicht unter einem Stapel Frotteelätzchen verloren hatte.

Dr. Stephen klickte mit seinem Kugelschreiber und drehte das Blatt zu Peggy um. Sie kramte in der Handtasche nach ihrer Lesebrille, war erleichtert, sie auf Anhieb zu finden, und warf einen Blick auf die Liste mit Anweisungen.

«Wenn es um Gewichtsverlust geht, verfolge ich einen etwas anderen Ansatz. Es ist viel besser, sich nicht so sehr auf den Gewichtsverlust an sich zu konzentrieren, sondern stattdessen allgemein die Essgewohnheiten und die Fitness zu verbessern. Wir müssen dafür sorgen, dass Sie nicht noch weiter zunehmen.»

Peggy war verwirrt. «Also setzen Sie mich nicht auf Diät?»

«Diäten funktionieren nicht. Denken Sie mal nach. Wenn sie funktionieren würden, hätte jeder, der jemals eine Diät gemacht hat, sein Idealgewicht. Es gibt übrigens Studien, die darauf hinweisen, dass Frauen ab einem Alter von achtzig mit ein wenig mehr Gewicht auf den Rippen sogar länger leben als dünnere Frauen im selben Alter.»

Peggy nahm sich fest vor, sich diese Statistik zu merken, um zum geeigneten Zeitpunkt darauf zurückgreifen zu können. Mels magersüchtige Mutter Geraldine ritt ständig auf den Kohlehydraten herum.

«Ich möchte, dass Sie anfangen, achtsam zu essen.»

«Mit Achtsamkeit kenne ich mich aus», sagte Peggy. «Das habe ich einmal versucht, in einem Yogakurs, hier bei uns in der Siedlung. Wir mussten uns auf alle Empfindungen in unserem Körper konzentrieren.» Sie erinnerte sich noch genau. Als sie bei ihrer Blase angekommen war, ging es steil bergab. Vielleicht wäre sie sogar in der Lage gewesen, sich mit schierer Willenskraft trotzdem in die nächste Körperregion zu bewegen, doch das hatte Marjorie Seaton verhindert, die auf der Nachbarmatte eingeschlafen war und geschnarcht hatte wie ein Holzfäller.

«Gut. Ich möchte, dass Sie alles, was Sie sich in den Mund stecken, bewusst zu sich nehmen. Ich möchte, dass Sie schmecken, was Sie kauen, und ich will, dass Sie auf Ihren Körper hören, damit Sie lernen herauszufinden, wann Sie genug haben.»

«Genau da liegt ja das Problem. Ich weiß nicht, wann ich aufhören soll.»

«Essen Sie nur, bis das Hungergefühl gestillt ist. Warten Sie nicht, bis Sie voll sind oder der Teller leer ist.»

Peggy ließ die Schultern hängen. Sie wollte eine Pille oder eine Blitzdiät und kein neumodisches Achtsamkeitsgedöns.

Dr. Stephen war noch nicht fertig mit seiner Liste. «Essen Sie viel frisches Obst und Gemüse und vermeiden Sie alles, was weiß ist oder verarbeitet. Zucker, Mehl, Reis, Brot. Vor allem Zucker.»

Peggy ging im Geiste die Regale in ihrer Speisekammer durch. «Dann ist Schokolade okay?» Das war ja doch einfacher als befürchtet.

«Zucker.»

«Joghurt?»

«Naturjoghurt, ungesüßt, ist in Ordnung.»

«Mit Honig?»

«Auch Zucker.»

Als Peggy das nächste Wort auf seiner Liste las, sank ihr endgültig der Mut. *Bewegung.*

«Walking, und zwar täglich. Am Anfang zwanzig Minuten, mit einer wöchentlichen Steigerung.»

«Aber was ist mit meinem kranken Knie? Ich warte immer noch auf die zweite OP.»

«Dann Schwimmen.»

«Beim Brustschwimmen tut mir das Knie besonders weh.»

«Alle Wasseraktivitäten, zum Beispiel Joggen im Pool, sind sehr gut gegen Arthrose.»

«Ich gehe doch schon zweimal wöchentlich zur Wassergymnastik.»

«Gut. Ich möchte, dass Sie künftig dreimal in der Woche gehen, und an den anderen Tagen joggen Sie im Pool.»

Peggy war sich nicht mehr ganz so sicher, ob sie Dr. Stephen mochte. Langsam hörte er sich an wie Dr. Hanski-Panski. Nur, dass seine Hände nicht ganz so kalt waren.

«Mir ist in Ihrer Krankenakte noch etwas aufgefallen», sagte er und starrte konzentriert auf den Bildschirm. «Wie lange nehmen Sie die schon?» Er zeigte auf die Liste der aktuell verschriebenen Medikamente.

Peggy hatte keinen blassen Schimmer. Die Apotheke lieferte die Packungen, und sie nahm die Tabletten. Sie sahen alle gleich aus, klein, rund und weiß. Man müsste die Tabletten wie kleine Herzen oder Nieren oder Prostatas formen, damit die Leute wussten, was sie einnahmen und wozu.

«Das ist ein Diuretikum», sagte Dr. Stephen und deutete auf ein Medikament in ihrer Liste. «Es regt die Nierentätigkeit an und dient der vermehrten Ausschwemmung von Flüssigkeit. Dieses Präparat ist ein Kalziumkanalblocker. Das lässt die Knöchel anschwellen.»

Sie blickten beide auf Peggys über die Schnürschuhe quellenden Knubbelknöchel hinunter.

«Sie meinen …?»

«Ja, das Medikament könnte ein Grund für Ihre geschwollenen Knöchel sein und sich außerdem erschwerend auf Ihre … anderen Probleme auswirken.»

«Und meinen Blutdruck senken die Dinger ja offensichtlich auch nicht wirklich.»

«Es ist an der Zeit, die Medikamente zu wechseln, Peggy. Ich werde die Apotheke anweisen, die notwendigen Änderungen vorzunehmen.» Dr. Stephen klapperte auf seiner Tastatur herum. Jenny redete ständig davon, dass alle Ärzte mit der Pharmaindustrie unter einer Decke steckten. Vielleicht bekam er einen besseren Bonus, wenn er ihr irgendwelche teuren, neuen Tabletten verschrieb?

«Ich lebe von meiner Rente, Doktor. Mein langes Leben kostet mich jetzt schon ein Vermögen.»

Er sah sie an. «Wissen Sie was, Peggy? Wenn Sie sich in Sachen Ernährung und Bewegung an meine Ratschläge halten, könnten Sie in Zukunft wahrscheinlich auf so gut wie alle Medikamente verzichten.»

Verzichten? Auf ihre Medikamente? In die Erleichterung bei der Vorstellung einer erheblich reduzierten monatlichen Apothekenrechnung mischte sich eine ganz andere, finstere Befürchtung. Ohne ihre Tabletten verlor sie den Überblick über die Wochentage – und damit auch über Brians Aktivitäten. Ihre Vormittage würden im Chaos versinken. Sie würde nicht mehr wissen, wo oben und wo unten war, ob sie Agatha … oder wie auch immer hieß. Jedenfalls hätten David und Jenny dann endlich die perfekte Entschuldigung, um sie ins Heim zu stecken.

6
Stürzen ist ein fieses Wort

Der Wagen war gerade erst aus der Werkstatt zurück, und Peggy traute sich nicht allzu weit weg, aber wenn sie noch länger darauf wartete, dass David ihr endlich dieses Internet-Dingsda mit dem Supermarkt einrichtete, würde sie verhungern. Der etwas rustikale Gemüseladen an der Straße zum Strand war für sie die einzige Option. Dort konnte sie zumindest direkt vor der Tür parken. Kein Parkplatz, auf dem sie nach einer Lücke suchen musste, kein Grund für den Rückwärtsgang und kein unsichtbarer Mercedes. Der Unfall hatte Peggy, ehrlich gesagt, genauso erschüttert wie den anderen Fahrer, und in ihrer Erinnerung wiederholte sich ständig aufs Neue das schreckliche Knirschen von Metall auf Metall. Im Grunde hatte der Mann sich sehr großzügig verhalten. Nachdem er sich erst wieder beruhigt hatte.

Die Auswahl in der Auslage des Gemüseladens war eine angenehme Überraschung. Die bunten Früchte lagen ordentlich in Kisten gestapelt und sahen sehr appetitlich aus. Und nirgendwo etwas böses Weißes in Sicht. Der junge Mann hinter der Theke war überaus freundlich und trug Peggy sogar die Einkäufe zum Wagen. So etwas passierte einem im Supermarkt nicht.

Die Sonne war experimentierfreudig und übte sich im Frühsommer, auf Smooth FM lief stimmungsvolle Musik, und Peggy hatte überhaupt keine Lust, sofort wieder in die Siedlung zurückzufahren. Über den Bäumen glitzerte ein Teppich aus Diamanten, weil das Meer die Sonne reflektierte. Wann war sie eigentlich das letzte Mal an den Strand gefahren? Sie hatte gehört, am renovierten Surferclub hätte ein neues Café eröffnet. Ob Brian dort jeden Morgen hinging? Peggy rieselte Gänsehaut über die Arme.

Während sie ihren Kleinwagen über die schmale Straße zum Strand lenkte, wehte eine salzige Brise durch die offenen Fenster. Sie drehte Lionel Ritchie bis zum Anschlag auf und sang mit. Auf dem Beifahrersitz lag ein Bund Bananen. In einem Anfall von Leichtsinn hatte sie nämlich sämtliche Vernunft über Bord geworfen und gleich ein ganzes Bund gekauft. Es war schön, am Leben zu sein. Und Peggy Smart war noch nicht bereit, ihre Unabhängigkeit – oder ihre Bananen – kampflos aufzugeben.

Als sie auf den Parkplatz einbog, ging ihrer Euphorie ein klein wenig die Luft aus. Der Strand selbst lag versteckt hinter unzähligen Reihen von Autos – Reihe um Reihe um Reihe. Hier ging es noch turbulenter zu als vor dem Supermarkt. Sie wollte ihren verwegenen Plan gerade aufgeben, als sie die Rücklichter eines ausparkenden Fahrzeugs entdeckte.

Sie brauchte zwar drei Anläufe, bis sie in der Lücke stand, aber wenigstens hatte sie diesmal keinen der benachbarten Wagen touchiert. Es blieb sogar noch genug Platz, um sich durch die Fahrertür ins Freie zu quetschen. Peggy beschloss, die Bananen mitzunehmen. Bei dem Preis konnte sie kein Risiko eingehen. Ihr Plan war, kurz an den Strand zu laufen, sich dort das Meerwasserschwimmbecken anzusehen und sich dann in dem neuen Café eine Tasse Kaffee zu gönnen. Schwarz, natürlich. Die Toilettenanlagen befanden sich direkt neben dem Parkplatz und machten ihren Plan zum perfekten Ausflug.

Als Peggy sich zwischen den Reihen hindurchschlängelte,

entdeckte sie auf einmal einen vertrauten Wagen. Silbern, mit vier schwarz glänzenden Reifen, ebenso solide und verlässlich wie sein Besitzer. Noch besser, er gehörte zu der Kategorie Fahrzeuge, bei denen man davon ausgehen konnte, dass unter ihrer Motorhaube mehr steckte, als auf den ersten Blick zu sehen war. Beim Anblick des Nummernschildes errötete sie. Den vierstelligen Sperrcode für ihr neues Telefon konnte Peggy sich zwar nicht merken, aber diese Kombination aus Buchstaben und Zahlen konnte sie im Schlaf.

Vor ihr stand Brians Lexus.

Er fuhr also tatsächlich jeden Vormittag an den Strand. Die perfekte Gelegenheit, ihm abseits der neugierigen Blicke der siedlungseigenen Klatschbrigade zufällig über den Weg zu laufen, hatte sich die ganze Zeit direkt vor Peggys Nase befunden.

War dies der Beginn vom Rest ihres Lebens, ihre zweite Chance auf Liebe und Glück? Oder war es ein riesengroßer Irrtum? Was, wenn er sie außerhalb der vertrauten Umgebung überhaupt nicht erkannte? Was, wenn er sie zwar erkannte, aber so tat, als würde er es nicht tun? Oder, noch schlimmer: Was, wenn er ihr unterstellte, sie würde ihm *nachstellen*?

Lauter Horrorszenarien stürmten auf sie ein: Sie würde ihren Sitz im Siedlungskomitee niederlegen müssen, ihren Namen ändern, die Siedlung verlassen, sich selbst in ein Heim einweisen.

Peggy blieb wie angewurzelt stehen, zitternd vor Unentschlossenheit. Die letzten Tage hatten ihr zugesetzt. Ihr Elan hatte Schwung geholt, die Beine in die Hand genommen und sich auf und davon gemacht. Sie wurde in ein paar Wochen achtzig. Natürlich würde es irgendeine Feier geben, mit einem von Mel organisierten ekelerregend schmackhaften Kuchen und Geburtstagskarten mit glitzernden Ausrufezeichen vorne drauf.

Du bist achtzig!

In ein paar Wochen wäre sie offiziell alt, das Stichwort für David und Jenny, endgültig das Kommando zu übernehmen. Ihre Kinder würden sie mit ihrer Fürsorge ersticken und sie nach ihrer Pfeife tanzen lassen. Sie würden ihr erzählen, was sie brauchte und was sie wollte. Von ihrem Achtzigsten an würde Peggys Leben organisiert und verplant und verwaltet werden, bis es nicht mehr ihr Leben war.

In der Ferne sah Peggy die Schwimmer ihre Bahnen ziehen. Einer von ihnen musste Brian sein. Sie bekam weiche Knie.

Ihr Leben lang hatte sie versucht, es allen anderen recht zu machen, das brave Mädchen zu sein. Es war höchste Zeit für etwas Wagemut. Das Schicksal persönlich legte ihr diese goldene Gelegenheit zu Füßen, und wenn Peggy Smart eines wusste, dann, dass man Gelegenheiten beim Schopfe packen musste.

Sie war noch ein Stückchen vom Schwimmbad entfernt, als Peggy ein Paar auf sich zukommen sah. Links ging eine schlanke Frau mit breitkrempigem Sonnenhut und einer überdimensionalen Promi-Sonnenbrille, die das ganze Gesicht bedeckte. Neben ihr ging ein schmalgliedriger Mann mit Strohhut, ein gestreiftes Handtuch um die leicht abfallenden, nackten Schultern gelegt. Die beiden plauderten angeregt und lachten. Als sie näher kamen, konnte Peggy den Mann genauer erkennen. Auf seiner Brust kräuselte sich dichtes weißes Haar. Die Haut hing an ihm herunter wie nasse Wäsche. Doch ein einziger Blick auf die Narben an seinen Knien genügte, und Peggy wusste, wer er war. Mehr noch. Wer alle beide waren.

Kampf oder Flucht?

Peggy wusste, wie man in der Wildnis überlebte. Entweder man blieb und stellte sich der Gefahr, oder man rannte davon. Unglücklicherweise erreichte die Botschaft Peggys Füße nicht mehr rechtzeitig, als ihr Körper sich bereits umdrehte, um die Flucht anzutreten.

Peggy bekam Schlagseite wie ein auf Grund gelaufener Tanker. Einen Augenblick hing sie völlig in der Luft, dann wurde ihr schwarz vor Augen.

Als sie wieder zu sich kam, dachte sie zuerst, sie wäre eingeschlafen, doch anstatt des Ventilators an ihrer Schlafzimmerdecke kreiste ein Schwarm lärmender Möwen über ihr wie Aasgeier. War sie tot? Peggy hoffte es.

Ein paar Sekunden lang geschah nichts. Dann meldete sich der Schmerz in ihrem Handgelenk. *Doch nicht tot.*

Platt auf dem Boden liegend, ereilte Peggy ein Geistesblitz. Genau das war der Grund, weshalb Leute in ihrem Alter auf Erdtöne zurückgriffen! Stein, Sand, Kiesel. Vielleicht bestand ja die Chance, dass sie gut genug getarnt war, um von niemandem entdeckt zu werden?

«Sie braucht Luft.» Über ihr erschien das von der Sonne umrahmte Gesicht einer Frau. «Peggy Smart! Du *bist* es! Ich dachte mir neulich im Wartezimmer schon, ich hätte dich erkannt.» Das Gesicht der Frau schwebte ein bisschen verschwommen über ihr, bis es Peggys Gehirn gelang, die Einzelteile zusammenzufügen. Sie stöhnte. Schlimmer konnte es doch eigentlich nicht mehr werden, oder?

«Kennt ihr beide euch?» Brian tauchte verschwommen vor ihr auf, das freundliche Gesicht in Sorgenfalten.

«Oh ja. Aus uralten Zeiten», sagte Angie.

«Haben Sie sich verletzt?», fragte Brian.

Peggy wackelte mit den Zehen. Zumindest war ihre Wirbelsäule noch intakt.

«Wollen Sie vielleicht versuchen, sich aufzusetzen?» Wieder Brian. Er hatte eine komische Haltung, halb in der Hocke, halb kniend. Peggy konnte sich noch an den Tag erinnern, als ihm mit seinem zweiten neuen Knie endlich die Beuge über hundert Grad gelungen war. Das war sechs Wochen nach der Operation gewesen, und sie hatte mit dem Gedanken gespielt, ihm zur Feier des Tages einen Kuchen zu backen, es sich dann aber anders überlegt, weil sie nicht zu forsch wirken wollte.

Brians Vorschlag folgend, experimentierte Peggy mit einer Sitzposition. Eine Woge aus Übelkeit schlug über ihr zusammen, und sie zog sich sofort wieder auf den sicheren, festen Boden zurück. Inzwischen hatte sich eine Traube Neugieriger angesammelt, und schließlich schaffte Peggy es mit der Hilfe von zwei jungen Rettungsschwimmern zurück in die Vertikale.

Sie war entsetzt. Aus irgendeinem Grund fiel ihr eine Szene mit ihrer Mutter ein, die Peggys aufgeschürfte Hände mit Jod bepinselte und ihr sagte, sie solle gefälligst aufhören zu heulen. Ganz deutlich hatte Peggy die Stimme der alten Meckerziege im Ohr: «Steh sofort auf, junges Fräulein. Was machst du nur für ein Theater!»

«Mir geht es gut», sagte Peggy und kämpfte sich auf die Beine wie ein neugeborenes Fohlen. «Sehen Sie?» Sie streckte die Arme aus, um den Beweis anzutreten, und geriet augenblicklich ins Straucheln.

«Hoppla!» Brian fing sie auf und ließ sie sanft zu Boden gleiten. Diesmal war Peggys Landung eleganter. Dank Brian.

Oh, wie gerne wäre sie in diesen Armen geschmolzen, doch dazu stand zu viel auf dem Spiel. Sie durfte vor Brian und Angie auf keinen Fall schwach und hinfällig wirken, ganz im Gegenteil: gleichmütig und gelassen musste sie sein.

«Na also», sagte Peggy. «Nichts passiert.»

«Und was ist das?» Brian zeigte auf ihren linken Arm.

Peggy musterte ihr Handgelenk. Es erinnerte sie irgendwie an eine verbogene Gabel. «Das ist gar nichts», sagte sie und wedelte mit der deformierten Gliedmaße. Der Schmerz war unvorstellbar.

«Das war's. Kann bitte jemand einen Krankenwagen rufen!», sagte Angie. Sie hatte sich kein bisschen verändert. Herrisch wie eh und je. Widerstand war zwecklos.

«Oh, was ist mit meinen Bananen?» Peggy blickte auf ihre zerdrückte Handtasche auf der Erde. Sie war direkt darauf gelandet. Der Saft matschiger Bananen sickerte heraus. *Was für eine Verschwendung.* Sie hatte sicher noch irgendwo ein Rezept für Bananenkuchen.

«Ihre Freundin hat recht. Sie müssen ins Krankenhaus, meine Liebe.»

Meine Liebe. Peggy verspürte leichten Schwindel.

«Aber nicht mit dem Krankenwagen.» Auf keinen Fall. Nicht, wenn sie diesen Vorfall vor David und Jenny geheim halten wollte.

«Und wenn ich Sie fahre?» Brians Stirnrunzeln verwandelte sich in ein Lächeln.

Was für schöne Zähne er hat.

Peggy nickte gehorsam.

«Wenn, dann fahre ich dich», sagte Angie. Peggys Unterlippe fing an zu zittern. «Aber, Brian ...» Sie streckte den Arm nach ihm aus, doch eine Welle aus Schmerz machte der Bewegung den Garaus. Da ging er hin, ihr Traum. Brian schlüpfte ihr durch die Finger. Durch ihre rapide anschwellenden Finger. So war das nicht gedacht gewesen.

Angie beugte sich zu ihr hinunter, packte Peggy am gesunden Arm und zerrte sie unsanft auf die Beine.

«Na komm», sagte sie, und ihre Stimme wurde etwas sanfter. «Die Schwestern dort sind sehr nett, habe ich gehört.»

Peggy versuchte, die Ereignisse in einen sinnvollen Zusammenhang zu bringen. Es hatte mit Lionel Ritchie angefangen und endete irgendwie damit, dass sie in einem Krankenhaushemd auf einer mit Plastik bezogenen Matratze lag. Alles dazwischen war ein einziges Kuddelmuddel. Ein freundlicher Mann im Gemüseladen und irgendwas mit Bananen. Am beunruhigendsten war die Tatsache, dass sie sich nicht erinnern konnte, ob sie *Draufgänger in Weiß* in die Bücherei zurückgebracht hatte. Aber davon sagte sie lieber nichts, für den Fall, dass die Ärzte beschlossen, den gefürchteten Gedächtnistest mit ihr zu machen, über den in der Siedlung alle sprachen. Erreichte man weniger als zwanzig von dreißig Punkten, steckten sie einen ins Heim. Peggy nahm sich fest vor, sofort mit dem Üben anzufangen, nur für alle Fälle. Wie hießen die drei Gegenstände gleich wieder, die man sich merken sollte? Dorothy White hatte ihr vor ihrem Verschwinden alles darüber erzählt. Arme Dorothy. Sie hatte sich so auf den Ausflug mit ihrer Tochter gefreut. Sie konnte nicht ahnen, dass sie niemals zurückkehren würde. Dabei hätten der Koffer und der Umzugswagen ihr eine Warnung sein müssen.

«Apfel, Tisch, Penny», murmelte Peggy.

«Na, fangen die Happymaker an zu wirken?» Auf einem Plastikstuhl neben dem Bett saß Angie Valentine.

«Du liebe Güte! Was machst du denn hier?»

«Mich für Beatles-Karten anstellen. Was glaubst du denn?»

«Sind die Beatles wieder zusammen?» Peggy fragte sich, wie lange sie bewusstlos gewesen war.

«Nein, Dummerchen. Ich habe dich hergebracht, damit sie sich dein Handgelenk ansehen, aber ich glaube, wo wir schon mal hier sind, sollte ich gleich noch dein Oberstübchen röntgen lassen.»

Peggy musterte ihre alte Freundin. Angies Gesichtshaut erinnerte sie seltsam an einen aufgeblasenen Kaugummi, und ihre Miene war zu einem Ausdruck milder Überraschung erstarrt. Das perfekte Make-up und die völlig symmetrischen Zähne trugen das Ihre zu der erstaunlichen Erkenntnis bei, dass Angie Valentine offensichtlich in fünf Jahrzehnten kaum gealtert war. Der Anblick war irgendwie beunruhigend, regelrecht unheimlich.

«Du siehst eigenartig aus», sagte Peggy. «Was ist mit deinem Gesicht passiert?»

«Charmant! Ich hab dich auch vermisst.»

Um sie herum wuselten Ärzte und Schwestern, Pfleger und Hilfskräfte wie Ameisen auf festgeschriebenen Bahnen herum. Wohin Peggy auch blickte, alles war weiß. Von Decken und Kissen bis hin zu Wänden und Möbeln; endlose Seiten weißes Papier auf weißen Klemmbrettern, sogar der winzige Strohhalm, der aus dem weißen Becher auf dem Tisch neben ihr ragte, war weiß. Sie musste an Dr. Stephens nüchterne Warnung denken: «Vermeiden Sie alles, was weiß ist.»

«Was ist passiert?», fragte Peggy. Sie versuchte immer noch, sich einen Reim auf die ganze Geschichte zu machen. Es war, als hätte sie erst zur Hälfte des Films eingeschaltet.

«Du bist gestürzt.»

Gestürzt.

Hinfallen durfte man als Kleinkind, aber bei jemandem in ihrem Alter war ein Sturz eine Katastrophe. Wie viele der farbenfrohen Kleider in ihrem Kleiderschrank waren angeschafft worden, um sich von jemandem zu verabschieden, der *gestürzt war*? «Aufrecht bleiben» schien das Mantra ihrer Altersgruppe zu lauten. Seltsamerweise kam ihr Elizabeth Taylor aus *Kleines Mädchen, großes Herz* in den Sinn, die ihr krankes Pferd anflehte, wieder aufzustehen. Oder zu sterben.

Peggy hob den Kopf vom Kissen und wurde von dem fürchterlichen Schmerz hinter ihren Augen sofort wieder niedergestreckt. «Ich muss nach Hause zu Basil.»

«Mach dir um den Hund keine Sorgen. Brian kümmert sich um ihn.»

«Brian?» Den hatte sie völlig vergessen. Er hatte die ganze peinliche, ungeschickte Angelegenheit mit angesehen. Über Peggy schlug erneut eine Woge der Verzweiflung zusammen.

«Ja, dieser große Kerl aus der Siedlung. Ich habe ihn im Schwimmbad getroffen, ungefähr fünf Minuten bevor du deinen Elfentanz hingelegt hast. Für einen Oldie ist der Typ eine ziemlich heiße Nummer.»

Jetzt fiel ihr alles wieder ein. Peggy versuchte erneut, sich aufzusetzen. Sie musste unbedingt nachsehen, ob die Bananen in ihrer Handtasche noch zu retten waren.

«Leg dich hin. Beruhige dich. Du hast einen Gips verpasst bekommen, und wir warten auf den Orthopäden, damit er dich entlassen kann.»

Erst jetzt merkte Peggy, dass ihr linker Arm vom Ellbogen bis zum Handgelenk in einem Gipsverband steckte. Noch mehr Weiß. «Wo sind meine Sachen?»

«Hier unten.» Angie zog einen rosaroten Plastikbeutel unter dem Tischchen hervor. Peggy wurde es ganz anders. In so einem Beutel hatte sie damals Teds Sachen aus dem Krankenhaus nach Hause getragen.

«Mein Ehering!»

«Keine Sorge. Den habe ich in Sicherheit gebracht.» Angie öffnete die Hand und zeigte den goldenen Ring. Er war durchtrennt. «Sie mussten ihn abschneiden, ehe sie den Gips anlegten. Deine Finger waren so geschwollen, dass er dir das Blut abgeschnürt hat.»

Aus Peggys Augenwinkel löste sich eine einzelne Träne. «Ich habe diesen Ring seit meiner Hochzeit am Finger getragen.»

«Ich weiß», sagte Angie und reichte Peggy eine Schachtel Papiertücher. «Ich war dabei.»

Das hatte Peggy völlig vergessen. Sie fragte sich, ob Angie sich noch an die Blamage erinnerte, als Ted den Ring nicht über Peggys knubbeligen Knöchel bekommen hatte und sie ihren Finger ablecken musste, damit er rutschte. Alle hatten gelacht. Abgesehen von Peggys Mutter natürlich, die hinterher darauf bestand, das sei ein schlechtes Omen gewesen.

Peggy betrachtete ihren nackten Ringfinger. In der blassen Haut war eine tiefe Delle, als hätte Ted sie mit seinem Zeichen versehen. Es sah aus, als wäre alles an ihr im Laufe der Jahre in die Breite gegangen, nur nicht die Stelle unter ihrem Ehering. Ihr Blick wurde abgelenkt, als Angie sich über sie beugte, um die Taschentücher auf den Tisch zu stellen.

«Was ist das denn?» Peggy zeigte auf einen runden Knubbel unterhalb von Angies dürrem Schlüsselbein. Für ein Brustimplantat war es erstens zu klein und zweitens nicht ganz an der richtigen Stelle. Außerdem gab es nur eins. Bei näherer Betrachtung entdeckte sie eine schmale Narbe, die senkrecht an Angies Brustbein hinunterführte. Sie sah aus, als hätte jemand bei ihr den Reißverschluss zugemacht.

«Ein Herzschrittmacher. Den habe ich nach meinem Bypass gebraucht.»

«Ein Herzschrittmacher?» Peggy bekam ein schlechtes Gewissen. Sie lag hier rum und jammerte, dabei hatte sie lediglich ein gebrochenes Handgelenk und einen blauen Fleck am

Hintern, während Angie allein von einem batteriebetriebenen Apparat am Leben gehalten wurde. «Das tut mir leid, Angie. Das wusste ich nicht.»

«Sei nicht albern. Woher auch? Wir haben uns vor einer Ewigkeit aus den Augen verloren. Da ist nicht viel dabei, ich trage ja keine Atombombe mit mir herum, die jeden Moment losgehen kann.»

Hinter Angies großer Klappe schimmerte Verletzlichkeit hervor. Weder literweise Botox noch regelmäßige Hautschälkuren konnten die Tatsache verschleiern, dass auch Angies Körper alterte, mit sichtbaren Narben zum Beweis.

«Und wie viel Restlaufzeit hat deine Batterie noch?» Peggy brachte ein schmales Lächeln zustande.

«Mach dir um mich keine Sorgen. Ich bin kugelsicher.»

Peggy fröstelte in der desinfizierten Krankenhausluft. Angie zog ihr die Decke über die Schultern. «Danke sehr.»

«Nichts zu danken.»

«Das ist alles so demütigend.» Peggy zupfte mit ihrer gesunden Hand an der Decke herum. Sie hatte das Gefühl, als könnte sie sich nicht mehr auf ihren Körper verlassen, als hätte jemand sich einen billigen Jux gemacht und ihn umprogrammiert. «Manchmal habe ich dermaßen die Nase voll davon, ich zu sein», sagte sie.

«Tja, Süße. Beiß besser die Zähne zusammen», antwortete Angie. «Alle anderen sind schon vergeben.»

Peggy musste lächeln. In gewisser Weise hatte sie Angie und ihre nüchterne Art immer vermisst. Nicht, dass sie das jemals zugeben würde. Peggy Smart hatte schließlich auch ihren Stolz.

Eine Krankenschwester trat mit einem Plastikbecherchen durch den Vorhang. Darin lag eine Schmerztablette.

«Hier», sagte sie. «Die hilft gegen die Schmerzen.»

Peggy steckte sich die kleine weiße Pille in den Mund und beugte sich vor, um einen Schluck Wasser zu trinken.

Angie hob einen Styroporbecher, offensichtlich mit Tee aus dem Automaten, und stieß mit ihr an. «Prost.»

«Hoch die Tassen!», entgegnete Peggy.

Die beiden lächelten sich an.

«Nach einem Vorfall wie diesem empfehlen wir alten Patienten, die allein leben, über Nacht im Krankenhaus zu bleiben», sagte der Assistenzarzt der Orthopädie, als er endlich erschien.

Vorfall? Alt? Peggy vermutete, dass er von ihr sprach. Schließlich lag sie mit einem Gipsarm hier im Bett.

«Aber ich lebe nicht allein. Ich habe Basil.»

Der Assistenzarzt sah Angie fragend an.

«Ihr Hund.»

«Verstehe. Also, das ist nicht ganz die Unterstützung, die ich meine. Sie werden einige Zeit bei der Körperpflege und beim Anziehen auf Hilfe angewiesen sein. Natürlich könnten wir auch dafür sorgen, dass der Pflegedienst ins Haus kommt.»

Pflegedienst? Peggy stellte sich aufdringliche Frauen auf dicken Gummisohlen vor. Ehe sie sich's versah, würde eine Armee wildfremder Menschen bei ihr ein und aus gehen, viel zu dünnen Tee kochen und ihre Küche umräumen. Ein Sturz allein war schon schlimm genug, aber sich von einer Wildfremden die Seife reichen zu lassen, ging definitiv zu weit.

«Ich komme schon zurecht. Ich bleibe auf keinen Fall im Krankenhaus, und ich will ganz bestimmt keinen Pflegedienst. Wenn nötig, entlasse ich mich selbst.»

«Sollen wir Ihre Familie informieren?» Der Arzt sah aus, als hätte er seit Tagen nicht geschlafen. «In unseren Unterlagen ist als nächster Angehöriger ein David Smart vermerkt. Und eine gewisse Jenny.»

«Nein!», blaffte Peggy ihn an.

«Wenn Sie gegen ärztlichen Rat nach Hause gehen, bleibt mir nichts anderes übrig, als Ihre Familie zu informieren. Also? Wie lautet Ihre Entscheidung? Krankenhaus oder Pflegedienst?» Sein Stift schwebte ungeduldig über dem Klemmbrett.

Angie stand auf und wandte sich an den Arzt. «Ich werde bei ihr bleiben.» Und ehe er dagegen protestieren konnte, fügte sie hinzu: «Jetzt machen Sie einfach ein Kreuzchen in Ihr Kästchen und schicken Sie jemanden, der mir hilft, sie anzuziehen.»

«Das kann ich unmöglich von dir verlangen.»

«Du verlangst nichts, Peggy. Du hast keine Wahl.»

«Aber, Angie ...»

«Keine Sorge. Eines Tages kannst du gerne dasselbe für mich tun.»

7
Das ist nicht Beige, das ist Elfenbein

Es klopfte leise an der Schlafzimmertür, und Angie erschien mit einer dampfenden Tasse Tee. «Keine Sorge, Kickboxen um neun habe ich abgesagt», sagte sie mit einem Zwinkern.

Wie spät war es? Peggy lag auf dem Rücken, starrte an die Decke und versuchte, sich zu orientieren. Als sie den Kopf vom Kissen heben wollte, fing er heftig an zu pochen. Alles tat ihr weh. Dann fiel es ihr wieder ein.

Du bist gestürzt. Der Morgen ihres neuen Lebens als alter Mensch war endgültig heraufgedämmert.

Angie stellte die Teetasse auf dem Nachttisch ab, griff Peggy mit einem Arm unter die Schulter und half ihr zum Sitzen hoch.

«Danke sehr», sagte Peggy. Ihr Gehirn schwappte in ihrem Schädel hin und her. Welche bizarre Fügung des Schicksals hatte ihre älteste Freundin ausgerechnet ins Jacaranda Retirement Village verschlagen? Vielleicht war das einer dieser seltsamen Träume, wie man sie manchmal nach dem Genuss von zu viel Käse bekam? Wahrscheinlich würde sie gleich vor *Wer wird Millionär?* aufwachen, mit Basil auf dem Schoß. Sie erinnerte sich an den Umzugswagen, an das Samtsofa und an das Gesicht des armen jungen Mannes, den sie zurechtgewiesen hatte, weil er auf dem Gehsteig geparkt hatte. Nein. Das hier war keine Zufallsbegegnung, kein kurzes «Hallo» oder «Wie geht es dir?». Angie Valentine – *die* Angie Valentine – wohnte nur ein paar Türen weiter, in derselben Seniorensiedlung wie Peggy.

Angie setzte sich ans Fußende. Sie trug ein schlichtes schwarzes Leinenkleid mit einer imposanten Glasperlenkette. Ihr Make-up war auch heute wieder makellos.

«Schläfst du immer noch auf derselben Seite?», fragte sie.

Peggy nickte. Es war ihr nie in den Sinn gekommen, die Seite zu wechseln. Sie hatte sich beim Umzug in die Wohnung zwar für ein kleineres Doppelbett entschieden, trotzdem hatte die eine Hälfte der Matratze eine Delle, während die andere unberührt blieb. Sie und Ted hatten im Laufe ihrer Ehe kaum einmal eine Nacht getrennt verbracht. Das Bett war ein einsamer, leerer Ort geworden.

«Das ist wirklich ein Problem. Ich kann ohne ihn nicht schlafen», sagte Peggy. «Ich bin notorisch schlafgestört.»

«Wem sagst du das? Nach Bills Tod habe ich versucht, in der Mitte zu schlafen, aber ich bin nachts immer wieder auf meine Seite gerollt. Bis ich irgendwann unter Dauerschwindel litt und ein neues Bett kaufen musste», erzählte Angie.

«Bill? Dein Ehemann?»

«Einer von ihnen.» Angie sah, wie Peggy große Augen machte, und fügte hinzu: «Trink deinen Tee aus, Pegs. Das Frühstück ist gleich fertig, und wir haben uns viel zu erzählen.»

Peggy schlurfte im Morgenmantel und mit den Pantoffeln, die Angie ihr aufs Bett gelegt hatte, in die Küche. Sie verwahrte ihre besten Hausschuhe und einen nagelneuen Morgenmantel im Schrank, für den Fall, dass sie mal ins Krankenhaus musste. Wie lächerlich ihr dieser Plan plötzlich vorkam. Falls es tatsächlich einmal zu einer medizinischen Notsituation kam, würden die Sanitäter mit Sicherheit als Allerletztes auf die Idee kommen, in ihrem Kleiderschrank herumzuwühlen und zu fragen, ob ihr die Seidenpantöffelchen oder die Lammfellpuschen lieber wären. Der Krempel war dazu verdammt, im Schrank zu verstauben, so wie all die Duftkerzen und feinen Parfüms, die sie ebenfalls seit Ewigkeiten für einen ganz besonderen Anlass aufsparte.

«Buchweizenpfannkuchen, frischer Obstsalat und schwarzer Kaffee.»

Angie hatte Peggys bestes Porzellan herausgesucht und den winzigen Küchentisch für zwei gedeckt. In ihrer Phantasie hatte Peggy sich immer vorgestellt, dieses Geschirr zu ihrem ganz besonderen Abendessen mit Brian aus dem Schrank zu holen, aber nach dem gestrigen Vorfall erschien ihr diese Wunschvorstellung abwegiger als jemals zuvor.

«So viel Aufwand wäre nicht nötig gewesen.» Misstrauisch musterte Peggy den Pfannkuchenturm und die Schüssel mit dem frisch geschnittenen Obst. Normalerweise frühstückte sie Toast mit Butter. Und Tee. Kannenweise.

«Tut mir leid, Bananen waren aus.» Angie grinste frech.

Peggy sah ihre Handtasche in der Spüle liegen. Ihre einzige Handtasche. Neben Angies riesigem Designerteil wirkte sie ziemlich schäbig. Was um alles in der Welt hatte die Frau da drin? So groß war nicht mal die Reisetasche gewesen, mit der sie und Ted auf Hochzeitsreise gefahren waren.

«Wo hast du heute Nacht geschlafen?»

«Auf der Couch. Ziemlich unbequem und, wenn ich dir was sagen darf, Darling: Jacquard ist seit weit vor der Jahrtausendwende out. Aber mach dir keine Sorgen. Während du im Schlummerland warst, bin ich zu Hause schnell unter die Dusche gehüpft und hab mir ein paar frische Klamotten übergeworfen.»

Ein paar Klamotten übergeworfen? Noch ein Hut dazu, und sie wäre bereit für den Melbourne-Cup! Das war schon in der Schule so gewesen: Peggy in einem Secondhandkleid, das ihr bis fast auf die Knöchel reichte, und Angie, die in einem rebellisch kurzen Rock ihre langen Beine zur Schau stellte. Peggy hatte sich immer gefragt, wie sie beide eigentlich hatten Freundinnen werden können. Doch sie waren trotzdem unzertrennlich gewesen. Und jetzt saßen sie plötzlich hier, siebzig Jahre später, beim gemeinsamen Frühstück.

«Sehr gut», sagte Peggy nach der ersten Gabel Buchweizenpfannkuchen. Sie überlegte, sich ein kleines bisschen Honig darüberzuträufeln, doch aus den Augenwinkeln fiel ihr Blick auf Dr. Stephens Liste, die am Kühlschrank hing. «Honig ist auch Zucker», hatte er gesagt.

«Hat einen niedrigen GI.»

Peggy hatte zwar keine Ahnung, was das bedeuten sollte, aber weil sie nicht unwissend wirken wollte, nickte sie.

«Sehr ... gesund.» Sie versuchte, den nächsten Bissen hinunterzuschlucken, aber es war, als ob man auf einem trockenen Schwamm herumkaute.

«Seit meinem letzten Herzinfarkt esse ich keine verarbeiteten Nahrungsmittel mehr.» Angie schob sich ein achtsam zurechtgeschnittenes Häppchen in den Mund.

Peggys Gabel fiel klappernd auf den Teller. «Seit dem *letzten* Herzinfarkt?»

Vor ihr saß eine Frau, die mindestens zehn Jahre jünger aussah, als sie war, und weniger wog als eine Tüte Einkäufe. Sie sah definitiv nicht aus wie die typische Herzinfarktrisikokandidatin. «Aber du bist ...»

«Weiblich? Ach, komm schon, Pegs, auch Frauen leiden an Herzerkrankungen.»

«Dünn. Ich wollte dünn sagen.»

«Sei nicht so naiv. Gegen die Gene ist man machtlos. Ich fürchte, auf mir liegt ein Familienfluch.»

Peggy dachte an die Krankheitsgeschichte ihrer Familie. Ihr Vater war nach seinem Schlaganfall an einer Lungenentzündung gestorben, ein stummes, schwieriges Ende. Ihre Mutter dagegen war einfach alt gewesen, ein Hutzelweibchen in einem Pflegeheim. Sie fand keines von beidem reizvoll.

«Es passierte, nachdem meine Ehe gescheitert war», sagte Angie und spießte einen Ananaswürfel auf.

«Moment, ich dachte, du sagtest, Bill sei gestorben?»

«Ist er auch. Ich hatte vier Ehemänner. Nur einer ist gestorben, auch wenn ich es den anderen drei gegen Ende ebenfalls gewünscht hätte.»

In Peggy wirbelte alles durcheinander. Sie verlor langsam den Überblick über Herzinfarkte und Ehemänner. Was für ein langweiliges Leben hatte sie im Vergleich dazu doch geführt! Ein einziger Ehemann. Kein Herzinfarkt. Wenigstens hatte sie sich das Handgelenk gebrochen und sich einen Gipsarm zugezogen. Seit Angie aufgetaucht war, war ihr Leben jedenfalls auf einen Schlag entschieden interessanter geworden.

«Mein Cholesterin ist auch zu hoch», sagte Peggy. Sie kam sich vor wie mit dreizehn, als man verzweifelt versucht hatte dazuzugehören. Was ihr an Ehemännern fehlte, konnte sie mit Wehwehchen wiedergutmachen. «Ich nehme diese kleine ovale Tablette. Du weißt schon, die, von der einem die Beine weh tun und die das Gedächtnis torpedieren. Wie heißt die gleich wieder?»

Angie gluckste. «Du bist so witzig, Peggy.»

Basil tauchte unter dem Tisch auf. Er wedelte mit seinem Puschelschwanz und brach von der Anstrengung hechelnd auf den Fliesen zusammen.

«Darf ich dir Basil vorstellen? Der Mann in meinem Leben.»

Fast hätte sie über den Sturz und die Aufregung mit dem Krankenhaus Basils drohenden Siedlungsverweis vergessen. Der beinahe sprichwörtliche Schlag auf den Kopf hatte sie offenbar wertvolle Hirnzellen gekostet, die sie auf keinen Fall entbehren konnte, und Angies mysteriöses Auftauchen hatte den ganzen Rest endgültig durcheinandergebracht. Basil war nur ein Hund, aber ein Leben ohne ihren treuen Gefährten war für Peggy unvorstellbar. Als sie in die Siedlung gezogen war, hatte ein paar Türen weiter eine Dame mit einem ähnlichen Hund gelebt. Er hatte die Angewohnheit, auf der Sofalehne zu sitzen und jeden anzubellen, der draußen vorbeiging. Der Mann dieser Frau war überraschend gestorben, doch irgendwie hatte sie es überstanden, sich in Cricket- und Bridge-Partien gestürzt und neuen Auftrieb bekommen.

Als dann aber ein Jahr später ihr Hund an den Folgen eines Zeckenbisses starb, ging es mit der alten Dame rapide bergab. Es war, als hätte sie sich ebenfalls eine tödliche Lähmung zugezogen. Sie starb im Laufe weniger Tage.

«Hallo, Basil.» Angie hielt ihm die Hand hin. Zu Peggys Überraschung rappelte der kleine Hund sich hoch und leckte ihr die Hand. Manche Dinge änderten sich nie. Angie konnte einfach kein männliches Wesen widerstehen. Selbst ein alter Kauz wie Basil nicht.

«Er hat nicht mehr lange zu leben», sagte Peggy. «Aber er ist alles, was ich habe. Ich bringe es noch nicht übers Herz, mich von ihm zu trennen.» Angie brach ein Stückchen Buchweizenpfannkuchen ab und hielt es ihm hin. Basil schnupperte und zog die Schnauze kraus. Peggy verspürte ein winziges bisschen Genugtuung. «Er ist ein wenig verwöhnt. Meistens koche ich für ihn. Allerdings muss ich ihm alles ganz klein schneiden, wegen der Zähne. Außerdem trinkt er ausschließlich Vollmilch. Ich fürchte, ich habe ihn verzogen.»

«Ich glaube, in dem steckt noch ganz schön viel Leben», sagte Angie. Sie beugte sich hinunter und kraulte ihn hinter dem Ohr.

«Er ist fünfzehn. In Hundejahren ist das über hundert.»

«Alter ist nur eine Zahl, Pegs. Ich habe mit fünfzig aufgehört zu zählen. Auf die Weise kann ich mich klassisch anstatt alt nennen.»

«Jetzt mal im Ernst. Machst du dir keine Sorgen, alt zu werden?»

«Je älter ich werde, desto älter ist alt. Nein. Ganz ehrlich, ich denke nicht darüber nach. Was hätte das für einen Sinn?»

Peggy streichelte über ihren Gips. Das gebrochene Handgelenk pochte. «Wenn meine Kinder von meinem kleinen Missgeschick erfahren, ist die Hölle los.»

«Oh.» Angie schob die Armreifen an ihrem Handgelenk zurecht und räusperte sich. «Dann zieh dich lieber warm an.»

«Was willst du damit sagen?»

«Vorhin, als du noch geschlafen hast, hat David angerufen.»

«Bist du sicher, dass du keine Hilfe brauchst?», rief Angie durch die geschlossene Badezimmertür. Sie hatte Peggys Gips in einen Plastikbeutel gewickelt, ihr die Handtücher zurechtgelegt und das Wasser in der Dusche auf die richtige Temperatur gebracht.

«Ganz sicher, vielen Dank.» Irgendwo war Schluss, dachte Peggy.

Angies Stimme erklang aus dem Schlafzimmer. «Grundgütiger, Frau! Hier sieht es aus wie auf einem Kleiderflohmarkt! Wann warst du eigentlich das letzte Mal shoppen?»

Aus irgendeinem Grund war der Anblick, wie Angie in ihrem Kleiderschrank herumwühlte, als Peggy aus dem Bad zurückkam, noch peinlicher, als sich vor ihr ausziehen zu müssen.

«Na dann.» Angie rieb sich die Hände. «Wollen wir dich mal anziehen.»

«Was soll das denn sein?» Sie zupfte an Peggys BH. Es war der, den sie sich für eine besondere Gelegenheit gekauft hatte. Sogar das Preisschild war noch dran. Sie konnte sich Angie unmöglich in ihrem angegrauten Minimizer präsentieren.

«Das ist ein Balconette-BH.» Peggy fragte sich, ob er in der Schublade eingelaufen war. Das Label versprach perfekten Halt und ein tiefes Dekolleté, aber der Kauf lag schon ein paar Jahre zurück. Die hauchdünne Spitze schien von der Aufgabe, Peggys wogenden Busen zu stützen, schlicht überfordert zu sein.

«Der Balkon meiner ersten Wohnung war nicht so groß», sagte Angie und zerrte die Träger hoch. «Auf deinen zwei Mädels hätte locker ein ganzes Teeservice Platz.»

Sie versuchte, Peggys pendelnde Brüste in die eleganten Körbchen zu quetschen. Verglichen mit Angies bescheidenem Vorbau kam Peggy sich vor, als würde sie zwei Paradekissen mit sich herumschleppen.

Angie war von ihnen beiden die Erste gewesen, die sich einen BH gekauft hatte. Ihre Brüste hatten die Anschaffung kaum gerechtfertigt, aber Angie trug ihn eher als Ehrenabzeichen denn zum Eindämmen.

Peggy dagegen wehrte sich mit allen Kräften gegen die Versuche ihrer Mutter, sie in Blake's Department Store endlich ordentlich vermessen und ausstaffieren zu lassen. Peggy kam mit dem plötzlichen und unwillkommenen Auftauchen ihrer Brüste nicht zurecht und gewöhnte sich an, die Schultern nach vorne zu ziehen, in dem vergeblichen Versuch, ihren Busen zu verbergen. Angie dagegen stopfte sich den winzigen Büstenhalter auch noch mit Watte aus. Peggy versuchte, ihre üppige Figur in Schach zu halten, indem sie sich die Brüste mit dem Nesselstoff umwickelte, den ihre Mutter zum Quarkmachen benutzte. Irgendwann kapitulierte sie aus schierer Notwendigkeit.

Zu Peggys Entsetzen blieb ihre frühreife Entwicklung auch den Jungs nicht verborgen. Auf dem Weg zum Schwimmunterricht mussten die Mädchen jede Woche zum Spießrutenlauf an der St.-David-Knabenschule vorbei. Bald schon wurden sie vor dem Schultor regelmäßig von ein paar besonders mutigen Jungs abgepasst.

Besonders einer war regelmäßig mit von der Partie. Er war größer als die anderen, hatte eine verwegene Haartolle auf dem Kopf und eine ebenso große Klappe.

«Wie heißt ihr?», rief er ihnen an die Mauer gelehnt zu.

«Einfach weitergehen!», raunte Peggy, die Augen fest auf den Gehsteig geheftet.

«Das wüsstest du wohl gerne!» Angie wurde langsamer, und Peggy bekam Panik.

«Komm schon, Angie! Wir sind spät dran.»

«Bleibt doch mal stehen und seid ein bisschen nett, ja?»

Peggy merkte, wie die Jungen ihnen hinterhergingen. Sie spürte die taxierenden Blicke auf ihrem Körper, die sich tastend über die unter ihrem unförmigen karierten Kittelkleid versteckten Kurven bewegten. Sie drückte sich das zusammengerollte Handtuch an die Brust. Zu ihrem Entsetzen blieb Angie stehen und drehte sich um. Frech wie Oskar pflanzte sie sich vor den Jungen auf, die Hände in die Hüften gestemmt, die Brust nach vorn gereckt. Zum ersten Mal fiel Peggy auf, wie kurz Angies Rock war. Wenn die Nonnen rauskriegten, dass sie zu Nadel und Faden gegriffen hatte, wäre die Hölle los. Sie mussten sich regelmäßig in einer Reihe aufstellen und hinknien, und dann wurde kontrolliert, ob der Rock den Boden berührte. Aber Angie hatte sich noch nie angepasst. Sie trug ihre Uniform nie wie die anderen Mädchen.

«Und? Wie heißt du?», fragte der Junge noch einmal.

«Angie. Willst du mit mir ausgehen?»

«Wenn du magst.»

«Und wie heißt sie?» Ein zweiter Junge trat nach vorne und sah zu Peggy rüber. Er war hager, und seine mattbraunen Haare hingen ihm in die Augen.

«Das ist Margaret», sagte Angie.

«Abgekürzt Peggy.» Peggy staunte über sich selbst. Ihre Stimme klang im Vergleich zu Angies dünn und piepsig, und sie wusste, dass sie rot angelaufen war. Der magere Junge lächelte sie an und wurde ebenfalls rot.

Als Peggys Mutter Wind von der Sache bekam, schritt sie ein, ehe die Dinge – wie sie es formulierte – «außer Kontrolle» gerieten.

«Bitte, Mutter, wirklich, bitte mach keinen Wirbel», flehte Peggy sie vor dem Büro der Direktorin an.

«Die Tugend meiner minderjährigen Tochter zu beschützen, ist kein Wirbel. Wir sparen uns jeden Pfennig vom Munde ab, damit du es mal besser hast, und das ist der Dank. Du treibst dich mit diesem Pack herum.»

Peggy vermutete, dass sie Angie damit meinte. Auch wenn von einem ganzen Pack eigentlich nicht die Rede sein konnte. Im Grunde war Angie die einzige Freundin, die sie hatte. Sie betete zu Gott, dass die Schulleiterin Angie nicht zur Inquisition zitieren würde. Peggy stellte sich Angie durch die Augen ihrer Mutter vor: nichts als Beine bis zum Hals und aufmüpfiges Benehmen.

«Es war doch ganz harmlos. Wir haben nur ein bisschen

Spaß gemacht», sagte Peggy und dachte an das dümmliche Geplänkel mit dem mageren Jungen. Im Vergleich zu Angies gewagten Vorstößen ins Reich der Fummelei war das zwischen ihnen beiden tatsächlich völlig unschuldig gewesen.

Zu ihrer Überraschung drehte Peggys Mutter sich um und starrte sie an. «Harmloser Spaß ist der Grund, warum du überhaupt auf der Welt bist, meine Liebe. Ich will nicht, dass du dieselben Fehler machst wie ich.»

Peggy machte runde Augen bei der Vorstellung, dass ihre Eltern jemals Spaß gehabt haben sollten, harmlos oder nicht. Jedenfalls genügte die Bemerkung, um der Unterhaltung ein sofortiges Ende zu bereiten. Erst als die Direktorin die Tür öffnete und sie hereinwinkte, trafen die Worte ihrer Mutter Peggy wie einen Schlag in den Magen.

Peggy Weaver. Fehler.

Plötzlich ergab alles einen Sinn.

Fast nackt stand Peggy wie ein Aktmodell in ihrem Schlafzimmer, während Angie sie von allen Seiten betrachtete.

«Nicht schlecht», sagte sie schließlich. Sie gab Peggy einen Klaps auf den Po und wandte sich wieder dem Kleiderschrank zu. Sie durchstöberte die Kleiderstange, zog wahllos irgendwelche Sachen heraus und inspizierte sie mit ausgestrecktem Arm, als würden sie riechen.

Zu jugendlich.

Zu altbacken.

Zu eng.

Zu unförmig.

Kleidungsstück um Kleidungsstück landete auf dem wachsenden Ausschusshaufen auf dem Teppichboden. Mit jedem

Stück ausrangierter Garderobe sanken Peggys Schultern ein bisschen weiter hinab.

«Hast du irgendwas anderes als Rentnerbeige?»

«Das ist nicht Beige, das ist Elfenbein.»

«Beige, Biskuit, Elfenbein, ist doch egal. Ist alles scheußlich.»

«Ich dachte immer, neutrale Töne wären zeitlos.»

«Für einen Dinosaurier vielleicht. Das macht so alt, Peggy. Hast du nichts Buntes?»

«Doch. Meine Beisetzungsgarderobe.»

«Was? Grundgütiger, das ist ja noch schlimmer, als ich dachte. Ist es zu früh für einen Drink?»

Gefühlt ein paar Stunden später stolperte Angie über eine marineblaue Hose und ein schlichtes weißes Oberteil. Peggy konnte sich nicht erinnern, die Sachen schon einmal gesehen zu haben, aber sie neigte generell dazu, im Schlussverkauf zuzuschlagen und Dinge zu kaufen, die sie niemals trug, um Geld zu sparen.

«Probier das mal an.»

Als Peggy in die blaue Hose schlüpfte, fiel ihr auf, dass ihre Knöchel heute Vormittag erheblich schmaler wirkten als sonst. Offensichtlich zeigten Dr. Stephens neue Medikamente bereits Wirkung. Wie durch ein Wunder passte die Hose. Angie half ihr mit Knopf und Reißverschluss.

«Okay. Jetzt das Oberteil.»

Peggy streckte, so gut es ging, die Arme und ließ sich von Angie das Oberteil über den Kopf ziehen. Hier und da noch ein bisschen herumgezupft, und sie war fertig angezogen.

«Na also. Nicht schlecht. Aber ich glaube, die Tüte brauchen wir jetzt nicht mehr.» Sie löste das Klebeband von der Mülltüte um Peggys Arm.

Peggy drehte sich um und sah in den Spiegel. Wenn sie den Riesengips an ihrem Arm ignorierte, sah sie beinahe passabel aus. Nur eine Sache störte sie. «Findest du, in meinem Alter kann ich Weiß noch tragen?»

Angie dachte einen Moment nach und zog ein Tuch aus dem Berg auf dem Fußboden. Sie band es Peggy um den Hals und knotete es seitlich, wie die Französinnen es taten.

«Ab einem gewissen Alter braucht Frau einen Farbtupfer in der Nähe des Gesichts. Regel Nummer eins.»

«Findest du nicht, dass das meine Äderchen zu sehr betont?» Peggy musterte sich kritisch. Die Rottöne des Schals ließen ihr Gesicht ein bisschen verbrüht wirken.

Angie legte den Kopf schief und kniff die Augen zusammen. «Quatsch, ein Hauch Concealer unter die Grundierung, und alles ist gut.»

Peggy blickte zu Boden.

«Du besitzt doch Concealer, oder?», fragte Angie streng. «Grundierung?»

Peggy löste den Knoten und zog sich das Tuch vom Hals. Sie warf es auf den aussortierten Kleiderberg. Trübsinn senkte sich auf sie nieder, und sämtlicher Optimismus verpuffte.

«Dann versuch es mit dem grünen Tuch.»

«Es liegt nicht am Tuch.»

«Und wie wäre es mit einer hübschen Halskette?» Angie stöberte in der Schmuckschatulle auf Peggys Frisierkommode.

«Hör auf, bitte.»

«Was ist denn los?»

«Das hat doch keinen Sinn. Aus einem Esel kann man eben kein Rennpferd machen.» Der Lieblingssatz ihrer Mutter. Diese uralte Schallplatte war so oft in Peggys Kopf gelaufen, dass es nicht mehr möglich war, den Worten nicht zu glauben.

«Wovon redest du?»

«Was hat das denn in meinem Alter noch für einen Sinn? Es sieht mich doch sowieso keiner mehr an.»

«Ach dann. Wenn du das so siehst, geh los und ertränk dich in Selbstmitleid. Und strick dir gleich noch einen Schal und ein paar Puschen dazu.»

«Ich bin eine neunundsiebzig Jahre alte Witwe mit einem gebrochenen Arm und einem Körper wie fünf Tage alter Milchreis. Es ist Zeit, den Tatsachen ins Auge zu blicken. Ich habe das Verfallsdatum längst überschritten.»

«Sollte es dir entfallen sein, unsere Geburtstage liegen fünf Wochen auseinander. Das heißt, ich bin ebenfalls neunundsiebzig. Und ich bin ebenfalls Witwe. Sehe ich aus, als hätte ich das Verfallsdatum überschritten?» Angie warf die dunklen Haare zurück und stellte sich übertrieben in Pose. Die lächerliche Entenschnute erinnerte Peggy an Angies legendäre Nachahmungen der Schulschwestern, und ihr wurde ein bisschen leichter ums Herz. Besonders die Imitation von Schwester Philomenas unverwechselbarem Hinkebein war unvergesslich und hatte ihnen damals beiden Hausarrest beschert.

«Du bist ein verrücktes Huhn, Angela Valentine.»

«Sei nicht so hart zu dir. Das ist alles eine Frage der Einstellung.»

Peggys Blick blieb an Angies Halskette hängen. Die blauen und grünen Glassteine erinnerten sie an die Lutschbonbons, die sie sich früher nach der Schule in dem kleinen Laden an der Ecke gekauft hatten. Angie hatte damals so viele Träume gehabt, sie wollte die ganze Welt bereisen. Peggy hörte ihr bewundernd zu, den Mund voller Karamell, und versuchte, sich ihre eigene Zukunft vorzustellen. Sie sah einen blonden Ehemann und zwei wunderschöne Kinder vor sich, ein perfektes Haus in der Vorstadt und Ferien an der Küste. Achtzig zu werden, hatte keine von ihnen sich je vorstellen können.

«Ich glaube, du hast recht. Eine Kette steht mir vielleicht besser.»

«Hier.» Angie griff sich in den Nacken und löste den Verschluss. «Probier die mal.»

Die Glassteine lagen direkt über dem Ausschnitt des weißen Oberteils. Sie wirkten an Peggy sogar noch lebhafter als an ihrer Freundin.

Angie war derselben Meinung. «Die Steine bringen das Blau deiner Augen zur Geltung.»

Peggy bewunderte sich kurz im Spiegel und machte Anstalten, die Kette wieder zu lösen.

«Nein», sagte Angie. «Bitte behalt sie. Ich habe viel zu viele Ketten, und meine neue Wohnung ist klein wie eine Schuhschachtel.»

«Bist du sicher?»

«Ganz sicher. Außerdem steht sie dir besser als mir.»

Peggy wusste nicht, wie sie reagieren sollte. Es kam ihr vor, als würden sie ohne Textheft auf der Bühne stehen und improvisieren. «Stellt euch einfach vor, ihr seid zwei Freundinnen aus Kindertagen, die sich seit fünfzig Jahren nicht gesehen haben und plötzlich feststellen, dass sie quasi Nachbarn sind», würde der Regisseur sagen. «Stellt euch vor, zwischen euch steht etwas Unausgesprochenes, ein Geheimnis vielleicht. Mal sehen, wo uns das hinführt.»

Es brauchte kein Modegenie, um zu erkennen, dass Peggy sich hatte gehenlassen. Zwar nicht die trauernde Witwe in Schwarz, aber fast. Vier Jahre Trauer sollten eigentlich als Zeitraum genügen. Ted hatte sie nicht um Erlaubnis gebeten, ehe er sich so plötzlich und endgültig aus ihrer Ehe verabschiedet hatte. Also brauchte sie ihn auch nicht um Erlaubnis zu fragen, sich ein paar neue Anziehsachen zu kaufen.

«Ich würde schrecklich gern mit dir shoppen gehen», sagte Peggy.

«Abgemacht. Unter einer Bedingung.»

«Und welche?»

«Wir fangen mit anständigen Miederwaren an.»

Die zwei Frauen sahen sich an.

«Ja, Mr. Haw-ley», flötete Peggy.

Sie fingen an zu lachen und fanden sich im Handumdrehen im Jahr 1957 wieder.

Mr. Hawley leckte sich die Lippen und ließ den Blick abschätzend über seinen neuen Lehrling gleiten. Peggy spürte, wie sie rot wurde. Sie fühlte sich unter prüfenden Männerblicken immer unwohl. Ihr war bewusst, dass ihre Sanduhrfigur zunehmend Bewunderung hervorrief. Ihr war auch klar, dass die gestärkte Bluse und der dunkle Gabardinerock der Hausuniform bei Blake's ihre aufblühende Weiblichkeit nicht gerade verbargen.

«Ich verspreche Ihnen, mich *persönlich* um Ihre Tochter zu kümmern, Mrs. Weaver», sagte Mr. Hawley, leckte sich wieder die Lippen und stellte sich zwischen Peggy und ihre Mutter.

«Sie ist sehr schüchtern», sagte Peggys Mutter. «Ich hoffe, dass Sie etwas aus ihr machen können. Ich habe es weiß Gott versucht.»

«Ich darf Ihnen versichern, dass wir uns hier bei Blake's mit Stolz rühmen dürfen, junge Damen in die Erwachsenenwelt einzuführen.»

Peggy erwog einen Augenblick lang ernsthaft, die Hand ihrer Mutter zu packen und sie anzuflehen, sie wieder mit nach Hause zu nehmen. Aber sie war beinahe neunzehn und wollte dringend auf eigenen Beinen stehen und sich vom Einfluss ihrer Mutter befreien. Sie hatte überlegt, Lehrerin zu werden – sie liebte Romane und Gedichte –, aber jetzt, wo ihr Vater tot war, musste sie einen Job finden, um ihre Mutter finanziell zu unterstützen, anstatt ihr mit jahrelangem Collegebesuch weiter auf der Tasche zu liegen. Eine Freundin ihrer Mutter hatte bei Blake's ein gutes Wort für Peggy eingelegt, und das Angebot, das sie daraufhin erhielt, war zu gut, um es abzulehnen. Andere Mädchen in ihrem Alter hätten mit Freuden den rechten Arm für einen Arbeitsplatz in der Modebranche gegeben, zumal in einem so angesehenen Haus wie Blake's Department Store. Und zwar im Haupthaus selbst.

Mr. Hawley führte Peggy zum Personalfahrstuhl. Ihre feuchten Finger umklammerten die braune Papiertüte mit dem schlaffen Sandwich, das ihre Mutter für sie eingepackt hatte.

«Folgen Sie mir, Miss Weaver. Ich sehe unsere neuen Mädchen am liebsten zuerst in der Wäsche.» Er sah sie lüstern an, offenbar erregt von seinem eigenen Witz.

Die Fahrstuhltüren schlossen sich, der Boden der Kabine knarzte, und sie setzten sich nach oben in Bewegung. Außer ihnen waren noch zwei Angehörige des Personals im Lift, eine streng dreinblickende Dame in grauem Kostüm und ein junger Handwerker in einem beigefarbenen Arbeitsanzug. Er warf Peggy zwischen den Sprossen seiner Leiter einen Blick zu und grinste. Peggy errötete erneut.

Die Dame in Grau stieg im Stockwerk für Wohntextilien aus und ließ Peggy mit Mr. Hawley und dem Handwerker allein. Die Blicke von Peggy und dem jungen Mann kreuzten sich immer wieder. Er schnitt jedes Mal eine Grimasse und brachte Peggy damit zum Kichern. Bei Möbel und Haushaltswaren versuchte er, mit der quergelegten Leiter aus dem Fahrstuhl zu steigen. Er erinnerte Peggy an einen Clown, den sie im Zirkus gesehen hatte, und sie musste laut lachen. Ehe er hinter der nächsten Auslage verschwand, drehte er sich noch einmal um und zwinkerte ihr zu.

Mr. Hawley räusperte sich und sagte streng: «Wir dulden keine Vertraulichkeiten zwischen unseren Mitarbeitern, Miss Weaver.»

«Nein, Mr. Hawley.»

«Haben wir uns verstanden?»

«Ja, Mr. Hawley.»

Peggy hielt den Blick auf die wechselnden Ziffern gerichtet. Im vierten Stock blieb der Aufzug mit einem Pling stehen. Ein paar Augenblicke verstrichen, doch die Fahrstuhltür blieb fest verschlossen.

Aus den Augenwinkeln sah Peggy, dass Mr. Hawley seinen Daumen fest auf den Knopf gedrückt hielt. Ein plötzlicher Anflug von Panik durchfuhr sie und stürzte sich direkt auf ihre Blase. *Nicht jetzt!*

Etwas glitt ihr Bein hinauf und blieb auf dem Po liegen. Ihr Mund wurde trocken, ein Krampf durchzuckte ihr Becken, und sie presste unwillkürlich die Pobacken zusammen. Sie merkte, wie Mr. Hawley lächelte. Er drückte ihren Hintern und zog in dem Augenblick die Hand zurück, als der Fahrstuhl sich öffnete.

«Peggy Weaver!»

Direkt vor ihr stand, zu ihrer großen Überraschung, in identischer Uniform aus weißer Bluse und dunklem Rock, ausgerechnet Angie. Doch die Erleichterung beim Anblick ihrer alten Freundin war nur von sehr kurzer Dauer.

«Es tut mir leid, ich muss auf die Toilette.»

Angie ahnte die Dringlichkeit und nahm Peggy an die Hand. «Ich zeige ihr den Weg.»

Die Mädchen eilten davon und überließen den überraschten Mr. Hawley sich selbst.

«Ich kann nicht fassen, dass du es bist», sagte Peggy, als sie sich auf der Damentoilette die Hände abtrocknete.

Angie stand an die kachelte Wand gelehnt und rauchte eine Zigarette. Sie hielt Peggy den Glimmstängel hin, doch die schüttelte hustend den Kopf. «Ja, ich habe als Samstagsaushilfe hier angefangen, kurz nachdem du das St. Catherine's verlassen hattest.»

Angie sah völlig verändert aus. Es war nicht nur die Zigarette. Mit den sorgfältig frisierten Haaren und den gezupften Augenbrauen erinnerte sie Peggy an Jean Simmons. Peggy sah in den Spiegel und strich sich versuchsweise glättend übers Haar. Doch die Naturlocken kräuselten sich weiter protestierend um ihr rundes Gesicht.

«Es tut mir leid, dass ich dir nicht mal auf Wiedersehen sagen konnte.» Peggy ließ den Kopf hängen. «Nach Vaters Tod konnte meine Mutter das Schulgeld und die Miete nicht länger zahlen, und wir mussten fortziehen. Sie hat mir verboten, mit dir in Kontakt zu bleiben. Sie sagte, es sei zu meinem Besten, weil ich mich sonst ins Unglück stürzen würde.»

Peggy hatte das Gefühl, Angie eine Erklärung für ihr plötzliches Verschwinden zu schulden, doch ihre Entschuldigungen klangen nach lächerlichen Ausflüchten. Sie stand auf der Schwelle zum Erwachsensein, und es wurde Zeit, ihre eigenen Entscheidungen zu treffen. Wenn es um Freundschaften ging, brauchte sie die Erlaubnis ihrer Mutter nicht mehr. Genau genommen war dies die perfekte Gelegenheit, sich endlich zur Wehr zu setzen. Angie war haargenau die Sorte Mädchen, vor der ihre Mutter sie hatte weglenken wollen. Was sie zu haargenau der Sorte Mädchen machte, mit der Peggy zusammen sein wollte.

«Vor Hawley nimmst du dich besser in Acht.» Angie schnippte die Zigarettenkippe in eine Toilettenschüssel und zog ab. «Der ist ein Grapscher. Halt dich an mich, ich zeig dir, wie du mit ihm umgehen musst.»

Angie zog einen Lippenstift aus der Rocktasche. Peggy beobachtete, wie ihre Freundin sich mit dem cremigen Rot erst die Lippenkonturen nachfuhr und sie dann ausmalte.

«Hier. Willst du?»

Peggy nickte und nahm den Lippenstift in die rechte Hand. Mit konzentriertem Blick tat sie es Angie gleich und verteilte die Farbe auf ihren nackten Lippen. Dann wischte sie mit der Ecke ihres Taschentuchs die Stellen weg, wo sie über den Rand geschmiert hatte. Peggy hatte sich noch nie geschminkt, und als sie zurücktrat, um im Spiegel das Resultat zu bewundern, staunte sie über die Verwandlung. Sie lächelte Angie zu.

«Hoppla, Zähne!», sagte Angie und lachte über die Flecken auf Peggys Schneidezähnen.

Mr. Hawley erwartete sie mit gerunzelter Stirn und einem strengen Blick auf seine Taschenuhr. «Ich gehe davon aus, dass dies nicht zur Gewohnheit wird, Miss Weaver. Unsere Pausenzeiten sind strikt geregelt, und außerplanmäßige Ausflüge auf … die Damentoilette werden nicht toleriert. Habe ich mich klar ausgedrückt?»

Peggy nickte und versuchte, das neuerliche Zwicken in ihrer Blase zu ignorieren. Bis zur Mittagspause war es noch lange hin. «Ja, Mr. Hawley», sagte sie ein wenig schrill.

«Miss Valentine, Sie werden Miss Weaver herumführen und sie in die Organisation unserer Miederwarenabteilung einweisen. Miss Weaver, Sie werden ausschließlich *zusehen.* Sie werden auf keinen Fall direkt mit unseren Kundinnen kommunizieren, bis ich es gestatte. Haben Sie mich verstanden?»

«Ja, Mr. Hawley.»

«Ihre Bereitschaft zur Mitarbeit in jeder von mir als angemessen betrachteten Weise wird großen Einfluss auf Ihr Fortkommen bei uns haben.» Dabei trat er auf Peggy zu und tat, als müsse er sich an ihr vorbeidrücken. Seine Augen glänzten, und seine Lippen öffneten sich einen winzigen Spalt.

Wie aufs Stichwort drehte Angie sich schwungvoll um, auf dem Arm eine große Holzschublade voll mit Rüschenunterwäsche. Mr. Hawley krümmte sich stöhnend zusammen und hielt sich die Leiste.

«Oh! Mr. Hawley, Verzeihung! Ich habe Sie gar nicht gesehen.»

Peggy unterdrückte ein Kichern. Angie war nicht auf den Kopf gefallen, sie wusste sich zu verteidigen. Und Peggy wollte genauso sein wie sie.

«Hier befinden sich die Miederhöschen und Unterröcke hier ... Unterkleider findest du hier und die mit Spitzenbesatz hier.»

Peggy betrachtete die verwirrende Vielfalt von Dessous. Ihre eigene Leibwäsche war ausschließlich weiß, praktisch und von ihrer Mutter gekauft. Weit und breit kein einziger Spitzensaum.

«Creme, Hautfarben, Honigbeige, Karamell und Rauchgrau.»

Die seidigen Stoffe fühlten sich kühl an. Rayon, Seide, Baumwolle, Nylon. Es gab delikate Schulterriemchen und rüschenbesetzte Säume; in Rosarot, Perlmutt oder Taubenblau gefasste Lochstickereien. Peggy eröffnete sich eine völlig neue Welt.

«Und jetzt zeige ich dir die Nylonstrümpfe.»

Angie kannte sich mit all den Dingen bestens aus. Sie war eine elegante Dame von Welt. Genau wie Jackie Kennedy.

«Der Waltz Dream von Hilton kostet zwölf Shilling. Der Elation ist etwas teurer. Sag mal, hörst du mir überhaupt zu?»

Peggy ließ die Schultern sinken. Das hatte alles überhaupt keinen Sinn. Ihr schwirrte der Kopf. Mieder mit Reißverschluss oder Haken und Ösen; Korseletts; reißfeste Nylonstrümpfe dank Nyoseal; Kayser, Berlei, Hilton. Peggy verstand nur Bahnhof. Sie hatte den Traum von einem Leben als Lehrerin noch nicht aufgegeben. Schiefertafeln und Schreibhefte ergaben für sie einfach mehr Sinn als Büstenhalter und Babydolls. Doch das stand völlig außer Frage, und mit jeder unbezahlten Gasrechnung schlüpfte Peggy der Traum ein Stückchen weiter durch die Finger. Sie konnte ihre Mutter nicht im Stich lassen.

«Hör mal, Pegs. Wir müssen alle irgendwo anfangen. Ich werde mit Sicherheit auch nicht mein Leben lang hierbleiben. Ich interessiere mich für Haute Couture.» Angie nickte zu einer Auslage mit Trikotagen am Ende des mit Läufern belegten Gangs. «Stehst du mal kurz Schmiere, bitte?», fragte sie und ging zu der Kleiderpuppe hinüber.

Von Mr. Hawley war weit und breit nichts zu sehen, dafür sah Peggy in der Ferne eine wie aus dem Ei gepellte Dame mit weißem Hut und passenden Handschuhen aus dem Fahrstuhl treten. Sie steuerte direkt auf sie zu.

Angie zog der Kleiderpuppe ein gelbes Strickjäckchen aus und legte es sich um die Schultern. «Direkt aus New York kommt dieses elegante Jäckchen aus reiner Merinowolle. Kombinieren Sie es mit einem schlichten Pullover in Smaragdgrün oder Rosarot.» Angie stolzierte über ihren imaginären Laufsteg und blieb alle paar Schritte stehen, um zu posieren und eine sinnliche Schnute zu ziehen.

Die Dame mit dem Hut kam immer näher. Wenn sie Angie beim Herumstolzieren mit der Ware ertappte, bekamen sie beide riesige Schwierigkeiten. Peggy versuchte, Angie zu warnen, und deutete grimassenschneidend in Richtung Fahrstuhl. Doch Angie war zu sehr damit beschäftigt, sich einen Hermès-Schal um den Hals zu drapieren.

«Zuerst gesehen in der neuesten *Vogue* …» Als Angie endlich kapierte, was Peggy ihr mitzuteilen versuchte, war es zu spät.

«Ich bin auf der Suche nach einem Hüfthalter.» Die Frau stand bereits am Tresen. «Und ein Paar Nylonstrümpfen.»

Peggy konnte sich heute noch an den Ausdruck des Entsetzens auf Angies Gesicht erinnern, als sie – Paris und Mailand aus den Augen verlierend – hinter der nackten Ankleidepuppe hervorlugte.

8
Ein Hund mit Flöhen

Mit einer Hand im Gips hatte Peggy Mühe, in ihrer *Women's Weekly* zu blättern. Es war zwar eine alte Ausgabe, aber falls sie die Artikel schon gelesen hatte, so konnte sie sich nicht daran erinnern. Es war ein tröstlicher Gedanke, dass sie, sollte sie tatsächlich senil werden, ein Vermögen an Frauenzeitschriften sparen würde.

Noch Tage später herrschte in der Siedlung wegen Peggys Sturz die hellste Aufregung. Sie war auf dem Weg zur Arztpraxis von derart vielen besorgten Mitbewohnern aufgehalten worden, dass sie Angst bekam, ihren Termin zu versäumen. Klatsch und Tratsch verbreiteten sich im Jacaranda Retirement Village schneller als die Grippe, und die Geschichte von Peggys Sturz war in bester Flüsterpostmanier von Mal zu Mal dramatischer geworden. Sie war es inzwischen ein bisschen leid, die Tatsachen richtigzustellen und wohlmeinenden Nachbarn versichern zu müssen, dass sie keinen Schädelbruch erlitten und auch keine Nacht auf der Intensivstation verbracht hatte. Genauso wenig, wie sie in ein Pflegeheim verlegt werden würde. So viel stand fest.

Es klang, als würden alle demselben Drehbuch folgen. «Wenn ich irgendetwas für Sie tun kann, sagen Sie bitte Bescheid.» Sie wurde mit Hilfsangeboten überschüttet, von denen sich kein einziges je in etwas Sinnvollem manifestieren würde wie zum Beispiel, die Mülltonne rauszustellen oder das verstopfte Abflussrohr wieder frei zu kriegen.

«Vielen Dank, ich komme zurecht.» Peggy wusste, dass sie selbst schuld war. Genau das hatte sie auch Jenny erzählt, als um Punkt acht Uhr das Telefon geklingelt hatte. Es gab nur einen einzigen Menschen, der um diese Uhrzeit bei ihr anrief, als müsste sie kontrollieren, ob Peggy die Nacht überlebt hatte.

«Mutter! Ich habe mir solche Sorgen gemacht.»

«Hallo, Jenny. Wie geht es dir?»

«Das sollte ich dich fragen. Wieso hast du mich nicht angerufen?»

Wo anfangen, dachte Peggy. «Ich wollte dich nicht ...»

«Beunruhigen? Ich bin deine Tochter. Ich sollte als Erste erfahren, dass du einen Unfall hattest.»

Peggy trug das Telefon zum Wasserkocher. Wenn sie noch rechtzeitig zum Arzt kommen wollte, ging nur noch Multitasking. Tee kochen und gleichzeitig Jenny beruhigen. Das war zwar ziemlich viel auf einmal, aber Peggy hatte Übung in beidem.

«Bleib bitte kurz dran, Jenny. Ich muss Wasser aufsetzen.» Peggy spürte förmlich, wie am anderen Ende die Spannung stieg. Sie machte sich auf alles gefasst.

«Wieso bist du auf und kochst dir Tee? Du solltest im Bett liegen und dich ausruhen.»

«Ich habe mir das Handgelenk gebrochen, nicht den Hals. Der Rest meines Körpers funktioniert einwandfrei.»

«Du hattest diesmal großes Glück», sagte Jenny. *Glück. Diesmal.* Die Worte brannten wie Brennnesseln an nackten Waden. Jenny war noch nicht fertig. «Es ist höchste Zeit, der Wahrheit ins Auge zu blicken. Du bist nicht mehr die Jüngste. Deswegen brauchst du dich nicht zu schämen. In deinem Alter brauchen die meisten Menschen ein bisschen Hilfe.»

«Hilfe?»

«Im Haushalt, im Garten ...»

«Vielleicht einen Butler, Jenny? Und wenn ich schon dabei bin, soll ich dann gleich auch noch eine Haushälterin und ein paar Botenjungen engagieren?» Der Wasserkocher gab erste Zischgeräusche von sich. Peggy goss einen Schluck heißes Wasser in die Kanne, schwenkte sie und leerte sie einhändig in den Ausguss. «Ich bin bestens in der Lage, meine Wohnung in Schuss zu halten, und mein Garten hat die Größe einer Briefmarke.»

Sie sah zum Fenster auf die wuchernden Gardenien hinaus und musterte den mit Eukalyptusblättern übersäten Weg zur Haustür. Nächsten Monat wäre er mit einem Teppich aus Jacaranda-Blüten bedeckt. Sehr hübsch, aber trotzdem eine potenziell tödliche Falle, wenn sie und ihr Besen nicht die Oberhand behielten. In der Wohnung sah es nicht viel besser aus. Der Wäschekorb quoll über, und um den Schmutzrand in der Duschwanne zu erkennen, brauchte sie keine Brille. Ach, hätte sie doch vor dem Sturz noch schnell zum Schwamm gegriffen.

«Ich habe beschlossen, für ein paar Tage zu dir zu kommen», sagte Jenny. «Zur Unterstützung.»

«Für ein paar Tage? Hierher?»

«Ich kann auf dem Sofa schlafen. Mal wieder richtig gründlich sauber machen, ein paar Sachen aussortieren. Es wird uns beiden guttun, ein bisschen Zeit miteinander zu verbringen.»

Das Wasser kochte, die Küchenfliesen beschlugen. Peggy erstarrte, und der Teebeutel blieb über der Kanne in der Schwebe hängen. «Das ist wirklich nicht nötig, Schätzchen. Ich weiß doch, wie viel du zu tun hast.»

«Da ist überhaupt kein Problem. Ich habe ein paar Termine, aber die lassen sich alle verschieben, und Eve kommt mit den Tieren auch allein zurecht. Eigentlich wollte ich zwar in den

Ashram, aber das kann ich absagen. Sobald mein Auto aus der Werkstatt kommt und die neue Straße fertig ist, kann ich mich sofort auf den Weg machen.»

Peggy ließ den Beutel in die Kanne fallen und goss auf. Sie klemmte sich das Telefon zwischen Ohr und Schulter und trug zuerst die Teekanne und dann das Milchkännchen zum Küchentisch. Seufzend sagte sie: «Das wäre schön.» Sie hoffte, dass die Werkstatt sich mit Jennys Wagen Zeit ließ. Und wäre es vermessen zu hoffen, dass dem Straßenbauamt der Asphalt ausging?

Im Wartezimmer entdeckte Peggy ein oder zwei neue Gesichter. Offenbar sprach es sich herum, dass Dr. Stephen ein reizender Mensch war. Peggy hatte sehr darauf geachtet, den jungen Arzt nicht über den grünen Klee zu loben. Sie wollte nicht, dass er von Meckerfritzen und Jammerliesen überrannt wurde und sich im Handumdrehen in Dr. Hanski-Panski verwandelte. Eigentlich wollte Peggy Dr. Stephen ganz für sich allein, so wie die Queen ihren Leibarzt.

«Kommen Sie rein, Peggy», sagte Dr. Stephen und ignorierte die anderen Patienten in seinem Wartezimmer. Das Gemecker ging los, noch ehe Peggy außer Hörweite war.

«Mein Termin war um 9.30 Uhr.»

«Meiner um 9.15 Uhr. Und ich warte immer noch.»

«Ja, und ich war als Allererste hier.»

«Trotzdem haben Sie Ihren Termin erst um 9.45 Uhr. Ist schließlich nicht unsere Schuld, wenn Sie zu früh kommen.»

Dr. Stephen wartete, bis Peggy Platz genommen hatte. «Ich hoffe, Sie haben nichts dagegen, dass ich Sie vorgezogen habe», sagte er, «aber die Orthopädie hat eben angerufen. Hier.» Er unterschrieb ein Formular und schob es zu ihr rüber. «Das ist ein Überweisungsschein. Können Sie um zwölf Uhr in der Ambulanz sein?»

«Wie haben Sie von meinem kleinen Missgeschick erfahren?»

Dr. Stephen drehte den Monitor herum und zeigte Peggy den Entlassungsbrief aus dem Krankenhaus. Dort, direkt vor ihr auf dem Bildschirm, prangten schwarz auf weiß die Worte *Geriatrisch bedingter Sturz.*

«Geriatrisch?» Peggy schielte auf den Monitor. «Meinen die mich?»

Dr. Stephen nickte ernst.

«Ich bin gestolpert, weiter nichts.»

«Fühlten Sie sich benommen, oder war Ihnen schwindelig, ehe es passierte? Hatten Sie Herzklopfen oder ein Engegefühl in der Brust? Atemlosigkeit?»

Er musterte sie über den Rand seiner Brille hinweg, die Finger über der Tastatur. Peggy befürchtete, dass das eine Fangfrage war. Sagte sie ja, würde man sie zu allen möglichen Spezialisten schicken. Und wenn sie nein sagte, zementierte sie damit endgültig ihren Status als tollpatschige Tattergreisin.

Peggy vermied direkten Blickkontakt. «Ich bin auf einer Banane ausgerutscht.»

«A-ha», machte Dr. Stephen.

«Das passiert nicht noch einmal, das kann ich Ihnen versichern. Nicht zu diesem Preis.»

«Verstehe.»

«Sie können jetzt meinen Blutdruck messen.» Peggy streckte ihm den gesunden Arm hin. Sie hatte an Angie beobachtet, was man mit einem bestimmten Tonfall erreichen konnte. Höchste Zeit, es auszuprobieren.

Dr. Stephen streifte ihr den Ärmel hoch, wickelte die Manschette um Peggys Oberarm und drückte aufs Knöpfchen. Sie hielt den Atem an und konzentrierte sich mit aller Kraft auf einen niedrigen Blutdruck. Als die Zahlen auf der Anzeige erschienen, beschlich sie verhaltener Optimismus. Die Luft entwich zischend aus der Manschette. Dr. Stephen zog die Augenbrauen hoch und wiederholte die Messung.

«Es muss schwer für Sie sein, alles mit einer Hand zu machen», sagte er und musterte den Gips. «Sie müssen darauf achten, sich nicht zu übernehmen, Peggy.»

«Meine Freundin Angie Valentine hilft mir. Sie ist sehr … patent.» Mit anderen Worten: rechthaberisch und dominant.

«Falls Sie weitere Hilfe benötigen, könnten wir den …»

«Pflegedienst? Nein danke. Ich habe Angie.»

«Und was ist mit Ihren Kindern?»

«Das ist ein wenig kompliziert, Herr Doktor.»

So war es nicht immer gewesen. Früher war alles ganz einfach: Sie war die Mutter, David und Jenny waren die Kinder. Obwohl sie inzwischen erwachsene Menschen waren, blieben sie trotzdem ihre Kinder. Es war Peggys Aufgabe, sie zu lieben und zu beschützen – immer. Sie machte sich Sorgen um sie, seit sie kleine Babys waren, und sie würde sich auch weiterhin Sorgen um sie machen. Dazu kamen die Schuldgefühle. Die überwältigten sie meistens in den dunklen Stunden, nachts, wenn sie wach lag und sich ihre Versäumnisse als Mutter vorhielt, der felsenfesten Überzeugung, dass sie allein für das Glück ihrer Kinder als erwachsene Menschen verantwortlich war – oder für dessen Fehlen.

«Nun ja, offensichtlich kommen Sie und Angie momentan einigermaßen zurecht.» Er lächelte sie an. Peggy war froh, dass er nicht weiter auf dem Thema beharrte. Vielleicht war sie ja nicht die Einzige mit einer komplizierten Familie.

«Ich glaube, die neuen Medikamente fangen schon an zu wirken, Doktor.» Peggy ließ ihre frisch erschlankten Knöchel kreisen. «Sehen Sie? Alles rank und schlank.»

«Der Blutdruck sieht auch schon viel besser aus. 138 zu 75. Beinahe optimal.» Dr. Stephen wirkte sehr zufrieden mit sich, als er das Lesegerät zu ihr umdrehte. «Was macht die Blase?»

Peggy wollte ihm nur ungern die Laune verderben, aber sie schuldete ihm die Wahrheit. Die arme Krankenschwester hatte ihren Unmut über Peggys ständige Bitten um die Bettpfanne kaum verbergen können. Und dann die Geschichte mit Brian und dem Hausschlüssel.

«Es kommt immer so plötzlich.»

«Zum Beispiel, wenn Sie den Hausschlüssel ins Schloss stecken?»

Peggys Wangen brannten. Hatte er sie zufällig beobachtet, als sie aufs Klo gehechtet war und den armen Brian völlig verdattert vor der Haustür hatte stehenlassen?

Oder war der junge Arzt mit übernatürlichen Kräften ausgestattet und konnte Gedanken lesen?

Dr. Stephen hatte ihr den Schrecken offensichtlich angemerkt. «Keine Sorge, das ist ein weit verbreitetes Phänomen, es gehört zum sogenannten Reizblasensyndrom. Grund dafür sind überempfindliche Nervenenden in der Harnblase, die zur falschen Zeit Signale senden. Stress oder Sorgen können das verschlimmern.»

Peggy war insgeheim beeindruckt. Sie hatte noch nie ein Syndrom gehabt. Sie versuchte, sich die Nervenenden in ihrer Blase vorzustellen, wie sie miteinander stritten und versuchten, einander zu übertönen, um ihre Signale zu senden. «Das klingt eher nach einer Sitzung unseres Siedlungskomitees.»

«Die gute Nachricht lautet, dass sich mit gezielten Übungen

sehr gute Verbesserungen erzielen lassen, selbst wenn man schon sein Leben lang Probleme damit hat.»

Das Bild von Libby, die rhythmisch eine Riesennudel zwischen ihren Beinen drückte, schoss ihr in den Sinn. Peggy wusste, dass sie alle eigentlich an jeder roten Ampel und in jedem Stau sofort «hochziehen und kneifen» sollten. Vielleicht war das ja der Grund, weshalb der Verkehr rund um die Siedlung immer so stockte und weshalb Mavis neulich, ohne zu blinken, in den Kreisel eingeschert war.

«Waren Sie schon bei der Kontinenzberatung?»

«Das steht ganz oben auf meiner Liste.» Peggy biss sich auf die Lippe. In Wirklichkeit klang ihr das Ganze viel zu anstrengend. Sie hatte sich die Broschüre angesehen, fest entschlossen, ohne Vorbehalte an die Sache ranzugehen, bis sie zu dem Abschnitt kam, wo es um Umlernen und Übungen ging. Willenskraft war noch nie ihre starke Seite gewesen, was sie zum Beispiel bewiesen hatte, als Jenny ihr einmal zu Weihnachten eine Mitgliedschaft im Fitnessclub schenkte. Dort war es schlimmer zugegangen als in einer Sekte, und man hatte versucht, sie mit allen möglichen psychologischen Tricks zu manipulieren, um sie am Austritt zu hindern. Als es ihr schließlich doch irgendwann gelang, die Mitgliedschaft zu beenden, hatte sie solche Angst, entdeckt zu werden, dass sie noch monatelang eine gepackte Sporttasche an der Haustür deponierte, nur für den Fall, dass Jenny überraschend zu Besuch kam. Außerdem hatte sie bei der Untersuchung neulich da unten nun wirklich schon genug Piken und Drücken über sich ergehen lassen.

«Was ist mit Hypnose?» Die Vorstellung, sich eine Stunde lang gemütlich hinzulegen, während jemand mit sanfter Stimme auf sie einredete, war Peggy entschieden angenehmer. Sie hatte im Fernsehen etwas darüber gesehen, und es schien zu funktionieren. Ein Hypnotiseur hatte eine Frau aus dem Publikum davon überzeugt, dass sie nackt war, und einen Mann, dass er in Wirklichkeit ein Hund mit Flöhen war.

«Hm», machte Dr. Stephen. «Vielleicht könnten Sie es mit Akupunktur versuchen.»

«Machen die das heutzutage auch schon ohne Nadeln?»

Dr. Stephen sah sie skeptisch an. «Tja, es gibt ein paar Spezialisten, die es bei diesem Krankheitsbild sogar mit Botox probieren.»

«Botox?» Peggy musste an Angies Porzellanpuppengesicht denken. Zugegeben, von weitem sah sie toll aus. Doch je näher man ihr kam, desto befremdlicher wirkte Angie. Es war unmöglich, in ihr zu lesen, herauszufinden, was sie dachte oder fühlte. Peggy hatte vor dem Spiegel experimentiert und sich die Haut über den Wangen straff gezogen, um rauszufinden, wie sie aussehen würde. Die Haut hatte sich überraschend weit bewegen lassen, und sie hatte irgendwie erschrocken und – offen gesagt – präpariert ausgesehen.

«Ich halte die Methode für recht effektiv. Allerdings ist sie sehr kostspielig, und die Wirkung hält nur wenige Monate an.»

Peggy fragte sich, wie Angie aussehen mochte, wenn die Wirkung der Spritzen nachließ. Sich jünger zu machen, schien ihr mit ziemlich viel Aufwand verbunden zu sein, und Brian hatte für derartige Eitelkeit bestimmt wenig übrig. Er wirkte überhaupt so vernünftig – kein Firlefanz, eher der Bratkartoffeltyp.

Es musste einen bequemeren Weg geben. «Gibt es denn kein Medikament, das Sie mir verschreiben könnten, um meine Nervenenden ein bisschen zu beruhigen?» Jenny wäre mit so was gar nicht einverstanden. Als sie das letzte Mal zu Besuch gewesen war, hatte sie versucht, Peggy dazu zu bringen, sämtliche Medikamente abzusetzen.

«Das Zeug vergiftet dich, Mum», hatte sie gesagt, nachdem sie einen Beipackzettel gelesen hatte. «Diese ganze Chemie kann unmöglich gesund sein.»

«Das Zeug hält mich am Leben», hatte Peggy in einem Anflug von Melodramatik geantwortet. Sie hatte keine Ahnung, ob das stimmte, und war definitiv nicht bereit, es auszuprobieren.

An dem Punkt war das Muttertochterwortgefecht ins Stocken geraten und hatte trotz Jennys allerletzter Salve – weißen Zucker für Peggys sämtliches Leid verantwortlich zu machen – in einem Patt geendet.

Dr. Stephen klickte nachdenklich mit seinem Kugelschreiber. «Es gibt da etwas, das wir versuchen könnten. Eine Tablette. Sie hemmt den Harndrang.»

Peggy fiel das Gesicht runter. «Wollen Sie damit sagen, ich hätte mir all die Jahre voller Peinlichkeit und Scham ersparen können, indem ich einfach eine Pille schlucke?»

Sie erhaschte den Blick auf ein ganz anderes Leben, in einem Paralleluniversum, voller Möglichkeiten und Gelegenheiten, in dem Peggy Smart so viel mehr hätte tun und erleben können. So viel mehr hätte sein können. Ein Universum, in dem sie die Welt bereist und ein ganz und gar fabelhaftes Leben geführt hätte. Ein Leben wie das von Angie Valentine.

Wieso hatte ihr das vorher noch nie jemand vorgeschlagen? Peggy wusste gar nicht mehr, wie viele Urinproben sie Dr. Hanski-Panksi und davor dem alten Dr. Steele auf der Suche nach Heilung auf den Tisch gestellt hatte. Sie hatte genug Hinweise geliefert. Hätte sie damals schon den Mut besessen, ihr mangelndes Kontrollvermögen zur Sprache zu bringen, ihr wäre ein kummervolles Dasein erspart geblieben. Hätte doch bloß jemand sie gefragt.

«Moment. Wir wollen uns zu nichts hinreißen lassen.»

Dr. Stephen streckte die Hand aus, als wolle er den Verkehr regeln.

Peggy zappelte mit ihrem Gipsarm herum. Doch! Genau das! Sie wollte sich dringend hinreißen lassen, wenigstens einmal im Leben.

Dr. Stephen rutschte unbehaglich auf seinem Stuhl hin und her. Peggy wurde bei dem Anblick ganz mulmig.

«Hören Sie», sagte er. «Ich bin kein Freund von Medikamenten als erstes Mittel der Wahl. Das gilt für alle Beschwerden, sei es Bluthochduck, Depressionen oder Arthrose. Zumindest nicht, ehe wir nicht alle nicht pharmazeutischen Optionen ausgeschöpft haben. Und für diese Situation gilt das besonders. Das Medikament wirkt nicht bei jedem und kann zu unerwünschten Nebenwirkungen führen.»

«Und welche?»

«Mundtrockenheit, Sehstörungen, erhöhte Sturzgefahr ...»

Einen trockenen Mund hatte sie sowieso schon und Sehstörungen auch – sobald sie ihre Lesebrille verlegte. Das war kein Problem – die Gefahr, wieder zu stürzen, dagegen umso mehr. Ein Sturz war schlimm genug, eine Wiederholung wäre endgültig der letzte Nagel zu ihrem Sarg.

Das war so unfair, dachte Peggy. Als David beim Fußball gestürzt war und sich im Knie alle Bänder gerissen hatte, hatte niemand versucht, ihn in ein Pflegeheim zu verfrachten, oder ihn wie einen Invaliden behandelt. Er blieb nach der Operation wochenlang von der Arbeit zu Hause, und zwar just in dem Moment, als Mel nach dem Mutterschutz wieder zu arbeiten anfing.

Peggy hatte versucht, ihnen zu helfen, so gut sie konnte, hatte Berge von Mahlzeiten vorbeigebracht und war jeden Montag mit Sam zu Jungle Jim's einkaufen gefahren. Sie hatte ein Vermögen in Benzin und Lasagnenudeln investiert.

«… Verstopfung, Benommenheit, Müdigkeit.» Die Liste potenzieller Nebenwirkungen wurde immer länger.

Peggy schweifte in Gedanken zu ihrem Unfall ab. Sie erinnerte sich an die kreisenden Möwen und die Wattewolken, die über die Sonne zogen. Sie spürte den Schmerz in ihrem Arm und hatte plötzlich die armen Bananen wieder vor Augen. Und Brian. Brian war auch da, das liebe Gesicht voller Sorge und Freundlichkeit. Seine Augen hatten dieselbe Farbe wie das Meer. *Meine Liebe*, hatte er gesagt. Nicht *ach du liebes bisschen* oder *Sie Ärmste*, sondern *meine* Liebe. *Seine* Liebe.

«Ich riskiere es», sagte Peggy. Ihr achtzigster Geburtstag stand vor der Tür, sie hatte keine Zeit zu verlieren. «Stellen Sie mir einfach das Rezept aus.»

Das Rezept wie einen Scheck aus der Lottozentrale zwischen den Fingern, verließ Peggy trippelnd das Sprechzimmer. Dr. Stephen rief ihr nach: «Sie haben den Überweisungsschein vergessen!»

«Welchen Überweisungsschein?» Peggy hatte keine Ahnung, wovon er sprach.

«Für die orthopädische Ambulanz. Im Krankenhaus.» Dr. Stephen reichte ihr ein Formular, während er den nächsten Patienten hereinbat.

Was für eine orthopädische Ambulanz?

Celia hatte ihr geraten, beim nächsten Gipswechsel in der orthopädischen Ambulanz um einen wasserfesten Gips zu bitten. Damit wäre sie in der Lage, trotzdem zur Wassergymnastik zu gehen. Jetzt fiel es Peggy wieder ein.

«Wie kommen Sie ins Krankenhaus?», rief Dr. Stephen ihr quer durchs Wartezimmer hinterher.

«Ich fahre mit dem Auto», entgegnete Peggy ein wenig gereizt. Was war das denn für eine Frage?

«Nein. Mit einem Gips am Arm können Sie nicht Auto fahren. Es wird Sie jemand bringen müssen.»

9
Die Grannynanny

Peggy hechtete auf die Ziellinie zu. «Peggy Smart … der Zwölfuhrtermin», keuchte sie und klammerte sich haltsuchend an den Empfangstresen. «Es … tut … mir leid … dass ich zu spät komme.» Ihr Hecheln diente der Entschuldigung.

Die Rezeptionistin reichte ihr ungerührt ein Klemmbrett. «Nehmen Sie Platz.»

«Wir konnten keinen Parkplatz finden», prustete Peggy und wartete darauf, dass die Frau endlich den Kopf hob.

Sie hatten drei Runden um das komplette Krankenhaus gedreht, um einen Parkplatz möglichst in der Nähe der ambulanten Abteilung zu finden. Angie hatte darauf bestanden, mit ihrem Mini entgegen einer Einbahnstraße zu fahren, und damit einen Krankenwagen gezwungen, zurückzusetzen und sie vorbeizulassen. Der einzige Parkplatz, den sie schließlich finden konnten, war direkt neben einer Mauer gewesen, und Peggy musste über den Fahrersitz zur Tür hinausklettern. Es hatte einen heiklen Moment gegeben, als sie rittlings auf der Gangschaltung stecken geblieben war und Angie einen zufällig vorbeikommenden Pfleger bitten musste, ihr beim Herauszerren zu helfen. Als sie endlich das Krankenhaus betraten, waren sie beide sehr wortkarg.

«Verstehe.» Die Rezeptionistin hob kurz den Blick und wandte sich wieder einem Stapel Röntgenaufnahmen zu.

«Ich musste ziemlich weit laufen für jemanden in meinem … in meinem Zustand.»

Peggy spürte, wie jemand sie am Ärmel zupfte. Sie drehte sich um. Angie sah sie böse an. «Wolltest du gerade das sagen, von dem ich glaube, dass du es sagen wolltest?»

«Nein wirklich, ich finde, die müssten hier dringend ein paar Seniorenparkplätze einrichten.»

Eine Frau im Wartebereich bemerkte, dass Angie und Peggy sich nach einer Sitzgelegenheit umsahen, und stupste ihren halbwüchsigen Sohn an, um ihn zum Aufstehen zu bewegen. Der Junge grinste abwesend hinter seinem peppigen Pony hervor, stand auf und wandte sich wieder seinem Mobiltelefon zu. Er hatte ebenfalls den Arm in Gips.

«Skateboardunfall», sagte die Frau und verdrehte die Augen.

«Nein. Ich bin am Strand ausgerutscht», sagte Peggy.

«Ich glaube, sie meint ihn.» Angie zeigte auf den Jungen.

Peggy setzte sich auf den freigewordenen Platz. «Danke sehr», sagte sie. «Aber mein Termin war um zwölf, wir warten bestimmt nicht lange.»

«Unserer auch», entgegnete die Mutter.

«Und meiner auch», sagte ein Mann mit zwei Krücken.

Die anderen nickenden Köpfe legten den Schluss nahe, dass sie sich auf eine lange Wartezeit gefasst machen mussten.

«Grundgütiger!», sagte Angie. «Bleib du hier und füll deine Formulare aus. Ich mache mich auf die Suche nach der Bar.»

Dankbar für die Abwechslung, sahen die anderen Patienten Angie dabei zu, wie sie, von ihrer Riesendesignerhandtasche nur geringfügig behindert, zum Ausgang stolzierte.

«Das ist meine Freundin», sagte Peggy halb entschuldigend und ein bisschen prahlerisch zu der Frau neben sich. «Wir kennen uns seit über siebzig Jahren.»

Die Frau machte große Augen. «Sie müssen sich sehr nahestehen.»

Peggy fing an zu grübeln. Standen sie sich nahe? Auf alle

Fälle nahe genug, um auf Förmlichkeiten zu verzichten. Sie hatten genug gemeinsame Geschichte, um sich den Smalltalk sparen zu können. Trotzdem waren sie und Angie sich in vielerlei Hinsicht völlig fremd. Worüber sollten sie reden, wenn sie erst mal damit durch waren, einander auf den neuesten Stand zu bringen und in gemeinsamen Erinnerungen zu schwelgen? Blieben auch dann noch genug Gemeinsamkeiten übrig, oder würde betretenes Schweigen das Geplänkel ablösen, sobald das Neue nicht mehr neu war?

Peggy versuchte, sich mit dem Formular auf ihrem Klemmbrett zu befassen. Die üblichen Daten wurden abgefragt, Name, Adresse, Geburtsdatum. Zuerst schrieb sie versehentlich ihre alte Adresse – das Zuhause der Familie – hin. Es war ihr zu peinlich, um ein neues Blatt zu bitten, deshalb strich sie die Adresse einfach durch und schrieb Jacaranda Retirement Village darunter. Ihre Nerven spielten ihrem Konzentrationsvermögen übel mit. Ihr bangte vor dem Arzttermin und vor der anschließenden Einkaufstour noch viel mehr.

Als Angie endlich mit zwei dampfenden Plastikbechern voll brauner Brühe zurückkam, war Peggy dabei, auf der Suche nach ihrer Medicare Card die Tragetasche zu durchwühlen.

Angie setzte sich, trank einen Schluck und verzog das Gesicht. «Schmeckt wie Scheiße.»

Der Teenager sah feixend von seinem Telefon auf.

«Angie! Sei leise! Was sollen denn die Leute denken?»

«Darauf gebe ich keinen Pfifferling. Frauen sollten viel mehr fluchen.»

Eine junge Mutter durchbohrte Angie mit Blicken und hielt dem kleinen Mädchen neben sich die Ohren zu. Angie wandte sich ihr zu. «Ich rate Ihnen sehr, Ihrer Tochter ein paar kräftige Schimpfwörter beizubringen, solange sie noch klein ist. Das ist sehr gut fürs Selbstwertgefühl. Vor allem bei Mädchen.» Spätestens jetzt waren alle Augen auf Angie gerichtet. «Sehen Sie? Fluchende Frauen bekommen volle Aufmerksamkeit.»

Angie rutschte unruhig auf ihrem Stuhl herum und sah auf die Uhr. «Arabella schließt um fünf. Bei diesem Tempo schaffen wir das nie.»

«Dann geh du ohne mich», sagte Peggy und öffnete den Reißverschluss ihrer Brieftasche.

«Sicher nicht. Aus der Nummer kommst du nicht mehr raus. Du kennst Arabella nicht. Sie reagiert sehr empfindlich darauf, versetzt zu werden.»

Auch in Peggys Brieftasche war keine Spur von ihrer Medicare Card. Dafür war sie vollgestopft mit Rabattkarten von Geschäften, die sie nie besuchte, und mit einem ganzen Stapel überflüssiger Bankkarten, deren PINs sie längst vergessen hatte.

«Darf ich?», fragte Angie und übernahm.

«Schau mal in dem Fach hinter meinem Führerschein nach.»

Angie hielt eine grüne Plastikarte auf Armeslänge von sich und schielte auf die Nummern.

«Hier», sagte Peggy. «Versuch's mal damit.» Sie reichte Angie ihre Lesebrille.

«Viel besser.»

«Wo hast du deine Brille?»

«Brauch ich nicht. Das Einzige, was ich je lesen musste, waren Preisschilder in Boutiquen, und seit Ehemann Nummer drei ist das auch vorbei.»

«Und was ist mit Büchern?»

«Darling, hast du noch nie was von Hörbüchern gehört? Die laufen bei mir im Auto.»

Peggy erinnerte sich, dass David ihr über seinen neuen BMW was Ähnliches erzählt hatte. Das Auto war schlauer als sie. Nur das mit Bluetooth kapierte sie immer noch nicht – wo hatte ein Auto schließlich blaue Zähne?

«Ist es nicht unglaublich, was die Technik heutzutage alles kann?»

Angie experimentierte mit der Lesebrille herum, kniff erst ein Auge zu und dann das andere, hielt sich musternd die Hand vors Gesicht und sah dann in die Ferne. «Verfluchte Scheiße! Das ist fabelhaft», murmelte sie.

Kurze Zeit später kam die Rezeptionistin, um Peggys Klemmbrett abzuholen. «Es dauert nicht mehr lange», sagte sie fröhlich und deutete auf die schrumpfende Patientenschlange im Wartebereich. Peggy fragte sich, ob sie das zu allen älteren Patienten sagte.

Als Angie die Karte zurück in ihr Fach steckte, blieb ihr Blick an dem Foto hinter dem Sichtfenster in Peggys Brieftasche hängen.

«Sind das deine Enkelkinder?»

Peggy lächelte. «Das ist Sam. Er wird bald sechs. Und diese kleine Zuckerschnute ist Emily. Sie ist dreieinhalb. Es sind Davids Kinder.»

Angie betrachtete gedankenverloren das Bild. «Siehst du sie oft?»

«Ja und nein.»

Peggy wusste nicht, wo sie anfangen sollte. Angie hatte ihren wunden Punkt getroffen. Natürlich waren Sam und Emily ihre Augensterne, zwei absolute Engel, die nichts verkehrt machen konnten. Zwischen Großeltern und ihren Enkelkindern existierte ein besonderes Band, das die Jahrzehnte überspannte und mit den Generationen Froschhüpfen spielte. Ein Verhältnis, das all jenen, die im Krieg aufgewachsen waren, die zweite Chance auf eine fröhlichere Kindheit bot. Ein Verhältnis, das eine gewisse, miteinander geteilte Albernheit in sich barg, die Erlaubnis, einander nicht allzu ernst zu nehmen, und ein gesundes Empfinden für das, worauf es im Leben wirklich ankam. Es ging um Eisbecher und Kitzelattacken, um Geschichtenerzählen und altmodische Brettspiele. Um Spaziergänge in der Natur und um Grimassenschneiden. Es ging darum, «ich hab dich lieb» sagen zu dürfen. Dieses Band war heilig, und gleichzeitig war es äußerst fragil. Und es war nur mit einem dicken, fettigen Haar in der Suppe zu haben, besser gesagt mit zwei Haaren: den Eltern der Enkelkinder.

Als Mel damals darüber nachgedacht hatte, wieder zu arbeiten, hatte Peggy sich angeboten, die Kinder an einem Vormittag in der Woche zu sich zu nehmen. Sie wollte die Familie unterstützen, da sie immer wieder Bemerkungen über die angespannte finanzielle Lage machten. Für Mel war Mutterschaft offensichtlich eine olympische Disziplin, und Peggy befürchtete, dass ihre Ambitionen die armen Kinder schon vor der Highschool in den Burn-out trieben. Sie hatten in Erziehungsfragen ihre Differenzen, und Peggy lernte schnell, ihre Meinung für sich zu behalten. Doch als Großmutter musste sie etwas unternehmen, ehe es zu spät war.

Anfangs war Mel nur sehr zögernd bereit, etwas Verantwortung abzugeben, konnte sich, wenn sie die Kinder brachte, kaum trennen und löcherte Peggy mit Fragen nach den geplanten Aktivitäten. Sam und Emily wurden inklusive Gebrauchsanleitung bei ihr abgeliefert – sprichwörtlich, mit einem Ablaufplan der Mittagsschlaflänge und Essenszeiten umfasste. Es gab Karteikarten zu absolvieren und strengste Anweisungen hinsichtlich werbefreien Kinderfernsehens. Natürlich hatte Peggy von Anfang an nie vorgehabt, sich Mels Regime zu unterwerfen. Sie hatte vor, ihre Enkelkinder während dieser wertvollen Stunden nach Strich und Faden zu verwöhnen und zu verhätscheln, wie es ihr gutes Recht als Großmutter war.

Kinder blieben Kinder, und Peggy hatte bereits zwei Kinder großgezogen. Von denen einer, wie sie ihrer Schwiegertochter gerne manchmal unter die Nase gerieben hätte, immerhin so gut gelungen war, dass Mel ihn geheiratet hatte.

Peggy genoss jeden einzelnen Augenblick mit ihren Enkelkindern. Die Zeit mit ihnen hatte eine ganz eigene Geschwindigkeit. Sie brachte Sam bei, wie man Teig ausrollte und kleine Hütchen formte, die man mit Marmelade füllen konnte. Sie durchstöberten auf der Suche nach Schätzen ihre Schubladen und Schmuckschatullen und lachten sich zusammen über alberne Comics kaputt.

Die Enten am Ort wurden so fett, dass sie kaum noch watscheln konnten, vom Fliegen ganz zu schweigen.

Sie erlebte an sich ein Maß an Geduld und Toleranz, das man nur mit dem Alter erreichte. Es war ein gemächliches Mäandern durch den Tag, ohne Ziel und ohne Termindruck, das die Enkelkinder Enkelkinder und die Granny Granny sein ließ.

Nur seltsam, dass Peggy an die Zeiten ihres eigenen Alltags mit David und Jenny so wenige Erinnerungen hatte. Es war, als hätte sie die Tage damals immer unter einer leichten Narkose verbracht. Trotzdem hatte es die Jahre gegeben, sie waren alle noch da, in Form grobkörniger Erinnerungsbilder. Peggy, Ted und die Kinder. Strahlende Gesichter. Christbäume und Geburtstagskuchen. Sonnige Sommertage mit Eimern und Schaufeln. Erinnerungen, wie Wimpel aneinandergebunden, ohne Zwischenräume. Mit ihren Enkelkindern bekam sie eine zweite Chance, das Beste noch einmal zu erleben, nur ohne die schlaflosen Nächte und die zermürbende Erschöpfung einer frischgebackenen Mutter. Dass Ted das nicht mehr erleben durfte, brach ihr das Herz, aber so war es nun einmal, und es hatte keinen Sinn, darüber zu lamentieren.

Ehe sie sich's versah, wurden aus einem Vormittag pro Woche zwei und dann drei. Die Vormittage erstreckten sich bis weit in den Nachmittag, während Mel sich noch schnell die Nägel machen ließ oder nach der Arbeit noch kurz zum Friseur sprang. Anfangs saugte Peggy all das auf wie ein Schwamm und arrangierte ihr eigenes Leben mit Freuden um das ihrer Enkelkinder herum, besser gesagt, um den Generalsanierungsplan ihrer Schwiegertochter. Erst als Sam und Emily eines schönen Mittwochmorgens gemeinsam mit einem Korb Bügelwäsche bei ihr abgeliefert wurden, wurde der Granny klar, dass sie zur Nanny geworden war.

Während sie ihr eigenes Leben zunehmend vernachlässigte, begann Peggy, einen stillen Groll zu hegen. Den Quilt-Kurs und den Chor hatte sie bereits aufgegeben. Hatte sie sich eben noch so sehr auf ihre Enkelkinder gefreut und Ausflüge in den Park und in den Zoo geplant, begann sie nun, das Eintreffen der Kinder zu fürchten. Ohne Ted, mit dem sie die Last hätte teilen können, war es anstrengend, von den Kosten ganz zu schweigen, ständig brauchte sie Schonkost und Stärkungsmittel. Die ständig laufenden Nasen und ewig zwickenden Bäuchlein forderten schließlich ihren Tribut.

Peggy entfuhr ein tiefer Seufzer.

«Was ist los?», fragte Angie.

«Ich fühle mich, als hätte ich die Wahl zwischen Teufel und Beelzebub.»

«Wieso das denn?»

«Es liegt an David, meinem Sohn, nein, eher an Mel, meiner Schwiegertochter. Seit ich ihr gesagt habe, wie anstrengend es für eine Rentnerin ist, sich den ganzen Tag um zwei kleine Kinder zu kümmern, benimmt sie sich mir gegenüber komisch.»

«Ich hatte zwar nie eine Schwiegertochter, aber ich war

selbst oft genug eine, um zu wissen, wie heikel diese Beziehung sein kann.»

«Sie hat gesagt, wenn es mir zu viel würde, würde sie sich nach einer anderen Lösung umsehen.»

«Das klingt doch nur fair.»

«Tja. Aber es hat mich trotzdem verletzt. Ich möchte mich auch weiter um Sam und Emily kümmern, aber ich will nicht die ganze Woche so gebunden sein. Als wäre es selbstverständlich. Es ist jetzt ein paar Wochen her, seit ich etwas gesagt habe, und seitdem komme ich mir vor wie ein Hund, der unter dem Tisch um ein paar Krumen bettelt.»

«Klingt in meinen Ohren nach einer ziemlichen Zimtzicke», sagte Angie.

«Angie!» Peggy grinste. «Du sprichst von meiner Schwiegertochter!»

Angie trank den letzten Schluck aus ihrem Plastikbecher und schüttelte sich. «Ich bin mir immer noch nicht sicher, ob das Kaffee oder Tee war.»

Peggy schluckte ungebetene Tränen hinunter. «Und das Schlimmste daran: Seitdem behandeln sie mich wie eine alte Frau und lassen ständig irgendwelche Bemerkungen über Pflegeheime fallen. Ich glaube, das tun sie absichtlich, um mich zu bestrafen.»

«Bist du jetzt nicht ein bisschen zu empfindlich?»

«Sie haben gesagt, ich soll nicht mehr Auto fahren.»

«Das ist doch lächerlich! Ich kann mich noch sehr gut daran erinnern, wie du in den Fünfzigerjahren mit dem alten Holden deiner Mutter durch die Gegend kurvtest. Du warst eine sehr sichere Fahrerin. Zumindest, solange du nicht einparken musstest.»

«Wie könnte ich jemals diese alte Klapperkiste vergessen?»

«Peggy! So spricht man nicht von seiner Mutter!»

«Du bist schrecklich!» Peggy lachte und tupfte sich mit einem Taschentuch die Tränen weg.

«Ich verstehe das nicht. Wo liegt denn das Problem? Schließlich hast du ja dein Auto nicht mit ihren kostbaren Kindern darin zu Schrott gefahren, oder?»

Peggy starrte zu Boden. «Zu Schrott gefahren ... nicht direkt.»

«Nein! Du hast doch nicht ...?»

Peggy nickte, und der nächste Tränenschwall brach sich Bahn. «Nur ein ganz kleiner Stups, eine minimale Fehleinschätzung. Es ist niemandem was passiert. Sam musste Geheimhaltung schwören, aber er hat sich verplappert.»

«Oh nein!»

«Doch. Er hat zu David gesagt, er könnte es gar nicht erwarten, endlich wieder in Grannys Autoscooter einzusteigen.»

«Verdammter Mist, Pegs.»

«Und jetzt wollen sie mir das Auto wegnehmen. Sie behandeln mich, als wäre ich zu nichts mehr in der Lage. Als wäre ich gebrechlich.»

«Du bist nicht gebrechlich.» Angie tätschelte Peggys Gips.

In dem Moment tauchte eine Schwester in blauer Uniform vor ihnen auf. Sie schob einen Rollstuhl.

«Mrs. Smart? Hüpfen Sie hinein.»

Der Orthopäde musste zweimal hinsehen. Er trug offenbar noch immer dasselbe zerknitterte Hemd vom Tag des Sturzes. Dieselbe Leichenbittermiene trug er auf alle Fälle im Gesicht.

«Mrs. Smart und Mrs. Valentine. So sieht man sich wieder.»

Peggy sagte ganz spontan: «Wir kommen sehr gut zurecht. Vielen Dank.»

«Sehr gut», sagte er an ihre gebrochenen Knochen gewandt.

Er zauberte von irgendwoher eine riesige Schere hervor, durchtrennte den leicht angeschmuddelten Gipsverband und legte die blutunterlaufene Schwellung frei, die ihr Handgelenk sein sollte.

«Aua!» Peggy zuckte vor Schmerz zusammen.

«Sehr gut!», sagte der Arzt noch einmal.

«Wie lange dauert es, bis sie wieder Skateboard fahren kann, Doktor?», sprach Angie in ihren aufgeklappten Taschenspiegel hinein und trug frischen Lippenstift auf.

Peggy entschuldigte sich. «Verzeihung, Doktor. Das war ein Witz.»

Der Assistenzarzt verzog keine Miene. Er schrieb etwas auf ein Formular und reichte es der Schwester. «In vier Wochen, mit einem neuen Röntgenbild», sagte er. «Trinken Sie Milch?»

«Nur einen Spritzer, und einen Löffel Zucker, bitte.» Peggy war angenehm überrascht. Sie hatte keine Erfrischungen erwartet. Andererseits hatten sie auch lange genug gewartet.

Der Arzt sah sie verwirrt an. «Kalzium, in Milchprodukten. Ich spreche davon, Ihre Knochen zu stärken.»

«Mein Arzt hat mir geraten, alles zu meiden, was weiß ist.»

«Dann Dosenlachs, grünblättriges Gemüse, Mandeln.»

Peggy traute sich nicht, ihm zu sagen, dass ihre Zähne bei Nüssen Probleme machten. Sie würde sich an den Dosenlachs halten.

«Und Vitamin D. Eine Kapsel täglich.»

Die Schwester mischte sich ins Gespräch. «Und nicht vergessen: Auch die Sonne ist ein wichtiger Vitamin-D-Lieferant.»

Der Arzt holte zum vernichtenden Schlag aus. «Ja», sagte er. «Vor allem für alte oder eingewiesene Patienten.»

Alt? Eingewiesen? Glaubte er vielleicht, nur weil sie einen

Gips am Arm hatte und im Rollstuhl ins Zimmer gekommen war, würde sie in einer Anstalt leben? Das war unfair. Angie – sie trug heute einen seidenen Trainingsanzug und einen ganzen Arm voll bunter Armreifen – sah ja auch nicht aus, als würde sie in einer Anstalt leben. Zumindest nicht in einer Pflegeanstalt für alte Leute.

«In dem Fall möchte ich bitte einen wasserfesten Gips», sagte Peggy. Sie wusste einen Ort, an dem sie ihre tägliche Dosis Sonne abbekommen würde. Und ihre tägliche Dosis Brian obendrein.

«Die Farbe ist egal. Hauptsache nicht beige», fügte Angie hinzu.

10

Die Kammer des Schreckens

Ich finde, wir sollten in die Gänge kommen. Wir haben in der Ambulanz schon genug Zeit verschwendet», sagte Angie munter.

«Ich glaube, auf leeren Magen schaffe ich das nicht.» Peggy musterte sehnsüchtig die Auslage mit Kuchen und Muffins und dann die anderen Menschen, die dasaßen und sich mit Kaffee und Kuchen belohnten.

«Na komm, wir sehen uns zuerst ganz kurz bei Arabella um und gönnen uns hinterher hier eine schöne Tasse Tee. Wie klingt das?»

Angie hörte sich an, als würde sie versuchen, ein bockiges Kleinkind zu beschwichtigen. Es war haargenau derselbe Tonfall, mit dem Peggy versucht hatte, Jenny in ein Kindermodengeschäft zu locken, als sie vier war. Zwischen ihnen herrschte noch heute ständig eine gewisse Anspannung, und Peggy fragte sich manchmal, ob Jenny ihr das fürchterliche Lochstickereidebakel insgeheim bis heute nachtrug.

«Okay. Du hast gewonnen.» Peggy sackte sichtlich in sich zusammen. Einen Streit vom Zaun zu brechen, wäre zickig gewesen, schließlich hatte Angie bereits wertvolle Stunden ihres Lebens geopfert, um in der Ambulanz Automatentee zu trinken. Von allen Möglichkeiten – mit dem Bus oder Taxi zu fahren, David anzurufen oder Angie zu bitten – war ihr Letzteres am wenigsten unattraktiv erschienen.

Trotzdem – jetzt stand sie schon wieder in Angies Schuld.

Peggy kam sich ein bisschen so vor, als hätte sie es mit einem skrupellosen Kredithai zu tun, der sie mit jedem erbetenen Gefallen noch tiefer in den Rückstand trieb. Schlimmer noch, Angie fing an, ihr auf die Nerven zu gehen.

Es kam ihr jetzt schon vor wie eine Ewigkeit, dabei war der Sturz erst ein paar Tage her. Angie hatte keine Zeit verschwendet und inzwischen in ihrem gesamten Kleiderschrank sowie in der Kommode gewütet. Der Großteil ihrer Garderobe war in riesige Müllbeutel gewandert, und Peggy hatte sprichwörtlich nichts mehr anzuziehen. Und als wäre Angies Angriff auf ihre Garderobe nicht schon genug gewesen, hatte sie Peggys Keksdose konfisziert und sie vom Sofa hochgejagt, um einen Spaziergang zu machen, und zwar just in dem Augenblick, als sie es sich vor dem Fernseher gemütlich machen wollte. Das Innenleben ihres Kühlschranks war ebenfalls nicht mehr wiederzuerkennen. Es sah aus, als hätte Angie darin einen Komposthaufen angelegt, im Käse- und im Aufschnittfach tummelten sich seltsame Pflanzen. Dann ihre Besessenheit für diese Ciao-Samen: winzige Quälgeister, die sich in Peggys Zahnfleisch bohrten. Und diese anämisch aussehende Milch, die man im Tee kaum sah. Dazu noch becherweise Joghurt mit Millionen lebender Bakterienkulturen; ihre Küche verwandelte sich in ein einziges Gesundheitsrisiko. Es war ihr ein Rätsel, wie Angie mit dieser lachhaften Diät so lange überlebt hatte, und es war ein Wunder, dass sie dabei nicht komplett hysterisch geworden war. Basil dagegen blühte in Angies Gegenwart förmlich auf. Irgendwie hatte sie ihn dazu gebracht, Dosenfutter zu fressen – wenn auch irgendwelchen obskuren Biofraß, der ein Vermögen kostete –, und Peggy hatte ihn noch nie dermaßen mit dem Schwanz wedeln sehen.

Es würde noch Wochen dauern, bis sie endlich ihre Unabhängigkeit zurückbekam.

«Beeil dich, Peg!» Angie eilte fast im Trab auf das teure Ende der Shopping-Mall zu. Eine Frau mit einer Mission. Peggy hatte die dunkle Ahnung, dass *sie* diese Mission war.

Mit knurrendem Magen trottete Peggy hinter ihr her, ein schwerfälliges Zugpferd im Gegensatz zu dem tänzelnden Zirkuspony vor ihr. Die vollverglasten Designerboutiquen und Einrichtungsläden waren für Peggy Neuland. Angie schien sich in diesem Paralleluniversum wohlzufühlen wie ein Fisch im Wasser und bahnte sich ihren Weg entlang vertrauter Routen wie ein Lachs auf dem Weg ins Laichgebiet.

«Ich glaub, ich muss aufs Klo.» Peggy konnte kaum Schritt halten.

«Das kann doch gar nicht sein.» Angie drehte sich auf ihren Kittenheels zu ihr um. «Du warst erst vor fünf Minuten. Das bildest du dir ein.»

Peggy erinnerte sich, dass sie Dr. Stephens Rezept in der Handtasche hatte. Die neuen Beruhigungstabletten für ihre neurotische Blase. Sie hatte sich dazu entschlossen, den Versuch zu wagen. Ihr Herz schlug schneller, erahnte einen entscheidenden Wendepunkt in ihrem Leben. Dies war die Gelegenheit, endlich die Kontrolle über ihr Leben zu übernehmen. Sie stand direkt an der Sprungbrettkante. Zumindest, falls sie es vor Ladenschluss zur Apotheke schaffte.

Natürlich war Arabella's der letzte Laden in der Zeile. *Typisch.* Peggy blieb vor dem Schaufenster stehen, um wieder zu Atem zu kommen. Sie hatte sämtliches Pulver an Entschuldigungen und Verzögerungstaktiken verschossen. Es war Zeit, sich dem Erschießungskommando zu stellen.

Die Boutique war bis auf eine zierliche Dame mit platinblonden Haaren leer. Sie stand an einem Tisch und faltete Pullover. Für ein Bekleidungsgeschäft waren erstaunlich wenig Kleidungsstücke zu sehen.

«Worauf wartest du?» Angie packte die stocksteife Peggy am Arm und zerrte sie durch die Tür.

«Angela, Liebste!»

«Arabella, du siehst hinreißend aus. Wie immer!»

Peggy kam sich vor, als wäre sie aus Versehen zwischen die Kulissen von *The Real Housewives* geraten. Sie wand sich in dem Versuch, die grüne Ökotasche hinter ihrem Rücken zu verstecken, die ihr als Ersatzhandtasche diente, während Angie und Arabella Wangenküsse und seichte Komplimente austauschten.

«Das ist meine Freundin Peggy. Wir sind zusammen zur Schule gegangen und haben vor einer Million Jahren bei Blake's gearbeitet.» Angie stupste Peggy in die Seite, als wären sie auf dem Viehmarkt.

Arabella begann, sie stumm zu taxieren. Sie machte einen Schritt zurück und nahm immer wieder einen anderen Blickwinkel ein, damit ihr nur ja nichts entging.

So hatte Peggy sich nicht mehr gefühlt, seit sie in der dritten Klasse vom Lehrer nach vorne zitiert worden war.

«Mit Schüchternheit kommst du nicht weiter, junge Dame», hatte er gebrüllt und seine vorquellenden Augen waren ihm vor Entrüstung fast aus dem Kopf gesprungen. «Kannst du nicht ein bisschen aufgeschlossener sein? Nimm dir ein Beispiel an deiner Freundin hier!»

Peggy fragte sich, ob Angie sich noch daran erinnerte, schließlich war sie besagte aufgeschlossene Freundin gewesen.

«Und, Arabella? Kannst du deine Zauberkünste walten lassen?», fragte Angie.

«Ich liebe Herausforderungen!»

Die zwei Frauen scheuchten Peggy nach hinten in den Umkleidebereich und konfiszierten die grüne Einkaufstasche. Peggy stand bibbernd hinter dem schweren Samtvorhang, zog sich umständlich die Strickjacke über den Gipsverband und hängte sie an einen Wandhaken. Ihr Handgelenk schmerzte, und sie sehnte sich nach einer Tasse Tee. Sie hatte nicht zu Mittag gegessen, und ihr leerer Magen beklagte sich bitterlich. Wieso hatte sie sich von Angie hierzu überreden lassen? Die Sache war eine einzige Verschwendung von Zeit und Geld. Geld, das sie schlicht und einfach nicht übrig hatte.

Hin und wieder wehte durch den dicken Vorhang ein Gesprächsfetzen zu Peggy hinein. «Ich würde sagen, wir fangen ganz von vorne an.»

«Ich würde sie ja eher auf sechsundvierzig schätzen.»

«Tailliert. Unbedingt tailliert. Bei den Knien.»

«Auf keinen Fall Streifen.»

«Ärmellos? Vergiss es.»

Peggy spürte die beiden vor dem Vorhang herumwuseln. Inzwischen nur noch in Unterwäsche, kauerte sie in der Kabine. Von deckenhohen Spiegeln umgeben, war sie in einem Dreihundertsechziggradfegefeuer gefangen. Wann hatte sie zum letzten Mal tatsächlich ihren Körper betrachtet?

Zuerst sah Peggy überallhin, nur nicht auf ihr Spiegelbild. Der Abscheu, den sie beim Anblick ihres eigenen Körpers empfand, schnürte ihr die Kehle zu. Die Scham brannte ihr auf den Wangen. Sie legte sich die Hände auf die Augen und lugte verstohlen durch die gespreizten Finger auf die Dellen in den Schenkeln, die wulstigen, dunkelvioletten Adern, die sich über ihre Beine schlängelten, und die Hautfalten, die von ihren Schulterblättern herunterhingen. Jeder einzelne Teil ihres in Auflösung begriffenen Körpers erzählte ein anderes Kapitel in der Geschichte ihres Lebens. Die Narbe auf dem Schienbein, Vermächtnis einer uralten Hockeyverletzung, war die Erinnerung an die lebhafte Jugend, und ihre blasse, mit braunen warzenartigen Pünktchen übersäte Haut zeugte von einer unter australischer Sonne verbrachten Kindheit. Peggy ließ die Hände fallen, legte sie sich auf den Bauch und fuhr das filigrane Muster aus silbrigen Schwangerschaftsstreifen nach: die Geschichte ihrer Mutterschaft.

Ted hatte jeden Zentimeter an ihr geliebt. Wie oft er ihr das zu verstehen gegeben hatte, mit Worten und mit seinem Tasten nach ihren weichen Rundungen unter der gemeinsamen Bettdecke. Die Taille, die vergessen hatte, dass sie eine Taille war; die hängenden Brüste. Sie vermisste seine Berührungen und hielt sich an den Erinnerungen an seine stets hoffnungsvollen Avancen fest, die nur viel zu selten erwidert worden waren.

Plötzlich war die Luft zu dünn. Peggy holte Luft, in immer tieferen, längeren Atemzügen. Doch so heftig sie die Moleküle auch in ihre Lungen einsaugte, der Sauerstoff war immer noch zu wenig.

In der großzügigen Umkleidekabine gab es weder Fenster noch Türen, durch die sie hätte fliehen können. Sie war in dieser Folterkammer gefangen und konnte nichts tun, als auf die Rückkehr ihrer Peinigerinnen zu warten.

«Gut. Wir fangen mit ein paar Basics an.» Angie tauchte zwischen den Samtvorhängen auf, über jeden Arm einen Stapel Kleidungsstücke drapiert.

Nun waren endgültig alle potenziellen Ausgänge mit perfekt geschnittenen Einzelteilen verhängt. Peggy wäre am liebsten laut schreiend aus dem Laden gerannt. «Hilfe! Ich bin entführt worden!»

Als Geisel in einer Vorort-Shopping-Mall gefangen gehalten? Das würde ihr niemand abnehmen. Ihre einzige Chance bestand darin, ihre Geiselnehmerinnen um Gnade anzuflehen.

«Kann ich mir vorher vielleicht noch die Nase pudern?», fragte sie kleinlaut.

«Nein. Ehe du die hier nicht anprobiert hast, gehst du nirgendwohin.»

In dem Augenblick tauchte Arabella mit noch mehr Kleiderbügeln hinter Angie auf. «Und diese hier.»

Peggy verschränkte zum Trotz die Arme vor der Brust, doch das alberne Blau des wasserfesten Gipsverbands machte den Effekt zunichte. Blau war ihre Lieblingsfarbe, doch der Farbton, den man ihr in der Ambulanz verpasst hatte, sah mehr nach Kinderplakafarbe als nach dem eleganten Kornblumenblau aus, das sie sich vorgestellt hatte. Ihr Blick wanderte von ihren Sachen an den Garderobenhaken – altbacken, aus der Mode gekommen, mit weißen Hundehaaren übersät – zu den zwei eleganten, wie aus dem Ei gepellten Damen mit den Kleiderbügeln.

«Ich brauche eine Tasse Tee.»

«Eine Kombination!», sagte Angie streng. «Eine Kombination, dann gehen wir Tee trinken.»

«Und Kuchen?»

«Zwei komplette Kombis, und du kannst essen, was zum Teufel du willst.»

«Versprochen?»

Peggy zog den riesigen Vorhang zu. Vor einer wildfremden Frau sprichwörtlich splitterfasernackt dazustehen, war eine Sache, sich jedoch dabei zusehen zu lassen, wie man sich zum Clown machte, während man einarmig versuchte, sich in eine Hose zu quetschen, eine ganz andere.

Das erste Kleidungsstück auf dem Bügel, eine schwarze Crêpe-Hose, glitt erstaunlich leicht ihre Schenkel hinauf. Peggy wappnete sich für den üblichen Kampf mit dem verflixten Verschluss. Zu ihrem Erstaunen glitt der Knopf fast wie von selbst ins Knopfloch, und der Reißverschluss ließ sich ohne das übliche Baucheinziehen und Quetschen nach oben ziehen. Peggy traute sich nicht, in den Spiegel zu sehen.

«Probieren Sie die Hose mit der cremefarbenen Bluse an», rief eine Stimme zu ihr hinein.

Sie schlüpfte von unten in die Bluse, der seidig kühle Stoff war kaum mehr als ein Hauch von Nichts auf ihrer Haut. Die winzigen Perlenknöpfe waren allerdings eine zu große Herausforderung, und weil sie die wachsende Ungeduld auf der anderen Seite des Vorhangs spürte, ließ sie die Ärmel offen.

«Bist du so weit?», rief Angie.

«Okay …» Peggy trat zögernd aus der Kabine.

Ihre zwei Peinigerinnen fingen an zu zupfen und zu ziehen, rückten Bündchen zurecht und knöpften zu, was zuzuknöpfen war. Wie aus dem Nichts tauchte Angie mit einer mehrreihigen Halskette aus Riesenperlen auf und legte sie Peggy um den Hals. Zuerst dachte Peggy, sie würde sie erwürgen, doch dann schmiegte sich die Kette perfekt an den Halsausschnitt der Bluse an.

Zentimeter für Zentimeter hob Peggy den Blick, um sich im Spiegel anzusehen. Was sie sah, raubte ihr nach Jahren der Enttäuschung fast den Atem. Anstatt der sorgfältig in Fifty Shades of Beige getarnten Rentnerin sah sie eine elegante reife Frau vor sich stehen.

«Kombiniert mit einem cremefarbenen Blazer der perfekte Auftritt zum Lunch und mit einer silbernen Clutch ideal am Abend.» Arabella drapierte Peggy den Blazer um die Schultern und schob ihre Füße in schwarze Lacklederschuhe mit einem kleinen Absatz. «Eine Hose mit weitem Bein gehört in jeden Kleiderschrank. Je nach gewünschtem Effekt lässt sie sich lässig oder elegant kombinieren.»

Im Jacaranda Retirement Village gab es kaum Anlässe für ein Lunch-Outfit. Meistens lief es auf ein Schinkenbrot am Küchentisch in Basils Gesellschaft hinaus, und manchmal gab es nach der Wassergymnastik mit den Aqua Girls noch einen kleinen Snack im Café. Peggy versuchte, sich ihre Reaktion vorzustellen, wenn sie in diesem Aufzug aufkreuzte. Sie malte sich Mavis' Gesicht aus, zur Abwechslung sprachlos. Schon allein dafür lohnte sich der Aufwand. Und für das Gesicht von Brian.

«Das wäre schon mal ein Ja.» Angie schob Peggy für die zweite Runde zurück in die Umkleidekabine.

Als Nächstes war ein mitternachtsblaues Etuikleid an der Reihe, das Peggy bis knapp unter die Knie reichte. Der Saum kaschierte die Narbe ihrer Knie-OP, und die Ärmel endeten am schmeichelhaftesten Bereich ihrer Oberarme. Angie trat hinter sie und zog den Reißverschluss zu. Das Kleid passte perfekt.

Peggy begann zu lächeln.

«Absolut Helen Mirren», sagte Arabella und drapierte einen passenden Chiffonschal um Peggys Schultern.

«Das bringt mich auf eine Idee. Ich habe neulich auf dem Titel von *Women's Weekly* ein tolles Foto von Helen Mirren gesehen. Ich werde Alessandro sagen, er soll dir genau diese Frisur verpassen.»

Peggy starrte Angie an. «Alessandro?»

Angie zog den Reißverschluss bereits wieder auf. Das ging alles viel zu schnell, wie auf einem Karussell, das Fahrt aufnahm, ehe sie bereit war. Peggy hatte noch nicht mal die Zeit gehabt, einen Blick auf die Preisschilder zu werfen, etwas, das sie normalerweise immer als Allerallererstes tat. Zugegeben, diese Sachen waren alle sehr hübsch, aber wann sollte sie die denn anziehen? Peggy lief meistens in bequemer Freizeitkleidung durch die Siedlung. Ihr Bügeleisen setzte seit Monaten in der Besenkammer Spinnweben an. Die Vorstellung, sich aufzubrezeln, nur um mit Basil Gassi zu gehen, war absurd. Sie musste der Situation ein Ende bereiten, ehe ihr die Sache endgültig entglitt.

«Ich bin eigentlich eher der lässige Typ», sagte sie hilflos.

«Keine Sorge. Lassen Sie mich nur machen.» Arabella machte sich schon wieder auf die Jagd.

Angie lehnte sich bequem an die Wand der Kabine. «Ist das okay für dich, Pegs?»

Die Tränen trübten Peggy die Sicht. Sie wischte sie mit dem Handrücken fort. «Ich weiß selbst nicht, weshalb ich weine, ich dummes altes Lieschen. Bitte glaub nicht, dass ich nicht zu schätzen weiß, was du für mich zu tun versuchst. Ich glaube, ich hatte mich einfach damit abgefunden, alt zu sein. Ich konnte nie viel Sinn darin erkennen, mir noch Mühe zu geben. Für mich galt es schon als Erfolg, etwas in meinem Schrank zu finden, das vorne nicht bekleckert war.»

«Aber erkennst du denn nicht das Potenzial? Wieso solltest du deine wunderbare Figur verstecken?»

«Angie. Bitte nicht.» Peggy angelte ein Taschentuch aus der Hosentasche am Haken und tupfte sich die Tränen weg. «Ich bin so verwirrt. Als wüsste ich plötzlich nicht mehr, wer ich zu sein habe.»

«Du bist du, du bekloptes Huhn. Die wunderbare, warmherzige, witzige Peggy. Der Kern einer Person verändert sich doch nicht, nur weil ein paar Jahre ins Land gegangen sind.»

«Ach, eine neue Garderobe bringt mir Ted auch nicht wieder zurück.»

Angie legte Peggy eine Hand auf die gesprenkelte Haut ihres Arms. «Du musst endlich akzeptieren, dass Ted nicht mehr da ist. Aber du bist noch hier, Peggy, und dir steht noch jede Menge Leben bevor. Fang endlich an, es zu leben.»

«Das ist leichter gesagt als getan.»

«Wir müssen alle irgendwo anfangen. Ich möchte lediglich, dass du das Potenzial erkennst, das in dir steckt. Und wenn ich mit dir fertig bin, werden auch alle anderen es erkennen.»

Peggy lächelte und stellte sich vor, wie sie in diesem wunderbaren Kleid dasaß, die Waterford-Champagnerflöte erhob und mit Brian anstieß, er in einem seiner unverkennbaren sportlichen Ensembles aus heller Hose und Hemd.

Arabella tauchte mit noch mehr Kleiderbügeln auf. «Bei ‹lässig› dachte ich sofort an eine Baumwoll-Chino mit Bluse.»

Genau wie ich, dachte Peggy.

Alles konnte sie sich unmöglich leisten. Eigentlich konnte sie sich kein einziges Teil leisten. Peggy quetschte sich wieder in ihre alten Anziehsachen und ärgerte sich. Die altbackene Rentnerin im Spiegel fing an zu betteln. *Die schwarze Hose. Die musst du einfach haben. Na los! Bitte, bitte. Aber dann hast du nichts dazu. Außer, du nimmst die helle Bluse auch noch? Und das Kleid. Mein Gott, was ist mit dem Kleid? Brian, die Champagnerflöten und das Kleid.*

Als Peggy endlich wieder aus der Umkleidekabine auftauchte, eine Entschuldigung auf den Lippen, weil sie ihnen allen ihre Zeit gestohlen hatte, standen auf der Theke an der Kasse sechs identische Einkaufstüten aufgereiht, jede gefüllt mit in Seidenpapier gehüllten Päckchen.

Der Fußboden verwandelte sich in Quecksilber. Das konnte sie sich unmöglich alles leisten.

Doch als sie den Mund aufmachte, um zu protestieren, streikten ihre Stimmbänder.

«Es war so nett, Sie kennenzulernen», flötete Arabella, fasste die stumme Peggy bei den Schultern und drückte ihr ein Küsschen auf jede Wange. «Bald kommt unsere Sommerkollektion herein. Kommen Sie bei Gelegenheit vorbei und werfen Sie einen Blick darauf.»

«Hier, Pegs, deine Tasche. Jetzt brauche sogar ich dringend eine Tasse Tee.»

Angie drückte ihr eine teuer aussehende mokkafarbene Handtasche in den Arm. Der feine Duft nach Leder stieg ihr in die Nase, und Peggy verspürte den unwiderstehlichen Drang, sie zu wiegen wie ein Neugeborenes. Hingeschmiegt in das feine Seidenfutter lagen ihre Brieftasche, ihr Handy und das Rezept von Dr. Stephen.

«Wo ist mein Einkaufsbeutel?»

«Im Müll, Darling, da, wo er hingehört», sagte Angie. «Und lass dir zur Warnung bitte eines gesagt sein – auch wenn diese Tasche aus Italien kommt, ist sie nicht zum Transport von Naturalien geeignet.»

«Hier. Vergessen Sie die nicht», sagte Arabella und belud Peggys gesunden Arm mit Einkaufstüten.

«Ciao!» Angie warf Arabella einen Luftkuss zu und hielt Peggy die Tür auf.

«Ich muss noch bezahlen», krächzte Peggy, die endlich ihre Stimme wiedergefunden hatte, und griff nach ihrer Brieftasche.

«Musst du nicht», sagte Angie. «Das erklär ich dir später.»

Angie trug das Tablett mit Tee und einem Kännchen Milch zu dem Tisch, neben dem Peggy bereits die Einkäufe deponiert hatte. Peggy folgte ihr, dankbar, sich endlich setzen zu dürfen und ihren schmerzenden Beinen eine Pause zu gönnen. Die Operation Peggy begann sie ernstlich zu schlauchen. Angie dagegen war wie der reinste Dynamo, sie kam ihr vor wie ein Duracell-Häschen, das niemals zur Ruhe kam. Der Shopping-Marathon schien sie kein bisschen ermüdet zu haben. Na ja, aber auf dem Gebiet war sie schließlich Profi.

Peggy verteilte einhändig den Tee auf die beiden Tassen und halbierte mit dem Messer das angewärmte Früchtebrot. Wenigstens war Angie einverstanden gewesen, dass sie die Snacks bezahlte. Das war das Mindeste, das sie tun konnte.

Peggy trank einen Schluck Tee und stellte die Tasse mit einem Seufzer der Erleichterung zurück auf den Unterteller. Sie sah Angie an und hoffte inständig, dass ihr die richtigen Worte über die Lippen kamen. Doch die Silben stolperten auf dem Weg über ihre Zunge völlig durcheinander. Schließlich brachte sie lediglich ein «Danke» heraus.

«Du musst nichts dazu sagen. Das ist mein Geschenk. Nein, das ist streng genommen nicht ganz richtig. Es ist das Geschenk meines Ex-Mannes.»

Beim Anblick von Peggys verwirrtem Gesicht fügte sie hinzu: «Der vierte und letzte. Alles, was ich über Richard sagen werde, ist, dass es eine sehr süße, poetische Gerechtigkeit in sich birgt, sein Geld darauf zu verwenden, einer Frau dabei zu helfen, sich wieder wohl in ihrer Haut zu fühlen.»

Trotz aller Tragik und allen Kummers, die sie im Laufe der Zeit mit Sicherheit hatte erdulden müssen, war Angie, wenn es um Scheidung und Witwenschaft ging, ein vollendeter Profi.

«Das ist mir egal. Es ist trotzdem viel zu großzügig von dir.»

«Das ist eine lange Geschichte», seufzte Angie. «Lass uns die Kriegsbeute genießen, und den Rest erzähle ich dir bei Gelegenheit bei einer Flasche Blubberwasser.»

Peggy ertappte Angie dabei, wie sie den jungen Kellner beäugte, der gerade den Nebentisch abräumte. Er erwiderte ihren Blick und lächelte.

«Der ist ein bisschen zu jung für dich», sagte Peggy.

Angie drehte sich wieder zu ihrer Freundin um. «Die Aussicht zu genießen, hat noch keinem geschadet. Außerdem betrachte ich mich als Frau in mittleren Jahren.»

«Ja, in mittleren Jahren, wenn du vorhast, hundertsechzig zu werden», sagte Peggy. Sie lachten und verstummten dann wieder. «Bist du einsam?»

«Manchmal.»

«Nein, im Ernst. Macht es dir Angst, allein zu sein?»

«Wenn ich lange genug innehalte, um ernsthaft darüber nachzudenken, dann ja. Es ist, wie aus großer Höhe auf mein eigenes Leben herabzublicken. Ich muss der Tatsache ins Auge sehen: Ich bin allein. Ich habe keine Familie. Ich habe in den letzten dreißig Jahren mehr Zeit mit meinen Anwälten verbracht als mit meinen Freunden. Deshalb war es auch so wunderbar, dich nach all der Zeit plötzlich wiederzufinden, liebste Peg.»

Aus irgendeinem Grund fühlte Peggy sich unwohl. Sie wusste nicht recht, was es war. «Ja, stell dir mal vor!»

«Ich habe dich nie vergessen.» Angie klopfte mit ihren perfekt manikürten Fingernägeln auf Peggys blauen Gipsverband. Peggys Fingernägel waren ein Mischmasch aus allen möglichen Formen und Längen. Eigentlich wollte Peggy sie wachsen lassen, doch sobald ein Nagel abbrach, musste sie wieder von vorne anfangen. Unter der Spüle lag ein Paar knatschgelber Gummihandschuhe. Sie waren noch verpackt. Beschämt rollte Peggy die Finger ein. Sie fragte sich, ob Angie nur ein Projekt in ihr sah. Ja, sie waren vor langer Zeit Freundinnen gewesen, aber jetzt war die Angst vor dem Alleinsein doch im Grunde alles, was sie gemeinsam hatten.

«Nachdem Ted gestorben war, dachte ich, ich würde niemals allein zurechtkommen», sagte Peggy und tupfte mit der Fingerspitze ein paar Krümel vom Teller. «Inzwischen habe ich mich wohl irgendwie damit arrangiert. Und ich habe immer noch Basil, aber der pfeift auch schon aus dem letzten Loch, der arme Kerl. In der Siedlung habe ich inzwischen ein paar

Freunde gefunden, aber das sind eigentlich eher Bekanntschaften. In unserem Alter ist es schwer, noch einmal wirklich tiefe Freundschaften zu schließen, findest du nicht? Kaum hat man sich ein bisschen besser kennengelernt, steigst du schon wieder in einen bunten Fummel irgendeiner Lieblingsfarbe und musst Trauerlieder singen.»

Die beiden sahen sich mit ernster Miene an, gespannt, wen es als Erste zerriss. Angie prustete in ihre Teetasse.

Peggy presste kichernd die Knie zusammen. «Wir sind schrecklich, oder?»

«Man kann doch nur lachen, Darling. Alles andere ist viel zu deprimierend.»

«Wir konnten schon immer gut zusammen lachen, du und ich. Wir haben einander nie zu ernst genommen. Heiraten, Kinder kriegen, aufs Land ziehen. Manchmal glaube ich, das Erwachsenwerden hat mir den ganzen Spaß geraubt.»

«Jetzt deprimierst du mich. Verdirb mir bitte nicht die Laune.» Angie rief den jungen Kellner an den Tisch und bestellte noch eine Kanne Tee. Peggy sah sie zur Hochform auflaufen. Sie klimperte mit den Wimpern und berührte ihn völlig unnötig am Arm. Doch zu Peggys Überraschung zuckte er weder zurück, noch reagierte er sonst wie mit Abneigung. Im Gegenteil, er nahm es mit Humor und zwinkerte ihr zu, ehe er ging, um den Tee zu holen. Peggy hatte das Gefühl, in den Genuss einer Lehrstunde zu kommen. Aber schließlich hatte Angela Valentine in ihrem Leben auch jede Menge Übung gehabt.

Peggy verspürte den Wunsch, Angie um den Hals zu fallen, ihr zu sagen, wie sehr sie ihre alte Freundin vermisst hatte, doch sie war auf der Hut. Ein leises Ziepen in der Blase mahnte sie zur Vorsicht, sosehr sie sich auch danach sehnte, sich Hals über Kopf zurück in diese Freundschaft zu stürzen. Sie wollte

Angie vertrauen, aber sie wollte auf keinen Fall Kummer und Enttäuschung, falls die Sache schiefging. Fünfzig Jahre waren eine lange Zeit, und Menschen konnten sich verändern. Aber wer wusste schon, welche verletzenden Gemeinheiten die ab und an gänzlich ungöttliche Angie Valentine in ihren Puffärmeln versteckt hielt?

«Könntest du dir vorstellen, noch einmal zu heiraten?» Peggy sprach diesen verwegenen Gedanken versuchsweise laut aus. Tagträume von einem Leben mit Brian waren ja gut und schön, aber ob sie sich nach Ted wirklich noch einmal an einen anderen Mann binden könnte? Das wäre so endgültig. Danach gäbe es kein Zurück mehr, falls er schnarchte oder sich an ihren kalten Füßen störte.

Dann kam der Tee, und diesmal spielte Angie die Fürsorgliche. «Ich glaube, ich habe von der Ehe die Nase voll», sagte sie und schenkte ein. «War es nicht Einstein, der sagte, die Definition von Wahnsinn sei, immer wieder das Gleiche zu tun und andere Ergebnisse zu erwarten? Nein. Ich hab's endlich auf die Reihe bekommen, und ich habe keine Lust, noch einmal Kompromisse zu machen.»

Peggy fragte sich, ob sie noch genug Zeit hatte, ihr Leben auf die Reihe zu kriegen, ehe es zu spät war.

«Und was ist mit dir?», fragte Angie. «Hast du Pläne für einen neuen Mann?»

«Ich? Sicher nicht.» Peggy lachte gekünstelt. Wenn sie nicht wollte, dass Angie sich als nächstes Projekt die Kuppelei vornahm, durfte sie ihre heimliche Schwärmerei auf keinen Fall verraten. *Reden ist Silber, Schweigen ist Gold.*

«Auch nicht, wenn dir der Richtige über den Weg laufen würde?»

«Unmöglich. Was würden David und Jenny dazu sagen?»

«Was? Sprichst du von diesen beiden nicht mehr ganz jungen Menschen, die du Kinder nennst? Was die denken, spielt keine Rolle. Wichtig ist nur, was du willst.»

«So einfach ist das nicht.»

«Möchtest du nie wieder die Berührung eines anderen Menschen spüren? Haut an Haut?»

«Ich gehe alle sechs Wochen zur Fußpflege.»

«Ich spreche nicht von deinen Füßen. Was ist mit Sex?»

Peggy wollte sich gerade das letzte Stückchen Früchtebrot einverleiben und ließ die Gabel sinken, weil ihr Mund plötzlich ganz trocken war.

«Ich glaube, für den Unsinn bin ich wirklich ein bisschen zu alt.»

«Zu alt für Sex?»

Das junge Pärchen am Nebentisch drehte sich zu ihnen um. Peggy konnte sie kichern hören.

«Ich bin neunundsiebzig, Angie, genau wie du, falls ich mich nicht völlig irre.»

«Na und?»

Peggy bemerkte, wie ein grauhaariger Herr an einem Tisch in ihrer Nähe über den Rand seiner Zeitung zu ihnen herüberspähte.

Sie beugte sich vor und raunte: «Willst du damit etwa sagen, du tust es noch?»

«Wieso auch nicht? Es ist sehr gut für Frauen wie uns. Es macht mir immer noch Spaß, wieso sollte ich also damit aufhören?»

Peggy zögerte, das Offensichtliche auszusprechen. «Mit wem denn?»

«Inzwischen meistens mit mir selbst, so traurig es ist.»

«Ist so was nicht verboten?»

«Was? Masturbieren? Hier geht es schließlich nicht um Mord.»

Aber gleich, dachte Peggy. «Angie!», sagte sie flehend. «Sei leise!»

Der Mann mit der Zeitung bekam einen Hustenanfall, und Peggy fragte sich, ob er sein Brötchen in die falsche Kehle bekommen hatte.

«Daran ist nichts verkehrt. Ich hab mich immer eines gesunden Sexuallebens erfreut, und ich gedenke nicht, jetzt damit aufzuhören, nur weil die Öffentlichkeit der Meinung ist, es wäre irgendwie eklig oder, noch schlimmer, pervers.» Angie schwang herum und starrte das junge Pärchen an, das hinter ihrem Rücken würgende Gebärden gemacht hatte. «Nur zur Info: Auch alte Menschen haben Sex. Und zwar jede Menge.»

Die beiden standen auf, um zu gehen.

Manche mehr und manche weniger, dachte Peggy und schenkte Angie die letzten Tropfen Tee ein.

«Wer rastet, der rostet», sagte Angie. «Ganz abgesehen davon ist es hervorragend für den Beckenboden, und hinterher schlafe ich wie ein Murmeltier.»

Plötzlich fiel Peggy das Rezept in ihrer Tasche wieder ein. «Können wir auf dem Rückweg noch kurz an der Apotheke haltmachen?»

«Natürlich. Aber zuerst verrate mir etwas. Was tut Peggy Smart heutzutage, um sich zu vergnügen?»

Peggy versenkte den Blick auf der Suche nach Inspiration in ihrer Teetasse. Was, von Wassergymnastik und vormittäglichem Kaffeeklatsch einmal abgesehen, tat sie eigentlich, um sich zu vergnügen? Da war freitags die Happy Hour. Es gab Bingo und Bridge und Tai-Chi. Aber nach einem Glamourleben in New York, London und Paris wäre es eine Herausforderung, Angie angemessen zu unterhalten. Trotzdem gab es in Peggys Kalender eine Veranstaltung, die Angie gerne aufmischen durfte, wenn sie wollte. Eingetragen mit goldenem Glitzerstift.

«Morgen Abend findet die Sitzung des Siedlungskomitees statt – falls du Lust hast?», sagte Peggy.

11

Der Untergang der modernen Zivilisation

Peggy hielt sich an ihrem Sherry-Glas fest und erfreute sich an ihrem tadellosen Timing. Sie hatte den Mitleidsjoker gezogen, um sich an dem Gedränge vor der Clubhausbar vorbeizuschmuggeln, und sich das letzte Päckchen Salz-und-Essig-Chips geangelt. Die Dinger hatten heutzutage natürlich einen neumodischen Namen, «Balsamico-Meersalz» oder irgend so einen Blödsinn. Als käme nicht alles Salz aus dem Meer!

«Meine Damen und Herren, ich würde gerne unsere Sitzung eröffnen!» Mavis Peacocks schrilles Organ durchschnitt grell das allgemeine Stimmengewirr. Das Dingeling eines gegen eine Porzellantasse geschlagenen Löffels löste eine regelrechte Reise nach Jerusalem aus, bei der die Köpfe der Komiteemitglieder auf und nieder wippten wie silberne Erdmännchen. Peggy nippte an ihrem Sherry und fragte sich, ob es zu dreist wäre, Brian einen Platz zu sichern.

«Beeilung, bitte. Es möchte doch sicher keiner die heutige Folge *MasterChef* versäumen», sagte Mavis, hauchte ihre Brillengläser an und polierte sie mit einem Spitzentaschentuch.

«Ein Wunder, dass die Brille kein Feuer fängt», ertönte eine männliche Stimme. Peggy fuhr herum und entdeckte Brian hinter sich. Sie musste kichern. Brian war immer so originell. Peggy stellte sich vor, wie er als Gastgeber einer Dinnerparty amüsante Anekdoten aus der Welt der Steuererklärungen zum Besten gab.

«Darf ich mich an Ihre Seite kuscheln?» Brian zog sich einen Stuhl heran und quetschte sich neben sie in die Runde.

«Nur zu. Kuscheln Sie.» Peggy zuckte vor sich selbst zusammen. Sie nahm eilig noch ein Schlückchen Harveys Bristol Cream und fragte sich, ob es zu spät war, sich schnell noch einmal nachzuschenken.

Brian riss ein Päckchen geröstete Erdnüsse auf und hielt sie ihr hin. «Lust auf ein Nüsschen?»

Peggy fühlte sich wie elektrisiert. Brian Cornell flirtete mit ihr! Flammendes Verlangen durchzuckte ihren Körper und entlud sich auf ihrem Dekolleté. Sie fächelte sich mit ihrer Kopie des Protokolls Luft zu und warf einen verstohlenen Blick in die Runde, ob die anderen etwas bemerkt hatten.

Vince Livingstone trank einen Schluck Bier und leckte sich mit der Zungenspitze den Schaum von der Oberlippe. Seine Frau Sylvia knabberte an einem winzigen Stückchen King Island Brie. Peggy fragte sich, ob die Livingstones wohl zwischen der Flanellbettwäsche ab und zu noch ein Nümmerchen wagten. Sie bereute den Gedanken augenblicklich – das unerbetene Bild des siedlungseigenen Powerpärchens im postkoitalen Afterglow machte es sich in Peggys desolatem Kurzzeitgedächtnis gemütlich.

«Wie geht's dem Arm?», flüsterte Brian. «Ich habe die ganze Woche an Sie gedacht.»

Ich habe auch die ganze Woche an dich gedacht.

«Schon viel besser, danke», sagte sie. «Ich bin ein zähes altes Ross.»

Altes Ross. Peggy versetzte sich in Gedanken selbst einen Tritt.

Brian trug ein neues Hemd; auf der Vorderseite waren noch die Verpackungsfalten zu erkennen. Eine Frau hätte sie ihm vor dem Tragen herausgebügelt. Sie stellte sich vor, wie sie sich im Schlafzimmer gemeinsam ankleideten. «So kannst du nicht aus dem Haus gehen», würde sie vielleicht in gespielter Entrüstung zu ihm sagen. «Komm, ich bügle dir dein Hemd. Und zieh die Hose aus, da gehe ich auch noch kurz drüber.»

Peggy wurde schon wieder rot. Sie hatte ihre Gedanken nicht mehr im Griff. Seit dem Gespräch mit Angie dachte sie mehr an Sex, als es für die Bewohnerin einer Seniorensiedlung gesund war. Sie hatte sich dabei ertappt, wie sie die heißen Passagen in ihrem neuesten Leihbuch wieder und wieder las und wie sie wach lag und sich vorstellte, Brian läge neben ihr unter der guten alten Daunendecke.

Mavis räusperte sich und raschelte mit den Unterlagen auf ihrem Schoß. «Fehlt jemand?»

Celia hob eine ölverschmierte Hand. «Ja. Pat Pritchett lässt sich entschuldigen. Sie wurde gerade am Grauen Star operiert, und es ist alles noch ein wenig schwummerig.»

«Bei Pat ist immer alles ein bisschen schwummerig», flüsterte Brian. «In der Tat, vor allem nach der Happy Hour.»

Peggy prustete los und verschüttete ein Schlückchen Sherry auf ihr neues Oberteil. Sie wühlte in ihrer Handtasche nach einem frischen Taschentuch. Heute war Premiere für die dunkelblaue Caprihose und das dezent gemusterte T-Shirt mit dem U-Boot-Ausschnitt und den dreiviertellangen Ärmeln. Peggy fragte sich, ob Brian ihr neues Outfit bemerkt hatte. Sie sah unauffällig zu ihm hinüber, doch er hatte den Blick auf Celia geheftet, die nichtsahnend an ihrem Sherry nippte.

Peggy fragte sich, was Brian in Celia sah. Ihr kurzgeschnittenes Haar war beinahe weiß; tiefe Falten umgaben ihre Augen wie Krähenfüße. Vom Hals abwärts war sie stämmig und gut gebaut, die Haut gebräunt von einem Leben an der frischen Luft. Celia wirkte alterslos. Peggy vermutete, dass sie mit vierzig oder fünfzig auch nicht anders ausgesehen hatte.

Ihre Gesellschaft war angenehm, aber sie ließ sich nicht in die Karten schauen. Sie war nie eine Frau zum Heiraten gewesen, hatte sie Peggy einmal erzählt, während sie im Gemeindezentrum gemeinsam darauf warteten, dass das neue Mädchen am Tresen die Kaffeemaschine bediente. Ab und zu bekam sie Besuch von einer Nichte. Sonst gab es niemanden. Celia schien sich zwischen Motoren wohler zu fühlen als unter Menschen. Brian eingeschlossen, hoffte Peggy.

«Dann weiter.» Mavis blickte über den Rand ihrer Lesebrille drohend in die Runde. «Ich gehe davon aus, dass jeder das Protokoll der letzten Sitzung gelesen hat.»

In dem Augenblick schwang die Tür auf, und Angie kam herein. «Ist dies die Sitzung des Siedlungskomitees?», fragte sie. Sie trug ein rotes Blusenkleid mit Gürtel und elegante Sandalen und sah fabelhaft aus.

«Kann ich Ihnen helfen?» Mavis musterte die Neue, als sei sie unschlüssig, ob sie den Störenfried mit Insektenspray besprühen oder mit Klopapier zerquetschen und hinunterspülen sollte.

Peggy erhob sich. «Das ist Angela Valentine, eine alte Freundin von mir. Ich habe sie zu unserer Sitzung eingeladen.»

«Hier ist noch ein Platz frei!» Brian sprang auf, um einen Stuhl zu holen, und stolperte in seiner Hast über die Räder eines abgestellten Rollators.

«Nicht so schnell, Brian», sagte Mavis. «Paragraph 14 Abschnitt 3 unseres Regelwerks besagt, dass eine Person, die nicht dem Komitee angehört, einer Sitzung nur auf Einladung der oder des Vorsitzenden beiwohnen darf.»

Sheila Martin, die Schriftführerin, kaute nachdenklich auf ihrem Bleistift herum.

Hinter einer Kopie des Regelwerks erklang Celias akzentfreie Radiostimme. «Mavis, ich möchte dich auf Paragraph 8

Abschnitt 3 aufmerksam machen. Dort heißt es, jeder bei einer Sitzung anwesende Bewohner kann sich selbst oder einen anderen Bewohner zum Mitglied des Komitees vorschlagen.»

Peggy fragte sich, ob Celia womöglich ein Auge auf den begehrtesten Posten im Komitee geworfen hatte. Plante sie etwa einen Coup zur Absetzung von Mavis als amtierender Vorsitzenden? Peggy hatte selbst bereits mit dem Gedanken gespielt, sich auf den Posten zu bewerben, weil sie darin die Chance auf exklusive Brian-Zeit gewittert hatte. Doch politische Intrigen lagen ihr nicht, und schon der Gedanke, öffentlich sprechen zu müssen, hatte sämtliche Ambitionen im Keim erstickt.

Mavis kniff die Augen zu kleinen Schlitzen zusammen.

«In diesem Fall möchte ich Angela als Mitglied unseres Siedlungskomitees nominieren», sagte Vince Livingstone, wedelte wie ein Ertrinkender mit der Hand und kassierte dafür von Sylvia den von Ehefrauen für ihre Männer reservierten Blick.

«Ich unterstütze den Antrag.» Das war Brian.

Peggy rutschte das Herz in die Hose, und einen Augenblick lang fühlte sie sich ganz benommen.

«Dann sind wir uns einig?» Mavis hob den Blick von der Tagesordnung. Niemand wagte zu widersprechen. «Gut. Frau Schriftführerin, nehmen Sie bitte zu Protokoll, dass der Genesungsausschuss im Interesse der Haushaltsdisziplin künftig auf Genesungswünsche verzichtet und sich auf das Versenden von Beileidskarten beschränkt.»

Peggy sah genau, wie Brian Angies wohlgebräunte Beine bewunderte, als sie sittsam die Knöchel kreuzte. Peggy blickte an ihren eigenen Beinen hinunter. Seit sie die Medikamente gewechselt hatte, war eine sichtliche Verbesserung eingetreten, doch neben Angies zierlichen Rehbeinen sahen ihre immer noch klobig aus. Vielleicht sollte sie doch noch die Entwässerungstabletten mit dazunehmen? Entweder die oder die Stützstrümpfe, doch die Vorstellung, wie Brian ihr die Gummidinger verführerisch vom Leibe rollte, ließ sie Zweiteres wieder verwerfen.

«Wir müssen Jerry und die Toe-Tappers buchen», sagte Mavis und holte Peggy damit unsanft in die Gegenwart zurück. Sie waren offenbar inzwischen beim nächsten Tagesordnungspunkt angelangt: dem Annual Dinner Dance.

Stille senkte sich auf das Clubhaus.

«Was ist los?», wollte Mavis wissen.

Sheila Martin hob den Blick von ihrem Block. «Jerry hatte einen Schlaganfall.»

«In der Tat, der bringt erst mal keine Zehen mehr zum Wippen», flüsterte Brian, und Angie fing an zu kichern.

«Wie wäre es stattdessen mit dem Diamond Duo?»

«Geschieden», sagte Sylvia Livingstone mit einem Seitenblick auf ihren Mann.

«Aber es muss doch jemanden geben? Wie wäre es mit Sandys Mondscheinmusikanten? Die sind schon mal eingesprungen, in dem Jahr, als Jerry seinen Leistenbruch hatte.»

Ein paar Mitglieder räusperten sich unbehaglich, und Sheila beugte sich zu Mavis hinüber und erinnerte sie in gedämpftem Tonfall daran, dass der Genesungsausschuss Sandys Witwe im Januar eine Beileidskarte geschickt hatte. Und einen Shepherd's Pie.

«Hat jemand eine Idee? Na?» Mavis wurde puterrot.

Um Blickkontakt zu meiden, wanderten sämtliche Augenpaare hinunter zu den Schuhspitzen. Peggy fiel auf, dass Brian merkwürdige Socken trug. Der Ärmste.

«Ich.» Ausgerechnet Angie hob die Hand. «Auch wenn ich

neu hier bin, frage ich mich, ob man nicht zur Abwechslung mal etwas Moderneres vorschlagen könnte. Wie einen Discoabend oder Karaoke, zum Beispiel?»

«Karaoke?», bellte Mavis, als hätte Angie Nacktschlammcatchen vorgeschlagen. «Darf ich die Anwesenden daran erinnern, dass unser Annual Dinner Dance seit Eröffnung der Siedlung seinen festen Platz in unserem Veranstaltungskalender hat? Dieselbe Musik. Dasselbe Menü. So etwas kann man nicht einfach mir nichts, dir nichts ändern.»

«Wieso denn nicht?», fragte Angie.

«Das will ich Ihnen gerne sagen. Der *Tradition* wegen!» Mavis stand kurz vor dem Platzen.

«Ich gebe Angie recht», sagte Brian. «Ich habe nicht schon wieder Lust auf Cordon bleu und Eisbombe Alaska. Es wird Zeit, den Abend ein bisschen aufzupeppen, mit der Mode zu gehen, sozusagen. Ich finde Karaoke eine Spitzenidee.»

Peggy fürchtete, Mavis könne jeden Moment einen Herzinfarkt erleiden. Vince Livingstones Schultern fingen an zu zucken.

«Ach, komm schon, Mavis», sagte Celia. «Hättest du nicht auch mal Lust zu singen?»

Vince bekam das Bier in die falsche Kehle, auch Peggy konnte kaum noch an sich halten. Sie musste die Knie aneinanderpressen und sämtliche Zehen krümmen, während sie sich Madame La Presidente «My Way» schmetternd unter der Discokugel vorstellte. Sie stellte sich außerdem ein Duett von sich selbst und Brian vor, à la Kenny Rogers und Dolly Parton.

«Es freut mich, dass ihr das offensichtlich alle so amüsant findet. Frau Schriftführerin, fürs Protokoll: Es gibt eine Freiwillige zur Organisation unseres diesjährigen Siedlungsevents, unser neuestes Mitglied, Mrs. Valentine. Einzelheiten werden auf der nächsten Sitzung in vier Wochen besprochen.»

«Das ist Angie gegenüber ein bisschen unfair», sagte Brian.

Er war so galant, dachte Peggy. *Ein bisschen zu galant.*

«Und», Mavis erhob drohend die Stimme, «es gibt einen weiteren Freiwilligen zu ihrer Unterstützung. Unseren Kassenwart höchstpersönlich, Mr. Cornell.»

In Peggy zog sich alles zusammen. Mavis hatte soeben all ihre Träume zerstört. Die Vorstellung von Angie in trauter Zweisamkeit wegen was auch immer mit Brian war in etwa so prickelnd wie Herpes. Angie trug keinen Ehering; wie ironisch angesichts der Anzahl, die sie eingeheimst hatte. Ob Männern solche Details auffielen? Peggy befühlte den Abdruck ihres eigenen fehlenden Eherings. Würde die Delle mit der Zeit verschwinden, oder würde Ted aus dem Grabe heraus bis an ihr Ende sein Revier abstecken?

«Machen wir weiter mit Tagesordnungspunkt 6.4. Die Bücherei», sagte Mavis.

Ein Raunen und Stöhnen ging durch den Raum. Mehrere Mitglieder sahen auf die Uhr, andere fingen an zu gähnen. Nur Sheila hing an Mavis' Lippen, als würden die Worte schon beim Sprechen in Stein gemeißelt.

Mavis pflügte sich weiter in Richtung *MasterChef* durch den Abend. «Es gibt Berichte über Vandalismus in der Belletristik.»

«Vandalismus?», fragte Peggy, plötzlich beunruhigt.

«Offenbar haben Leser einigen Exemplaren mit Absicht Eselsohren zugefügt ...»

Celia gähnte. Peggy musste schlucken.

«... und Schutzumschläge sind mit Absicht entfernt worden.»

Vince Livingstone hatte sichtlich Mühe, sich zusammenzureißen.

«Und damit nicht genug, ein oder mehrere unbekannte

Benutzer haben gegenüber der Dewey-Dezimalklassifikation rücksichtslose Missachtung walten lassen.»

«Also wirklich, Mavis, wir sprechen hier von unserer privaten Leihbücherei, nicht vom Untergang der modernen Zivilisation.» Brian war aufgestanden und schwang geringschätzig das Nusstütchen.

Mavis stieß ein spöttisches Schnauben aus. «Kollegin Schriftführerin, fürs Protokoll: Wir haben einen Freiwilligen zur Neuorganisation der Bücherei. Da kann er uns allen zeigen, wie fleißig er doch ist.»

Sheila machte sich hektische Notizen. «Gibt es unter uns noch ein paar Freiwillige, die Mr. Cornell gerne zur Hand gehen möchten?» Mavis musterte die Runde auf der Suche nach Interessierten. Sheilas Stift schwebte über ihrem Notizblock.

Peggy sah zu Brian hoch. Er lächelte ihr mit gespannter Erwartung direkt ins Gesicht. In diesem Augenblick gab es nur noch sie beide, ganz allein.

«Ich erkläre mich bereit, Brian dabei zu helfen, Recht und Ordnung wieder herzustellen», hörte sie sich sagen.

Peggy versuchte, ihren stockenden Atem zu zügeln, während ihr klarwurde, was sie gerade getan hatte. Die Luft um sie herum schwirrte vor endlosen Möglichkeiten. Sie hatte Visionen von Brian und sich, wie sie sich zwischen den Monatsschriften ein Häppchen schmecken ließen. Endlich hatte Peggy eine legitime Entschuldigung dafür, Brian ganz für sich allein zu haben. Höchste Zeit, die Champagnerflöten zu polieren.

«Du hattest recht, das war der Brüller», sagte Angie.

Peggy schaukelte auf ihrem Stuhl vor und zurück, um in die Höhe zu kommen.

«Kann ich Ihnen helfen?»

Peggy war hin- und hergerissen zwischen dem Wunsch, seine warme Haut auf ihrer zu spüren, und dem Bedürfnis, nicht als völlig gebrechlich zu erscheinen.

«Nein, es geht schon. Danke sehr.»

Peggys Finger waren während der Sitzung angeschwollen und lugten aus dem offenen Gipsende hervor wie Miniwiener. Das Etikett des neuen T-Shirts kratzte sie im Nacken, und die neuen Schuhe drückten gegen ihre Hühneraugen. Sie sehnte sich danach, endlich aus den Klamotten rauszukommen und sich im Schlafanzug mit einer Tafel Schokolade vor den Fernseher zu lümmeln. Mavis war am Ende der Sitzung wortlos hinausgestürmt. Sheila war ihr mit Block und Bleistift bewaffnet hinterhergeeilt. Die anderen Mitglieder des Komitees waren ebenfalls bereits in ihre Wohnungen und Häuser aufgebrochen, zurück blieben nur Angie, Brian und Peggy.

«Vielen Dank für Ihren Beistand. Ich fürchte, ich habe unsere Vorsitzende ein wenig verärgert.» Angie berührte Brian sanft am Arm, während sie sprach. Brian reagierte nicht darauf, doch Peggy durchzuckte heiße Eifersucht.

«Sie sind eine leidenschaftliche Frau, Angie, das sehe ich Ihnen an. In der Tat, ich mag Frauen, die wissen, was sie wollen. Ich wäre mit Freuden mit von der Partie, was die Organisation unseres gesellschaftlichen Jahreshöhepunkts betrifft.»

Peggy stieg sprichwörtlich die Galle hoch. Magensäure brannte ihr in der Kehle. Sie bekam weiche Knie und strauchelte. Brian fing sie auf, ehe sie stürzen konnte, und half ihr zurück auf den Stuhl.

«Geht es Ihnen gut?»

«Ich glaube, ich bin eben zu schnell aufgestanden», sagte sie.

«Warten Sie, ich bringe Ihnen ein Glas Wasser.» Auf seinen

künstlichen Kniegelenken marschierte Brian auf das Waschbecken zu.

«Du siehst schlecht aus, Pegs. Du hast dich überanstrengt.»

Überanstrengt? So was sagte man über alte Menschen. Alte Menschen *überanstrengten* sich. Peggy wurde zornig. Erst gestern hatte Angie sie dazu ermutigt, jünger zu denken, hatte sie sogar dazu animiert, wieder Sex zu haben. Und jetzt bedeutete sie ihr, langsamer zu machen und sich altersgemäß zu verhalten.

«Hier, trinken Sie das.» Brian reichte Peggy ein Glas Wasser. Konnte sie wagen, es zu trinken? Ihre Blase war auch so schon randvoll und äußerst ungeduldig. Sollte sie bleiben und das Wasser trinken oder zu Basil nach Hause gehen und Brian und Angie das Feld überlassen, um am Ende noch ihr eigenes Karaoke-Duett zu planen?

«Ich habe nachgedacht», sagte Angie. «Die Siedlung braucht dringend ein Festkomitee.»

«Aber es gibt doch schon den Genesungsausschuss», sagte Peggy.

«Es wird Zeit, über Trauerfeiern und Obstkörbe hinauszudenken. Wir können Ideen sammeln und die Arbeit auf mehrere Schultern verteilen. Na kommt, ihr zwei, das wird lustig.»

Einerseits, dachte Peggy, wäre zwar jede Ausrede, um Zeit mit Brian verbringen zu können, ein Plus, doch der Vergangenheit nach zu urteilen, würde Angie ihr sowieso die Schau stehlen. Andererseits: Konnte sie es sich überhaupt leisten, *nicht* mitzumachen? *Denk nach, Frau!* Wie sollte sie da wieder rauskommen?

«Ich würde ja schrecklich gerne mitmachen», sagte Peggy, «aber ich glaube, Brian und ich haben mit der Bücherei schon genug zu tun.»

«Ach ja, die Eselsohrenkrise», gluckste Brian.

«Das bringt mich auf eine noch bessere Idee!» Angie sah aus, als hätte sie soeben das Radium entdeckt. «Wie wäre es, unsere Anstrengungen zu *bündeln*? Wir drei bilden ab sofort das Jacaranda-Retirement-Village-Bücherei- *und* Festkomitee.»

«In der Tat, das klingt nach einer hervorragenden Idee», sagte Brian und wippte vor Begeisterung auf seinen Absätzen vor und zurück. «Je mehr, desto besser.»

Oder auch: Drei sind einer zu viel!

«Ich wusste, auf einen Mann wie Sie ist Verlass, Brian.» Angie berührte ihn schon wieder am Arm.

Peggy saugte an ihren Zähnen.

«Ich schlage vor, wir treffen uns morgen Vormittag, um die Taktik zu beratschlagen. Sagen wir um neun? Wir sehen uns das Schlachtfeld in der Leihbücherei an, und hinterher gehen wir zusammen Kaffee trinken», sagte Brian.

Die Taktik. Peggy war bereits mit ihrer eigenen Taktik beschäftigt. *Halte deine Freunde nahe bei dir, aber deine Feinde noch näher.*

12

Wünschen Sie einen walisischen Akzent?

Als Peggy in die Leihbücherei kam, war Brian bereits da. Sie war extra überpünktlich, um ungestört ihre Zeit mit Brian auszukosten, ehe Angie aufkreuzte. Peggy dämmerte nämlich, dass Angies ständiges Zuspätkommen in erster Line dazu diente, beachtet zu werden. Dieser Frau traute sie alles zu. Vor vielen Jahren hatte die Trainerin in der Hundeschule ihr geraten, Basil zu ignorieren, wenn er an ihr hochsprang. Vielleicht sollte sie das bei Angie auch probieren.

«Es tut mir leid, dass ich zu spät bin», sagte Peggy. Leid, dass sie bereits wertvolle Zeit vergeudet hatte.

Sie hatte nämlich kostbare Minuten vor dem Badezimmerspiegel mit dem Kampf gegen eine störrische Haarsträhne verschwendet. Am Ende hatte sie zur Bändigung auf ein paar strategisch verteilte Haarnadeln zurückgegriffen. Was angesichts des Gipsarms doppelt schwierig gewesen war. Das Ergebnis erinnerte sie an ihre Großmutter. Die strenge Mutter ihrer strengen Mutter. Obwohl sie gestorben war, als Peggy noch klein war, hatte das finstere Stirnrunzeln der alten Dame sie vom Kaminsims aus weiter verfolgt. Vielleicht hatten ihr ja die vielen Haarnadeln, die ihr in die Kopfhaut pikten, einen so grimmigen Blick beschert.

«Guten Morgen. Entspannen Sie sich und kommen Sie erst mal an. Außerdem war ich zu früh dran.» Brian hatte den Arm voller Bücher, und Peggy merkte, dass ihm die Brille bis auf die

Nasenspitze gerutscht war. Sie fragte sich, ob sie ihm das Ding zurechtrücken sollte, doch sie hielt sich zurück, aus Angst, die Geste könnte zu intim sein. So etwas hätten Ted und sie füreinander getan. Nebst gegenseitigem Auszupfen struppiger Augenbrauenhärchen.

Die Regale waren bereits zur Hälfte geleert und der Boden mit Bücherstapeln übersät. «Bücherei» war ein reichlich vermessenes Wort für die paar Regale in der Ecke des Freizeitzentrums, aber wenigstens gab es ein paar bequeme Lesesessel und eine Art Ausleihsystem. Auf einem Tisch in der Mitte lagen Tageszeitungen und Zeitschriften ausgebreitet. Hauptsächlich zu den Themen Golf und Handarbeiten. Hier musste dringend ausgemistet werden. Durch Angies Augen betrachtet, wurde Peggy klar, wie überholt und altmodisch hier alles wirkte. Sie sah in letzter Zeit so einiges durch Angies Augen.

«Sie waren schon so fleißig!», sagte sie. Eine Staubwolke erschwerte ihr die Sicht, als Brian das nächste Buch aus dem Regal zog.

«Ich gestehe, ich bin bereits seit sechs Uhr hier. Ich schlafe nicht mehr gut», sagte er.

«Ich wache jeden Morgen pünktlich um vier Uhr auf und kann nicht wieder einschlafen. Das ist sehr frustrierend.» Peggy verspürte einen winzigen und unerwarteten Kitzel der Erregung. Sie hatten etwas gemeinsam. Sie stellte sich Brian im Pyjama vor, der sich im Bett hin und her wälzte. Wie viel besser sie doch beide schlafen würden, eng aneinandergeschmiegt.

«In der Tat, gemessen daran, wie viele Lichter frühmorgens in der Siedlung an sind, geht es uns alten Leuten wohl allen ähnlich.»

Alte Leute. War sie das in Brians Augen? Er sah in ihr zweifellos auch nur eine dieser nicht mehr wasserdichten alten Damen – auch wenn sie erst neunundsiebzig war, eine modisch gerade geschnittene weiße Hose und ihre neue Batisttunika trug. Sie hätte genauso gut einhundertneun sein, Beinbandagen und die Reste ihres Frühstücks tragen können. Wenn sie tatsächlich dieses Abendessen mit Brian weiter als Ziel vor Augen behalten wollte, würde sie sich etwas einfallen lassen müssen.

Peggy platzierte ihre neue Handtasche neben Brians Panamahut auf dem Zeitschriftentisch.

«Sieht so aus, als hätten Sie sich schon ein System ausgedacht», sagte sie mit Blick auf die Bücherstapel. «Sagen Sie mir einfach die grobe Richtung, und ich helfe mit.»

«Okey-dokey. Diese Kiste ist für die hoffnungslosen Fälle, also Bücher, die zu kaputt sind, um sie zurück ins Regal zu stellen», sagte er und zerrte einen Karton unter dem Tisch hervor, der bereits randvoll war. «Die hier ist für Bücher, die zwar noch in gutem Zustand sind, die aber trotzdem keiner liest. Die könnten wir vielleicht spenden, ihnen eine letzte Chance gönnen.»

«Gute Idee», sagte Peggy. «Da fällt mir ein, Samstag findet in der Highschool ein Bücherflohmarkt zugunsten von Lifeline statt. Da könnten wir unsere Ausschussware hinbringen und, wenn wir schon mal dabei sind, gleich noch ein paar neue Titel ergattern.»

Na also, sie hatte es getan, völlig ohne nachzudenken. Peggy Smart hatte Brian um eine Verabredung gebeten. Natürlich war es kein Abendessen. Es würde keine Champagnerflöten geben und auch kein mitternachtsblaues Etuikleid mit passendem Schal. Aber es war die Gelegenheit, Brian ein oder zwei Stunden ganz für sich allein zu haben. Als Einladung unverfänglich genug, sollte er ablehnen, und falls er einwilligte, eine aufregende Gelegenheit, den bezaubernden Witwer ein wenig näher kennenzulernen.

«Großartig. Das schreibe ich mir in meinen Kalender.»

Endlich stand sie in seinem Kalender. Peggy erschauderte vor gespannter Erwartung.

Um Himmels willen, Frau, jetzt reiß dich zusammen. Mach dich endlich nützlich.

«Was ist mit diesem Stapel?», fragte sie, nahm das oberste Buch zur Hand und blätterte darin.

«Die sind zwar alt, aber noch quicklebendig. Die dürfen zurück ins Regal, nachdem wir sie abgestaubt haben.»

«Und auf welchen Stapel gehören wir zwei, Ihrer Meinung nach?» Peggy lächelte ihn an und hoffte, dass Brian den Scherz verstand.

«Ich würde sagen, der richtigen Leserschaft hätten wir noch viel zu bieten, meinen Sie nicht?»

Peggy errötete. Ganz sicher wachte sie jeden Moment auf. In Wirklichkeit war es vier Uhr morgens, und sie würde gleich in ihren Lammfellpuschen auf die Toilette schlurfen. Das lief alles so dermaßen gut, das konnte nur ein schöner Traum sein.

Peggy kniete sich hin und begann, die unteren Regale auszuräumen.

«Sind Sie sicher, dass Sie mit Ihrem Arm da unten gut zurechtkommen?»

«Hier unten bin ich am besten aufgehoben. Ich glaube, mit dem Gips könnte ich an den oberen Regalen eher nichts ausrichten.»

«Dann sind wir ein super Team, Peggy.»

Er hatte recht. Gemeinsam ergaben sie beide einen voll funktionstüchtigen Menschen. Peggy wunderte sich, dass bei der Partnersuche niemand jemals an die praktischen Seiten dachte. Als sie und Ted mit dreiundzwanzig geheiratet hatten, hatte keiner von ihnen einen Gedanken daran verschwendet, was womöglich vor ihnen lag. In dem Alter bedeutete «in

Krankheit und Gesundheit» wenig mehr, als Hühnerbrühe füreinander zu kochen oder sich mit Wick Vaporub einzureiben. Wie jedes andere verliebte Paar hatten sie vorausgesetzt, dass sie kompatibel waren, und nie darüber nachgedacht, welche Gelenke einmal ersetzt werden mussten oder welche Altersgebrechen sie womöglich entwickeln würden. Daran hatte sich nichts geändert. Auch heute machten junge Leute sich mehr Gedanken über die Auswahl aus der Frühstückskarte als der des richtigen Ehepartners. Es wurde auch heutzutage mit Sicherheit kein einziger Gedanke daran verschwendet, dass ein Paar zumindest einen Satz funktionstüchtiger Gliedmaßen und mindestens ein funktionierendes Gedächtnis braucht – einen, der sich an die Einkaufsliste erinnert, und einen, der die Tüten schleppt.

«Und? Sind Sie dem Übeltäter schon auf die Schliche gekommen?», fragte Peggy.

«Meinen Sie unseren geheimnisvollen Eselsohrenknicker?»

«Und sind er, der Schutzumschlagräuber und der Falschsortierer, ein und dieselbe Person? Was glauben Sie?»

Brian lachte. «Nun, Miss Marple, die Beweise legen jedenfalls nahe, dass unser Eselsohrenknicker ein Freund romantischer Literatur ist.»

Peggy biss sich auf die Lippe. Sie ging mit den Büchern, die sie sich auslieh, immer sehr sorgfältig um und achtete darauf, vor der Rückgabe sämtliche Ecken wieder geradezufalten. Einmal hatte sie versehentlich ein Buch über Nacht auf dem feuchten Schwimmanzug in ihrer Badetasche vergessen. Am nächsten Morgen hatte sie den gequollenen Papierbrei unter ein paar Kartoffelschalen im Mülleimer begraben. Die Leihbücherei lief über ein Vertrauenssystem, und es war unwahrscheinlich, dass ihr Verbrechen je ans Licht kam.

«Glauben Sie, unsere verehrte Vorsitzende liest Liebesromane? Schließlich hat sie die Schandtaten bemerkt.»

Die Vorstellung, dass Mavis heimliche Sehnsüchte hegte, barg einen gewissen Kitzel. Vielleicht hatte Peggy mehr mit der verdrießlichen Vorsitzenden gemeinsam, als sie dachte.

«In der Tat, eine köstliche Schlussfolgerung», sagte Brian und ließ den Blick durch den Raum schweifen, um sicherzugehen, dass sie allein waren. «Obwohl ich zugeben muss, ich hätte nicht gedacht, dass sie der Typ dazu ist.»

Der Typ dazu? Peggy wusste nicht recht, ob sie ihn tadeln sollte, weil er in Klischees dachte, oder darüber lachen sollte. An ein wenig Happy End war schließlich nichts verkehrt. Sich in eine andere Welt zu träumen, war ein harmloser Zeitvertreib. Erst neulich hatte sie im Radio eine Diskussion gehört. Sie hatte gerade Butter und Zucker verrührt und nachdenklich innegehalten, ehe sie die Eier dazugab. Es ging irgendwie um das Wunder, dass ein Leser allein durch in ein Buch geschriebene Worte ein alternatives Leben führen durfte.

Peggy hatte sich nie ein Leben jenseits der erfüllten Jahre vorgestellt, die sie mit Ted verbracht hatte. Hochs und Tiefs gab es in jeder Ehe. Trotz der zahllosen Liebesromane, die sie gelesen hatte, trotz dieser Geschichten von leidenschaftlichen Küssen und lustvoller Verführung hatte Peggy ihr ganzes Leben lang das Bett nur mit einem einzigen Mann geteilt. Auch an Teds Treue waren ihr in all den gemeinsamen Jahren niemals Zweifel gekommen. Ihre Ehe, überlegte sie voller Stolz, war absolut monoton gewesen. Oder hieß es monogam? Sie verwechselte das immer.

Brian warf ein angegammeltes Hardcover in die Kiste mit den hoffnungslosen Fällen und holte Peggy abrupt zurück in die Gegenwart. «Bei den Büchern ohne Schutzumschlag dagegen», fuhr er in seinen Betrachtungen fort, «handelt es sich entweder um Science-Fiction- oder Fantasy-Romane, und die falsch einsortierten sind alles Krimis. Die standen wirklich überall herum.»

«Vielleicht waren die Krimileser so erschüttert, dass sie nicht mehr wussten, was sie taten.»

«Oder haben wir etwa einen Agatha-Christie-Fan mit Rechenschwäche in unseren Reihen?» Auf Brians Gesicht lag ein gelöstes Lächeln. Er schien sich sichtlich wohl zu fühlen.

«Hm. Das schränkt den Kreis der Verdächtigen ein wenig ein. Wie ich sehe, haben Sie sich selbst gerade äußerst clever ausgeschlossen.»

«Wie meinen Sie das?»

«Ich glaube, Sie versuchen bewusst, mich auf eine falsche Fährte zu locken, Mr. Cornell. Pensionierter Buchhalter, Kassenwart des Komitees. Ausgerechnet bei Ihnen würde wohl niemand eine solche Schwäche vermuten.»

«Es sei denn, ich wollte Sie auf die Probe stellen, meine Liebe.»

Peggy genoss das leichtfüßige Geplänkel. Denn genau das war es doch, oder nicht? Geplänkel. Oder war es etwa ein Flirt? Es war mehr als ein halbes Jahrhundert her, seit sie und Ted sich bei Blake's über den Strumpfwarentresen verstohlene Blicke zugeworfen hatten und seit er seine Finger im Personalfahrstuhl heimlich ihre Hand hatte streifen lassen.

Die jungen Leute heutzutage waren alle so forsch. Sie schickten einander auf ihren Telefonen Intimfotos. Peggy schauderte. Sie konnte nur hoffen, dass Brian von ihr nicht auch etwas in dieser Richtung erwartete. Abgesehen davon konnte sie mit ihrem Telefon nicht umgehen, es gelang ihr ja kaum, jemanden anrufen, von der Bedienung dieses Kamera-Dingsdas ganz zu schweigen. David würde ihr natürlich helfen. Vorausgesetzt, sie brachte den Mut auf, ihn zu bitten. Peggy musste vorsichtig sein, sie durfte nicht zu viele Gedächtnislücken preisgeben, erst recht nicht nach der vergessenen Geburtstagseinladung und dem Sturz. Nein. Wenn sie je Bilder ihrer Anatomie teilen musste, dann auf geschmackvolle Weise. Fotografiert mit Weichzeichner. Mit ihrer alten Kodak. Falls dafür überhaupt noch Filme verkauft wurden.

«Ich hätte Sie eher als historischen Typen eingeschätzt», sagte Peggy, richtete sich zum Fersensitz auf und musterte ihn. «Ja. Kriege, Kreuzzüge, berühmte Entdecker wie Shackleton und Scott in der Antarktis.»

«Ach, Miss Marple, jetzt täuschen Sie sich.» Brian warf eine Biographie von Gough Whitlam in die Spendenkiste. «Das ist ein Klischee.»

«Ein Klischee?»

«Ja. Nur weil ich ein Mann gewissen Alters bin, nehmen Sie an, ich würde ausschließlich Kriegsberichte lesen. Das ist genauso schlimm, wie zu glauben, dass Sie als Frau nur Liebesromane lesen.»

Peggy war etwas gekränkt. Es stimmte zwar, doch sie hatte genauso wenig Lust, in eine Schublade gesteckt zu werden, wie er. Sie stützte sich mit der guten Hand am Regal ab und stand auf, justierte ein Haarklämmerchen und strich sich eine lose Strähne hinters Ohr.

«Um genau zu sein, ich lese alles Mögliche. Ich habe kein Lieblingsgenre.»

Es stimmte. Im übertragenen Sinn war Peggy irgendwie zwischen die Genres gerutscht. Wohin sie auch schaute, alle Menschen waren festgelegt, angepasst an die Konventionen einer bestimmten Gattung: Brian, der gebildete, gutaussehende Witwer; Jim, der alternde Casanova; Celia, der burschikose Wildfang. Sogar Angie war sich ihrer Rolle als männermordende Verführerin stets treu geblieben. Es definierte sie, machte sie zu denen, die sie waren. Zu echten Menschen. Peggy hatte ebenfalls ihre eigene Rolle, auch wenn sie ihr nicht gefiel. Übergewichtig, selbstzweifelnd. Sie war eine unscheinbare Person, ein elastischer Gummibund.

Brian hatte ein Buch mit verstaubtem Schutzumschlag aus dem Regal gezogen und las konzentriert darin. Peggy hörte ihn seufzen.

«Und, Herr Professor Rätselhaft, was ist Ihr bevorzugter Lesestoff?»

Brian schwieg, völlig in das Buch vertieft. Seine Unterlippe zitterte, und Peggy fragte sich, ob die kokette Professorennummer ein bisschen zu plump gewesen war.

Plötzlich öffnete er den Mund und heraus kam, eindeutig auswendig, der Anfang eines Gedichts:

«Geh nicht gelassen in die gute Nacht,
Glüh, rase, Alter, weil dein Tag vergeht,
Verfluch den Tod des Lichts mit aller Macht.»

Er hatte die Augen geschlossen, seine Stimme war kaum mehr als ein Flüstern.

«Das ist wunderschön.»

«Dylan Thomas.»

«Ich hätte Sie nicht für einen Poeten gehalten, Brian.»

«Mein Vater hat es missbilligt. Gedichte waren nichts für echte Männer. Ich habe mich immer vom Fußballtraining davongeschlichen und mich mit Wordsworth oder Yeats hinter einem Baum versteckt.»

«Ein Rebell!», sagte Peggy lachend.

«Könnte man so sagen», antwortete Brian. «Immer in Rebellion gegen meinen Vater. Er wollte, dass ich, so wie er, zur Navy ging. Also wurde ich Buchhalter.»

«Immerhin vereidigter Buchprüfer.»

«Ja, ich weiß, lächerlich, oder? Heutzutage haben die Kinder viel mehr Freiheiten. Und Sie, Peggy? Was hätten Sie getan, wenn Sie keine Sekretärin geworden wären?»

Wenn es nach dem Willen ihrer Mutter gegangen wäre, wäre sie bei Blake's geblieben und hätte sich langsam von der Damenunterwäsche nach oben gearbeitet. Ein seltsamer Gedanke. Vielleicht wäre sie auch so geworden wie Angie, wäre nach Paris und Mailand gereist, frei und ungebunden. Aber sie war nicht wie Angie. Sie beide waren verschieden wie Tag und Nacht. So unterschiedlich, wie zwei Freundinnen nur sein konnten: Salz und Pfeffer, sauer und süß, frech und brav.

«Ich hab immer davon geträumt, Lehrerin zu sein.»

«Meine Frau Phyllis war Lehrerin. Habe ich Ihnen das schon einmal erzählt?» Peggy schüttelte den Kopf. Sie stellte sich Phyllis mit Kappe und Talar beim Abschluss vor und dann mit dreißig zarten Kinderseelen zwischen den Fingern voller Kreide. Peggy stellte sich philosophische Unterhaltungen am Cornell'schen Esstisch vor, Gespräche über Politik und das Tagesgeschehen. Sie stellte sich Brian vor, wie er nackt zwischen reinweißen Laken für seine schöne Frau Gedichte rezitierte.

«Vermissen Sie Ihre Frau?»

Was für eine dumme Frage.

«Jeden einzelnen Tag», sagte Brian mit abwesendem Blick. «Genauso, wie Sie vermutlich Ihren Mann vermissen. Ted, nicht wahr?»

Peggy nickte. Sie konnte seine Anwesenheit immer noch spüren, wie Phantomschmerzen, manchmal so stark, dass sie nicht zu lindern waren. Aus dem Nichts kamen dann Wellen aus Trauer angerollt und überschwemmten sie und rissen sie mit sich. Am Anfang waren sie so häufig gekommen, dass Peggy glaubte, in Traurigkeit und Einsamkeit ertrinken zu müssen. Mit der Zeit lernte sie, durch jede Erinnerung hindurchzuatmen wie durch eine Geburtswehe, die wieder verging.

«Man denkt, man überlebt es nicht, nicht wahr?»

«Am Anfang nicht. Doch inzwischen ist mir klargeworden, dass Phyllis sich wünschen würde, dass ich mein Leben weiterlebe, so wie ich mir es andersherum für sie gewünscht hätte, wenn ich zuerst gestorben wäre.»

«Ich glaube, Ted würde für mich dasselbe wollen», sagte Peggy.

Was wäre mit Ted geschehen, wenn sie vor ihm gegangen wäre? Die Vorstellung, wie er allein auf sich gestellt vor sich hin siechte, brachte ein seltsames Gefühl der Erleichterung mit sich, weil sie ihn überlebt hatte. Trotz all seiner Schwächen hätte sie nur hoffen können, dass er wieder eine Frau gefunden hätte, die sich um ihn kümmerte und ihm die Einsamkeit vertrieb. Ted hatte zu den Männern gehört, für die ein Leben ohne eine gute Ehefrau an der Seite nicht möglich gewesen wäre. Außerdem war Peggy felsenfest davon überzeugt, dass ihr praktisch veranlagter Ted mit Sicherheit wieder jemanden gefunden hätte.

Brian kaute auf seinem Brillenbügel herum. «Wissen Sie was? Ich hätte Sie mir gut als Lehrerin vorstellen können, jemand, zu dem ich mit meiner Poesie hätte gehen können, vielleicht.»

Peggy setzte ein Lächeln auf und versuchte, das Zittern in ihrer Stimme zu verbergen. «Und nun möchte ich, dass Brian Cornell den Rest des Gedichtes vor der ganzen Klasse vorliest», sagte sie laut. Sie senkte die Stimme und sah ihn über den Brillenrand hinweg an. «Und? Wie war ich?»

«Wünschen Sie einen walisischen Akzent, Fräulein?»

«Selbstverständlich! Na los!»

Brian räusperte sich:

«Und gute Männer brüllen, schon der letzten Welle Fracht,
Und denkend ihrer Mühn, im Meer verweht,
Verfluchen Tod des Lichts mit aller Macht.»

Peggy setzte sich an den Zeitschriftentisch und lauschte, während Brian die Worte rezitierte. Sie stellte sich vor, wie sein Vater mit einem Blick voller Missachtung ins Zimmer gestürmt kam, während er vor dem Spiegel stand und übte.

«Und wilde Männer, die der Sonne Pracht
Im Fluge singend fingen, die nun untergeht,
Gehn nicht gelassen –»

Plötzlich hob Peggy den Blick und sah Angie auf sich zukommen. Sie trug ein loses Baumwollkleid und darunter etwas Dunkles, das aussah wie ein Badeanzug. Sie hatte ein zusammengerolltes Badetuch unter dem Arm. Ihre plötzliche Präsenz schien den ganzen Raum einzunehmen, die Luft förmlich aufzusaugen und jedes so kostbare Wort zu tilgen, das Peggy und Brian eben noch gewechselt hatten.

Peggy spürte, wie Brian ihr entglitt. Der Zauber war gebrochen.

«Entschuldigung, störe ich euch bei irgendwas?» Angie klimperte mit ihrem Autoschlüssel.

«Aber nein, überhaupt nicht», sagte Brian und richtete sich auf.

«Kommt ihr zwei Bücherwürmer mit mir schwimmen? Ich habe draußen auf dem Flur Celia getroffen. Sie schlägt vor, kurz ins Wasser zu hüpfen und dann am Strand Kaffee zu trinken.»

«Ich dachte, wir hatten heute Vormittag eine Sitzung geplant», sagte Peggy ein bisschen beleidigt.

«Können wir doch trotzdem machen. Am Strand. Sind Sie dabei, Brian?»

Brian war nicht dick – ganz im Gegenteil –, aber Peggy war sich sicher, dass er gerade den Bauch eingezogen hatte.

13
À bout de souffle

Peggy bemerkte die Frau nicht gleich, die schräg hinter ihr stand. Sie sah sie erst, als Ted mitten im Satz den Kopf wandte und sie seinem Blick zu der schlanken Gestalt hin folgte, die keine drei Schritte von ihr entfernt war. Es kam ihr eigenartig vor, dass die Frau im Kinofoyer eine Sonnenbrille trug. Falls sie damit versuchte, unbemerkt zu bleiben, bewirkte sie paradoxerweise genau das Gegenteil. Doch als die Frau die Sonnenbrille abnahm, sich den Seidenschal vom Haar pflückte und die kurze, platinblond gefärbte Frisur entblößte, erkannte Peggy sie trotzdem sofort.

Auch wenn ihr die gemeinsame Zeit bei Blake's wie gestern vorkam, waren ihre Welten inzwischen Lichtjahre voneinander entfernt. Die eine hatte sich in eine Stratosphäre eleganter Kultiviertheit katapultiert und die andere mit ihren ewig praktischen, fest auf vertrautem Boden gepflanzten Schnürschuhen hinter sich gelassen.

«Hallo, Peggy. Es ist eine Weile her.»

«Donnerwetter! Du siehst so verändert aus.»

Angie wirkte kühl, überlegen und ein wenig gelangweilt. Sie warf einen Blick auf die Eiswaffel in Peggys Hand und zog die Augenbrauen hoch. Das Eis hatte in der Hitze des Foyers zu schmelzen begonnen und tropfte als klebrige Masse über Peggys Hand auf ihren Schuh.

Angie öffnete die Handtasche und reichte Peggy ein Taschentuch. «Arbeitest du immer noch bei Blake's?»

«Nein, ich besuche inzwischen die Sekretärinnenschule», antwortete Peggy und leckte verzweifelt an ihrem Eishörnchen herum, um den endgültigen Erdrutsch zu verhindern. Mit dem Geld, das sie bei Blake's verdient und gespart hatte, und einer kleinen Erbschaft von ihrer Tante hatte sie einen Platz in dem Kursus *Stenographie und Schreibmaschine* ergattert. Leise vor sich hin gesagt, hatte es so exotisch geklungen. *Sekretärin.* Doch jetzt klang Peggys Traumberuf plötzlich nur noch provinziell und ganz und gar fade.

«Hallo!» Angie wandte sich an Ted. «Dich kenne ich doch von irgendwoher.»

«Oh, Entschuldigung, ich stelle euch vor. Angie, das ist Ted. Ted, das ist Angie.»

Ted gab Angie die Hand. Peggy sah, wie seine Wangen sich rot färbten.

«Wir kennen uns von Blake's. Ich habe dir die verklemmte Schublade repariert.»

«Ach ja. Jetzt erinnere ich mich wieder. Und? Seit wann seid ihr zwei zusammen?»

Sie hatten wochenlang über den Ladentisch und im Fahrstuhl geflirtet, bis Mr. Hawley dazwischengefunkt und Ted in die Werkstatt verbannt hatte. Zuerst hatten sie nur gemeinsamen Tee getrunken, dann hatten sie sich zu einem Picknick getroffen und sich so schließlich bis ins Kino vorgearbeitet. Zu Peggys Erstaunen hatte sich herausgestellt, dass Ted ein ziemlicher Filmkenner war. Anstatt sich wie die anderen turtelnden Pärchen in die letzte Reihe zu verziehen, spendierte Ted ihnen immer die besten Plätze und saugte jeden einzelnen Leinwandmoment in sich auf. Die besten Szenen kannte er auswendig. Gefiel ein Film ihm besonders gut, schleifte er Peggy auch schon mal in eine zweite Vorstellung mit. Peggy ihrerseits war glücklich, wenn sie mit ihm zusammen war.

Zu ihrem Sechsmonatsjubiläum borgte Ted sich den Abendanzug seines Vaters und führte sie in ein schickes Restaurant aus. Der Anzug war ihm viel zu groß, und sie versuchte, nicht zu lachen, als er mit dem Ärmel in der Crème brulée hängen blieb. Sie wollte seine Gefühle nicht verletzen. Sie fing an, ihn wirklich zu mögen.

Als ihre Mutter von ihr verlangte, ihre Ziele ein wenig höherzustecken, nahm Peggy sie beim Wort und fasste das höchste Ziel überhaupt ins Auge – den Traualtar.

«Seit ein paar Jahren», sagte Peggy, hakte sich bei Ted unter und schmierte ihm versehentlich etwas Eis aufs Hemd. Noch hatte er sie nicht direkt gefragt, aber sie hatte angefangen, gewisse Bemerkungen fallenzulassen. Peggy konnte warten. Mit Ted war es wie mit einem guten Obstkuchen: Man durfte nichts überstürzen.

Angie zog eine Zigarette aus der Tasche und steckte sie sich zwischen die Lippen. Ted machte sich von Peggy los, griff in die Jackentasche und zog ein silbernes Feuerzeug heraus. Er ließ den Deckel aufschnappen und hielt Angie die Flamme an die Spitze ihrer Zigarette. Angie inhalierte und blies sich den Rauch über die Schulter.

«Zusammensein würde ich das eigentlich nicht nennen», sagte Ted und steckte das Feuerzeug wieder ein. «Hat dir schon mal jemand gesagt, dass du aussiehst wie Jean Seberg?»

Angie zog langsam an ihrer Zigarette und lächelte. «Ja, so heißt es.»

Direkt hinter ihr hing ein Plakat der glamourösen Schauspielerin an der Wand. Angie hatte dieselben spitzbübischen Gesichtszüge und auch denselben frechen Blondschopf. Die Ähnlichkeit war frappierend. Ted war nicht der Einzige, dem das auffiel. Mehrere Kinobesucher blieben stehen und drehten sich zu ihr um, die meisten von ihnen Männer.

«Ich liebe das französische Kino», sagte Ted. Er hatte Peggy inzwischen den Rücken zugekehrt. «Peggy wollte sich *Außer Atem* eigentlich nicht ansehen, bis ich ihr von den Untertiteln erzählt habe.»

«À bout de souffle», schnurrte Angie.

«Du sprichst Französisch?» Ted machte große Augen.

«Un petit peu. Ich habe in Paris ein paar Brocken aufgeschnappt.»

«Paris?» Peggy manövrierte sich zwischen Angie und Ted. «Ich dachte, du wolltest nach London gehen?»

«Nachdem ich von Blake's weggegangen war, habe ich mich bei Grantchester & Co zur Einkäuferin hochgearbeitet. Ich bin meistens im Ausland. Ich bin nur nach Sydney zurückgekommen, um meine Mutter zu besuchen. Als Nächstes fliege ich nach Mailand.»

Peggy erinnerte sich noch gut daran, wie Angie sich hinter der Ankleidepuppe versteckt hatte, während sie verzweifelt versucht hatte, für eine der besten Kundinnen von Blake's einen Hüfthalter zu finden. Mr. Hawley hatte umgehend für Ordnung gesorgt, nachdem er Mrs. Asquith mit einem Spritzer Chanel No. 5 und einem Gratis-Scone im Tearoom wieder besänftigt hatte. Angie wurde fristlos entlassen und umgehend des Hauses verwiesen. Es blieb ihr kaum Zeit, ihren Mantel zu holen, geschweige denn, sich zu verabschieden. Eines der Mädchen aus der Kurzwarenabteilung erzählte später, sie hätte sich ein hervorragendes Zeugnis gesichert, nachdem sie Mr. Hawley davon überzeugt hatte, dass ihr Onkel im Aufsichtsrat des Warenhauses saß, und ihm damit drohte, seine lüsternen Einweisungspraktiken an die große Glocke zu hängen.

Inzwischen hatte sich das Foyer des Odeon beinahe geleert, die letzten Pärchen zeigten dem Kontrolleur ihre Karten und ließen sich vom Saaldiener im Strahl der Taschenlampe zu ihren Plätzen geleiten. Ted und Angie waren noch immer in ein Gespräch über ihre Lieblingsfilme vertieft. Peggy machte sich langsam Sorgen, dass sie den Anfang des Films verpassen würden.

«Wir wollen dich nicht aufhalten!», sagte sie, küsste Angie auf beide Wangen und zwang sich zu einem grimassenhaften Lächeln. «Es war so nett, dich wiederzusehen!»

«Wir können dich unmöglich allein sitzen lassen», sagte Ted. «Möchtest du dich uns nicht anschließen, Angie? Oder sollte ich besser *Jean* zu dir sagen?»

Ein plötzlicher, ganz und gar unerwarteter Krampf durchzuckte Peggys Blase. Es gelang ihr, genug Muskelkraft aufzubringen, um ein ungeplantes Auslaufen zu verhindern, aber sie wusste, dass sie in der Mitte der Reihe ohne Fluchtmöglichkeit gefangen wäre und unmöglich warten konnte.

«Ich möchte auf keinen Fall den Anstandswauwau geben.» Angie neigte kokett den Kopf.

Peggy war den Tränen nahe, während sie verzweifelt versuchte, sich über die hartnäckigen Rufe ihrer Blase hinwegzusetzen.

«Blödsinn. Wir bestehen darauf. Stimmt doch, Peggy?»

Peggy machte den Mund auf, um höflich zu antworten, doch heraus kam nur ein seltsames Quieken, gefolgt von einem panischen «Entschuldigt mich!».

In der allerletzten Klokabine sackte sie in sich zusammen und ließ den Tränen freien Lauf.

Als der Saaldiener sie endlich auf den letzten freien Platz führte – einige Reihen hinter Ted und Angie –, hatte der Film längst angefangen. Peggy saß im Dunkeln und versuchte, die tiefe Leere in ihrem Inneren mit Eiscreme zu füllen. Sie fragte sich, weshalb sie nicht sein konnte wie andere Frauen. Welches grausame Schicksal hatte sie anstatt mit Angies verführerischer Selbstsicherheit mit einem lebenswichtigen Speicherorgan von der Größe einer Walnuss ausgestattet?

14
Es ist herrlich, wenn man erst mal drin ist

Ich habe den Zirkus in der orthopädischen Ambulanz, um dir einen wasserfesten Gips zu besorgen, sicher nicht mitgemacht, damit du jetzt hier stehst und mir erzählst, du kommst nicht mit uns schwimmen!» Angie verschränkte die Arme und tippte mit dem Fuß auf die terracottafarbenen Küchenfliesen. Peggy hatte sich widerwillig von ihr nach Hause begleiten lassen, um die Badesachen zu holen.

«Aber ich habe mir heute Morgen erst die Haare gewaschen.» Peggy wusste, dass sie immer mehr Boden verlor. Ihre fadenscheinigen Ausreden waren Angies Entschlossenheit nicht gewachsen. Die Nummer mit den Haaren war der allerletzte Versuch. Angie würde niemals darauf hereinfallen.

«Hier.» Angie kramte in ihrer Strandtasche herum. «Du kannst meine Badekappe haben.»

Sie warf Peggy eine rote Haube zu. Mit den aufgepfropften Gummiblüten war das Ding ein Modestatement an sich – nicht zu vergleichen mit Sheilas hautenger Latexkappe, die immer etwas ulkig an ein Verhütungsmittel erinnerte.

Peggy seufzte und gab sich geschlagen. Ihr Arsenal an Verzögerungsmunition war erschöpft. «Gib mir eine Minute. Ich gehe mich umziehen.» Mit der Badekappe in der Hand schlurfte sie in Richtung Schlafzimmer.

«Wo du es gerade erwähnt hast», rief Angie ihr nach. «Ich wollte mit dir über deine Frisur sprechen.»

«Was ist denn an meiner Frisur verkehrt?», fragte Peggy und streckte den Kopf zur Schlafzimmertür hinaus. Instinktiv begann sie, sich mit den Fingerspitzen durch die grauen Haare zu kämmen und sie am Hals und an den Ohren glatt zu streichen. Irgendwo zwischen Bücherei und Schlafzimmer mussten ihr die Haarklammern abhandengekommen sein. Die widerspenstige Strähne, die sie heute Morgen zu zähmen versucht hatte, unternahm einen allerletzten verzweifelten Fluchtversuch.

«Gar nichts. 1986 zumindest. Ich habe für nächste Woche bei Alessandro einen Termin vereinbart.»

«Aber ich gehe immer zu Louise. Jeden ersten Mittwoch im Monat zum Schneiden. Alle vierzehn Tage Waschen und Legen.»

«Seit wann?»

«Seit 1986 ungefähr?» Peggy grinste verlegen.

«Oh, Pegs. Was soll ich nur mit dir anstellen?»

Peggy stand vor ihrem Kleiderschrank und musterte prüfend die aufeinander abgestimmten Basics, die Angie und Arabella ausgesucht hatten. Es gab für jeden nur denkbaren Anlass das richtige Outfit: das ganze gesellschaftliche Spektrum war abgedeckt, inklusive Cocktailempfang, Abendgarderobe, Tennis, Mittagessen, Polo. Und dann hing da natürlich noch *Das Kleid,* bereit für ihr romantisches Dinner mit Brian. Es vorher anzuziehen, fühlte sich nicht richtig an. An seinem Ehrenplatz in der Mitte ihres ultradurchorganisierten Kleiderschranks diente Peggy dieses Kleid mit seinem luxuriösen Stoff und der leuchtenden Farbe als Glücksbringer, eine sanfte Erinnerung an eine Hoffnung, die sie noch nicht aufgegeben hatte.

«Hier. Zieh dir das über.» Angie tauchte hinter ihr auf. Sie beugte sich über Peggys Schulter und nahm ein Kleid von einem Bügel in der hintersten Ecke. Wie durch ein Wunder war es offensichtlich der Säuberungsaktion von letzter Woche entgangen. Peggy war erleichtert. Sie hatte für unerwartete Gewichtsschwankungen immer gern ein paar Notfallsachen im Schrank – inklusive einiger Kleidungsstücke für den Moment, wenn sie endlich ihr Wunschgewicht erreicht haben würde. Und falls sie aus Versehen plötzlich auf die doppelte Kleidergröße anschwoll, war dies das Kleid der Stunde. Sie hatte es im Schlussverkauf ergattert, also war es ein Schnäppchen, egal, ob es passte oder nicht.

Angie kickte ein paar Flip-Flops in Peggys Richtung.

«Die kann ich nicht anziehen. Meine Podologin sagt, meine Füße sind zu platt.»

Angie seufzte. «Wir wandern nicht auf dem Kokoda-Track. Wir laufen vom Parkplatz zum Schwimmbecken.»

Peggy schob sich den Gummisteg zwischen die Zehen. Sie hatte die Füße ihrer Mutter. Leugnen hatte keinen Zweck. Im Spiegel sah sie Angie beim Anblick ihrer verdickten Zehennägel zurückzucken. Ihre Podologin dagegen wirkte deshalb nie sonderlich beunruhigt. Höchstwahrscheinlich hielt der auf Peggy Füßen mitreisende Nagelpilz ihren Salon am Laufen. Sie hatte inzwischen schon ein kleines Vermögen für diverse Mittelchen in der Apotheke gelassen. Diese ganze Prozedur war so schrecklich langwierig, all das Schleifen und Lackieren. Es erinnerte sie an Ted und die Wochen, die er im Schuppen verbracht hatte, um Jenny zum sechsten Geburtstag ein Spielhaus zu bauen.

«Fertig?»

Eigentlich wäre Peggy noch gern kurz auf die Toilette gegangen, aber dazu hätte sie erst das Kleid und dann den Badeanzug noch mal aus- und hinterher alles wieder anziehen müssen. Und Angie war kein besonders geduldiger Mensch.

«Gib mir noch eine Minute.» Peggy hoppelte auf ihren Gummilatschen ins Bad, öffnete das Spiegelschränkchen und nahm die Schachtel mit Dr. Stephens magischer Blasenmedizin heraus. Sie hatte den Apotheker gebeten, das neue Medikament nicht gleich mit in ihre Wochenschachtel einzusortieren. Sie brauchte Bedenkzeit. Der Beipackzettel war auf beängstigend rotes Papier gedruckt, und sie hatte schon ein paarmal überlegt, die Dinger einfach wegzuwerfen. Vielleicht hatte Jenny doch recht. Sogar Dr. Stephen hatte anfangs gezögert, ihr die Tabletten zu verschreiben.

Peggy drückte die erste der kleinen weißen Pillen aus der Folie. Sie sah ziemlich harmlos aus. War dieses winzige Kügelchen am Ende das Wundermittel, auf das sie gehofft hatte, ihr Schlüssel zu mehr Selbstvertrauen, der ihr dabei half, endlich der ihr innewohnenden Verführerin auf die Spur zu kommen? Oder würde sie die komplette Palette an Nebenwirkungen erleiden, inklusive Sturz?

Aus den Augenwinkeln sah Peggy das gerahmte Stoffbild, das sie Ted zu seinem letzten Geburtstag geschenkt hatte. Sie hatte Monate gebraucht, um das blau-weiße Fischerboot zu sticken. Es war mit einem goldfarbenen Tau am Steg festgemacht und sollte sein Lieblingssprichwort darstellen, mit dem er alles in ihrem Leben gerechtfertigt hatte, vom Kauf des großen Hauses, das sie sich nicht leisten konnten, bis dahin, den neuen Italiener an der Ecke auszuprobieren.

«Ein Schiff, das im Hafen liegt, ist außer Gefahr», hatte er immer gesagt, «aber Schiffe sind nicht für den Hafen gebaut.»

Peggy legte sich die kleine runde Pille auf die Zungenspitze und spülte sie mit einem Mundvoll Wasser aus dem Hahn hinunter.

Die hohen Wellen hatten jede Menge Surfer ans Meer gelockt, und sie mussten zwei Runden über den Parkplatz drehen, ehe sie zwischen den vielen Pick-ups eine freie Lücke fanden. Die Sonne hatte sich von den Wolken befreit und verhieß einen schwülheißen Tag. Peggy entdeckte schräg gegenüber den silbernen Lexus, doch sie ließ sich nichts anmerken.

«Ich hole den Parkschein», sagte sie. So viel, wie Angie sie zur Zeit durch die Gegend kutschierte, war dies das Mindeste, das sie tun konnte. Der nächste Parkautomat war meilenweit entfernt, und schon nach ein paar Schritten bereute Peggy ihre Großzügigkeit. Als sie sich auf ihren Gummilatschen endlich hin- und wieder zurückgeschleppt hatte, hatte sie an jedem Fuß eine Blase. Sandkörner in der Größe von Golfbällen hatten sich einen Weg unter die Gummibänder gebahnt, und Peggys Versuche, sich davon zu befreien, bescherten ihr neugierige Blicke von den Cafébesuchern.

Der Duft nach frisch gemahlenem Kaffee wehte über den Parkplatz. «Können wir nicht das Schwimmen sausenlassen und gleich Kaffee trinken gehen?», fragte Peggy, während Angie den Parkschein hinter die Windschutzscheibe legte.

«Wo bleibt dein Sinn fürs Abenteuer? Wenn du erst im Wasser bist, wirst du es lieben. Die anderen sind schon da. Los, beeil dich.»

Peggy musterte die Schwimmer, die im Becken ihre Bahnen zogen. Wie im Takt durchpflügten sie das blaugrüne Wasser. Niemand ließ sich aus der Ruhe bringen, als am Ende des Beckens eine riesige Welle vom Meer hereinkam und den Pool flutete.

In Angies Schatten schlurfte Peggy auf das Schwimmbecken zu. Sie war noch nie eine gute Schwimmerin gewesen. Die Wassergymnastik war etwas anderes, da standen sie im Nichtschwimmerbereich und waren vor hohen Wellen sicher.

Wieso um alles in der Welt hatte sie sich von Angie hierzu überreden lassen? Sie fühlte sich unbeholfen und fehl am Platz.

Eigentlich war es ein Wunder, dass Angie das Fiasko in Mr. Durkins Schwimmunterricht nicht erwähnt hatte. Peggys eigene Erinnerung an die Ereignisse beschränkte sich auf den Moment, als sie am Beckenrand wieder zu Bewusstsein kam, während ein aschfahler Mr. D. ihr das Wasser aus dem Bauch pumpte und der Rest der Klasse mit einer Mischung aus Entsetzen und Feixen auf den Gesichtern um sie herumstand.

«Ich habe noch nie jemanden so schnell untergehen sehen», hatte Mr. Durkin gesagt, nachdem er seine halbertrunkene Schülerin in ein Handtuch gehüllt hatte. Peggy war davon überzeugt, dass dieser Zwischenfall wesentlich zu seiner vorzeitigen Pensionierung ein paar Monate später beigetragen hatte.

Das war im Jahr 1950 gewesen, doch Peggy war seitdem, was das feuchte Nass betraf, immer ein bisschen auf der Hut geblieben und hatte lieber schwitzend und paniert wie ein Schnitzel im Sand ausgeharrt, während Ted mit den Kindern im Wasser herumtobte.

Als sie das Becken erreichten, entdeckte sie Brian im flachen Ende. Er stand da und rückte sich die Schwimmbrille zurecht. Peggy versuchte, sich nonchalant und gelassen zu geben, aber angesichts der Tatsache, dass der Mann ihrer Träume keine zwei Meter von ihr entfernt war, und das so gut wie nackt, konnte sie sich beim besten Willen nicht mehr daran erinnern, wie man sich als normaler Mensch benahm. Sie fummelte und friemelte an ihrer Badetasche herum und hatte keine Ahnung, was sie mit ihren Armen und Beinen anstellen sollte.

Sie warf einen verstohlenen Blick auf Brian und musterte ihn heimlich, um sich jedes Detail einzuprägen. Sein Oberkörper war schlank und erfreulich muskulös, aber ungefähr eine Nummer zu klein für seine Haut. Seine Brust erinnerte Peggy an ihren Staubsauger, nachdem sie hinter Basil her gesaugt hatte, und seine Haut war mit dunkelbraunen Altersflecken gesprenkelt, der vertraute Tarnanzug des Alters. Aber in Peggys Augen war Brian perfekt. Der reinste Adonis.

Als er sie sah, fing er fröhlich an zu winken. «Es ist ganz wunderbar warm hier drin», rief er. Peggy stellte sich vor, wie Brian den Zipfel der Bettdecke anhob und neben sich auf die Matratze klopfte. Ein heißer Schwall Blut stieg ihr ins Gesicht, und sie hätte beinahe das Gleichgewicht verloren.

Ted hatte im Winter immer ihre Bettseite angewärmt, während sie sich noch im Bad die Zähne putzte und das Gesicht eincremte. Wenn sie, fest in ihr Nachthemd gewickelt, ins Schlafzimmer gekommen war, hatte er sich auf seine eiskalte Seite hinübergerollt und war trotzdem Sekunden später eingeschlafen. Natürlich hätten sie sich eine elektrische Heizdecke anschaffen können, aber Peggy hatte Teds liebevollen Akt der Fürsorge immer sehr geschätzt. Solange er das Bett für sie wärmte, wusste sie, dass er sie noch liebte. Sie lächelte zurück und fragte sich, ob Brian auch so warme Füße hatte wie Ted.

Angie war währenddessen damit beschäftigt, sich den Lippenstift nachzuziehen.

Ich schwöre, die Frau legt noch auf dem Sterbebett volle Kriegsbemalung auf.

Beim Auskleiden rückte Peggy möglichst weit von Angie ab. Ein direkter Vergleich war das Letzte, was sie wollte: die eine gertenschlank wie eine Minute vor sechs, die andere mit einem Hintern so groß wie Dänemark. Selbst wenn sie ab sofort die Nahrungsaufnahme gänzlich einstellte, dachte Peggy, wäre sie zu Weihnachten immer noch doppelt so dick wie Angie. Ob so ein Körper das tatsächlich wert war? Ständig nur Buchweizen und Grünzeug konnten unmöglich gesund sein.

Nachdem die letzten Strähnen ihrer widerspenstigen Haare erfolgreich unter Angies Badekappe gewandert waren, holte Peggy tief Luft und schob ihre verdickten Zehennägel über den Beckenrand. Sie versuchte, die Arme über dem Kopf kreisen zu lassen wie die Leute im Fernsehen. Doch anstatt der gewünschten Lockerung verkrampften sich ihre Armmuskeln augenblicklich und schickten eine dringliche Ermahnung an ihr Gehirn, solche Bewegungen künftig zu unterlassen.

Brian hatte bereits das halbe Becken durchschwommen. Was er mit seinen Armen veranstaltete, verlieh ihm bemerkenswerte Schubkraft. Er erinnerte Peggy an die kleinen Ruderwanzen, die sie als Kind immer am Wasser gefangen hatte.

Angie sprang mit einem eleganten Kopfsprung ins Becken, fast ohne dass die Oberfläche sich kräuselte. Natürlich tauchte sie makellos strahlend wieder auf.

«Willst du den ganzen Tag da stehen bleiben?», rief sie Peggy zu.

Die Geräusche aus dem Schwimmbad und vom Strand – die Meeresbrandung, die Stimmen aus dem Café, der Schrei eines Seeadlers oben am Himmel – verdichteten sich in Peggys Ohren zu einem pulsierenden Pochen.

Über das Trommeln ihres Herzens hinweg hörte sie die Sirenen singen.

In walisischem Akzent.

Verfluchen Tod des Lichts mit aller Macht.

Peggy wusste noch, dass sie am Beckenrand gestanden und sich vorgestellt hatte, sie wäre Dawn Fraser, Australiens gefeierte Meisterschwimmerin. Das Nächste, woran sie sich erinnern konnte, war, wie Celia sie an den Trägern ihres Badeanzugs aus der Tiefe zerrte.

«Meine Güte!», sagte Celia. Sie trug eine schwarze Schwimmbrille um den Hals und eine Nasenklammer aus Metall. «Ich habe noch nie jemanden so schnell untergehen sehen.»

Das Salzwasser brannte Peggy in den Augen, und es gelang ihr nicht, sie offen zu halten. Ihre Haare fielen ihr wie nasse Tentakel ins Gesicht, und als sie blinzelte, sah sie die mondäne Badekappe davonschwimmen wie eine schlappe Qualle. Als ihr Blick wieder klar wurde, sah sie Brian auf sich zugleiten.

«Ich habe gefragt, geht es Ihnen gut?», sagte er, das liebe Gesicht voller Sorge. Er reichte ihr zwei dreieckige Schaumstoffteile, die BH-Einlagen ihres Badeanzugs, wie sich zeigte.

«Mir geht es gut!», log Peggy und versuchte, einen Sturzbach Salzwasser aus ihren Nebenhöhlen zu pressen. Instinktiv griff sie nach dem zerknüllten Taschentuch, das sie grundsätzlich im Ärmel hatte. Stattdessen berührten ihre Finger den harten, rauen Gips. Damit konnte sie sich schlecht die Nase putzen.

Ich sollte mich einfach ertränken, dann hätte ich es endlich hinter mir.

«Es ist herrlich, wenn man erst mal drin ist, nicht wahr?», sagte sie und zwang sich durch die klappernden Zähne zu einem Lächeln.

Nach Peggys Beinahe-Tod-durch-Ertrinken wirkte Angie ein wenig milder. Sie übersah sogar geflissentlich, wie Peggy mit den Zähnen ein Zuckertütchen aufriss und sich den Inhalt in ihren Cappuccino streute. Angie zog Peggy das Handtuch über die nackte Schulter und tätschelte sie. Peggy wich zurück. Unterstützung war eine Sache, aber eine ganz andere Sache war es, bemuttert zu werden. Angies ständiges Getue ging ihr langsam auf die Nerven. Sie würde etwas sagen müssen. Oder eine Möglichkeit finden, Angies Herzschrittmacher abzuschalten.

«Hier.» Celia zog einen kleinen silbernen Flachmann aus der Badetasche. «Nimm einen Schluck davon.»

Peggy schnüffelte misstrauisch und zuckte zurück. «Ist es für Hochprozentiges nicht ein bisschen zu früh?»

«Brandy ist gut gegen den Schock», sagte Celia, beugte sich über den Tisch und verpasste Peggys Tasse einen Schuss. Peggy stellte sich Celia in Pfadfinderuniform vor: allzeit bereit.

«Ich glaube, ich stehe auch unter Schock», sagte Angie, schnappte sich den Flachmann und goss sich die dunkle Flüssigkeit in ihren Americano. «Brian sieht auch ein bisschen blass aus.»

«Jetzt, wo Sie es sagen», sagte Celia. «So ganz wohl ist mir auch nicht zumute.» Sie schenkte sich einen großzügigen Schluck in ihre Tasse, hob sie in die Höhe und sah die anderen an. «Auf das Jacaranda-Retirement-Village-Bücherei- und Festkomitee.» Sie grinste und entblößte ein erstaunlich perfektes Gebiss. «Ab jetzt sind wir per du.»

Ein Paar in mittlerem Alter warf ihnen vom Nebentisch Blicke zu, irritiert von Jubel und Gelächter und Tassenklirren. Der Mann rollte mit den Augen, und Peggy stellte sich vor, was David und Jenny dazu sagen würden, wenn sie sehen könnten, wie ihre Mutter an einem gewöhnlichen Wochentag so schamlos hier herumsaß und Schnaps trank. Der Gedanke war ebenso berauschend wie ihr Cappuccino inzwischen.

«Wie wäre es, wenn wir uns an die Arbeit machen?» Brian setzte die Brille auf und zog ein Schreibheft aus der Tasche. Seine dünnen Haare waren zu einem Heiligenschein aus weißer Watte getrocknet. Er sah aus, als hätte ein Buschfeuer von seinem gegerbten Kopf Besitz ergriffen. «Punkt eins unserer Tagesordnung», fuhr er fort und testete den Kugelschreiber auf der Innenseite des Notizhefts. «Die Karaokemaschine.»

Mit hochkonzentriertem Gesicht versah Brian eine leere Seite mit dem aktuellen Datum. Er hob den Blick und lächelte in die Runde. Peggys Brust zog sich vor Verlangen zusammen und presste ihr alle Luft aus der Lunge. Sie fragte sich, ob sie womöglich gerade einen Angina-Pectoris-Anfall erlitt.

«Weiß irgendwer, was diese Dinger überhaupt kosten?» Celia schüttelte den letzten Tropfen Schnaps aus dem Flachmann und schlürfte ihn vom Löffel.

Angie blies vorsichtig in ihren Americano und nahm einen Schluck, ohne sich den Lippenstift zu ruinieren. «Ich habe gestern Abend noch ein wenig recherchiert», sagte sie. «Mit der Maschine allein ist es nicht getan. Man braucht eine ganze Anlage: Lautsprecher, Mikrophone und einen Plattenspieler. Mindestens ein paar hundert Mäuse.»

«Brauchen wir tatsächlich einen Plattenspieler?», fragte Peggy, und ihre kleine Phantasie von einem Duett mit Brian verwandelte sich in die albtraumhafte Vorstellung von ihm und Angie wild zappelnd auf der Tanzfläche. Angie war immer schon eine so gute Tänzerin gewesen. Eine so gute Ganz-Gleich-Was.

«Wenn wir unsere eigene Anlage hätten, bräuchten wir für unsere Veranstaltungen nur noch einen DJ zu buchen.» Angie wirkte sehr zufrieden mit sich. «Außerdem könnten wir das Clubhaus für private Feiern vermieten. Discopartys und so.»

«Ich möchte ja kein Spielverderber sein», sagte Celia, «aber woher genau wollen wir die Kohle dafür nehmen?»

«Ich schlage vor, mal wieder einen Flohmarkt zu veranstalten», sagte Brian. «Allerdings hat uns der letzte gerade mal siebenundachtzig Dollar eingebracht. Das Problem war, alle haben wie wild Sachen aussortiert und gebracht, und keiner hat was gekauft.»

Peggy lächelte. Seine Bescheidenheit und seine Selbstironie waren die Dinge, die sie an Brian am meisten bewunderte. Sie und Ted hatten viel zusammen gelacht, über Comedy-Sendungen im Fernsehen und über die Witze anderer, aber er selbst hatte sie eigentlich nie zum Lachen gebracht. Er hatte immer gesagt, sie sei die Witzige in der Familie mit ihren lustigen kleinen Sprüchen, was auch immer er damit gemeint hatte.

«Wie wäre es mit einem Sponsorenschwimmen?» Sie verstummten und starrten Celia ungläubig an. Sie schien es ernst zu meinen. Peggy überschlug im Kopf, dass sie zusammen über dreihundert Jahre alt sein mussten. «Ich», sagte Celia, die ihre Gedanken erriet. «Ich spreche von mir. Ich habe mit sechzehn den Ärmelkanal durchschwommen. Ich schätze, ich habe immer noch das Zeug dazu.»

Peggy wünschte, Celia würde ihr ein wenig davon abgeben.

«Ich glaube, wir müssen etwas phantasievoller werden», fiel Angie ihr ins Wort.

«Außerhalb der Grenzen denken, meinst du?» Peggy sah die anderen an. «Wie wäre es mit Kuchenverkauf? Ich könnte meine Spezialmuffins backen.»

Schon möglich, dass Celia den Ärmelkanal durchschwimmen konnte, aber jeder wusste, dass der Weg zum Herzen eines Mannes durch den Magen ging. Peggy stellte sich vor, wie sie Brian mit verbundenen Augen fütterte und seine tastenden Lippen mit ihren lauwarmen Himbeermuffins neckte.

«Ich für meinen Teil bin ein großer Genießer deiner köstlichen Backkünste, Peggy, aber ich glaube, wir müssen etwas größer denken», sagte Brian.

«Oder meinen berühmten Schachbrettkuchen. Wenn ich

die extragroße Kastenform nehme und ganz dünne Scheiben schneide …»

Peggy verstummte und wandte sich an Angie.

«Und was hast du beizutragen? Schließlich ist die Karaokesache auf deinem Mist gewachsen.»

«Wir brauchen etwas, woran die ganze Siedlung teilnehmen kann.» Angie zog das leere Notizbuch zu sich und nahm Brian den Stift aus der Hand. «Am besten etwas, das uns genug Geld in die Kasse spült und auch noch Spaß macht.»

«Etwas, das Mavis auf jeden Fall missbilligen wird», fügte Peggy hinzu und erntete dafür von Brian ein zustimmendes Nicken.

«Absolut!», sagte Celia und stieß zur Bekräftigung mit Peggys Kaffeetasse an. «Ich würde zu gerne sehen, wie diese Despotin mit ihrer Betonfrisur und unsere scheinheilige Frau Schriftführerin zur Abwechslung mal einen kleinen Dämpfer verpasst bekommen.»

Brian sah über den Rand seiner Lesebrille, und seine Unterlippe zuckte. «In der Tat.»

Peggy wusste nicht recht, ob sie Celia tadeln und selbst zurückrudern sollte. Ganz gleich, wie gut es sich anfühlen mochte, die Oberhand zu haben, sie wusste selbst nur zu genau, was es hieß, auf der anderen Seite zu stehen.

Währenddessen kritzelte Angie selbstvergessen in dem Notizbuch herum. Zuerst war Peggy genervt, doch dann reckte sie den Hals und versuchte zu erkennen, was da geschah. Auf der leeren Seite erwachte eine lange, gebogene Silhouette zum Leben. Es war die Skizze einer Frau mit hohen Wangenknochen und anatomisch unmöglichen Gliedmaßen. Mit geübten Strichen verpasste Angie der Figur ein langes Kleid mit einer schmalen Taille.

Was um alles in der Welt sollte das werden? Gehörte das

auch zu ihren Taktiken, um Aufmerksamkeit zu bekommen? Peggy musste zugeben, dass es faszinierend war, dabei zuzusehen, wie sie aus der Spitze eines Stifts derart schöne Bilder fließen ließ. Die Talente dieser Frau kannten tatsächlich kein Ende.

Als sie fertig war, drehte Angie das Heft zu den anderen um.

«Meine Damen, mein Herr», verkündete sie triumphierend. «Ich beantrage die Durchführung der allerersten Jacaranda-Retirement-Village-Modenschau.»

15
In deinem Alter

Du hättest mich anrufen sollen! Ich hätte mir freigenommen und dich selbst ins Krankenhaus gefahren. Ich bin schließlich dein Sohn.»

Peggy stellte sich vor, wie sie auf dem Strandparkplatz im Staub saß, mit gebrochenem Handgelenk, und darauf wartete, dass David seine Besprechung beendete und sich durch den Stau aus der Stadt herausquälte. Sie stellte sich vor, wie er auf dem Krankenhausflur auf und ab lief und dem Personal auf die Nerven ging. *Was passiert da drin? Wie lange dauert das noch?*

Mel würde alle halbe Stunde anrufen und fragen, wann er endlich nach Hause käme. David würde die Hand aufs Telefon legen und Peggy anlächeln. «Mel wünscht dir gute Besserung.» Peggy würde stimmlos «Danke sehr» flüstern, während Mel David befahl, seine Mutter ins Taxi zu setzen.

Peggy fixierte mit dem Gipsarm die Lean-Cuisine-Packung und riss mit der gesunden Hand die Folie ab. Dank Angie, die beschlossen hatte, dass es für Peggy höchste Zeit war, ihrer Familie ihre Fähigkeit zur Selbstversorgung unter die Nase zu reiben, war der Gefrierschrank voll mit Fertigmahlzeiten. Allerdings hatte sich Angies erstickende Fürsorge quasi über Nacht in beinahe sträfliche Vernachlässigung verwandelt. Schließlich musste sie sich auf ein neues Projekt konzentrieren: ihre kostbare Modenschau.

Abgesehen vom Catering hatte Peggy sich zum Zeichen

guten Willens zu einer einzelnen Runde auf dem Laufsteg bereiterklärt, in einem Outfit nach Angies Wahl.

«Warte kurz, David, ich stelle dich auf Lautsprecher», rief Peggy ins Telefon. Den Hörer zwischen Kinn und Schulter zu klemmen, hatte ihr einen kleinen Schwindelanfall beschert. Sie drückte den Knopf, der aussah wie ein Megaphon, und legte das Telefon zwischen eine überreife Mango und einen Granny Smith in die Obstschale. «Hörst du mich noch?»

«Ich habe eben gesagt, du hättest mich anrufen sollen.» David klang, als würde er von der Arbeit nach Hause fahren. Er telefonierte offensichtlich mit seinen Kopfhörern.

«Dazu gab es doch gar keinen Grund. Angie hat mich mit ihrem Mini Cooper ins Krankenhaus gefahren», sagte Peggy.

Kesser Flitzer, dachte sie. *Alle beide.*

«War das die Dame, mit der ich telefoniert habe?»

«Sie war sehr nett zu mir.»

Anmaßend, herrschsüchtig und dominant, aber immer mit einem Lächeln im Gesicht.

«Den Namen habe ich noch nie gehört. Ist sie neu?»

«Nicht direkt.» Peggy verspürte eine plötzliche Scheu, als wäre Angie ein neuer Liebhaber, den sie für sich behalten wollte. «Sie ist vor kurzem ein paar Türen weiter eingezogen. Das Lustige daran ist, wir waren Schulfreundinnen. Ich habe sie seit Jahren nicht gesehen. Wie klein die Welt doch ist, oder?»

Eine kleine Welt, in der Tat. Auch wenn Peggy die Welt, seit Angie aufgekreuzt war, entschieden weniger klein vorkam. Ihr Horizont hatte sich in kürzester Zeit merklich über die getrimmten Hecken des Jacaranda Retirement Village hinweggedehnt, und zwar in einem Ausmaß, über das sie mit ihrem Sohn nicht sprechen konnte. Der Gedanke, David zu fragen, ob er sich mit Karaokemaschinen auskannte, kam ihr in den Sinn, aber sie entschied sich dagegen. Dasselbe galt für den Anschaffungspreis eines Mini Coopers bei Inzahlungnahme ihres alten Autos. Was ihre neue Garderobe betraf, freute Peggy sich jetzt schon auf das Gesicht ihrer Schwiegertochter. Mel hatte offensichtlich ihre ganz eigenen Vorstellungen, was «Frauen in einem gewissen Alter» zu tragen hatten. Das bewiesen die vielen gemusterten Strickjacken und grässlichen Schals, die sie ihrer Schwiegermutter im Laufe der Jahre geschenkt hatte. Die Sachen waren ausnahmslos scheußlich, doch Peggy hatte sie trotzdem sorgfältig aufbewahrt und pflichtschuldig zu diversen Familienanlässen getragen. Dank Angie steckten sie jetzt in drei prallvollen Müllsäcken und warteten auf die Fahrt zur Altkleidersammlung. Es war ein befreiendes Gefühl.

«Ich freue mich sehr für dich, Mum. Ihr habt sicher viel gemeinsam.»

«Sehr viel», antwortete Peggy.

Nur, dass ich fünfzig Jahre mit Kochen, Putzen und Windelwechseln verbracht habe, mit Babysitten und Handarbeiten, während Angie eine magersüchtige, vierfach verheiratete, sexsüchtige Weltenbummlerin geworden ist.

«Ich hoffe nur, ihr stellt nicht irgendwelchen Unfug an, Mum. Aus diesen Seniorensiedlungen hört man ja die wildesten Dinge.»

Das war natürlich ein Scherz gewesen, das verrieten ihr seine Stimme und das gezwungene Lachen. Er und Mel liebten es, sie aufzuziehen – als wäre die Vorstellung, sie könnte tatsächlich ein eigenes Leben haben, bizarr. Hinter den leisen Sticheleien steckte die Angst seiner Generation, plötzlich mit den unvernünftigen zweiten Ehen und späten Patchwork-Konstellationen betagter Eltern konfrontiert zu werden. Vermögen, das sich vermischte und umverteilt wurde. Ein neu durchdachter Letzter Wille und abgeänderte Testamente: das neue Tabuthema an sonntäglichen Mittagstafeln.

«Ich wünschte wirklich, du würdest mich nicht so bevormunden, David.» Peggy war von sich selbst überrascht. Sie war die Rolle der Passiven gewohnt, stets gebeugt unter dem Gewicht der Erwartungen anderer Menschen. Ihren Sohn zurechtzuweisen, ihn sogar herauszufordern, war unbekanntes Terrain für sie. Peggy wunderte sich über sich selbst, und sie empfand es als ausgesprochen erfrischend.

«Es tut mir leid. Ich wollte damit nicht andeuten, dass ... Hör zu. Jenny und ich haben uns furchtbare Sorgen gemacht.»

Jenny. Dann hatten sie also telefoniert. Peggy glaubte, die stumme Empörung ihrer Tochter zu spüren wie einen Sturm, der sich am fernen Horizont zusammenbraute. Andererseits sollte sie dankbar dafür sein, dass ihre beiden Sprösslinge offensichtlich überhaupt wieder miteinander sprachen. Irgendetwas war geschehen, was in den letzten Jahren für Eiseskälte zwischen den beiden gesorgt hatte. Peggy hatte ihre Vermutungen. So wie sie David kannte, führte er mit Sicherheit Buch über all die Besorgungen und Botengänge, die er für sie erledigte, all die Stunden, die er so selbstlos opferte, um sich um ihrer beider Mutter zu kümmern, während Jenny sich aufs Land verdrückt hatte, um sich gemeinsam mit Eve, der freigeistigen Veganerin, selbst zu finden.

«Die Farm ist für mich allein zu viel», hatte Jenny erklärt, als Peggy wissen wollte, was sie mit einer Untermieterin wollte. Aber Peggy ließ sich nicht an der Nase herumführen. Sie war schließlich nicht von gestern. Und auch nicht von vorgestern. Peggy hatte sich immer als tolerant und weitherzig betrachtet. Zumindest, bis sie mit Angie in aller Öffentlichkeit bei Tee und Früchtebrot über Masturbation diskutieren sollte.

«Ich hoffe, du hast ihr gesagt, dass ich zurechtkomme», sagte Peggy und stellte das Mongolische Rindsgulasch mit Vollkornnudeln auf die Glasplatte in der Mikrowelle. Das Letzte, was sie wollte, war, dass Jenny kam und hier das Ruder übernahm. Gegen Jenny war Angie lammfromm. Wenigstens war ihre Tochter, seit sie Eve kannte, ein bisschen ruhiger geworden. Vielleicht lag das an dem vielen Tofu.

«Deine Tochter hat das Recht zu wissen, wenn es eine Krise gibt.»

«Eine Krise? Hier ist weder Ebola noch der Bürgerkrieg ausgebrochen», sagte Peggy. «Ich bin gestolpert.»

«Du musst besser aufpassen», sagte David. Peggy hielt den Atem an und wartete darauf, dass er es sagte. «In deinem Alter.»

Es war das reinste Greisenbingo. *Mach langsam. Leg die Füße hoch. Trink mehr Wasser. Pass besser auf. In deinem Alter.*

Kein Wunder, dass sie an Bluthochdruck litt. Alles, was sie brauchte, war, mal ordentlich zu schreien. Es endlich rauslassen.

«David. Ich wünschte, du würdest endlich aufhören, ständig auf meinem Alter herumzureiten. Ich könnte gut noch zwanzig Jahre leben, weißt du?»

Die Tragweite dessen, was Peggy gerade gesagt hatte, traf beide offenbar gleichzeitig. Sie hörte, wie er krachend den Gang seines geliebten BMW wechselte. Zwanzig Jahre. Meine Güte. Das waren ziemlich viele Gänge zur Fußpflege und zum Arzt. Und erst recht viele Toilettengänge.

«Aha. Tja, dann fang am besten damit an, besser auf dich aufzupassen.» David klang wie jemand, der soeben sein Erbe neu kalkuliert hatte. «Übertreib es nicht.»

Bingo.

Peggy hegte nicht die Absicht, langsamer zu machen. Sie fühlte sich energiegeladen und voller Kampfeslust. Ehrlich gesagt, sie fühlte sich in letzter Zeit überhaupt nicht mehr wie sie selbst. Die Diskrepanz zwischen ihrem biologischen

Alter und ihrem inneren Gefühl wurde von Tag zu Tag größer. Peggy blickte plötzlich von einer völlig neuen Perspektive aus und mit einem Gefühl der Zuversicht auf ihre immer länger werdende Vergangenheit und die immer kürzer werdende Zukunft.

Wehe dem, der versuchte, sich dieser neuen, besseren Peggy Smart in den Weg zu stellen.

David war offenbar zu Hause angekommen und parkte wahrscheinlich gerade in der Auffahrt hinter Mels kugelsicherem Familienpanzer.

«Gib den Kindern ein Küsschen von mir.»

«Mach ich. Ach, wo wir gerade dabei sind, meinst du, wir könnten Sam und Emily am Samstag für ein paar Stunden zu dir bringen? Mel und ich sind zum Mittagessen eingeladen. Ohne Kinder.»

Sie musste an den Zauberwürfel denken, mit dem sie sich vor vielen Jahren so abgequält hatte. Gerade, als sie sich selbst dazu beglückwünschen wollte, alle Farben in die richtige Reihe gebracht zu haben, entdeckte sie auf der gelben Seite einen einzelnen roten Stein. Das war mal wieder typisch David, gerade als sie dachte, sie hätte endlich einmal die Oberhand behalten.

Die Tatsache, dass ihre Babysitter-Dienste wieder gefragt waren, wies auf Tauwetter in der leicht frostig gewordenen Beziehung hin. Sie wäre dumm, eine Gelegenheit auszuschlagen, Zeit mit ihren einzigen Enkelkindern zu verbringen. Trotzdem war es ihr gutes Recht, verschnupft zu sein. Eben noch behandelte er sie wie ein Kind, und jetzt erwartete er, dass sie den Babysitter spielte. Außerdem hatte sie Verpflichtungen. Die Regale in der Bücherei sortierten sich nicht von selbst. Sie konnte von Brian unmöglich erwarten, dass er die ganze Arbeit alleine tat. Er brauchte Hilfe und moralische Unterstützung, ganz zu schweigen von Tee und Gebäck.

«Es tut mir leid, David, am Samstag bin ich beschäftigt», sagte Peggy.

«Beschäftigt? Du? An einem Samstag?»

Peggy öffnete die Mikrowellentür. Vom Rand der Packung stieg Dampf auf, aber ein prüfender Stich mit der Gabel ergab, dass die Fleischstückchen in der Mitte noch gefroren waren. Peggy ignorierte die Watt-Angaben auf der Packung, drehte den Leistungsregler auf die höchste Stufe und drückte den Knopf.

«Ja, Schätzchen», sagte sie. «Ich bin mit Brian verabredet.»

Am anderen Ende der Leitung herrschte Schweigen, und Peggy dachte schon, die Verbindung sei unterbrochen worden. «Und daran gewöhnst du dich besser gleich», sagte sie zu ihrer Obstschale.

«Mum? Bist du noch dran? Wer ist Brian?»

Basil saß aufmerksam zu ihren Füßen, angelockt von dem Duft nach Mongolischem Rindsgulasch, der durch die Lüftungsschlitze der Mikrowelle drang.

«Er ist mein neuer ... Freund.» Peggy zwinkerte Basil zu. Er lächelte durch seine Barthaare zurück, und ein kleiner Faden Hundesabber löste sich von seinen Hängebacken und tropfte auf die Küchenfliesen. Peggy fragte sich, ob sie zu weit gegangen war, doch gleichzeitig durchströmte sie ein seltsames Gefühl der Befriedigung. Sie kam sich draufgängerisch und wagemutig vor.

Peggy hörte Mels Stimme im Hintergrund. Sie fragte, ob David daran gedacht hatte, Milch zu kaufen. «Wie wär's, wenn ich Mittwoch zu Besuch komme?», schlug er vor. «Ich arbeite an dem Tag im Homeoffice.»

Die plötzliche Sorge um ihr Wohlergehen war rührend und gleichzeitig erdrückend. All die Jahre, die sie sich mit Sorgen um Kinder herumgequält hatte, vom ersten Tritt in ihrem

Bauch über den ersten Schultag, all die gebrochenen Herzen und zerbeulten Stoßstangen, Davids niedrige Spermienzahl und Jennys Angst vor Krebs. Peggy war seit sechsundvierzig Jahren Mutter, und plötzlich hatten sich über Nacht die Rollen vertauscht. Auf einmal floss der Fluss aus Sorgen und schlaflosen Nächten in die andere Richtung. Und mit den Sorgen ging auch die Macht.

«Lass mich kurz in den Kalender sehen.»

Peggy starrte die aufgeschlagene Seite an. Sie zeigte ein Bild von Sam und Emily vor dem Opernhaus. Ganz in der Ecke, gerade noch sichtbar, standen Mels Eltern. Beinahe alle Tage dieser Woche waren mit einem Termin in derselben Farbe belegt. Mittwoch ging auf keinen Fall. Auch er war mit Glitzergold markiert.

Peggy wurde das Herz schwer. Sie wollte weder gemein noch undankbar wirken, aber Mittwoch war der einzige Tag, an dem Jim Zeit hatte, dem Festkomitee bei der Suche nach einer Karaokemaschine zu helfen. Mit seiner Erfahrung in der Musikbranche war er der naheliegende Berater und nur zu gern bereit gewesen, seine Expertenmeinung beizusteuern, sobald Angie mit den Wimpern geklimpert hatte.

«Mum?»

«Mittwoch wird schwierig.» Wenn sie ihm die Wahrheit sagte, würde er ihr vorwerfen, es zu übertreiben. Wenn sie log und sagte, sie hätte einen Arzttermin, würde David sich Sorgen machen oder, noch schlimmer, vorbeikommen, um sie zu begleiten. Sie brauchte ein wasserdichtes Alibi. Dann kam ihr die rettende Idee. «Ich muss Mittwoch zu Schwester Slack. Wegen einer Frauensache.»

Das funktionierte, hatte es bei seinem Vater auch immer getan. Der kleinste Hinweis auf das weibliche Fortpflanzungssystem, und Ted war sofort in den Gartenschuppen geflohen.

«Verstehe», sagte David und versuchte eindeutig, gerade das zu vermeiden. «Glaubst du, du bist bis zu Sams Geburtstagsparty nächstes Wochenende wieder fit?»

«Meinst du die *Flug-in-die-Karibik*-Party? Auf alle Fälle.»

«Die Piraten waren letztes Jahr. Dieses Jahr ist *Star Wars* das Motto.»

Peggy hatte von *Star Wars* noch immer keinen Schimmer, aber das würde sie schon noch herausfinden. Sie durfte auf keinen Fall riskieren, sich wieder von Mels Eltern ausstechen zu lassen. Was hatte sie sich mit dem Piratenschiff-Kuchen für eine Mühe gegeben, nur um von einem derart realistischen Kostüm übertrumpft zu werden, das Mike und Geraldine ihm geschenkt hatten und mit dem Sam auf jedem Filmset hätte glänzen können.

Das Gespräch hätte mit einer netten Verabschiedung beendet werden können, hätte David nicht in letzter Sekunde doch noch den Stift aus der Handgranate gezogen. «Also wirklich, Mutter», sagte er lachend. «Du bist so vergesslich geworden.»

Peggy riss das Telefon von der matschigen Mango weg und hieb zornig auf den roten Knopf ein. Sie schäumte. Ihre körperlichen Kapazitäten in Frage zu stellen, war eine Sache, aber dass ihr Sohn es wagte, ihre geistigen Fähigkeiten zu bezweifeln, ging entschieden zu weit.

Es wurde höchste Zeit, dass Peggy sich ernstlich am Riemen riss. Oder aber sie musste anfangen, ihre Spuren zu vertuschen.

Es klingelte an der Haustür. Peggy warf das Telefon auf den Küchentisch, wischte sich die gute Hand am Geschirrtuch ab und ging zur Tür. Wer um alles in der Welt konnte das sein um diese Uhrzeit? Sie bekam so gut wie nie Besuch. Was, wenn Brian auf der anderen Seite der Haustür stand, bewaffnet mit einer Flasche Champagner und einem bunten Strauß Gerbera? Peggy setzte ihr freundlichstes Lächeln auf und öffnete.

«Hallo … Christine.» Peggy hatte in letzter Zeit Probleme mit Namen, sogar bei Leuten, die sie tagtäglich sah, und sie war froh und erleichtert, als sie sah, dass die Siedlungsleiterin ihr Namensschild trug.

«Guten Abend. Ich hoffe, ich störe Sie nicht beim Essen.»

Peggy dachte an die Plastikschale in der Mikrowelle. «Ganz und gar nicht.» Sie fragte sich, ob sie Christine hereinbitten sollte, entschied sich aber dagegen, für den Fall, dass sie gekommen war, um Basil zu konfiszieren.

«Für Sie kam eine Lieferung. Es stand den ganzen Tag am Empfang herum, und ich dachte, ich bringe es Ihnen auf dem Heimweg vorbei.»

«Eine Lieferung?» Christine hatte gar nichts in der Hand.

Christine trat beiseite, und zum Vorschein kam ein Rollator aus glänzend rotem Metall. Sie schob ihn ein Stückchen auf Peggy zu.

«Das muss eine Verwechslung sein. Der gehört mir nicht.»

«Da steht aber Ihr Name dran, sehen Sie? Mrs. Peggy Smart. Wohneinheit 24, Jacaranda Retirement Village. Der Lieferant sagte, es sei niemand da gewesen, als er bei Ihnen geklingelt hätte.»

«Das verstehe ich nicht. Ich habe keinen Rollator bestellt. Ich brauche keinen.»

Christine faltete ein Blatt Papier auseinander und zeigte es ihr. Die Rechnung war auf J. Smart ausgestellt. *Jenny.* Ihr eigen Fleisch und Blut! Peggy hatte einiges auf sich genommen, um dieses Kind auszutragen und zur Welt zu bringen – nach der Schwangerschaft hatte sie zwölf Zentimeter mehr Hüftumfang, von dem Schaden untenherum ganz zu schweigen –, und dies war die Art, wie Jenny es ihr dankte!

Peggy sah, wie Sheila Martin feixend an ihrem Haus vorbeiging. *Oh ja,* dachte Peggy, *das gefällt dir!*

«Was für ein Glück, eine so fürsorgliche Familie zu haben», sagte Christine, griff nach Peggys guter Hand und legte sie auf einen der Gummigriffe. «So viele Bewohner sind ganz auf sich allein gestellt, nachdem sie hierhergezogen sind. Das ist sehr traurig.» Basil kam an die Tür getapst. Er stieß ein röchelndes Bellen aus und watschelte die Stufe vor der Haustür hinunter. Als er auf sie zukam, wich Christine zurück. «Übrigens, ich muss Sie daran erinnern, dass Sie nur noch drei Wochen Zeit haben, für den da ein neues Zuhause zu finden.»

Basil drehte sich um, beschnupperte ein Rad des Rollators, hob das Bein und ließ einen dampfenden goldenen Strahl gegen das Rad prasseln. Peggy erstickte mit dem Geschirrtuch ein Kichern. Sie lächelte immer noch, als Christine wieder davonfuhr. Die Gehhilfe ließ sie neben der Haustür stehen. Anstelle der Freiheit und Sicherheit, die das Ding vermutlich repräsentierte, sah Peggy in den vier winzigen Rädern und dem glänzend roten Gestell nur das Vehikel zu ihrem Niedergang. *Einen Leichenwagen.*

Als sie in die Küche zurückschlurfte, stieg ihr Gestank in die Nase. Das Pling der Mikrowelle ließ sie zusammenzucken. *Um Himmels willen, das Mongolische Rindsgulasch.* Zu Peggys Entsetzen waren hinter der getönten Scheibe tatsächlich Flammen zu sehen. Es war, wie in eines dieser schicken Gasfeuer zu blicken, wie es sie bei «Better Homes» zu kaufen gab. Basil ging in Deckung, als sie die Klappe öffnete und beißenden Rauch in die Küche entließ. Der Innenraum der Mikrowelle war gesprenkelt mit Vollkornnudeln und geschmolzenem Plastik. Peggy sank auf einen Stuhl und vergrub das Gesicht im Geschirrtuch.

«Ach, Ted. Wieso musstest du mich nur alleinlassen?», stöhnte sie.

Ihre erste Reaktion war, dem Hackfleisch die Schuld zu geben. Sie war sicher, dass sie es richtig aufgetaut hatte, aber es waren trotzdem noch ein paar gefrorene Klumpen in der Pfanne geblieben, die sie mit dem Kochlöffel zerquetschen musste.

Ted liebte Shepherd's Pie, und Peggy hatte fünfzig Ehejahre darauf verwendet, ihr Rezept zu vervollkommnen. Jedes Mal wenn sie die Auflaufform auf den Tisch stellte, wenn durch die goldene Kartoffelkruste der Dampf aufstieg und die Fleischsoße wie Lava in den Rissen brodelte, seufzte Ted und sagte: «Ach, was hat meine Mutter für einen wunderbaren Shepherd's Pie gemacht.» Hätte es tatsächlich geschadet, wenn er, einmal nur, ein bisschen geschwindelt und gesagt hätte, ihrer sei der beste?

Ted hatte sich seit Mitternacht unruhig im Bett herumgewälzt. Peggy schaltete das Licht an, stützte sich auf einen Ellbogen und sah ihn an. Er war nur halb wach, und Peggy sah im schwachen Schein der Nachttischlampe sein schmerzverzerrtes Gesicht.

«Was ist denn mit dir, Ted?» Peggy versuchte, nicht genervt zu klingen. Ihr war klar, dass an Schlaf jetzt nicht mehr zu denken war.

Ted stöhnte.

Peggy versuchte, ihn zu wecken, und rüttelte an seiner Schulter. Vielleicht träumte er schlecht. Ted hatte immer so einen gesunden Schlaf gehabt; jedenfalls gesund genug, um nichts von den anstrengenden Nächten mitzubekommen, als David und Jenny noch Babys waren.

«Peggy ...»

«Ich bin hier. Was ist los?»

«Verlass mich nicht.»

«Was hast du denn?»

«Versprich es», stöhnte er.

Als ihre Augen sich an das Dämmerlicht gewöhnt hatten, entdeckte sie die Schweißflecken auf Teds Pyjama. Sein Gesicht war bleich, und er starrte durch halbgeöffnete Lider ins Nichts. Sie berührte seine Stirn. Er glühte.

Peggy spürte, wie ihr Puls zu rasen begann. Das Rinderhackfleisch hatte das Haltbarkeitsdatum überschritten. Aber doch nur ein paar wenige Tage, außerdem hatte es noch gut gerochen. Was, wenn sie ihn vergiftet hatte? Mit Salmonellen?

«Ist dir schlecht?»

Es kostete Ted ungeheure Anstrengung, auch nur den Kopf zu schütteln. «Nein ... Schmerzen ... hier.» Er schob die Decke weg und legte sich die Hand auf den Bauch. Er wirkte aufgebläht. War er heimlich noch mal an den Kühlschrank geschlichen, um sich einen Nachschlag zu holen?

«Musst du auf die Toilette, Ted?» Das war früher immer ihre erste Frage gewesen, wenn eins der Kinder über Bauchschmerzen klagte. Später hatten David und Jenny sie immer damit aufgezogen, wie erwachsene Kinder es manchmal taten, bis alle sich vor Lachen krümmten. «Arm gebrochen? Vom Bus überfahren? Musst du auch ganz sicher nicht auf die Toilette?»

Ted lächelte nicht. Peggy durchzuckte ein Anflug von Panik. Sie krabbelte aus dem Bett, schob die Füße in die bereitstehenden Puschen und ging auf Teds Seite hinüber. Einen Augenblick lang wusste sie nicht, was sie tun sollte. Sollte sie Fieber messen? Oder den Puls? Ihm eine Wärmflasche machen?

«Soll ich den Arzt rufen?»

Ted schüttelte den Kopf. *Sturer alter Bock!* Er hasste Ärzte und beherrschte sämtliche Tricks, um immer wieder eine Rezeptverlängerung für seine Prostata-Tabletten zu bekommen, ohne das beleidigende Organ je tatsächlich von einem Arzt untersuchen zu lassen. Peggy fragte sich plötzlich, ob der gute alte Dr. Steel womöglich an Verzweiflung gestorben war.

Sie musterte Teds tief in den Höhlen liegende Augen und die fahle Gesichtsfarbe. Diesmal würde sie sich über ihn hinwegsetzen. Hier lag mehr im Argen als nur ihr Shepherd's Pie.

Ted war benommen von dem Morphin und rührte sich nicht, als Peggy ihn auf die Stirn küsste. Aus seinem Körper kamen alle möglichen Schläuche und Kabel heraus. Sein Gesicht verschwand fast ganz unter einer Plastikmaske. Peggy hörte, wie der Sauerstoff zischend durch seine Nasenlöcher Richtung Lunge floss. Das war gut. Sauerstoff war gut.

Sie hatten ihn vor einer halben Stunde von der Untersuchung zurückgerollt. Peggy hatte versucht, Blickkontakt zu dem jungen Arzt herzustellen, um das Ergebnis zu erfahren, doch er hatte sehr beschäftigt gewirkt. Sie konnte nichts tun, als den Zeigern auf Teds Armbanduhr zuzusehen, die kriechend ihre Runden drehten. Es war sein Abschiedsgeschenk von Blake's gewesen, als er in Pension gegangen war. Natürlich hieß das Kaufhaus damals schon längst nicht mehr Blake's, das Unternehmen war in den Achtzigerjahren von einer großen Kette aufgekauft worden, aber das änderte nichts daran, dass Ted jeden Zentimeter des Gebäudes kannte, jedes Rohr und jede Lampenfassung, jeden Aufzugschacht und jeden Notausgang.

Sie hatten für ihren Ruhestand große Pläne geschmiedet, so wie alle Paare. Doch dann hatte Ted sich mit Golfspielen und ihrem Garten begnügt und damit, zu Hause unter Peggys Pantoffel zu stehen.

Ein Alarm ertönte, und Peggy erschrak. Sie versuchte, die Schnörkel auf den Monitoren zu entziffern, auf der Suche nach irgendwelchen Hinweisen, dann musterte sie Ted, um zu sehen, ob er noch atmete. Eine Schwester erschien und drückte einen Knopf, um den Alarm abzustellen. Durfte sie das? Musste sie dazu nicht erst einen Arzt fragen? Ein Alarm bedeutete, dass etwas nicht in Ordnung war.

Die Schwester lächelte Peggy beruhigend an und sagte, der Arzt wäre gleich da, um mit ihnen zu sprechen. Worüber zu sprechen? Peggy studierte die Zahlen auf dem Monitor. 89, 134, 24. Das rechts musste der Blutdruck sein: 93/52. Typisch. Ted würde sich ausschließlich von Ginger Ale und Bratwürsten ernähren, wenn sie ihn ließe, und hatte trotzdem einen beneidenswert niedrigen Blutdruck. Je niedriger, desto besser. Das hatte sie in *Women's Weekly* gelesen.

Vor dem Schwesternzimmer war eine Schar Ärzte versammelt. Peggy konnte Teds Namen entziffern, der neben seiner Bettnummer auf das große weiße Brett geschrieben stand. Die Ärzte standen im Kreis und besprachen der Reihe nach jeden einzelnen Fall. Manche machten sich auf einem Klemmbrett Notizen, andere nahmen einen Schluck aus der Wasserflasche, wie Spieler in der Halbzeitpause. Einer gähnte und sah auf sein Telefon. Als Ted an der Reihe war, traten alle vor einen Leuchtkasten und studierten die grobkörnigen Bilder, die seine Innereien darstellen mussten. Ein Arzt deutete mit dem Stift auf eine bestimmte Stelle und sah dann zu Peggy hinüber. Sie griff nach Teds Hand und umklammerte sie so fest, dass er aus seinem belämmerten Dämmerschlaf erwachte und sie böse ansah.

Als der junge Arzt endlich zu ihnen ans Bett trat, konnte er Peggy kaum in die Augen sehen. Vorbei das fröhliche Geplänkel von vorhin, als sie gekommen waren, und vorbei der

Witz über den Shepherd's Pie. Das Gesicht des Arztes war fast so blass wie das von Ted, als er Peggy bat, mit ihm vor den Vorhang zu treten.

Sepsis ... Nierenversagen ... Peritonitis ... Appendizitis. So viele medizinische Fachausdrücke, ein Glücksgriff für alle Kreuzworträtselliebhaber.

Peggy sah, wie die Lippen des Arztes sich bewegten. Ab und zu erkannte sie ein Wort, hörte etwas, das Sinn ergab, dann surrten ihr die unverständlichen Silben wieder um die Ohren wie Fruchtfliegen.

Kein Wort von Lebensmittelvergiftung. Kein Wort von Shepherd's Pie. Peggy wusste nicht, ob sie erleichtert oder sehr, sehr besorgt sein sollte.

Als sich ein Arzt in blauem Kittel zu ihnen stellte und sich als Leiter der Intensivabteilung vorstellte, wurde Peggy endgültig klar, dass dies nichts war, was sich mit einem Gang auf die Toilette erledigen ließ.

An die Fahrt nach Hause in Davids Auto konnte sie sich kaum erinnern. Es wurde draußen hell, und sie steckten im Berufsverkehr. David fummelte ständig an der Klimaanlage herum, und sie umklammerte den rosaroten Plastikbeutel mit allem, was von Ted geblieben war. Sein Pyjama und die Uhr, die er niemals abgelegt hatte. Sie hatte sich immer gefragt, warum er sie sogar nachts trug, und wollte ihn eigentlich immer danach fragen. Sie hatte nur nie gewusst, wie.

«Wieso kommst du nicht für ein paar Tage mit zu uns, Mum?»

«Ich weiß nicht, David.»

«Du solltest jetzt nicht alleine sein.»

«Ich habe Basil.» Und wenn sie sich beeilten, war Teds Bettseite vielleicht noch warm.

«Bist du sicher?»

«Ja. Wir telefonieren morgen. Es gibt viel zu organisieren, und ich werde deine Hilfe brauchen.»

Appendizitis.

Sie konnte es immer noch nicht fassen. Bekam man in Teds Alter überhaupt noch eine Blinddarmentzündung? Das war doch wie eine Mandelentzündung. Kein erwachsener Mensch bekam eine Mandelentzündung. Und doch hatte diese Computer-Orthographie genau das ergeben, hatte man ihr gesagt, klar und deutlich. Ein radioaktives Würstchen in einem See aus Eiter. Da war es schon zu spät gewesen. Sie konnten nichts mehr für ihn tun.

Das lag an seinem Alter, hatte der Arzt gesagt.

David bestand darauf, sie ins Haus zu begleiten. Dabei konnte Peggy es kaum erwarten, ihren Sohn endlich loszuwerden. Sie wollte allein sein. Sie wollte sich ins Bett legen, sich zusammenrollen, die Decke über den Kopf ziehen, Teds Geruch einatmen, der noch in den Laken hing, in der Hoffnung, dass er beim Aufwachen wieder zurück war. Sie würde ihm seinen Frühstückstee kochen, und sie würden Seite an Seite im Bett sitzen, die Nachrichten hören und den Tag planen, so wie sie es seit fünfzig Jahren taten. Dann würde Peggy aufstehen und den Frühstückstisch decken. Sie würden sich an ihrem runden Melaminharztisch gegenübersitzen, frischen Toast mit Butter bestreichen und ihre Medikamente einnehmen. Gemeinsam.

Es würde eine Zeit geben für Tränen und Trauer und Umarmungen. Aber nicht jetzt. Es war noch nicht real. Solange sie ihre Tränen zurückhielt, bestand die Chance, dass es nicht stimmte. Erst als sie die leere Auflaufform sah, die zum

Einweichen in der Spüle stand, traf die schreckliche Wahrheit sie wie ein Schlag, und für Peggy brach die Welt zusammen.

16
Ein Strategiespiel

Peggy zog den cremefarbenen Blazer vorne zusammen und schloss den Knopf. Es war ein wenig frisch draußen, und sie fragte sich, ob sie besser etwas Wärmeres hätte anziehen sollen. Die weitgeschnittene Hose und die cremefarbene Bluse hatten heute Morgen im Spiegel so elegant ausgesehen. Es war ihr gar nicht in den Sinn gekommen, dass sie ein bisschen overdressed sein könnte. Was hatte sie sich nur dabei gedacht? Zum Kuckuck, sie fuhren auf einen Bücherbasar in einer Schulturnhalle, nicht zum Lunch nach Monte Carlo. Peggy knöpfte den Blazer wieder auf und versuchte, die Ärmel möglichst unordentlich hochzuschieben.

Der silberne Lexus fuhr vor und hielt am Straßenrand, und alle Gedanken, noch mal kurz in die Wohnung zu sausen und sich umzuziehen, lösten sich in Luft auf. Brian stieg aus, ging um den Wagen herum und öffnete ihr wie ein Chauffeur die Beifahrertür. Das tat David zwar auch für sie, aber nur, damit sie in der Einfahrt nicht hinfiel.

«Welch herrlicher Vormittag für unseren Ausflug», sagte Brian, als er sich auf den Fahrersitz setzte.

Falls er ihr neues Outfit bemerkt hatte, ließ er sich nichts anmerken. Sein Lächeln war unergründlich. Vielleicht war diese ganze lächerliche Verkleiderei die reinste Zeitverschwendung, weil Brian praktisch angezogene Frauen lieber waren, wie zum Beispiel Celia in ihrem ölverschmierten Overall. Peggy stellte sich Phyllis vor, wie sie in dicken Strickstrumpfhosen und Blusen mit Stehkragen ihre Schüler die Verben konjugieren ließ.

«Moment. Darf ich?» Brian beugte sich über Peggy, griff nach ihrem Sicherheitsgurt und schloss ihn. Es war eine intime Geste, mit der sie nicht gerechnet hatte. Sie holte unerwartet tief Luft und atmete eine Mischung aus Imperial Leather und Omo ein. Der nächste verstohlene Atemzug bescherte ihr einen Hauch Muffigkeit und Staub. Brian brauchte dringend jemanden, der seine Wäsche ordentlich lüftete. Und Peggy rühmte sich herausragender Lüftungskünste. Ganz im Gegensatz zu ihrer Schwiegertochter, die Davids frisch gebügelte Hemden sofort in den Schrank hängte und die Bettwäsche noch feucht wieder aufzog.

«Ich bin bereit.» Mehr fiel Peggy nicht ein, als Brian sich wieder aufrichtete, um den eigenen Gurt zu schließen.

«Ich habe für nachher die Rückbank vorbereitet», sagte er, als sie losfuhren.

«Die Rückbank?» Peggy wagte einen Blick über die Schulter. Brian hatte die Rücksitze umgeklappt und Decken auf der Ladefläche ausgebreitet.

«Für die Bücher.»

«Ach, die Bücher! Ja, natürlich.» Peggy zuckte zusammen. Sie waren unterwegs, um Bücher zu kaufen, nicht, um miteinander herumzuturnen.

Die Morgensonne schien schräg durch die Windschutzscheibe. Peggy spürte jetzt schon, wie sie vor Hitze einen feuchten Nacken bekam. Aus Angst vor einer Hitzewallung öffnete sie das Fenster.

«Moment. Darf ich?» Brian schloss mit Hilfe seines eigenen Hebers das Fenster wieder und schaltete die Klimaanlage ein.

Wie erwartet, hielt er sich penibel an die Geschwindigkeitsbegrenzung. Während sie sich langsam ihren Weg durch den Samstagvormittagsverkehr bahnten, wünschte Peggy, die Highschool wäre weiter weg. Beispielsweise am anderen Ende von Australien. Die Ledersitze waren herrlich gepolstert und die Unterhaltung zwischen ihnen so unangestrengt, dass sie sich wie ein weicher Schal um Peggys Schultern legte.

Brian hatte ein Gespür dafür, den Menschen in seiner Gegenwart ein ungezwungenes Gefühl zu geben. Er war der perfekte Begleiter. Peggy gab sich einem kleinen Tagtraum hin. Sie waren auf einer Cocktailparty. Sie trug *Das Kleid* und plauderte mit einer Gruppe anderer Frauen.

«Ihr Ehemann ist ja so charmant. Und so umgänglich», sagte eine der Damen. Die anderen folgten ihrem Blick zu Brian, der von Leuten umringt Hof hielt, und sein goldener Ehering funkelte im Licht.

Er war so ausdrucksstark. Er redete gern mit den Händen. Ganz anders als Ted, der seine rauen Handwerkerhände immer tief in den Taschen versteckt hatte. Peggy wusste gar nicht mehr, wie oft sie die Löcher in seinen Hosentaschen zugenäht hatte.

«Ich sagte, vielleicht könnten wir im Anschluss noch eine Kleinigkeit zu Mittag essen.»

Peggy fragte sich, ob sie eingeschlafen war, denn als sie die Augen öffnete, standen sie plötzlich vor der Schule. Sie hatte im Fernsehen die Spots über die Gefahr von Sekundenschlaf gesehen. Beim Autofahren konnte so was sehr gefährlich werden. So gefährlich, dass sie beinahe Brians Einladung zum Mittagessen überhört hätte.

«Von Herzen gerne», sagte sie und konnte sich ein Grinsen nicht verkneifen.

«Gut. Angie hat ein kleines Lokal in der Nähe der Schule vorgeschlagen.»

«Angie?»

«Ja. Wir treffen uns hier mit ihr. Um Bücher zu kaufen. Hat sie dir das nicht erzählt?»

«Ich schlage vor, wir teilen uns auf. So können wir alle Genres abdecken.»

Angie trug eine helle, schmale Baumwollhose, eine weite Bluse und Perlenohrringe. Sie hatte eine Kaschmirjacke um die Schultern gelegt und schon wieder eine andere Handtasche. Die dunklen Haare locker aus der Stirn geföhnt, sah sie so umwerfend aus wie immer. Ganz und gar und völlig unangestrengt umwerfend.

Peggy dagegen fühlte sich so unsicher und unbehaglich wie nie. Das neugewonnene Selbstbewusstsein, das ihrem Shopping-Ausflug gefolgt war, verblasste bereits. Wen versuchte sie eigentlich, hinters Licht zu führen? Unterm Strich war die ganze Übung nichts weiter gewesen als Schönfärberei. Tief in ihrem Inneren war sie immer noch der schüchterne Teenager, der für immer in Angies Schatten blieb.

Die Absätze von Peggys neuen Pumps klackerten über das Parkett. Mehrere Menschen drehten sich um und starrten sie an. Sie erwog, die Schuhe auszuziehen und barfuß durch die Turnhalle zu laufen. Doch dann fiel ihr der Zustand ihrer Zehennägel wieder ein. Stattdessen verlagerte sie das Gewicht und trippelte auf Zehenspitzen durch die Gänge.

Sie war überrascht, wie viele Leute bereits in der Halle unterwegs waren. Überall standen in langen Reihen Tapeziertische, die sich unter der Last riesiger Stapel gebrauchter Bücher bogen. Kisten über Kisten von Büchern. Neben dem Eingang war eine Armee von Damen mittleren Alters damit beschäftigt, Preise zusammenzurechnen und Wechselgeld herauszugeben. Die riesige Schlange von mit Taschenbüchern und Hardcovern beladenen Kunden drohte den Kassentisch sprichwörtlich zu überfluten.

«Brian, Sie könnten sich um Geschichte und Sachliteratur kümmern», sagte Angie. «Ich übernehme Biographien und Reiseberichte. Peggy, du konzentrierst dich auf Handarbeit und Romantik.»

Romantik? Wie passend. Peggy musste an ihren kleinen Tagtraum denken. Fantasy würde es eher treffen.

Sie sah zu, wie Brian Angie folgte wie ein Schoßhund. Sie erzählte ihm irgendetwas, und als sie zur Pointe kam, drehte sie sich zu ihm um und legte ihm die Hand auf den Arm. Brian warf den Kopf in den Nacken und lachte. Angie hatte viermal geheiratet – wahrscheinlich ein guter Fang nach dem anderen. Sie musste nur mit den Fingern schnipsen, und schon lagen ihr die Kerle zu Füßen. Langsam ging sie Peggy ernstlich auf den Wecker.

Wie um sie an ihre eigenen Defizite zu erinnern, machte sich in diesem Moment ihre Blase bemerkbar und wünschte ihr einen guten Morgen. Sie hatte sich noch kein einziges Buch angesehen, ob romantisch oder nicht. Sich zu wehren, hatte keinen Sinn. In diesem Wettstreit konnte sie nur verlieren, der Vorfall mit dem Hausschlüssel spukte ihr immer noch ständig im Kopf herum, und ihr war klar, dass es keine Zeit zu verlieren gab.

«Kann ich Ihnen helfen?» Vor ihr stand ein Mädchen, etwa sechzehn Jahre alt. Wahrscheinlich eine der Schülerinnen.

«Tatsächlich, ja. Vielen Dank. Kannst du mir bitte sagen, wo ich die nächste Toilette finde?»

«Folgen Sie mir.»

Was für ein entzückender junger Mensch. Eine angenehme Abwechslung zu dem Gefühl, für die jüngere Generation so gut wie immer unsichtbar zu sein. Peggy war es inzwischen gewohnt, ignoriert oder vom Display eines Mobiltelefons angesprochen zu werden.

«Das ist sehr nett von dir.»

«Gerne. Wenn ich mit der Schule fertig bin, möchte ich Medizin studieren.»

«Das ist wunderbar.» Peggy musste an Dr. Stephen denken. Sie wünschte, es gäbe noch viel mehr junge Ärzte wie ihn.

«Ja. Ich möchte in die Geriatrie. Samstags arbeite ich in einem Pflegeheim. Ich will für meinen Lebenslauf möglichst viel Erfahrung mit alten Menschen sammeln.»

Peggy seufzte und folgte dem Mädchen durch einen langen Gang. Irgendwo in der Ferne lief ein Wasserhahn, und Peggys spitze Absätze verfielen in einen halben Trab.

Klipperdiklapper, klipperdiklapp.

«Bitte sehr», sagte das Mädchen. «Möchten Sie, dass ich auf Sie warte?»

«Nein danke, das ist nicht nötig. Ich komme zurecht.» Peggy lächelte und eilte in die erste Kabine.

Wie sich herausstellte, war es falscher Alarm. Sie beschloss, ein bisschen sitzen zu bleiben und die Sprüche auf der Toilettenwand zu lesen, in der Hoffnung, dass die zukünftige Spezialistin für Geriatrie einen anderen armen alten Teufel traf, den sie drangsalieren konnte.

«Peggy?» Das war Angies Stimme. «Was machst du dadrin?»

Kann man nicht mal eine Minute Frieden finden vor dieser Frau?

«Gedichte lesen», antwortete Peggy sarkastisch. Urbane Dichtkunst. Die stummen Schreie von tausend jungen Frauen, die waren wie sie, Gefangene ihres Körpers und verfolgt von einer herrschsüchtigen Endsiebzigerin. «Gib mir eine Sekunde.»

Als sie schließlich aus der Kabine kam, stand Angie vor dem Spiegel und zog sich den Lippenstift nach. Peggy stellten sich die Härchen an ihren Unterarmen auf und erinnerten sie an eine ähnliche Szene, zu einer anderen Zeit an einem anderen Ort.

«Willst du?» Angie hielt ihr den Lippenstift hin.

Peggy schüttelte den Kopf. «Nein danke.»

«Na komm. Gönn diesem Gesicht ein bisschen Farbe.» Angie drückte Peggy den Lippenstift in die Hand.

«Ich habe nein gesagt», wehrte sich Peggy. «Mir ist der natürliche Look lieber.»

Sie wagte es nicht, in den Spiegel zu sehen. Ted hatte ihr immer gesagt, er möge ihren «natürlichen» Look. Doch das war inzwischen lange her. Sie hatte nie darüber nachgedacht, an ihrem Gesicht etwas zu verändern. Sie hatte in den vergangenen fünfzig Jahren öfter die Jalousien in der Küche ausgetauscht als ihr Aussehen verändert.

«Ganz wie du willst! Ich könnte dir allerdings einige Tricks zeigen. Ein paar Sachen, die ich in der Branche gelernt habe.»

«Eins nach dem anderen, Angie. Das geht mir alles ein bisschen zu schnell.»

«Aber du musst zugeben, dass du unglaublich aussiehst.»

Peggy fand selbst, dass sie erstaunlich aussah. Nach ihrer Elfenbein-Phase war alles eine Verbesserung. Trotzdem hinkte das Selbstbewusstsein, das sie sich von ihrer neuen Garderobe erhofft hatte, gehörig hinterher, schlurfte wie ein bockiges Kleinkind dahin, das nach Eiscreme verlangte und fremden Leuten Grimassen schnitt. Sie war immer noch Lichtjahre davon entfernt, Brian zu Rinderlende mit Rotweinsauce zu sich zu bitten.

«Netter Kerl, dein Brian.»

«Was meinst du damit? *Mein* Brian?»

«Ach, komm schon, Pegs. Ich kenne dich lange genug, um zu merken, dass da was im Busch ist.»

«Da ist überhaupt nichts im Busch. Ich weiß wirklich nicht, wovon du sprichst.»

Peggy kam es vor, wie mit einer Schwester zu zanken – mit einer, die sie gut genug kannte, um zu wissen, wann sie log. Gehörte Gedankenlesen etwa auch zu Angies Superkräften? Wenn Peggy jetzt zugab, was sie für Brian empfand, hätte Angie Valentine erst recht die Oberhand. Das Märchen würde in tausend Scherben zerspringen, und Peggy wäre wieder dazu verdammt, heimlich zwischen den Küchengardinen hindurchzulugen.

«Wenn du es sagst.» Angie setzte die Kappe zurück auf den Lippenstift und beugte sich vor, um sich im Spiegel über dem Waschbecken zu bewundern. Peggy wünschte, sie hätte stattdessen Pritt-Stift erwischt.

«Brian und ich sind nur Freunde. Wir kennen uns eigentlich nur über das Komitee.»

Angie schielte zur Seite. «Was für einen Schande. Es wäre zu schade, wenn ein Mann wie er allein bliebe.»

Unter Peggys Füßen geriet eine Sanddüne ins Rutschen. Sie hatte genau gesehen, wie Angie und Brian einander neulich abends auf der Sitzung angeschaut hatten. Das Letzte, was sie wollte, war ein Zickenkrieg, noch dazu einen, in dem sie von Anfang an auf der Verliererseite stand. Für erwachsene Frauen war es absolut würdelos, sich um einen Mann zu streiten. Als David und Jenny noch klein gewesen waren, hatten sie sich immer um die Spielsachen gestritten, jeder wollte immer ausgerechnet das haben, womit der andere gerade spielte. Die einzige Lösung hatte darin bestanden, den Stein des Anstoßes zu konfiszieren und damit beide zum Weinen zu bringen. Galt dasselbe Prinzip etwa auch für gutaussehende Witwer?

«Zurück in den Kampf?» Peggy ging voraus. Sie spürte ein Knistern in der Atmosphäre. Zwischen ihnen spannte sich etwas. Hier ging es um mehr als um raffinierten Zucker und figurformende Unterwäsche. Hier ging es um eine uralte, nie ausgesprochene Rivalität. Und um Stolz.

Als sie von der Toilette zurückkamen, kämpfte Brian mit einem Karton voller Bücher.

«Ich habe die komplette Sammlung Romane in Großdruck ergattert», sagte er.

«Was für eine gute Idee!» Angie streifte mit den Fingerspitzen über seinen Arm.

«Ist es für die Damen in Ordnung, noch ein bisschen weiterzumachen?»

«Absolut», sagte Angie. «Mit mir ist noch jede Menge zu machen.»

Flittchen!

Peggy spürte, wie es in ihr rumorte. Genug war genug. Jetzt war Schluss mit lustig.

Sie schob die Ärmel ihres schicken cremefarbenen Blazers so weit es ging die Arme hinauf. «Wenn du mit dem Großdruck fertig bist, könntest du mir dann wohl zur Hand gehen, Brian?»

Er konnte schwerlich nein sagen. Peggy hatte noch nie viel für die Rolle der Jungfrau in Nöten übriggehabt, aber sie musste sämtliche Waffen einsetzen, die ihr zur Verfügung standen. Plötzlich war der gebrochene Arm keine Belastung mehr, sondern ein unerwarteter Pluspunkt. Und falls er bei Brian nicht wirkte, konnte sie ihn gegen Angie immer noch als Prügel verwenden.

Peggy führte Brian zwischen zwei Tischen mit Frauenromanen davon. «Wir werden mit australischer Romantik eine ganze Weile zu tun haben», rief sie über die Schulter Angie zu. «Ich glaube, wir treffen uns am besten nachher in der Siedlung.»

Angie gab nicht so leicht auf. «Ich dachte, wir könnten im Anschluss zusammen zu Mittag essen. Heute ist so ein schöner Tag.»

«Ich finde, das ist eine prächtige Idee», sagte Brian. «Wie wäre es mit dem kleinen Lokal gleich um die Ecke, von dem du mir erzählt hast?»

Peggy packte den schlaffen Stoffbeutel mit beiden Händen und drehte ihn trotz Gipsarm zur Garrotte. *Einstand.* Der nächste Aufschlag musste punkten.

«Wo wir schon mal hier sind, muss ich mich dringend noch nach einem Geschenk für meinen Enkel umsehen. Er hat nächstes Wochenende Geburtstag, und mit diesem Ding am Arm komme ich nirgendwohin. Ich habe vorhin dadrüben einen Stand mit Spielen und Spielsachen gesehen, aber ich brauche dazu unbedingt männlichen Rat.»

«Mal sehen, was ich tun kann. Es ist eine ganze Weile her, seit ich zuletzt ein Spiel gespielt habe.»

Im Gegensatz zu deinen zwei weiblichen Begleiterinnen.

«Aber du hast Enkelsöhne. Damit bist du für diese Aufgabe genau der Richtige.»

«Ja, drei sogar. Sie sind zwar inzwischen alle an der Uni, aber ich werde mein Bestes geben.»

«Er feiert nächstes Wochenende auf dem Abenteuerspielplatz. Kennst du das Gelände am Strand mit den vielen Klettergerüsten? Ich habe keine Ahnung, wie ich dort hinkommen soll. Ich werde noch wochenlang nicht Auto fahren können …» Peggy ließ den Gedanken unvollendet in der Luft hängen und spulte im Kopf den Videobeweis ab, um zu sehen, ob der Ball im Feld oder im Aus gelandet war.

«Ich kann dich hinbringen», sagte Angie.

Aus. Peggy tat, als hätte sie nichts gehört.

«Ich würde dich mit Freuden fahren», sagte Brian. «Ein bisschen frische Luft kann mir nicht schaden.»

Auf der Linie.

«Bist du sicher?» Peggy drehte Angie den Rücken zu und strahlte ihn an.

Brian nahm Haltung an. «Es wäre mir ein Vergnügen.»

Doch im Feld.

Spiel, Satz und Sieg.

Als die letzte Kiste im Kofferraum verstaut war, schloss Brian die Heckklappe. Mehrere Freiwillige, darunter auch die künftige Geriatrikerin, hatten eine Kette gebildet, um die vielen Bücher zum Lexus zu transportieren. Keine schlechte Ausbeute für einen Vormittag, darüber waren sie sich einig. Welche Mammutaufgabe am anderen Ende auf sie wartete, wurde ihnen erst klar, als sie sich winkend von ihrer Helferschar verabschiedeten. Schließlich mussten die Käufe auch wieder ausgeladen, sortiert und katalogisiert werden.

Der ach so praktisch veranlagte Brian schlug vor, den Wagen stehen zu lassen und zu Fuß ans Ufer zu spazieren, weil man dort samstags sowieso keinen Parkplatz bekam.

Angie drehte sich zu Peggy um. «Meinst du, du schaffst das? In deinem Zustand?»

Sie tauschten Blicke. Peggys Nasenflügel bebten.

Es war inzwischen fast Mittag und höllisch schwül. Nach dem vielen Wühlen in alten Büchern und Kistenschleppen juckte die Haut unter Peggys Gips. Sie hatte sich in einem raffinierten Schachzug bereits des Blazers entledigt und ihn über die Kopfstütze des Beifahrersitzes in Brians Wagen drapiert, um sich so die Rückfahrt an seiner Seite zu sichern.

Schach!

Damals, in ihren Anfangstagen, hatte Ted ihr das Schachspielen beigebracht. Zuerst hatte sie sich ein wenig dumm angestellt, doch bald schon hatte Peggy ein Händchen dafür entwickelt, seine Züge vorherzusehen. Ted mochte seine Stirn auch noch so konzentriert in Falten legen, Peggy konnte in ihm lesen wie in einem Buch und durchkreuzte seine Angriffe immer und immer wieder. Doch sobald sie merkte, dass sein Ego ernstlich angeschlagen war, ließ sie ihn gewinnen. In einer Ehe war Kompromissbereitschaft alles. Diese Lektion hatte ihre Mutter sie gelehrt.

Nebeneinander setzten sie sich hügelabwärts in Richtung Uferpromenade in Bewegung. Brian, den Panamahut auf dem Kopf, ging außen, direkt neben der Straße. Angie hatte sich mit ihrer Designersonnenbrille und dem mondänen Strohhut an seine Seite gedrängt und Peggy nach außen gezwungen.

«Ich finde, wir haben uns wacker geschlagen. Was sagt ihr dazu?» Brian war sich des strategischen Hickhacks an seiner Seite überhaupt nicht bewusst und plapperte fröhlich vor sich hin.

«Ich finde, wir sind ein gutes Team», sagte Angie und hielt mit Brian Schritt. Peggy wurde ein bisschen abgehängt und musste hinter ihnen gehen. Doch sie holte sofort wieder auf und zwängte sich dazwischen. «Die Hörbücher waren ein Geniestreich.»

Sie hatte Angie zwar den Rang abgelaufen, aber für diesen Etappensieg auf ihren Absätzen würde sie später bitter büßen müssen. Ihre Füße schwollen jetzt schon an wie Brandteiggebäck. Angie, der dies ebenfalls nicht entgangen war, warf ihr einen mitleidigen Blick zu, als wollte sie sagen: «Was hattest du denn geglaubt?»

Der einzige freie Tisch in dem gut besuchten Café – ein Tisch für zwei – stand draußen in der Sonne. Was für Brian und Angie mit ihren Strohhüten kein Problem war, wohl aber für die hellhäutige Peggy, die nicht an eine Kopfbedeckung gedacht hatte. Die Bluse klebte ihr an der verschwitzten Brust, und sie merkte, dass Brian mit Absicht den Blick von ihrem wogenden Busen abwandte. Sie borgten sich einen dritten Stuhl vom Nachbartisch und verteilten sich um die runde Tischplatte wie die Eckpunkte eines gleichseitigen Dreiecks. Angie lieh Peggy mit großem Tamtam ihren Sonnenhut und grinste verschlagen, weil er auf ihrem Kopf saß wie ein Giftpilz.

Aus einer Norfolktanne am Strand stieg eine Schar weißer Vögel auf. Auf der anderen Straßenseite saß eine junge Familie im Sand und machte Picknick. Überall um sie herum bewegten sich die Leute im Samstagsmodus, aßen Avocadocreme auf Toast und lächelten in dem Wissen, dass das Wochenende gerade erst begonnen hatte und die nächste Arbeitswoche noch in weiter Ferne lag. Auf gewisse Weise vermisste Peggy die Wochenenden. Im Ruhestand konnte man dem Luxus menschenmassenfreier Wochentage frönen, aber die Atempause von dem Alltagstrott, in dem man unter der Woche gefangen war, hatten den Samstag und den Sonntag immer zu etwas Besonderem gemacht.

Es war eine Erleichterung, endlich zu sitzen, und während Brian auf der Suche nach einer Speisekarte hineinging, zog sich Peggy unter dem Tisch die Schuhe aus. An jedem Fuß löste sich ein kleiner Hautfetzen, und Blasenwasser sickerte an ihren Fersen hinunter. Es war sinnlos, an den Rückweg zum Auto zu denken. Jetzt war es an der Zeit, den Augenblick und ihr erstes gemeinsames Mittagessen mit Brian zu genießen. Wenn sie den Hut auf ihrem Kopf geschickt platzierte, konnte sie sogar so tun, als säße Angie nicht mit am Tisch.

Während sie auf das Essen warteten, flog die Unterhaltung leicht und ungezwungen zwischen ihnen hin und her, und sie gewährten einander kleine Einblicke in ihre Lebensgeschichten. Mit jeder neuen Anekdote fügte Peggy ein neues Puzzlestück in das Gesamtbild ein. Die Ecken und die Randstücke hatte sie schon, und je mehr Zeit sie mit Brian verbrachte, desto mehr Details konnte sie hinzufügen. Ihr war nicht entgangen, dass Angie mit ihrem Stuhl näher an ihn herangerückt war und damit das Dreieck plötzlich aus dem Gleichgewicht gebracht hatte. Wie üblich, hatte sie das Gespräch an sich gerissen, doch ausnahmsweise sprach Angie diesmal nicht über sich. Stattdessen konzentrierte sie sich ganz auf Brian und barg wie eine Archäologin auf einer Ausgrabungsstätte Stück für Stück winzige Körnchen seiner Vergangenheit. Es grenzte ans Kriminalistische. Anstatt des üblichen Geredes über künstliche Kniegelenke und Enkelkinder fraß Brian ihr förmlich aus der Hand. Bezwungen saß Peggy daneben und sah der professionellen Verführerin bei ihrer Arbeit zu.

Als der Kellner das Essen brachte, entstand eine zwischenzeitliche Flaute. Er schenkte drei Gläser Wasser ein und wünschte ihnen guten Appetit. Auf Peggys Teller türmte sich ein Berg aus frittiertem Fisch und Pommes frites. Daneben lag, fast wie eine Entschuldigung, eine winzige Salatgarnitur. Brian war, wie Peggy erleichtert feststellte, offenbar für Fleisch und Gemüse zu haben. Auch sein Teller war unter einem riesigen Steak und einer großen Portion grüner Bohnen kaum zu sehen.

«Was isst du zum Hauptgang?» Peggy starrte das Häuflein Salatblätter auf Angies Teller an. Ihr Essen sah aus, als wäre es auf einem Windstoß angeflogen gekommen.

«Das hier. Einen gemischten Salat.»

«Was? Salat ohne alles?»

«Ich esse weder Fleisch noch industriell verarbeitete Lebensmittel», sagte Angie. «Die falsche Ernährung kann *fürchterlich* alt machen.»

Peggy hielt inne, eine mit Backteig beladene Gabel nur Millimeter von den Lippen entfernt. Sie hatte von Angies scheinheiligen Sticheleien über ihre Lebensgewohnheiten die Nase voll. «Tja, ich fürchte, da irrst du dich. Doktor Lim sagte erst neulich zu mir, dass Frauen in unserem Alter, die über ein bisschen mehr Substanz verfügen, eine höhere Lebenserwartung haben.» Und murmelnd fügte sie hinzu: «Außerdem können dünne Frauen leichter gekidnappt werden.»

«Ach ja», sagte Brian. «Eine Frau mit Substanz.» Er spießte ein Stück Fleisch auf. Angie und Peggy tauschten Blicke, unsicher, wer gerade die Oberhand hatte. Vielleicht bezog er sich ja auf einen der Buchtitel von heute Vormittag. Oder, hoffte Peggy, er bevorzugte tatsächlich echte Frauen mit einer echten Figur. Trotzdem war es schwer, sich den seriösen Mann, der ihr mit seinem abgegriffenen Strohhut gegenübersaß und dem der Fleischsaft übers Kinn lief, als leidenschaftlichen Mann voller Lust und heißem Verlangen vorzustellen.

Der Kellner kam zurück und schenkte ihnen Eiswasser nach. Plötzlich fühlte Peggy sich, als hätte er ihr den Krug über den Kopf gekippt. Was trieb sie hier eigentlich? Stritten Angie und sie sich tatsächlich um diesen schmalgesichtigen alten Mann, der «okey-dokey» sagte und jeden Satz mit «In der Tat» begann? Ein Mann, der auf seiner Hutablage eine Kleenex-Schachtel durch die Gegend fuhr?

Plötzlich hatte sie eine Zukunftsversion. Sie schob Brian im Rollstuhl durch die Gegend und wischte ihm den Haferbrei vom Kinn. Ein Leben als Vollzeitpflegekraft. Das hatte sie alles schon erlebt: Frauen, die sich aus dem Siedlungskomitee verabschiedeten und im Laufe weniger Wochen nicht mehr zur Wassergymnastik kamen. Sie hatte beobachtet, wie das Leben dieser Frauen auf ein Dasein als Pflegerin betagter Ehemänner zusammengeschrumpft war. Die Reize des älteren Mannes, die Mischung aus Weltgewandtheit und finanzieller Sicherheit, verlangten am Ende in der Monotonie von Waschen, Rasieren und Ankleiden ihren Tribut. Als hätte Angie im gleichen Moment denselben Gedanken gehabt, rückte sie mit ihrem Stuhl ein klein wenig zurück und stellte das Gleichgewicht des Dreiecks um ihren Tisch wieder her.

Brian beendete seine Mahlzeit und hinterließ auf dem mit Bratensaft verschmierten Teller einen Fettrand. Aus heiterem Himmel fing er plötzlich an, über seine Frau zu sprechen. «Ich habe Phyllis gepflegt. Sie hatte Alzheimer. Sie starb wenige Tage vor ihrem achtzigsten Geburtstag. Es ist schlimm, einem geliebten Menschen bei einem derartigen Verfall zusehen zu müssen.»

«Das war sicher sehr schmerzhaft für dich.» Angies manikürte Finger streichelten den Rand ihres Wasserglases, aber nicht Brians Arm. «Mein Ehemann hatte Krebs. Ich habe dabei zugesehen, wie er innerhalb weniger Wochen dahingeschwunden ist. Es war schrecklich.» Ihr Gesichtsausdruck ließ sich hinter der riesigen Sonnenbrille unmöglich deuten.

Vor einer Stunde noch hätte Peggy vielleicht eine spitze Bemerkung gemacht, hätte gefragt, welchen ihrer vier Ehemänner sie meinte. Wie lange die inoffizielle Waffenruhe dauern würde, vermochte Peggy nicht zu sagen, doch mit Trauer kannte sie sich aus. Schweigend saßen die drei da, jeweils versunken in ihre eigenen Erinnerungen an Liebe und Verlust, blind gegen die Ungeduld und das Eiltempo des modernen Lebens, das rund um ihren Tisch weiter seinen Lauf nahm.

Irgendwann kam der Kellner, um die Teller abzuräumen. Angie hatte ihren Salat kaum angerührt. Brian reichte dem Kellner Peggys leeren Teller über den Tisch. «Das gefällt mir», sagte er. «Eine Frau, die zu genießen weiß.»

In der Tat. Peggy hatte die ganze Portion verputzt.

Als sie in die Siedlung zurückkehrten, stand die Sonne bereits zwischen den beiden westlichen Wohnblocks. Brian hielt vor Peggys Hauseingang am Straßenrand, zog die Handbremse an und stellte den Motor ab.

«Vielen Dank fürs Mitnehmen», sagte Peggy und griff neben sich, um den Gurt zu lösen. Sie hatte ihn strategisch über einem Remouladenfleck auf ihrer Bluse platziert. Auch wenn sie ihr Engagement in der Operation Brian ein wenig zurückfuhr, hatte sie noch immer ihren Stolz.

«Vielen Dank für deine Hilfe bei der Bücherjagd. Ich finde, wir haben richtig gut zusammengearbeitet.»

Peggy musste schlucken. «Wollen wir uns nachher in der Bücherei treffen, um die Kisten auszupacken?»

Sie konnte schlecht *nicht* fragen. Aber zuerst brauchte sie ein wenig Zeit, um die Schuhe zu wechseln und ihre Fersen mit Blasenpflastern zu versorgen.

«Keine Sorge. Celia hat versprochen, mir zur Hand zu gehen. Sie hatte heute Vormittag keine Zeit, aber sie möchte unbedingt ihren Beitrag leisten.»

Celia.

Es war zwar schwer, sich Brian mit Ölflecken vorzustellen, aber Celia war definitiv eine Frau mit Substanz und hatte immer noch eine Menge Benzin im Tank. Es wurde Zeit, in Würde beiseitezutreten und das Feld zu räumen.

Zu Peggys Überraschung stieg Brian aus, ging um den Wagen herum und öffnete ihr die Tür. Dann geleitete er sie über den Fußweg zur Haustür hinauf wie ein greiser Mr. Darcy. Plötzlich sah sie ihn in Reithosen vor sich, und ein Hauch von Verlangen durchströmte sie. Es war zwar nicht direkt Fleischeslust, aber definitiv ein gewisses Ziehen in ihren unteren Gefilden.

Der Tag war nicht ganz nach Plan verlaufen, und Peggy war, was ihre Gefühle für Brian betraf, verwirrter denn je. Trotzdem war der Ausflug in einer Hinsicht ein riesiger Erfolg gewesen. Dank der vereinten Anstrengungen des Jacaranda-Retirement-Village-Büchereikomitees gab es ab sofort eine ganze Abteilung mit historischen Liebesromanen. Und das war auch gut so. Die Arztromane begannen Peggy zu langweilen.

Peggy sah, wie sich im Haus gegenüber Sheila Martins Gardinen bewegten.

Brian räusperte sich. «Okey-dokey. Ich muss dann mal», sagte er. «Hier. Nicht vergessen. Ein Spitzengeschenk.» Er reichte Peggy das Spiel, das sie mit seiner Hilfe für Sam ausgesucht hatte. *Star-Wars*-Schach.

«Danke.» Sie spürte, wie ihr Blasenmuskel sich dehnte. In dem Moment, wo sie den Schlüssel ins Schloss steckte, würde er zurückschnalzen wie ein Gummiband. Unauffällig schob sie sich in Richtung Haustür. Sie hoffte, mit dieser Taktik ihre neurotischen Nervenenden zu überraschen, aus dem Hinterhalt gewissermaßen. Wenn sie erst im allerletzten Moment zum Hausschlüssel griff, konnte sie ihren Körper vielleicht an der Nase herumführen und es ohne peinliche Szene in ihre Wohnung schaffen.

Doch Brian kam ihr hinterher. Erwartete er etwa, dass sie ihn hineinbat? *Auf ein Dessert?*

Er räusperte sich. «Um welche Uhrzeit soll ich dich dann abholen?»

«Mich abholen?»

«Zur Geburtstagsparty deines Enkels nächstes Wochenende.» Er machte ein verwirrtes Gesicht. «Ich war mir nicht ganz sicher, ob du mein Angebot, dich hinzufahren, aus Höflichkeit angenommen hast. Ich möchte niemandem auf die Zehen treten. Wer ist dir lieber? Angie oder ich?»

Damit wäre ihr der nächste Eintrag in Brians Kalender sicher und in ihrem das nächste goldene Glitzerkästchen. Doch es würde auch bedeuten, Angie zurückzuweisen, nach allem, was sie für Peggy getan hatte. Sie war hier in der Siedlung so einsam gewesen, und jetzt hatte sie eine neue Garderobe, einen prallvollen Terminkalender und befand sich in einem Dilemma. Wem galt ihre Loyalität? Brian oder Angie?

Peggys Finger schlossen sich um den Schlüsselbund in ihrer Handtasche. Der Countdown hatte begonnen. Ab sofort galt sämtliche Konzentration der Aufgabe, trocken durch die Haustür zu kommen. Sie konnte sich nicht mal mehr an den Beginn der Geburtstagsfeier erinnern, wie sollte sie da entscheiden, wie Brian in ihr Leben passte oder was sie Angie eigentlich schuldig war?

«Ich rufe dich an», brachte sie gerade noch heraus, während sie den Schlüssel ins Schloss rammte, im Haus verschwand und den völlig perplexen Brian, der immer noch auf eine Antwort wartete, auf der Türschwelle stehenließ.

Es war das reinste Déjà-vu.

17
Jedi-Ritter und Champagner

Der Zustand des Schachspiels war einwandfrei, die einzelnen Figuren sogar noch eingeschweißt. Das Spiel war offenbar nie benutzt worden. War es doch kein gutes Geschenk? Peggy wurde ein wenig nervös. Würde Sam es mögen? Die Kinder von heute waren eigentlich nur noch mit ihren Computern und iPod-Telefon-Dingern beschäftigt. Die Vorstellung, sich hinzusetzen und ein Brettspiel zu spielen – noch dazu etwas so langsames wie Schach –, war für einen Sechsjährigen vielleicht schrecklich langweilig. Was hatte sie sich nur dabei gedacht? Offensichtich hatte sie sich von dem Versuch mitreißen lassen, Brian mit ihrem Intellekt zu beeindrucken und Angie auszustechen, anstatt sich auf die Suche nach einem Geschenk zu machen, mit dem ihr Enkel auch tatsächlich spielen wollte.

Peggy vermisste ihre Enkelkinder. Und das würde mit den Jahren nur noch schlimmer werden, wenn sie größer wurden und Mel sie zu jeder nur denkbaren Freizeitbeschäftigung anmeldete, in dem unbeirrbaren Glauben, dass sowohl Sam als auch Emily auf irgendeinem Gebiet unentdeckte Wunderkinder waren, die es zu fördern galt. Künftig würde Peggy einen Termin beantragen müssen, ein Zeitfenster zwischen den Rettungsschwimmern und Tennis oder Karate und Little Athletics.

Hätte sie nur niemals zugegeben, wie erschöpft sie nach einem ganzen Tag mit den Kindern war. Hätte sie doch nur eine

Rückfahrkamera an ihrem Auto gehabt. Hätte der nette Mann aus dem Einkaufszentrum Sam und Emily doch nur keine Lutscher angeboten, während sie mit dem Mercedesfahrer die Versicherungsdaten austauschte. Hätte Sam – aufgepeitscht von dem vielen Zucker – das dumme kleine Missgeschick doch nur niemals herausposaunt.

Der Umstand, dass Mels Eltern ein riesiges Haus mit Garten, Fußballtor und einem Pool voll knallbunter aufblasbarer Spielsachen hatten, machte die ganze Sache noch unerträglicher. Noch schlimmer, beide besaßen jeweils ein Paar voll funktionstüchtiger Arme. In Sachen Pool, Spielzeug und Gliedmaßen konnte Peggy einfach nicht mithalten.

Mit den Zähnen riss sie einen Streifen Tesafilm von der Rolle. Er blieb an ihrer Lippe kleben und riss einen kleinen Hautfetzen ab. Es war schmerzhafter, als sich den Arm zu brechen. Die kleinen Dinge taten immer am meisten weh. So wie die Sache mit dem Kuchen.

Seit seinem ersten Geburtstag hatte Peggy Sam jedes Jahr den Kuchen gebacken. Es war zur Tradition geworden, so, wie Familientraditionen sich eben entwickeln, unausgesprochen und unbemerkt, bis plötzlich eine Alternative ins Spiel kam. In diesem Fall war es Mel und ihre Biobesessenheit. Ted war immer auf Peggys Seite gewesen, und wenn auch nur, weil er so gerne die Teigschüssel ausleckte. Er bedrängte sie regelrecht, trotzdem einen Kuchen zu backen. «Na los, Liebchen», sagte er immer. «Lass uns ein bisschen Krawall stiften.» Er war, was Familienangelegenheiten betraf, immer der große Diplomat gewesen, aber er konnte es nicht ertragen, wenn sie unfair behandelt wurde. Er hätte David beiseitegenommen und unter vier Augen mit ihm gesprochen, und die ganze Angelegenheit wäre mit der Einladung an Granny beendet worden, doch bitte nach der großen Sause, wenn die kleinen Racker wieder weg waren, ihren Geburtstagskuchen zu backen, um ihn bei einem schönen Tässchen Tee im Kreis der Familie zu genießen. Peggy hatte plötzlich ein Gefühl, als hätte sie sich dem Widerstand im Untergrund angeschlossen. Im Angesicht der Tyrannei war noch der winzigste Akt der Sabotage von wesentlicher Bedeutung. Hinter ihrem Brustbein fühlte sie Mut aufwallen wie Sodbrennen nach dem Genuss eines Rote-Bete-Sandwichs. Dies war die Gelegenheit, sich aufzulehnen, nicht nur um ihrer selbst willen, sondern im Namen aller Großmütter, die keine Stimme hatten, im Namen jeder einzelnen Frau, die endgültig die Nase davon voll hatte, sich ständig auf die Zunge beißen zu müssen.

Peggy Smart, berühmte Vorreiterin und Gesellschaftsaktivistin.

In ihrer Eile, zum Kühlschrank zu gelangen, wäre sie beinahe über Basil gestolpert. Sie konnten sich mittlerweile beide nicht mehr schnell bewegen, ihre Gliedmaßen brauchten inzwischen eine Vorwarnstufe.

«Was meinst dazu?», fragte Peggy den erwartungsvollen Hund, während sie den Inhalt ihres Kühlschranks inspizierte. «Schoko- oder Vanillebiskuit? Buttercreme oder Zuckerguss? Und zur Verzierung ein paar Zuckerstreusel?»

Basil legte den Kopf schief. Er ließ die Zunge aus dem Maul hängen und fing an zu hecheln.

Buttercreme *und* Zuckerstreusel.

Das würde Mel überhaupt nicht gefallen.

Die Gerüchteküche der Siedlung würde ohne Zweifel überbrodeln, denn der silberne Lexus parkte nun schon den zweiten Samstag in Folge vor Peggys Haustür. Hinter Sheila Martins

Gardinen rührte sich nichts, aber die Frau hatte ihre Spione überall.

Brian hielt ihr die Autotür auf. Der geschmeidige Ledersitz lockte einladend.

«Daran könnte ich mich gewöhnen», sagte Peggy. Sie tat, als hätte sie die unterstützende Hand, die er ihr reichte, nicht bemerkt. Sie hatte einhändig einen Vanillebiskuit und eine große Schüssel Buttercreme hinbekommen, da würde sie es gerade noch schaffen, in ein Auto einzusteigen. Allerdings musste sie zugeben, dass Basil ihr geholfen hatte, indem er die Teigspritzer vom Küchenboden tilgte. Wenigstens er wusste ihre Backkünste noch zu schätzen, so sehr, dass er sich hinterher dringend zum Ausruhen in sein Körbchen verziehen musste.

«Ich kann's kaum erwarten, deine Köstlichkeiten zu probieren», sagte Brian und deponierte den Tupperbehälter auf dem Rücksitz. Er klemmte die Tortenglocke zwischen eine zusammengefaltete karierte Decke und einen leeren Karton.

Peggy grinste. Es war schön, von einem Mann auf dem Gebiet geschätzt zu werden, auf das es ankam: in der Küche, wenn nicht gar im Schlafzimmer.

«Darf ich sagen, dass du, wie immer, bezaubernd aussiehst?»

Er hätte sie vor einer halben Stunde sehen sollen, als sie nur in Unterwäsche und mit einem Spülhandschuh über ihrem Gips in der Küche gestanden und dem Geburtstagskuchen den allerletzten Schliff gegeben hatte. Doch dank ihrer neuen Kombi-Garderobe war es Peggy mühelos gelungen, im Handumdrehen ein Outfit herauszusuchen, das einem Kindergeburtstag hoffentlich angemessen war. Nach dem Büchermarktfiasko hatte sie sich diesmal für eine gerade geschnittene Jeans und eine übergroße Bluse mit schmalen blauen Längsstreifen entschieden. Die einzige knifflige Frage war der Kragen. Aufgestellt oder flach?

«Aufgestellt!», hörte sie Ted sagen, und einen kostbaren Augenblick lang lächelte er ihr im Schlafzimmerspiegel zu. «Na komm, dreh dich, Liebling.»

«Dir zuliebe, mein Herz», hatte Peggy dem Spiegel zugeflüstert und sich wie einst Margot Fontayn auf Zehenspitzen um die eigene Achse gedreht, um sich gleich darauf – von plötzlichem Schwindel erfasst – an die Kommode zu klammern. Dabei fiel das gerahmte Hochzeitsfoto um und landete krachend auf dem Glas. Peggy hatte nicht gewagt, es wieder aufzustellen, weil sie den Anblick der gesprungenen Glasscheibe nicht ertragen konnte.

Brian setzte den Blinker und fuhr los. Er benahm sich hinter dem Steuer ausgesprochen vernünftig. Im Gegensatz zu Angie in ihrem Mini Cooper. Davids Angebot abzulehnen, sie zu der Party abzuholen, war ein weiterer kleiner Akt der Rebellion gewesen. Peggy konnte nicht erwarten, die Gesichter ihrer Familie zu sehen, wenn sie in dem Lexus angefahren kam.

«Ich hoffe, ich mache dir keine Umstände, Brian.»

«Ganz und gar nicht. Ich freue mich schon so auf ein Stück von diesem köstlichen Geburtstagskuchen.»

«In dem Fall muss ich dich warnen. Die offiziell genehmigte Version ist garantiert ohne Eier, Milch und Nüsse. Die Hälfte von Sams Freunden leidet an irgendwelchen Lebensmittelallergien. Meine Schwiegertochter hat extra entsprechende Cupcakes bestellt. Die haben mit Sicherheit ein kleines Vermögen gekostet, und sie wird tun, als hätte sie die Dinger selbst gebacken.»

«Also, wir hatten zu unserer Zeit nicht so viele Allergien, oder?», sagte Brian und bog auf die Hauptstraße ab. «Ich glaube, daran sind die Desinfektionsmittel schuld. Dieses Zeug, das neunundneunzig Komma neun Prozent aller Bakterien abtötet.»

«Ganz meine Meinung. Heutzutage sind die Menschen doch völlig hysterisch. Ich habe mir nie etwas daraus gemacht, wenn in meiner Küche ein paar lebende Organismen unterwegs waren, auch als die Kinder noch klein waren. Es hat ihnen bestimmt nicht geschadet, immer auch mit ein bisschen Schmutz in Berührung zu kommen. Im Gegenteil, ich glaube, es hat ihnen gutgetan.»

Brian bog in die nächste Straße ab und machte einen plötzlichen Schlenker, um einem Radfahrer auszuweichen. Er packte das Lenkrad und räusperte sich.

Peggy fuhr fort: «Schon schade, dass auf die Meinung unserer Generation überhaupt kein Wert mehr gelegt wird, oder? Von uns könnte man durchaus das ein oder andere lernen.»

«Ich weiß. Die Leute von heute haben überhaupt keine Ahnung.»

«Die können sich nicht vorstellen, dass wir auch mal jung und voller Leidenschaft waren, stimmt's?»

«In der Tat», sagte Brian.

Die Straße zum Freizeitpark war zu beiden Seiten von parkenden Autos gesäumt. Die meisten davon waren Panzer wie der von Mel.

«Das ist ein Allrad», hatte David seiner Mutter erklärt. *Allrad? Hatte nicht jedes Auto alle seine Räder?* «Der ist voll geländetauglich. Also für abseits der Straße geeignet.»

Peggy war verwirrt. «Ich dachte, es ginge darum, auf der Straße zu bleiben?»

«Dieser Wagen ist extra dafür konzipiert, um in unwegsames Gelände vorzudringen.» Angesichts der gepflegten Vorortstraßen, auf denen Mel sich fortbewegte, blieben Peggy Zweifel.

Aus sämtlichen Richtungen wuselten Kinder auf Fahr- oder Dreirädern, mit Skateboards oder Rollern auf den Park zu. In der Ferne entdeckte Peggy die vielen Luftballons und Wimpel, die jeden einzelnen Picknicktisch schmückten. Samstag war Geburtstagspartyzeit, und die Chancen auf einen Parkplatz standen schlecht.

Unbeeindruckt vom Verkehr, setzte Brian den Blinker und bog auf den Parkplatz ein. Beim Parken und Navigieren hütete Peggy sich, das Urteilsvermögen eines Mannes anzuzweifeln, also hielt sie den Mund. Es gab genau zwei freie Parklücken, doch beide waren für Behinderte reserviert. Zu Peggys Erstaunen scherte Brian ohne zu zögern in die erste der beiden Lücken ein und schaltete den Motor aus. Er beugte sich vor und öffnete das Handschuhfach.

«Wie gut, dass mein Arzt mir das hier gegeben hat», sagte er und legte einen Behindertenparkausweis aufs Armaturenbrett. «Die Genehmigung ist befristet. Bis es meinem Knie wieder gut geht.»

Es hatte also doch Vorteile, alt und klapprig zu werden.

«Wie geht es denn dem Knie?»

«Ach, heute nicht so gut», sagte Brian mit einem Augenzwinkern.

Sie steuerten direkt auf Sams Geburtstagsfeier zu. Der Tisch war mit aufeinander abgestimmten blauen Accessoires dekoriert. Sehr geschmackvoll und ziemlich langweilig. Unverkennbar Mels Geschmack.

Peggy entdeckte ihre Schwiegertochter, die damit beschäftigt war, Partytütchen aus braunem Packpapier auf dem Tisch zu verteilen, die mit Sicherheit mit zuckerfreiem Schleckerkram und delfinfreundlichen Kleinigkeiten gefüllt waren. Gleich neben dem Tisch stand Emily in ihrem neuesten Prinzessinnenkostüm – Granny Smarts letztjährigem Weihnachtsgeschenk. Peggy betete, dass Disney rechtzeitig vor Weihnachten eine neue Prinzessin auf den Markt brachte.

«Hallo, mein Liebling. Na, du bist aber wunderschön!» Peggy beugte sich zu Emily hinunter und gab ihrer Enkeltochter einen Kuss. Knubbelige Kinderärmchen schlossen sich um ihren Hals und drohten, sie zu erwürgen. Die Umarmung verlieh Peggy ein wunderbar schwereloses Gefühl, und sie musste sich zusammenreißen, um Emily nicht ebenso fest zurückzudrücken.

«Was hast du da?» Emily entließ sie aus dem Schraubstock und zeigte auf Peggys Arm.

«Das ist ein Gips, Schätzchen. Deine dumme alte Granny hat sich den Arm gebrochen.»

Emily hielt eine Murmel mit roten und gelben Streifen in der Hand. «Die ist für dich», flüsterte sie und legte Peggy die Murmel in die gesunde Hand. «Das macht es bestimmt wieder gut.»

«Danke, Schätzchen. Jetzt geht's mir schon viel besser.»

Emily strahlte. «Daddy hat gesagt, du hast deine sieben Schusser nicht mehr beisammen, und da hab ich dir einen von meinen mitgebracht ...»

Peggy brachte irgendwie ein Lächeln zustande und rückte Emily das Krönchen zurecht.

Sie musste dringend ein ernstes Wort mit David sprechen, aber dies war weder die richtige Zeit noch der richtige Ort dafür. Sie steckte die Murmel als Gedächtnisstütze in die Hosentasche.

«Granny!» Sam kam freudestrahlend auf sie zugelaufen. Er war als Luke Skywalker verkleidet und schwang ein riesiges Leuchtschwert. Peggy beglückwünschte sich stumm. Sie wollte sich auf der *Star-Wars*-Party auf keinen Fall blamieren und hatte ihre Hausaufgaben gemacht.

«Möge die Nacht mit dir sein, mein Schatz», sagte sie, bückte sich, um ihn in den Arm zu nehmen, und hätte fast den Geburtstagskuchen fallen lassen. «Was für ein schönes *Laserschwert*!»

Sam nahm ihr das Geschenk aus der Hand und riss das Papier herunter. Den Bruchteil einer Sekunde lang starrte er die Verpackung des Spiels an. Peggy hielt den Atem an und fragte sich, ob sie womöglich versehentlich einen ihr großmütterlichen Fauxpas begangen hatte.

Dann stahl sich ein breites Grinsen auf Sams kindliches Gesicht. «Danke, Granny! Das ist super!»

Sams Freunde standen mit ratlosen Gesichtern um ihn herum. Es gab weder Bildschirm noch Konsole. Aber als Sam den Deckel anhob und die Figuren herausnahm, machten sie große Augen. So was hatte keiner von ihnen, und dieser Tatsache war Sam sich durchaus bewusst.

«Cool! Dad, schau mal, was Granny mir geschenkt hat. Ein Schachspiel!»

David kam zu ihnen herüber, um nachzusehen, was der Trubel sollte.

«Na, da hat aber einer Glück gehabt.» Dann entdeckte er Brian und musste ein zweites Mal hinsehen. «Ich bin David.» Er streckte die Hand aus. «Peggys Sohn.»

«Verzeihung, ich hätte euch zwei miteinander bekannt machen sollen. David, das ist Brian, mein …» Was denn eigentlich? Bekannter? Nachbar? Freund? Eingebildeter Geliebter? Der Satz blieb unvollendet in der Frühlingsluft hängen.

«Brian Cornell. Schön, Sie kennenzulernen, David. Und dich, Sam.» Brian beugte sich hinunter und reichte Sam die Hand.

Sam musterte ihn einen Augenblick, dann sagte er: «Spielst du später mit mir Schach?»

«Mit dem größten Vergnügen, junger Mann.»

«Cool. Bist du mein neuer Opa?»

Bei dem Versuch, ein Lachen herauszupressen, bekam David einen Hustenanfall.

«Geht es dir gut, Lieber?», fragte Peggy. «Hast du dir was eingefangen?»

«Nein. Ja. Nein. Kommt und sagt Mels Eltern hallo.»

Mike und Geraldine. Die beiden waren – wie auch anders? – ein absolut liebenswertes Paar, weshalb Peggy sich für ihre heimlichen Ressentiments nur noch mehr schämte.

Geraldine war eine erfolgreiche Psychologin. In ihrer Gegenwart neigte Peggy dazu, sinnlos drauflloszuplappern wie eine Geisteskranke. Mike, der pensionierte Zahnarzt, machte sie noch nervöser. Ihr war aufgefallen, wie oft sein Blick an ihrem Überbiss hängenblieb, und Peggy hatte immer das Gefühl, er würde sie eher nach ihrer Zahnhygiene beurteilen als nach ihren Gesprächsbeiträgen.

«Gut siehst du aus!», sagte Mike und küsste sie auf beide Wangen.

Peggy stellte ihm Brian vor und widerstand dem Impuls, sich beim Reden die Hand vor den Mund zu halten. Die Männer gaben sich die Hand, tauschten zum Warmwerden ein paar Höflichkeiten aus und gingen dann zu dem zwischen Pensionären üblichen Smalltalk über.

Geraldine begrüßte Peggy wie eine lang verschollene Freundin. Oder Klientin. «Wie schön, dich zu sehen!» Sie hielt Peggy auf Armeslänge von sich und musterte sie auf der Suche nach psychischen Defekten. «Wir hatten schon Sorge, dass du es dieses Jahr nicht schaffst.»

«Na ja, die Eier mit einer Hand aufzuschlagen, war schon ein bisschen umständlich.» Peggy tat mit Absicht, als hätte sie Geraldine falsch verstanden. «Und die Zuckerstreusel sind nicht ganz so regelmäßig verteilt, aber im Großen und Ganzen bin ich zufrieden.» Sie stellte die Tortenglocke auf die Papiertischdecke. Ausnahmsweise war Peggy froh, ein wenig schrullig rüberzukommen. Als Strategie, den eigenen Willen durchzusetzen, hatte die Masche durchaus Potenzial.

Mit verkniffenem Gesicht gab Mel ihrer Schwiegermutter einen Willkommenskuss auf die Wange. Über den Kuchen verlor sie kein Wort. Mit hochgezogenen Augenbrauen hob Geraldine den Deckel an und inspizierte die tickende Zeitbombe aus Zucker und Konservierungsstoffen. Peggy entging nicht, dass Mutter und Tochter Blicke tauschten.

«Das mit deinem Sturz tut mir so schrecklich leid!», flüsterte Mel, als wäre Peggy nicht in der Notaufnahme, sondern in der Arrestzelle gelandet.

«Ich war selbst daran schuld. Gin und Rollschuhe sind einfach keine gute Kombination», sagte Peggy grinsend.

«Du solltest es mal mit Yoga probieren – natürlich erst, wenn du den Gips wieder los bist. Das ist sehr gut für die Haltung und fürs Gleichgewicht», sagte Geraldine.

«Ich habe meine Wassergymnastik. Die ist auch gut für die Fitness.»

«Ja, aber das kann man nicht vergleichen. Bei Yoga geht es vor allem um Flexibilität und Kraft.»

Peggy knirschte heimlich mit den Zähnen. Gegen Geraldine kam sie grundsätzlich nicht an. «Dir scheint es jedenfalls gutzutun», sagte sie.

«Ich gebe mein Bestes. Weißt du eigentlich, dass ich immer noch einen Spagat machen kann?»

Peggy betete, dass sie jetzt keine Vorführung bekam. Was Geschmeidigkeit betraf, konnte sie nie mithalten. Besser, sie blieb auf dem Terrain, wo sie ihre Stärken hatte. «Kann ich euch mit dem Essen helfen?»

«Hier, bitte sehr. Du solltest dich schonen.» Mike tauchte mit einem klappbaren Campingstuhl hinter ihr auf.

In deinem Zustand. Na los, sag es schon, dachte Peggy und ließ sich unter dem Gewicht der unausgesprochenen Worte auf den Stuhl plumpsen. Es war offensichtlich, dass Mels Eltern sie als alt und gebrechlich betrachteten. Sie war eigentlich nur fünf Jahre älter als Mike, aber es hätten genauso gut fünfzig sein können.

Brian zog sich ebenfalls einen Campingstuhl heran. «Ich leiste dir Gesellschaft.» Er lächelte ihr zu.

«Kann ich euch was zu trinken bringen? Wir haben vier verschiedene Sorten Mineralwasser im Angebot», sagte Mike.

Was war das denn für eine Party? Wieso durften Kinder heutzutage eigentlich keinen Spaß mehr haben? Als David und Jenny damals Geburtstag feierten, fing Peggy schon Tage vorher an zu backen. Es gab Schokocornflakes, Feenbrot und für die Eltern Würstchen im Schlafrock. Ja, die Kinder bekamen jedes Mal einen Zuckerschock und rannten aufgeputscht und schreiend durchs Haus, aber sie hatten ihren Spaß. Guten, altmodischen, harmlosen Geburtstagsspaß. «Päckchen um den Tisch» mit echten Zuckerlollis zwischen den Papierlagen, Reise nach Jerusalem und am Schluss für jeden ein in die Serviette gewickeltes Stück Geburtstagskuchen für zu Hause.

«Möchte jemand einen Kürbismuffin?» Geraldine reichte einen Pappteller herum.

Erwartete Mel tatsächlich, dass die Kinder dieses Zeug aßen? Die Dinger sahen aus wie Hundekuchen. Brian schüttelte höflich den Kopf. Sogar Mike tätschelte sich den nicht vorhandenen Rettungsring und lehnte ab.

David war damit beschäftigt, die Kinder in zwei Mannschaften aufzuteilen, aber bei dem Trubel um sie herum sah es aus, als wollte er eine Horde Wildpferde zusammentreiben. Mel war inzwischen damit beschäftigt, die Geschenke in einem Notizbuch zu katalogisieren. Peggy wusste, dass sie von Sam erwartete, hinterher auf seinem persönlichen Kinderbriefpapier individuelle Dankesbriefchen zu schreiben.

Arme Kinder. So gönnt ihnen doch ein bisschen Spaß, ehe sie werden wie ihre Eltern.

«Ich finde, du solltest die Partyagentur noch mal anrufen», rief David aus dem Chaos zu ihr rüber.

«Da geht keiner ran!», keifte Mel. «Ich kann schlecht noch eine Nachricht aufs Band sprechen.»

Geraldine erzählte, der engagierte Entertainer – ein Mann namens Jedi-Ritter Joe – hätte sie versetzt. Sie hatte jede einzelne Silbe sorgsam betont, als würde sie sich mit einer schwerhörigen Ausländerin unterhalten.

Peggy hatte sich bereits für Geraldines professionelle Analyse ihres Missgeschicks gewappnet, doch bis jetzt war sie verschont geblieben. Bei Teds Beerdigung hatte sie die Plattitüden der Gäste überstanden, indem sie jeden Schlag abgefälscht hatte wie ein Boxer im Ring. *Wenigstens hat er nicht gelitten. Er hatte ein gutes Leben. Wie gut, dass du den Hund hast. Die Zeit heilt alle Wunden,* hatten sie gesagt, als hätte sie eine Krankheit und keinen toten Ehemann.

Dann hatte Geraldine sie schließlich doch erwischt und auf die Matte geschickt, der finale Schlag war ein Nicken und ein schlichtes «Wie geht es dir?» gewesen. Seitdem hatte sie in ihrem Verhältnis die Oberhand behalten.

«Kinder! Alle mal herhören!» Mike erwachte plötzlich zum Leben und klatschte in die Hände. «Wer hat Lust auf Verstecken?»

«Kein guter Plan, Dad», sagte Mel und rettete einen Stapel *Star-Wars*-Pappteller vor der nächsten Brise. «Wir sind mit achtzehn Sechsjährigen hier, und ich würde am Ende gerne siebzehn davon wieder zurückgeben. Und zwar ohne …»

«Wir haben doch noch das Kricket-Set im Auto!», rief David unter einem Haufen diverser intergalaktischer Figuren hervor.

«Ich wusste, dass wir in den Streichelzoo hätten gehen sollen.» Mel wehrte diverse übereifrige kleine Kinderhände ab, deren Besitzer keine Lust mehr hatten, weiter Sams Dad zu bespringen, und sich lieber über das Buffet hermachen wollten. «He! Pfoten weg! Das ist für später.»

Unter dem Tisch stritten sich zwei von Sams Freunden um einen angespitzten Stock. Ehe Mel dazwischengehen konnte, ertönte ein Schrei, und ein Junge kam herausgekrabbelt. Er hielt sich die Hand, und Blut tropfte auf sein Darth-Vader-Kostüm.

Emily hatte inzwischen auch angefangen zu weinen, weil sie mit dem Saum ihres Prinzessinnenkleids am Picknicktisch hängen geblieben war und sich ein Loch in den glänzenden Stoff gerissen hatte. Damit noch nicht genug, stürzte sich inmitten des Tumults eine freche Elster vom Himmel und stibitzte sich einen Muffin vom Teller, während Sam in einen Hundehaufen stieg und mit der Sauerei am Schuh quer über Megs Designerpicknickdecke trampelte. Peggy fragte sich, ob sie eben tatsächlich einen Regentropfen auf der Nasenspitze gespürt hatte.

«Vielleicht sollte ich ein paar Zaubertricks vorführen?», sagte Mike. Sein Gesichtsausdruck ließ ahnen, dass er Kinder am liebsten mochte, wenn sie betäubt an seinen Zahnarztstuhl gefesselt waren.

«Könnte vielleicht jemand eine Flasche Wodka und ein paar Valium organisieren?» David kam, von oben bis unten voller Gras, zu ihnen gehumpelt. Er sah plötzlich viel älter aus als die anderen Väter im Park. Peggy erinnerte sich an den langen Kampf, den er und Mel mit der künstlichen Befruchtung ausgetragen hatten. Es hatte sie beinahe ihre Ehe gekostet, genau wie eine Generation zuvor Peggys Missgeburten ihre eigene Ehe belastet hatten. Wenn Peggy ihren Sohn und ihre Enkelkinder ansah, war sie froh, dass sie alle nicht aufgegeben hatten.

«Das ist das reinste Desaster!» Mel wirkte, als wäre sie den Tränen nahe. «Wir rufen die Eltern an und blasen die ganze Sache ab.» Peggy verspürte einen klitzekleinen Hauch Mitleid.

Wieder ein Regentropfen. Diesmal war Peggy sich sicher. Was für eine Schande! Gleich wäre das ganze teure, ungenießbare Essen hinüber.

«Dad! Schau mal!»

Sam zerrte David am T-Shirt und zeigte zum Parkplatz. Peggy hörte ein tiefes Röhren und sah, wie eine auf Hochglanz polierte Stoßstange aus Chrom nur Millimeter vor dem Behindertenschild zum Stehen kam. Der Motor heulte noch ein paarmal im Leerlauf auf und erstarb.

Der blutende Junge hörte auf zu weinen. «Wow! Wie cool ist das denn!»

Peggy sah den Blick auf Geraldines Gesicht und gelobte feierlich, sich daran zu erinnern, wenn sie einst alt und klapprig in ihrem Pflegeheim saß.

«Ju-huuuh!», rief Angie. Sie saß am Steuer des metallicblauen Cabriolets und winkte. Sie trug einen Seidenschal um den Kopf gebunden wie einst Grace Kelly. Neben ihr auf dem Beifahrersitz saß Jim, der siedlungseigene Schwerenöter und Rebell in Rente. Er trug eine klassische RayBan-Wayfarer auf der Nase und – zu Peggys heimlichem Vergnügen – einen goldenen Ohrring.

«Wenn ich mich nicht irre, ist das ein 1965er Ford Mustang», sagte Mike und nahm die Brille ab.

Brian hievte sich aus dem Campingstuhl hoch und stellte sich neben ihn. «Ich fürchte, ich muss Sie korrigieren. Das ist ein 66er. Ich habe selbst so einen gefahren. Hätte ich behalten sollen. Ist inzwischen ein Vermögen wert, wenn ich mich nicht irre.»

Jim legte seine Behindertenplakette hinter die Windschutzscheibe, öffnete die Beifahrertür und wäre fast aus dem Auto gestürzt. «Scheiß Ischias!», fluchte er und griff sich an den Rücken.

Angie löste mit eleganter Geste den Schal und schüttelte die dunklen Haare. «Das nenne ich mal ein Auto, Jimbo», sagte sie und warf ihm lässig den Schlüssel zu. Sie stieg aus und kam auf sie zu, in der einen Hand ein langes, dünnes, mit Geschenkband verziertes Paket, in der anderen eine Flasche Champagner. Als sie Peggy entdeckte, warf sie den Kopf in den Nacken und trötete: «Überraschung!»

Peggy war, was ihre eigene Reaktion betraf, mehr als erstaunt. Anstatt sich zu ärgern, dass Angie wieder mal kam, um ihr die Schau zu stehlen, durchfloss sie beim Anblick der zwei ungeladenen greisen Gäste eine riesige Woge der Erleichterung. Die beiden waren megacool, und damit galt das auch für sie.

«Na, wo ist denn das Geburtstagskind?», fragte Angie und musterte die verblüfften Gesichter.

Sam trat todesmutig vor und nahm das Geschenk entgegen, sichtlich misstrauisch, denn schließlich stammte es von einer Fremden.

Peggy legte ihm die Hand auf die Schulter und sagte: «Das kannst du ruhig nehmen, Sam. Angie ist eine sehr alte Freundin von mir. Wir kannten uns schon, als wir so alt waren wie du.»

Sam riss das Geschenkpapier ab und zog eine lange Plastikhülle heraus. «Jaaa! Dad, ein *Star-Wars*-Drachen!»

Neidisch sahen Sams Freunde zu, wie er die Plastikverpackung aufriss und sich sofort daranmachte, die Fäden zu entwirren. «Cool, ein Lenkdrachen! Dürfen wir ihn steigen lassen? Bitte, Dad!»

«Danke, dass du gekommen bist», flüsterte Peggy Angie ins Ohr, als sie sich mit einem Küsschen begrüßten. «Höchste Zeit, dass meine Familie meine neuen Freunde kennenlernt.»

Sie hatte sich früher wirklich genug mit den Freunden ihres Sohnes herumgeschlagen. Laute kleine Jungs, die sich in noch lautere große Jungs verwandelten. Die ihr den Kühlschrank leer fraßen und mit ihren Autos ihre Auffahrt zuparkten. Doch sie hatte sie trotzdem immer in ihrem Haus willkommen geheißen und sich große Mühe gegeben, nicht peinlich zu sein.

«Na, was sagst du zu Grannys Freundin?», sagte David zu Sam. Er kam näher, um das Geschenk und die Überraschungsgäste in Augenschein zu nehmen. Er gab Angie die Hand. «Ich glaube, wir kennen uns noch gar nicht. Ich bin …»

«David», sagte Angie. «Wir haben telefoniert. Peggy hat mir schon jede Menge über Sie und Mel erzählt.» Sie drehte sich um und zwinkerte Peggy zu. «Ich hoffe, Sie sind uns nicht böse, dass wir einfach so hier hereingeplatzt sind.»

«Ganz und gar nicht. Je mehr, desto lustiger!» Davids Lächeln wirkte ein wenig gequält.

Seine Schwiegereltern beäugten die glamouröse Angie und den verwegenen Leder-Jim mit sichtlicher Neugier. Schon bald umringten Jedi-Ritter, Großeltern und diverse Piraten und Prinzessinnen benachbarter Geburtstagspartys den spektakulären Wagen.

«Darf ich mich mal reinsetzen?» Aufgeregt hopste Sam auf der Stelle.

«Nur zu!» Jim öffnete beide Türen und ließ die Kinder ins Auto klettern.

Das breite Grinsen, mit dem Sam mit seinen pummeligen Fingern das dünne Lenkrad umfasste, sprach Bände. Seine Freunde kletterten über die Sitze nach hinten und quetschten sich nebeneinander. «Megacool!», rief einer.

«Tolles Auto», sagte David, die Hände in den Hosentaschen, und nickte anerkennend. «Die sieht man heute kaum noch, erst recht nicht in dem Zustand.»

«Tja, leider komme ich in letzter Zeit kaum noch dazu, damit zu fahren», sagte Jim. «Falls du mal Lust auf eine kleine Spritztour hast, melde dich einfach bei mir.»

Das Grinsen auf Davids Gesicht war genauso breit wie das von Sam.

Geraldine bahnte sich mit den Ellbogen einen Weg durch den Kreis der Bewunderer. «Sagen Sie mal, Sie sind doch Jim Wilde, oder?», fragte sie ungewohnt lebhaft.

Als Jim ihr sein strahlendes Rockstarlächeln schenkte, fügte sie hinzu: «Wusste ich's doch. Als ich jung war, hatte ich alle Ihre Platten. Ich war sogar mal auf einem Konzert von Ihnen. 1961, im Hordern Pavilion.»

1961? Entweder sie hatte sich mit Zöpfen und Ringelsöckchen ins Konzert geschlichen, oder die verdächtig gelenkige Geraldine war älter, als sie zugab.

Mike trat zwischen seine Frau und den prominenten Mustangbesitzer und versuchte, das Gespräch auf klassische Autos zurückzulenken. In dem Augenblick, als die Jedi-Ritter die Hupe des Mustangs entdeckt hatten, tauchte hinter ihnen der nächste dröhnende Motor auf. Es klang, als würde ein Jagdflugzeug zur Landung ansetzen. Der Motor röhrte, dann gab es eine Fehlzündung, die klang, als wäre eine Kanone abgefeuert worden.

«Wow!», sagte David und machte einen Schritt zurück, als das uralte Motorrad neben dem Mustang ausrollte. Mattkhakifarben lackiert, war die Enfield zwar nicht so glamourös wie das Cabriolet, aber sie löste bei den Schaulustigen nicht weniger Bewunderung aus.

Der in volle Montur gehüllte Fahrer stieg ab und bockte das Motorrad auf. Dann tauchte unter dem Helm Celia mit rosaroten Wangen auf. Brian begrüßte sie mit einem strahlenden Lächeln.

Nachdem Peggy sich vergewissert hatte, dass Geraldine ihr zusah, gesellte sie sich gemächlich schlendernd zu ihnen. Sie hatte ihr ganzes Leben lang darauf gewartet, endlich auch mal dazuzugehören, und sie würde jeden einzelnen Moment genießen.

«Eine Royal Enfield», sagte Mike und streichelte mit einer Hand über den Tank. «Damals bei der australischen Luftwaffe habe ich auch so eine gefahren. Ach ja.» Er beugte sich über das Motorrad und stellte sich vor.

Celia schüttelte seine Hand und sagte: «Da vorne hätte es mich um ein Haar hingebrettert. Irgend so ein alter Knacker ist plötzlich mit seinem Elektroscooter vor mir auf die Straße gerollt. – Celia Davenport. Ich gehöre zu Peggy.»

Mike stellte sich freiwillig zur Verfügung, um nacheinander die Kinder auf das Motorrad zu heben, während Peggy ihre neuen Freunde an den Picknicktisch führte. Dort saß Mel auf einem Campingstuhl und starrte abwesend vor sich hin.

«Du siehst aus, als könntest du eine Stärkung gebrauchen», sagte Peggy. Brian ließ den Champagnerkorken knallen, und Angie hielt ihm die *Star-Wars*-Pappbecher hin. «Wer hat Lust auf Geburtstagskuchen?», rief sie.

Und bald darauf stand eine hungrige Schar aus Jedi-Rittern und Stormtroopers am Picknicktisch Schlange, um sich ein

Stück in Serviette gewickelten Geburtstagskuchen abzuholen, wenn auch in hundert Prozent ungebleichte, umweltfreundliche Ökoservietten.

18

Der Gesangsapparat

Obwohl erst Mittwoch war, hatte Peggy diese Woche bereits mit zwei Stromversorgern, einer Firma für einbruchsichere Rollläden, einer Krebsstiftung und mit einem Mann mit ausländischem Akzent telefoniert, der behauptete, ein Techniker von Telstra zu sein. Langsam wurde Peggy sauer.

David hatte sie vor Telefonverkäufern und Trickbetrügern gewarnt. Doch seit dem Vorfall mit dem armen Möbelpacker plagte Peggy das schlechte Gewissen, und sie bemühte sich darum, zu Fremden besonders nett zu sein. Anfang der Woche waren ihre Reaktionen noch sehr freundlich gewesen, sie hatte die Angebote höflich abgelehnt und den Anrufern erklärt, sie sei Witwe und müsse von ihrer Rente leben. Doch sie ließen nicht locker, verwickelten sie in Gespräche und versuchten, sie dazu zu bringen, einen kleinen Betrag zu spenden oder ein Los zu kaufen. Bald schon hatte Peggy die Nase voll und reichte den Hörer an Basil weiter, der schnarchend und rasselnd in seinem Körbchen lag. Das schien zu wirken.

Als an diesem Tag um acht Uhr morgens das Telefon klingelte, ließ Peggy den Anrufbeantworter rangehen, anstatt sich das ganze Theater schon wieder anzutun. Sie lauschte ihrer Telefonstimme – einer Mischung aus der Queen und Dame Edna, wie sie erst jetzt zu ihrem Missmut feststellte – und dem auf die Ansage folgenden Ton. Dann hörte sie Jennys blecherne Stimme.

«Mutter? Bist du da? Ich wollte nur wissen, ob du den Rollator bekommen hast. Ich hoffe, die Farbe gefällt dir. Ich habe dir einen roten ausgesucht, weil man den aus der Ferne besser erkennen kann. Dabei fällt mir ein, ich habe für den Zwanzigsten um zehn Uhr dreißig einen Termin beim Augenarzt für dich vereinbart. Du musst mal wieder den Augendruck überprüfen lassen und ein paar Tropfen kriegen. Ich dachte, bei der Gelegenheit könnten wir dir auch gleich die Ohren spülen lassen und danach eine Kleinigkeit essen. Ich rufe den HNO-Arzt an und mache einen Termin. Vergiss bitte nicht wieder, vorher die Ohrenschmalzlöser zu nehmen, die ich dir letztes Mal gekauft habe. Zwei bis drei Tropfen in jedes Ohr vor dem Schlafengehen. So, wie ich es dir gezeigt habe. Und denk daran, ein Handtuch unterzulegen.»

«Mein Gehör ist in allerbester Ordnung», sagte Peggy zu Basil, der schnarchend auf dem Fußabstreifer lag. «Was man von dir nicht behaupten kann.» Sie machte einen Schritt um den Hund herum. Vorausgesetzt, es gab keine störenden Hintergrundgeräusche, konnte Peggy noch jedem Gespräch ganz einwandfrei folgen. Es war absolut in Ordnung, jemanden darum zu bitten, sich zu wiederholen. Es war doch nicht ihre Schuld, wenn die Leute ständig nuschelten.

Ein Hörgerät war das Letzte, was sie brauchte. Die Dinger waren in der Happy Hour Dauerthema. Sie kosteten ein Vermögen und taten nichts weiter, als den Lärm zu verstärken, anstatt irgendetwas klarer zu machen. Peggy erinnerte sich noch gut an die Klagen ihrer Mutter über ihre Hörgeräte. Irgendwann hatte das alte Huhn sie zusammen mit den Dritten im Wasserglas auf dem Nachttisch versenkt, und damit war das Thema erledigt gewesen.

Jenny konnte sich ihre Ohrentropfen sonst wo hintun. Gott hatte das Ohrenschmalz mit Absicht erfunden, damit alte Menschen ihre übergriffigen Familien ignorieren konnten.

Auf dem Weg nach draußen gab Peggy dem glänzenden neuen Rollator einen Tritt. Der Augenarzt konnte ihr ebenfalls gestohlen bleiben.

Doch in Peggy machte sich eine unangenehme Unruhe breit. Der bevorstehende Besuch ihrer Tochter bereitete ihr langsam ernsthaft Sorgen.

Das Geschäft sah eher aus wie ein Kontrollzentrum der NASA als wie ein Elektrofachmarkt. In der Hoffnung, den Menschenmassen zu entgehen, hatte sich das Komitee extra für einen Vormittag unter der Woche entschieden. Sie hofften auf ausreichend Zeit, um dumme Fragen zu stellen.

Der Verkäufer trug ein paar dünne, lange Barthaare am Kinn und erinnerte Peggy an einen jungen Ziegenbock.

«Suchen Sie etwas Bestimmtes?», fragte er.

«Wir suchen einen Gesangsapparat», antwortete Peggy. Zu ihrem Schrecken hatten sich die übrigen Mitglieder des Festkomitees plötzlich in Luft aufgelöst. Peggy war es auf mysteriöse Weise gelungen, in weniger als fünf Minuten vier erwachsene Menschen zu verlieren. *Wirklich, alte Leute sind schlimmer als Kleinkinder.*

Der Verkäufer sah sich nervös um, als würde er nach einer versteckten Kamera oder Späße treibenden Kollegen suchen. Das war kein vielversprechender Anfang. Wenn sie in dieser Geschwindigkeit weitermachten, gäbe es auch in diesem Jahr beim Annual Dinner Dance wieder Eisbombe Alaska und langweiliges Rumgeschwofe zu den Klängen von Tony Bennett und seiner Band. Peggy konnte ohne Davids Hinweisliste noch nicht mal ihr Mobiltelefon benutzen, ganz zu schweigen davon, ein Gesangsdings zu kaufen. Plötzlich entdeckte sie

Brians umkränzte Glatze in der PC-Abteilung und dann auch Celia, die drüben in der Fotoabteilung durch ein Teleobjektiv die Welt bestaunte. Von Angie keine Spur. Wahrscheinlich frönte sie gerade mal wieder der Körperpflege und war damit beschäftigt, sich irgendwo die Lippen nachzuziehen. Nur Jim war ihr gefolgt, auf seinen zwei Cowboystiefeln humpelnd wie John Wayne, doch er war in der CD-Abteilung hängengeblieben. Strahlend wie ein Honigkuchenpferd stand er vor einer CD in der Auslage, die sein eigenes Bild zierte – grübelnder Blick unter einer üppigen Tolle schwarzer Haare. Mit seinen vollen Lippen und dem Schlafzimmerblick war er sicher mal ein guter Fang gewesen. Eigentlich war er das immer noch, dachte Peggy. Sie fragte sich, ob Angie das auch so sah. Sie hatte einen Fotografen, einen Rennfahrer, einen Juristen und einen Schönheitschirurgen geheiratet. Ein Rockstar wie Jim erschien Peggy nur die logische Weiterentwicklung zu sein.

Der Verkäufer – Lachlan, seinem Namensschild nach – kratzte sich am Kopf. «Meinen Sie ein Soundsystem? Hier drüben haben wir eine ganz gute Auswahl an Kompakten.»

Kompakte? Wovon redete er? Das klang ja fast wie was Medizinisches.

«Ich meine einen Apparat, in den wir reinsingen können», sagte Peggy. Das Ding hatte doch einen Namen. Er lag ihr auf der Zunge. «Jim? Wie heißt das Ding, das wir suchen, noch mal?»

Jim erstarrte und sah mit halboffenem Mund an ihr vorbei, als hätte jemand die Pausetaste gedrückt.

«Karaoke.» Plötzlich stand Angie neben ihm. «Lautsprecher, Mikrophon, Verstärker. Das ganze Paket.»

Jim musterte Angie von oben bis unten, als sähe er sie zum allerersten Mal. «Das ganze Paket», wiederholte er wie ein Papagei.

«Kommen Sie mit.» Lachlan führte sie in die hinterste Ecke des Geschäfts. Dann tauchten auch Brian und Celia wieder auf, beide beladen mit Broschüren.

Auf dem Regal hinter Lachlan tummelte sich eine erfreuliche Auswahl an Gesangsapparaten. Endlich kamen sie einen Schritt weiter. Ihre neue Rolle als offizielle Sprecherin des Komitees auskostend, schob Peggy sich vor. Sie war ganz Ohr. Jims Hörgerät pfiff grell, als er nach oben griff, um es zu justieren. Brian klickte erwartungsvoll die Mine seines Kugelschreibers heraus. Selbst Angie hatte sich die Sonnenbrille nach oben in die Haare geschoben und blinzelte aufmerksam gegen die künstliche Beleuchtung. Sie standen in den Startlöchern.

«Die erste Frage lautet», begann Lachlan, «was Sie von Ihrem Apparat wollen.»

«Musik!», sagte Peggy, wie aus der Pistole geschossen. «Sie wissen schon, so ein Ding, wo der Sänger die Lieder auf dem Bildschirm nachsingt.»

Angie verdrehte die Augen. «Ich glaube, er weiß, was eine Karaokemaschine ist.»

«Was ist mit Tanz?» Celia schob sich zwischen Peggy und Brian nach vorn. Sie wedelte mit den Hüften und klopfte mit einem ihrer Motorradstiefel einen Takt auf den grauen Fliesenboden.

«Ja. Ich dachte eher daran, welche Ausstattung Ihnen wichtig ist», sagte Lachlan.

«Robust. Nicht zu kompliziert. Zuverlässig», sagte Brian mit einem Blick auf Peggy.

Damit waren die Schleusen geöffnet, und Lachlan flogen die Wünsche und Vorschläge nur so um die Ohren, einfache Bedienung, große Tasten, Anleitung in Großdruck und mit Funkfrequenz fürs Hörgerät.

Lachlan lachte gequält auf. «Okay. Zuerst muss ich wissen, welche Geräte bereits vorhanden sind, damit wir ein kompatibles Format finden können.»

Geräte? Die Mitglieder des Festkomitees sahen sich ratlos an. Was für eine seltsame Frage.

«Wasserkocher, Toaster, Staubsauger ...», sagte Peggy.

«Ich habe dahinten eine ganz nette Mikrowelle stehen sehen», sagte Celia.

Lachlan räusperte sich. «Ich dachte eigentlich eher an technische Geräte und Betriebssysteme: MP3, iOs oder Android, solche Sachen.» Er sah sie forschend an. «Haben Sie Tablets?»

Peggy entspannte sich ein wenig, sie spürte wieder festen Boden unter den Füßen. Mit Tabletts kannte sie sich aus.

«Mehrere», sagte Celia, ehe Peggy mit ihrer Expertise glänzen konnte.

«Gut», sagte Lachlan und wirkte nicht mehr ganz so verzweifelt. «Dieses Modell hier lässt sich mit einem Tablet verbinden.»

Zweifelnd musterten die Senioren die Maschine. Lachlan interpretierte ihr Schweigen als Zeichen, dass sie ganz bei ihm waren, und erläuterte ihnen die unterschiedlichsten Variationen und Ausstattungsmerkmale: Woofer und Subwoofer, Hardware und Software, LAN oder WLAN, verkabelt oder schnurlos.

Bei Letzterem kam wieder ein wenig Leben in die abwesenden Gesichter: Wenigstens ein schnurloses Telefon kannte jeder von ihnen.

Lachlans Stimme sirrte seltsam in Peggys Ohr, und ihr Gehirn versuchte vergeblich, zurück auf die richtige Frequenz zu schalten. Verschwommen oszillierten seine Umrisse durch ihr Sichtfeld. Plötzlich stand ihre Haut in Flammen. Sie zwang sich mit aller Macht, sich auf sein Kauderwelsch zu konzentrieren.

«Geht es dir gut?», fragte Angie. «Du siehst ein bisschen blass aus.»

«Geht gleich wieder.» Peggy zog sich die Jacke aus. Sie holte ein paarmal tief Luft, aber davon wurde ihr nur noch schwindeliger.

Brian war so eifrig damit beschäftigt, sich Notizen zu machen, dass er nicht mitbekam, wie Peggy plötzlich rücklings gegen die Auslage stolperte. Jim hielt sich beide Hände an die Ohren, um besser zu hören, und merkte ebenfalls nichts, und Celia war ganz auf Lachlan konzentriert und verlangte mit verschränkten Armen eine Erklärung, wie man, bitte sehr, Musik in einer Cloud speichern sollte. Seit wann konnten Wolken Musik speichern?

«Hast du heute Morgen gefrühstückt?»

Wo eben noch Angie gestanden hatte, erblickte Peggy ihre Mutter. Was machte sie denn hier, ausgerechnet in einem Elektromarkt, umgeben von all diesen ... Apparaten?

«Ich kann mich nicht erinnern.» Peggys Unterlippe zitterte. Was zum Teufel sollte dieses blaue Ding an ihrem Arm?

«Komm, setz dich hin, ehe du uns noch umkippst.» Angies Gesicht war wieder da. Peggy wankte auf eine Stuhlreihe neben den Fotoautomaten zu. Dankbar setzte sie sich hin.

«Steck den Kopf zwischen die Knie», ertönte Angies Stimme neben ihr.

«Ich bin doch kein Schlangenmensch.» Es gab Körperteile, die Peggy seit Jahrzehnten nicht gesehen hatte. Sie hatte es nicht eilig, das ausgerechnet jetzt nachzuholen.

«Ja, so ist es besser. Wie fühlst du dich?»

«Komisch. Ich habe keine Ahnung, was das eben war. Einen Augenblick lang dachte ich, du wärst meine Mutter.»

«Gott bewahre. Ich liebe dich von Herzen, Peggy, aber mal ehrlich: Deine Mutter war eine Schreckschraube.»

«Ja, von dir hat sie auch nur in den höchsten Tönen gesprochen», sagte Peggy und lächelte zaghaft.

«Tut mir leid», antwortete Angie, sah aber kein bisschen so aus. «Ich habe nie verstanden, was sie gegen mich hatte.»

Wenn sie noch eine Sekunde länger die Luft anhielt, würde sie in Ohnmacht fallen. Peggy stützte sich auf den Kotflügel des Brautautos, während ihre Mutter am Reißverschluss zerrte, als würde sie versuchen, bei einem störrischen Pony den Sattelgurt festzuzurren.

«Halt still!», zischte Mrs. Weaver durch zusammengebissene Zähne. Zum allerersten Mal fiel Peggy auf, wie dünn ihre Mutter war. Ihre Arme waren sehnig, das Gesicht lang und hager.

Nach dem Tod ihres Vaters hatte Peggy zu Hause das Kochen übernommen. Die Alternative wäre gewesen zu verhungern. Ihrer Mutter reichte zum Überleben offensichtlich ihre bittere Galle. Auch ihr Vater war von eher schmächtiger Statur gewesen. Peggy hatte sich immer als physiognomische Anomalie empfunden und nie verstanden, wo sie ihre stämmige Figur herhatte. Sie kam, was Körperbau und Persönlichkeit betraf, eher nach ihrem Onkel Bill, dem gutaussehenden älteren Bruder ihres Vaters. Sie hatte sein rundliches Kinn, seine blauen Augen und sogar sein Lachen geerbt.

«Weiter geht's nicht.» Peggys Mutter schnaubte höhnisch und rückte sich die schwere Brille zurecht. Unter Peggys linkem Arm quoll oberhalb des Reißverschlusses ein weißer Speckwulst heraus. Sie würde sich damit abfinden müssen. Außerdem würde Ted schon in ein paar Stunden in ihrem Hotelzimmer den Reißverschluss wieder öffnen. In ihrer Hochzeitsnacht.

Bei dem Gedanken an alles, was vor ihr lag, meldete sich mit einem Ziehen ihr Blasenmuskel. Sie hatte den ganzen Vormittag sehr bewusst auf Flüssigkeiten aller Art verzichtet. Genau aus diesem Grund. Sie war gefangen, eingeschnürt in ein weißseidenes Zirkuszelt.

Sie hatte eine Stunde gebraucht, um in das Kleid hineinzukommen, selbst mit der Hilfe ihrer Mutter und Teds jüngerer Schwester. Es war eine Kopie des Märchenkleides, in dem Prinzessin Margaret an der Seite von Antony Armstrong-Jones vor den Traualtar getreten war. Obwohl Ted ihr zu der Zeit noch gar keinen Antrag gemacht hatte, hatte Peggy den Zeitungsausschnitt mit dem Foto in ihrem Tagebuch aufgehoben.

«Viel Glück!», riefen ihr ein paar in die Kirche eilende, mit Hüten und Kamera bewaffnete ehemalige Kommilitoninnen von der Sekretärinnenschule zu, während Peggy für den Fotografen posierte.

Viel Glück. Was für ein seltsamer Wunsch zu einer Hochzeit. So was wünschte man jemandem vor einer Prüfung oder vor einer Schlacht. Sie heiratete. Was hatte das denn mit Glück zu tun?

Die Kirchenglocken verklangen. Hinter dem schweren Holzportal trieb die Orgel die letzten eintrudelnden Gäste zur Eile an. Peggy drohte das Herz aus der Brust zu springen. Das war's, heute begann der Rest ihres Lebens. Ihr Leben mit Ted. Und die Chance, ein für alle Mal ihrer Mutter zu entkommen.

Hinter sich hörte Peggy das Geräusch von knirschenden Absätzen. Sie würden noch eine Minute warten müssen, bis auch die letzten Zuspätkommer hineingegangen und einen Platz gefunden hatten.

«Süße, du siehst göttlich aus!»

Überrascht machte Peggy einen Schritt zurück und wäre fast über die Bordsteinkante gepurzelt.

«Angie! Ich war mir nicht sicher, ob du es schaffst! Ich wusste nicht mal, ob ich die Einladung an die richtige Adresse geschickt habe.»

«Machst du Witze? Das hätte ich mir um nichts in der Welt entgehen lassen. Ich bin extra aus London hergeflogen.» Angie hob Peggys Schleier und gab ihr zwei Wangenküsschen, wie man es in Europa machte.

Peggys Mutter schnaubte.

«Hallo, Mrs. Weaver.» Angie klang plötzlich steif und förmlich. «Sie müssen sehr stolz sein.»

«Wir müssen uns beeilen», sagte Peggys Mutter und schnaubte wieder. «Bitte entschuldige uns, Angela.»

Angie senkte den Schleier wieder über Peggys Gesicht. «Viel Spaß heute Nacht», sagte sie augenzwinkernd.

Peggy sah das verkniffene Gesicht ihrer Mutter und stellte sich den unsichtbaren Dampf vor, der ihren geblähten Nüstern entstieg. Wie gelähmt starrten Peggy und ihre Begleiterinnen Angie hinterher, während sie auf die Kirche zustolzierte. Sie trug einen hellblauen Mantel, der ihr bis über die Knie ging. Trotz der Wärme war er bis zum Hals zugeknöpft. Eine interessante Wahl für Angie, die sich normalerweise keine Gelegenheit entgehen ließ, ihre perfekte Figur zur Schau zu stellen – aber Angie war schon immer unberechenbar gewesen.

«Deine Freundin sieht ja aus wie Audrey Hepburn!», sagte June und wurde von Mrs. Weaver gereizt in die Schranken gewiesen. «Heb die Schleppe hoch, June, sonst wird sie schmutzig.» Was ihr mit dem nächsten Ausatmen entschlüpfte, war zwar kaum zu hören, aber Peggy war sich ziemlich sicher, dass sie es richtig verstanden hatte. *«Flittchen!»,* zischte ihre Mutter.

«Das war's», sagte Angie, die an Peggys gesundem Arm versuchte, ihr den Puls zu messen. «Ich bringe dich in die Notaufnahme. Du gehörst ins Krankenhaus.»

«Bitte nicht!», stöhnte Peggy. «Ich habe langsam die Nase voll von dem Tamtam.»

«Gut. Dann rufe ich, sobald wir zurück sind, bei Dr. Lim an.»

«Lass mich einfach in Frieden!», schnauzte Peggy sie an.

Angies Augen wurden erst kugelrund und dann zwei schmale Schlitze. «Was ist denn eigentlich los mit dir? Ich meine, was ist *wirklich* los?»

«Nichts. Mir geht's gut.»

«Liegt es an Brian?»

«Angie! Sei leise! Wenn du's unbedingt wissen musst, es liegt an meiner Familie.»

«Was ist denn mit denen?»

«Das verstehst du nicht.»

«Also, nach allem, was ich Samstag erlebt habe, wirkt deine Familie ganz normal. Diese Mel ist etwas überdreht, aber ihre Eltern sind doch in Ordnung. Und wenn du mich fragst, David ist außerordentlich um seine Mutter besorgt.»

«Nur fürs Protokoll: Ich habe dich nicht gefragt. Natürlich wirkt David auf dich charmant. Du bist ja auch nicht mit ihm verwandt. Glaub mir, Mel hat ihn völlig im Griff. Sie hat ihm das Rückgrat amputiert. Und Jenny ist genauso schlimm. Sie versucht ständig, das Ruder zu übernehmen. Am liebsten sähen sie mich irgendwo weggesperrt in einem Pflegeheim, von Kopf bis Fuß in Luftpolsterfolie gewickelt.»

Kichernd legte Angie Peggy den Arm um die Schultern. «Schätzchen, das würde ich niemals zulassen. Luftpolsterfolie ist so dermaßen out.»

Brian tauchte auf, das Gesicht in Sorgenfalten gelegt. «Geht es dir gut, Peggy?»

Lachlan bot ihr ein Glas Wasser an. «Machen Sie sich keine Sorgen, Madam», sagte er. «Unser Filialleiter hat einen Krankenwagen gerufen.»

Was für ein Albtraum. Zur Abwechslung hatte Peggy sich mal wichtig fühlen wollen. Dies war ihre Gelegenheit gewesen, aufzustehen und ihren Platz zu reklamieren, Schulter an Schulter mit den anderen – ihre Chance, an der Seite von Jetsettern, Ärmelkanaldurchschwimmern und Hitparadenstürmern zu glänzen und ihre Frau zu stehen.

Doch stattdessen hatte sie schon wieder einen «Anfall» erlitten, und so ungern sie es auch zugab, Peggy fühlte sich noch immer äußerst seltsam. Auch als sie das Wasser ausgetrunken und den Filialleiter davon überzeugt hatte, den Krankenwagen wieder abzubestellen, war ihr klar, dass etwas nicht stimmte. Und noch schlimmer, die Chancen, die Neuigkeit von ihrer neuesten Episode vor Jenny geheim zu halten, tendierten gegen null.

19
Neblig mit Sturztendenz

Der Radiosprecher ging auf Nummer sicher. Bewölkt mit sonnigen Abschnitten und leichten Regenfällen. Für die Jahreszeit zu kühl, im Tagesverlauf wärmer.

Was für eine Wettervorhersage ist das denn, dachte Peggy. *Da kann ich genauso gut ein Büschel Seegras an die Haustür hängen.*

Sie schielte auf den ersten Punkt der To-do-Liste auf ihrem Küchentisch.

Anziehen.

Am Anfang hatte Peggy ihre neue Kombigarderobe als wahren Zeitsparer empfunden, aber seit sie sich immer besser mit den schier unendlichen Kombinationsmöglichkeiten auskannte, stellte sie sich den Wecker extra eine halbe Stunde früher, um genug Zeit zum Nachdenken zu haben. Fünf neue Oberteile, drei Unterteile und ein Blazer, dazu zwei Paar extrem unnachgiebige Schuhe und eine Halskette, das ergab eine Milliarde potenzielle Kombinationen. Ted hätte mit dem Bleistiftstummel, der seinen festen Platz hinter seinem Ohr hatte, längst auf einem Blatt Papier ausgerechnet, wie viele genau. Doch ohne seine mathematischen Superkräfte zog Peggy die Erstellung einer Tabelle in Betracht, um auch wirklich auf ihre – beziehungsweise Angies – Kosten zu kommen.

War es inzwischen tatsächlich so weit mit ihr gekommen? Musste sie sich jetzt schon daran erinnern, sich anzuziehen? Sie war offiziell meschugge geworden. Im Laufe weniger Tage hatte sie offenbar galoppierende Demenz entwickelt. Oder hatte sie doch einen Schlaganfall erlitten? Peggy wackelte probeweise mit den Zehen und schlug die imaginären Tasten eines Klaviers an. Nein, das funktionierte alles einwandfrei, trotz Gipsarm.

Sie sollte Wunschlisten führen und keine armseligen Erinnerungslisten an völlig banale Aufgaben. Sie sollte ihre Häkchen hinter Dinge wie Ballonfahren oder Fallschirmspringen setzen. Sie hatte einmal in ihrem Leben die Pyramiden sehen und auf einem Motorrad fahren wollen. Vielleicht nahm Celia sie wenigstens auf dem Rücksitz ihrer Enfield zu einer Runde durch die Siedlung mit. Vielleicht ließ sich das zeitlich mit Jennys Besuch nächste Woche vereinbaren. Dann hätten sie zum Mittagessen wenigstens ein Gesprächsthema.

Eins nach dem anderen.

Tee kochen.

Ihr Mund war völlig ausgedörrt. Sie hatte plötzlich wieder glasklar vor Augen, wie Angie sie in der fünften Klasse dazu überredet hatte, sich eine ganze Packung Salzcracker in den Mund zu stopfen. Wenn sie sich an solche Dinge erinnern konnte, als wäre es gestern gewesen, musste mit ihrem Kopf doch eigentlich alles in Ordnung sein. Oder nicht?

Basil lag auf dem Küchenboden und starrte seinen Fressnapf an. Ab und zu warf er ihr unter halbgeschlossenen Lidern einen leidenden Blick zu. Peggy merkte, dass sie vergessen hatte, ihn zu füttern. Sie hatte sogar vergessen, es gestern Abend vor dem Schlafengehen mit auf die Liste zu schreiben. Was war hier los?

Basil füttern, schrieb sie, und dann: *Tabletten nehmen.* Genau, wo waren eigentlich ihre Tabletten?

Davids Worte hallten ihr in den Ohren. *Du musst besser aufpassen.* Er hatte recht. Mit neunundsiebzig ging es in alle Richtungen nur noch bergab.

Das Telefon klingelte. Als sie das schnurlose Mobilteil endlich gefunden hatte, hatte der Anrufer längst wieder aufgelegt. Und als Peggy dann auch noch zufällig ihre Pillenschachtel im Gemüsefach wiederfand, halb unter einem Bund welkem Stangensellerie versteckt, hatte sie endgültig genug.

«Sie kommen eine halbe Stunde zu früh, aber das ist nicht schlimm, es hat gerade jemand abgesagt.» Dr. Stephen winkte Peggy zu sich ins Sprechzimmer.

«Ich Dummerchen. Ich komme nachher wieder.»

«Nein, nein, kommen Sie rein. Setzen Sie sich. Wie geht es Ihnen?»

«So lala.» Mit anderen Worten, scheußlich.

Der Arzt musterte sie durch seine dicken Brillengläser. Peggy stellte sich vor, wie er ihre Fesseln prüfte und ihr ins Maul schaute wie einem alten Gaul, um ihre Zähne zu untersuchen.

«Sie wirken heute ein bisschen mitgenommen», sagte er und lehnte sich zurück.

Peggy sah an sich herunter und merkte, dass sie zwei verschiedene Schuhe trug. Links einen dunkelblauen Wildlederslipper, rechts eine schwarze Sandale mit Guckloch für den großen Zeh. Sie kreuzte die Füße unter dem Stuhl und hoffte, dass Dr. Stephen nichts mitbekam.

«Ich weiß gar nicht, wo ich anfangen soll.»

«Können Sie ein bisschen präziser werden?»

«Also, ich sehe verschwommen. Heute Morgen konnte ich kaum meine … meine Liste lesen.»

Sie musste an die Notizen denken, die immer noch auf dem Küchentisch lagen. Und noch was hatte sie mitbringen wollen, aber ihr fiel beim besten Willen nicht mehr ein, was.

«Mir war so flau zumute.»

«Hatten Sie einen trockenen Mund?»

Peggy sah ihn verwundert und ein bisschen beklommen an. Er war ihr auf der Spur. «Ja, jetzt, wo Sie es sagen. Meine Zunge fühlt sich an wie Fensterleder.»

«Ich hoffe, Sie nehmen es mir nicht übel, aber ich finde, Sie sind heute nicht so auf Zack wie sonst.»

Peggy zupfte am Saum ihrer Bluse herum. Sie war auf links gedreht. «Glauben Sie, ich bin dement, Doktor?»

Dr. Stephen lachte. «Das bezweifle ich stark.»

«Aber mein Gedächtnis ist schockierend. Ich betrete ein Zimmer und kann mich nicht daran erinnern, wie ich dorthin gekommen bin. Heute Morgen habe ich meine Tabletten im Kühlschrank wiedergefunden.» Das mit dem Telefon im Brotkasten erzählte sie ihm lieber nicht.

Sein Gesicht wurde wieder ernst. «Haben Sie auch etwas Wichtiges vergessen?»

«Ich vergesse ständig Namen. Die fallen mir dann meistens am nächsten Morgen gegen drei wieder ein. Und dann kann ich nicht wieder einschlafen.»

«Das ist in Ihrem Alter völlig normal. Das mit den Namen, meine ich.» Dr. Stephen lächelte ihr über den Rand seiner Brille freundlich zu. «Wir müssen uns erst Sorgen machen, wenn Sie anfangen, die wirklich wichtigen Dinge zu vergessen.»

«Können Sie mir ein Beispiel nennen?»

«Wie die Fernbedienung funktioniert, Passwörter, wichtige Daten wie zum Beispiel Geburtstage. Solche Dinge.»

«Ich hätte beinahe die Geburtstagsparty meines Enkels vergessen. Und ich kann mein neues Telefon nicht benutzen, weil mir das vierstellige Passwort nicht mehr einfällt.»

Dr. Stephen zog eine Augenbraue hoch. «Das klingt dann doch etwas beunruhigender.»

Peggy verließ der Mut. Ein beunruhigter Dr. Stephen machte ihr Angst. Heiter war er ihr lieber, wenn er sich in seinem Stuhl zurücklehnte und ihr sagte, sie solle sich keine Sorgen machen, das sei nur das Alter. Was, wenn sie tatsächlich dement war? Wie lange würde es dauern, bis sie anfing, Symptome zu zeigen? Wäre sie die Letzte, die es merken würde, wenn sie ziellos durch die Gegend irrte und sich ständig wiederholte? Sich ständig wiederholte?

«Kann man das testen?»

«Ja, es gibt da den sogenannten Mini-Mental-Status-Test. Er gehört zu den Grundlagentests bei Demenz. Trotzdem müssen von einem Spezialisten oft noch detailliertere Tests der kognitiven Fähigkeiten durchgeführt werden.»

Peggy wusste nicht mal, was kognitiv hieß. Es klang wie ein Ding aus Teds Werkzeugschuppen.

Die Vorstellung, ein Test könnte beweisen, dass mit ihrem Verstand alles in bester Ordnung war, war beruhigend. Es war die Alternative, die sie ängstigte. Vielleicht war es besser, den Sattelschlepper erst zu sehen, wenn er über die rote Ampel gefahren war. Sie konnte doch auch weiter in seliger Unwissenheit leben, eine etwas vertrottelte, aber liebenswerte alte Dame. «Sie ist ein wenig exzentrisch», würden die Leute sagen. Das Jacaranda Retirement Village war ein Ort, wo man gerne so tat, als hätte man dieselbe Geschichte nicht schon gestern gehört, und wo man Namen einfach freundlich korrigierte. Es war ein Ort, wo man Rücksicht aufeinander nahm, ein Ort, an dem Gleiches sich zu Gleichem gesellte.

«Glauben Sie, ich habe Alzheimer, Herr Doktor?» Peggy sah plötzlich die gekrümmte Gestalt ihrer Mutter in ihren ausgetretenen Lammfellstiefeln vor sich.

«Wir wollen keine voreiligen Schlüsse ziehen», sagte Dr. Stephen. «Es gibt möglicherweise eine andere Erklärung.»

«Wovon reden Sie?»

«Es kann sein, dass Sie an den Nebenwirkungen des neuen Medikaments leiden.»

«Welches neue Medikament?» Peggy konnte sich nicht an irgendwelche neuen Tabletten in ihrer Pillenbox erinnern.

«Die Tabletten gegen Harndrang. Ich habe Ihnen letzte Woche ein Rezept ausgestellt.»

In der letzten Woche war so viel passiert, dass Peggy kaum noch mitkam. Es war, als hätte Angie in ihrem Leben auf Schnellvorlauf gedrückt. Nicht zu fassen, dass sie vor nicht mal einem Monat hier eingezogen war.

«Meinen Sie die kleine weiße?»

Die Blasenzauberkugel.

«Hat sich schon eine Verbesserung eingestellt?»

Peggy wurde schwer ums Herz. «Meine Zunge ist das Einzige, was austrocknet», sagte sie. Und ihr Gehirn das einzige Organ, das in seiner Funktion gebremst wurde.

«In dem Fall sollten wir sie absetzen.»

«Können wir nichts anderes versuchen?»

«Hm. Es gibt neuere Präparate mit vermutlich weniger Nebenwirkungen, aber die sind im Augenblick noch ziemlich teuer. Eine weitere Möglichkeit wären Antidepressiva.»

«Meine Blase ist nicht depressiv. Sie ist nur ein bisschen nervös.»

«Haben Sie schon einen Termin bei Schwester Slack vereinbart?»

«Bei wem?»

«Bei der Kontinenztrainerin.»

Schwester Slack. Die Beckenbodenexpertin.

«Ich rufe sie an, sobald ich zu Hause bin», log Peggy.

Trotz seines jugendlichen Alters sah Dr. Stephen aus, als hätte er das schon eine Million Mal gehört. «Also», sagte er.

«Wir setzen jetzt die Tabletten ab, und nächste Woche sehen wir uns wieder. Falls Ihr Gedächtnis dann wieder normal ist, müssen wir uns keine Sorgen machen. Und falls nicht …»

«Um das Problem kümmern wir uns, wenn es so weit ist», sagte Peggy.

20
Die Rentnergang

Der wankelmütige Frühling hatte den Horizont mit einer Wolkendecke versehen und das Meer in Kriegsschiffgrau getaucht. Wie man sich an so einem Tag vom Wasser locken lassen konnte, war Peggy ein Rätsel. Trotzdem wimmelte es im Schwimmbecken von silberhaarigen Unerschütterlichen, die die schäumenden Wellen, die über die Betonmauer hereinkrachten, offenbar überhaupt nicht bemerkten. Von ferne sah das Meerwasserschwimmbad aus wie ein riesengroßer Cappuccino.

Als hätte sie Peggys Gedanken gelesen, sagte Angie: «Du kannst das Schwimmen ja auch ausfallen lassen und im Café auf uns warten.»

«Im Leben nicht!»

«Bist du sicher, dass du das packst?»

«Ich habe mich noch nie besser gefühlt.» Zumindest fühlt Peggy sich besser als gestern. Ihr Hirn war nicht mehr ganz so vernebelt, und ihr Sehvermögen hatte sich so weit verbessert, dass sie Brian erkennen konnte. Er stand am flachen Ende bis zur Hüfte im Wasser. Neben ihm entdeckte sie Celia in einem Sportbadeanzug.

«Guten Morgen, die Damen!», rief Brian ihnen fröhlich zu, als sie die Beckenstufen hinunterstiegen.

Zu Peggys Überraschung war sogar Jim im Wasser. Er rückte sich gerade die Schwimmbrille zurecht. Nass waren seine grauen Haare zwar nicht mehr ganz so üppig, aber für einen

Mann in seinem Alter waren sie noch immer ein krönender Heiligenschein. Seine schlanke Figur verlieh ihm eine gewisse Jugendlichkeit, und seine Armmuskeln waren von dem vielen Geklimper noch recht gut in Schuss. Die Hände in die Hüften gestemmt, stand er da, begutachtete das Schwimmbecken und ließ die Brustmuskeln wackeln wie Pudding in der Form, sobald er einen Blick auf sich spürte. Peggy entdeckte auf seiner rechten Schulter eine Tätowierung. Aus der Ferne sah sie aus wie ein Musikinstrument.

«Warum hat Jim eine Geige auf die Schulter tätowiert?», flüsterte Peggy Angie zu.

«Das ist eine E-Gitarre, du Wombat!»

«Ziemlich gewagt für eine Seniorensiedlung.»

«Finde ich nicht», sagte Angie, zog den Gummibund von ihrem Badeanzug ein bisschen höher und entblößte auf ihrer Pobacke einen blauen Schmetterling.

Bei dieser Frau wunderte Peggy sich über gar nichts mehr. Angie kam ihr vor, als hätte sie die Gebrauchsanweisung fürs Älterwerden weggeworfen und sich eine neue geschrieben. Sie konnte einen zur Weißglut treiben, ganz zu schweigen davon, einen in tiefste Verlegenheit zu stürzen, aber sie war schon immer sie selbst gewesen, und dafür bewunderte Peggy sie. Es gab durchaus Dinge, in denen sie Angie gern nacheifern wollte, um zu sein wie sie. Aber sich neu einzukleiden, war eine Sache. Still dazuliegen, während ein wildfremder Mensch einem Tinte in den Hintern jagte, stand auf einem anderen Blatt.

Um nicht wieder so ungraziös abzutauchen wie beim letzten Mal, stieg Peggy die Stufen seitlich hinunter. Sie hoffte, dass das kalte Wasser ihre schlaffe Haut ein wenig straffte, und stellte sich, während sie den Bauch einzog, zur mentalen Unterstützung die knackige Libby vor. Sobald sie sicher im

Wasser angekommen war, ließ sie sich auf die anderen zutreiben. Angie stellte sich, wie Peggy zu ihrem Missmut feststellte, noch immer am Beckenrand zur Schau.

«Zwanzig Runden, und dann Kaffee für alle», sagte Brian. Er drehte sich um und schwamm mit langen Zügen davon. Peggy merkte, dass sie Celia im Weg war, die bereits die zweite Runde schwamm und durch das kalte Wasser glitt wie ein Aal.

«Vorsicht!», rief Celia, mit einem Mund voller Meeresschaum. «Du stehst in der falschen Bahn.»

Peggy hüpfte zur Seite. War ja klar, es gab verschiedene Bahnen für die unterschiedlichen Schwimmgeschwindigkeiten. Celia hatte natürlich eine Bahn für sich. Peggy blieb nichts anderes übrig, als sich an Brian zu halten. Sie sah ihn auf der Bahn für die Gemütlichen durchs Wasser pflügen. Die gemächliche Geschwindigkeit, mit der er mit jedem Zug effizient zwei Handvoll Wasser beiseiteschaufelte, hatte etwas Faszinierendes, beinahe Beruhigendes an sich.

Ted war ein guter Schwimmer gewesen, aber wie bei allem, was er tat, war ihm Leistung wichtiger gewesen als Ästhetik. Er wäre überrascht gewesen, Peggy an einem Tag wie diesem im Wasser zu sehen. Wieso hatte sie das, als er noch am Leben war, nicht öfter getan, öfter mal was Neues ausprobiert? Sie beide waren zwar nicht direkt als siamesische Zwillinge durchs Leben gegangen, doch sie waren wie zwei Sämlinge, die nah beieinander gewachsen waren, zu einem Baum mit gemeinsamen Wurzeln geworden. Sich ein eigenes Hobby zu suchen, war Peggy einfach nie in den Sinn gekommen. Und jetzt genoss sie dank ihrer wunderbaren neuen Freunde ein völlig neues Lebensgefühl und hatte eine Wunschliste, die sie sich nie hätte träumen lassen. Plötzlich existierten unzählige Möglichkeiten, und ihre Welt wurde von Tag zu Tag ein Stückchen größer. Sie würde mindestens noch zehn Jahre brauchen, um all ihre Ideen umzusetzen. Sie fragte sich, wie viel gemeinsame Zeit ihnen noch blieb, denn schließlich ging es bei ihnen allen in dieselbe Richtung.

Der Nebel vom Vortag hatte sich völlig verzogen, und zu ihrer Überraschung genoss Peggy das seidig kühle Nass, das ihre Sorgen einfach wegspülte. Sie fühlte sich in diesem Rechteck aus gezähmtem Ozean beinahe schwerelos. Eine Welle aus purer Freude überschwemmte sie, unmittelbar gefolgt von einer sehr realen, die sie aus dem Hinterhalt traf und laut aufkeuchen ließ.

Jedes Mal wenn Brian auf einer seiner Runden an ihr vorbeischwamm, salutierte er und tat, als würde er untergehen, und Peggy salutierte lachend zurück.

Eile mit Weile.

Neues Glück zu finden, ob durch Liebe oder Freundschaft, geschah nicht über Nacht. Sie würde geduldig auf Brian warten und sich inzwischen mit kostbaren Momenten wie diesem zufriedengeben, auch wenn womöglich nicht mehr daraus wurde. Eine Beziehung bestand schließlich nicht nur darin, miteinander ins Bett zu gehen; es ging um Gelächter und um gemeinsame Momente wie diesen. Durfte sie all das tatsächlich aufs Spiel setzen, indem sie ihn zum Abendessen einlud? Was, wenn er nein sagte oder, noch schlimmer, nur aus Höflichkeit zusagte? Das wäre ein Desaster. Die Folge wäre betretenes Schweigen bei künftigen Sitzungen und gequälter Smalltalk zur Happy Hour. Nur allzu bald würden ihnen Gelenke und Enkel als Gesprächsthema nicht mehr reichen.

Vielleicht war Brian auch noch gar nicht bereit für eine neue Beziehung, zumindest nicht mit ihr. Wie sollte Peggy Nichtwirklich-Smart, so intellektuell wie ein Ackergaul, es je mit der Vollblutstute Phyllis Cornell aufnehmen? Ein Flirt in der

Leihbücherei war ja gut und schön, aber eine Beziehung konnte man nicht nur auf Dylan Thomas aufbauen.

Jim und Angie saßen inzwischen Seite an Seite am Beckenrand und planschten mit den Füßen. In Peggys Augen gaben die beiden ein schönes Paar ab. Sie hatten viel gemeinsam, nicht zuletzt ihre mannigfaltigen Erfahrungen vor dem Scheidungsrichter. Jim war, wie er ihr einmal erzählt hatte, dreimal verheiratet gewesen. Das erklärte, wieso er anstatt in einer Rockstarvilla am Hafen in einem bescheidenen Haus im Jacaranda Retirement Village gelandet war. Vielleicht hatte Angie ja doch ihre Netze in Richtung Ehemann Nummer fünf ausgeworfen.

Brian bestand darauf, sie alle einzuladen, und übernahm die Bestellung. Die Sonne war schließlich doch noch herausgekommen, und Peggy spürte, wie ihre Haare zu einem krisseligen Durcheinander trockneten. Angie hatte angekündigt, sie an diesem Nachmittag zu irgendeinem Schickimicki-Friseur zu schleppen. Peggy betete nur, dass das Ganze sich nicht wieder zu einer Tortur auswuchs wie der quälende Boutiquebesuch, auch wenn der sich unter dem Strich natürlich gelohnt hatte. Aber deshalb zu streiten, wäre kleinlich. Es ging schließlich nichts über Seelenfrieden.

Peggy ließ sich von dem fröhlichen Geplauder am Tisch hinwegtragen. Sie hatte sich richtig an die Gesellschaft dieser Rentnergang gewohnt. Sie liebte das unbeschwerte Geplänkel zwischen ihnen und die Tatsache, dass keiner von ihnen sich allzu ernst nahm. Das hätten die anderen auch keinem durchgehen lassen. Diese Menschen waren trotz ihrer Schwächen und dem Gezänk die ersten echten Freunde, die sie seit dem Tod von Ted gefunden hatte.

«Celia, du warst für Sam und seine Freunde der absolute Knaller. Du und dein Motorrad, ihr habt den Tag gerettet.»

«Blödsinn. Ich bin nur wegen der Kürbismuffins gekommen», antwortete Celia und grinste.

«Und dein Auto war auch der Hit, Jim. Danke, dass du gekommen bist.»

«Nicht der Rede wert. Ich liebe Kinder», sagte Jim. Gut möglich, dass irgendwo da draußen jede Menge versehentlich gezeugte kleine Jim Wildes rumliefen. Peggy fragte sich, ob sie am Tisch die Einzige mit diesem Gedanken war. Wie viele davon würden irgendwann aus der Versenkung auftauchen, sobald sie eine saftige Erbschaft witterten?

Peggy wandte sich an Brian, der gerade mit einer Serviette den Kaffeesee auf seiner Untertasse aufsaugte. «Sam will wissen, wann Grandpa Brian zum Schachspielen kommt.»

Mit einem Ruck setzte Brian sich kerzengerade auf und kleckerte erneut. «In der Tat, das machen wir.» Er angelte ein Notizbuch und einen Stift aus der Tasche, gefolgt von einem Taschenrechner. «Wollen wir anfangen?»

Peggy erstarrte. Ob mit walisischem Akzent oder ohne, Brians Körpersprache verriet ihr alles, was sie wissen musste. Sie blies auf ihren Kaffee und trank einen Schluck. Er schmeckte bitter. Sie hätte sich so gern ein Löffelchen Zucker hineingerührt, doch Angie ließ sie nicht aus den Augen.

«Ich denke, wir sind uns einig, dass unsere Einkaufstour nicht ganz nach Plan verlaufen ist», sagte Brian und setzte seine Lesebrille auf.

«Das ist schändlich untertrieben», sagte Celia. «Können wir bitte das nächste Mal auf einen Verkäufer bestehen, der schon aus den Windeln ist?»

«Ich frage mich, ob wir die Sache nicht falsch anpacken», sagte Brian und kaute auf seinem Stift herum.

Angie stützte die Ellbogen auf den Tisch und balancierte ihren Americano zwischen den langen, schlanken Fingern. «Jedenfalls müssen wir uns bald etwas einfallen lassen. Wir können unmöglich ohne Zahlen auf der nächsten Sitzung auftauchen.»

Das wäre ein wahres Freudenfest für Madam Vorsitzende und Mrs. Schriftführerin.

«Das Letzte, was wir brauchen, ist ein Comeback von Jerry und seinen verflixten Toe-Tappers.» Celia schlug eine Fliege tot und tauchte ein Biscotti in ihren Milchkaffee. «Letztes Jahr konnte er sich bei der Hälfte seines Repertoires nicht mehr an den Text erinnern.»

«Allerdings», sagte Peggy. «Jerry ist nämlich inzwischen wieder aus dem Krankenhaus entlassen worden. Ich habe ihn im Foyer mit Mavis im Gespräch gesehen.»

«Allmächtiger!», murmelte Celia. Sie saugte den Kaffee aus dem durchweichten Ende ihres Biscottis und steckte den Rest dann in den Mund.

«Tja, das Problem ist, wir haben nicht den leisesten Schimmer, was wir eigentlich suchen», sagte Angie. «Ich weiß ja nicht, wie es euch geht, aber nach dem Reinfall im Elektromarkt bin ich noch dümmer als zuvor.»

«Du hast das doch vorgeschlagen», sagte Peggy. «Das war deine Idee!»

«Und hättest du vor unserem Ausflug besser auf deinen Flüssigkeitshaushalt geachtet, wäre uns vielleicht einer deiner ständigen Ausfälle erspart geblieben, und wir wären tatsächlich ein bisschen schlauer als vorher.»

Peggy starrte sie böse an.

«Was ist mit eBay?», fragte Jim. «Vielleicht findet sich da ja eine gute Ausrüstung aus zweiter Hand?»

«Gute Idee, Jim.» Angie berührte seinen Ellbogen.

«Wenn ihr mich fragt, ich glaube, das Ganze ist eine einzige riesengroße Geld- und Zeitverschwendung.» Celia räkelte sich gähnend. «Wieso engagieren wir nicht einfach zweimal im Jahr einen DJ? Das wäre viel billiger, und wir hätten weniger Scherereien.»

Wie aus einem Munde riefen Peggy und Angie: «Nein!»

Peggy sah ihr Kenny-and-Dolly-Duett flackern wie eine Kerzenflamme in der Zugluft. Sie hatte Brian noch nicht aufgegeben, zumindest nicht ihre Vorstellung von ihm. Sie versuchte, sich einzureden, dass sie nicht auf die Aufmerksamkeit eines Mannes angewiesen war, um sich attraktiv zu fühlen, und dass die Totalerneuerung ihrer Garderobe allein um ihrer selbst willen geschehen war. Sie hatte sich erlaubt, von Liebe und Romantik zu träumen. Ihre romantische Phantasie war während der dunkelsten Tage ihrer Trauer ihre heimliche Stütze gewesen. Und jetzt hatte ihr Leben, anstatt am Rebstock zu verwelken, plötzlich neue Sprösslinge ungeahnter Möglichkeiten ausgetrieben. Diese alberne Schulmädchenschwärmerei war der einzige Grund, weshalb sie nie vergaß, ihre Tabletten zu nehmen, und immer öfter auch der einzige Grund, weshalb sie wusste, welcher Wochentag gerade war. Sie war noch nicht bereit, das aufzugeben.

«Mit Karaoke wird es viel lustiger.» Angie schenkte Jim ein strahlendes Lächeln. Auch wenn es Peggy fast umbrachte, es zuzugeben, aber ausnahmsweise stimmte sie ihrer Freundin und Erzfeindin zu.

Celia fiel ihnen ins Wort. «Grob über den Daumen gepeilt, Jim? Wovon reden wir?»

«Grob über den Daumen?» Jim schloss konzentriert die Augen. Sein Mund erschlaffte, und Peggy hatte schon Angst, er wäre eingeschlafen, aber gerade, als sie ihn anrempeln wollte, machte er die Augen auf und verkündete die magische Zahl.

Niemand von ihnen hatte eine Ahnung, ob das, was er sagte, auch nur im Ansatz realistisch war.

Brian nahm Jim beim Wort und fing an, auf seinen Taschenrechner einzuhacken und sich Zahlen zu notieren. Peggy stellte sich vor, wie er im schicken dunkelblauen Zweireiher und umgeben von gerahmten Urkunden an einem imposanten Schreibtisch saß. Ein paar Minuten später zog er einen Strich unter eine Zahlenreihe. Auf dem Bügel seiner Lesebrille kauend, wandte er sich an das versammelte Festkommitee. «Basierend auf Jims grober Schätzung, könnte sich die Investition nach meinen Berechnungen innerhalb von zwölf Monaten amortisiert haben, vorausgesetzt, wir vermieten das Equipment dreimal im Jahr.»

«Wir wissen doch nicht mal, wie man es bedient», grummelte Celia. «Nach unserem gemeinsamen Auftritt im Elektromarkt zu schließen, würde ich sagen, wir sind alle absolute Amateure.»

«Gibt es unterhalb von Amateuren noch eine Kategorie?», murmelte Angie in ihren Americano hinein.

Peggy dachte laut. «Wir brauchen einen Experten. Einen Teenager.»

«Ich könnte meinen Enkel Nathan fragen», sagte Brian. «Um sich das Studium zu finanzieren, arbeitet er am Wochenende als DJ. Er wüsste auch genau, was wir besorgen müssen.»

Peggy lächelte und stellte sich Brian in Jung vor, der mit einem paar riesiger Kopfhörer vor sich hin wippte.

Sie waren sich einig, dass es einen Versuch wert war.

Bei einer zweiten Runde Kaffee erstellten sie eine Aufgabenliste für die Modenschau und verteilten die einzelnen Posten in der Gruppe. Angie hatte schon vieles für die Modenschau selbst übernommen, aber es gab darüber hinaus noch viel zu organisieren. Sie hatte Arabella davon überzeugt, die

Outfits bereitzustellen, und hielt nach potenziellen Mannequins Ausschau. Natürlich hatte die Idee bereits die Runde gemacht, und es vollzog sich ein merklicher Niveauwandel, was das Auftreten der Siedlungsbewohner betraf. In der Cafeteria sah es plötzlich aus wie in einem Theaterfoyer, und Louise vom Frisiersalon war ausgebucht. Offensichtlich wollten alle mit dabei sein, und das Festkomitee wurde überflutet von Angeboten Freiwilliger, die unbedingt Modell laufen wollten.

Peggy übernahm selbstverständlich die Häppchen. Brian meldete sich freiwillig für den Kartenvorverkauf und die Einlasskontrolle. Celia wurde mit der Bestuhlung betraut und Jim für Bühnenaufbau und Beschallung eingespannt. Alles, was mit Säumen und Pailletten zu tun hatte, war Angies Abteilung. Zu Peggys Erleichterung fielen Angie außerdem sämtliche Verhandlungen mit Arabella zu.

«Ihr Süßen, ich könnte blind eine Modenschau organisieren», sagte Angie und setzte den letzten Haken auf die Liste. *Und die Modells?* Offensichtlich war Peggy die Einzige, die sich deshalb Sorgen machte.

Zur Feier einer erneuten erfolgreichen Sitzung des Festkomitees zauberte Celia den Flachmann aus der Strandtasche.

«Ist zufällig jemandem ein bisschen flau im Magen?»

21
Draculas Großmütter

Wer war diese alte Schreckschraube im Spiegel? Als die junge Assistentin den schwarzen Flatterumhang befestigte, sank Peggys Mut. Hatte sie heute Vormittag tatsächlich in diesem Zustand mit Brian und den anderen am Strand Kaffee getrunken?

Angies Frisur war natürlich auch nach der kurzen Stippvisite im Schwimmbecken ekelerregend perfekt geblieben. Was war das nur mit dieser Frau? Peggy wünschte, sie würde Angie nur ein einziges Mal zerzaust erleben. Verdammt, sie wäre ja schon mit ungestylt zufrieden. Aber jetzt stand Peggy erst einmal die Begegnung mit diesem angeblich so fabelhaften neuen Friseur bevor, der aus unerfindlichen Gründen eine Art Einkaufsnetz auf dem Kopf trug.

«Das ist die Freundin, von der ich dir erzählt habe», sagte Angie.

«Sehr erfreut, Peggy», sagte das olivfarbene Gesicht im Spiegel.

Das musste der berühmte Alessandro sein. Nach seinem Gesichtsausdruck zu schließen, hatte Angie ihn genau wie Arabella schon im Vorfeld auf das Schlimmste vorbereitet.

«Ich hatte da an etwas in dieser Richtung gedacht.» Angie hielt eine Ausgabe der *Australian Women's Weekly* hoch. Helen Mirren lächelte strahlend vom Titelblatt herab.

Alessandro ließ konzentriert den Blick zwischen Peggy und dem Heft hin und her schweifen wie ein Porträtmaler.

Dann fing er an zu lächeln. «Weißt du was, Angela, Darling? Ich glaube, das bekommen wir hin!» Er klatschte in die Hände wie ein aufgeregtes Kind. «Aber zuerst müssen wir das hier loswerden ...»

Peggy sah entsetzt mit an, wie er ihr ein Stückchen Seetang aus den Haaren klaubte.

«Habe ich auch was zu sagen?», fragte sie an den Spiegel gewandt.

«Nein», kam die Antwort im Chor.

«Überlassen Sie das mir», sagte Alessandro. «Ich helfe Ihnen dabei, Ihre innere Helen Mirren ans Licht zu bringen.»

Peggy verspürte das heftige Bedürfnis, davonzurennen und sich zu verstecken. Von Angies vielen Rundumerneuerungsmaßnahmen war dies die einschneidendste. Ein neuer Haarschnitt ließ sich bei Nichtgefallen nicht mal schnell nach hinten in den Schrank verbannen. Wenn die Sache schiefging, musste sie wochenlang mit dem Ergebnis herumlaufen. Und wie sollte sie hinterher je wieder der armen Louise vom Friseursalon unter die Augen treten? Dreißig Jahre Färben und Legen, von den unzähligen Tassen Nescafé und uralten Zeitschriften ganz zu schweigen, und Peggy dankte es ihr mit Untreue? Ein neuer Arzt war schlimm genug, aber ein neuer Friseur? Sie kam sich vor wie eine Ehebrecherin. Die unerschütterlich loyale Louise im Tausch gegen einen One-Night-Stand mit dem glamourösen Alessandro.

«Möchten Sie einen Kaffee, Ma'am?», fragte die Assistentin.

Ma'am? Ich bin doch nicht die Queen!

«Danke sehr.» Peggy rang sich ein Lächeln ab.

Das junge Ding konnte nichts dafür. Sie versuchte nur, nett zu sein, genau wie die Möchtegern-Geriatrikerin auf dem Bücherflohmarkt und der Möbelpacker mit dem Sofa. Sie machte nur ihre Arbeit. Weshalb reagierte Peggy so zickig? Ihr ging das alles viel zu schnell. Die Tage purzelten übereinander wie Dominosteine. Während ihr verzagtes altes Leben in seinem eigenen Kielwasser versank, sah sie sich plötzlich einer Zukunft gegenüber, der Veränderungen gar nicht schnell genug gehen konnten. Peggy konnte sich nicht länger hinter ihren Unzulänglichkeiten verstecken, sie konnte sich nicht mehr an ihre altbackene Attitüde oder ihr mangelndes Selbstbewusstsein klammern wie an eine falsche Rettungsleine. Dazu war es jetzt zu spät. Angie, dieser Zweiunddreißigtonner, war nicht mehr zu stoppen.

Alessandro fummelte sich die Plastikhandschuhe ab und warf sie in die leere Farbschale. Dreißig qualvolle Minuten lang hatte Peggy bei zum Platzen voller Blase versucht, sich mit dem Auswendiglernen eines neuen Salatrezepts abzulenken. Alles an dem Salon war schick und exklusiv, und das schloss auch die Rezepte in den Zeitschriften ein. Sie hatte zwar keinen blassen Schimmer, was Pepita-Kerne sein sollten, war sich aber sicher, dass der nette junge Mann aus dem Gemüseladen so was vorrätig hatte.

Sorgsam mied sie jeden Blick in den Spiegel, widerstand dem Drang, wenigstens einmal kurz zu blinzeln. Die Erfahrung hatte sie gelehrt, auf keinen Fall die Backofenklappe zu öffnen, bevor das Soufflé fertig war. Abgesehen davon machten die beißenden Dämpfe der Farbe es ihr sowieso fast unmöglich, die brennenden Augen offen zu halten.

«Und jetzt muss sich das Ganze noch ein bisschen entwickeln.» Alessandro legte Peggy die Hände auf die Schultern.

Entwickeln? Wie leeres Fotopapier in der Dunkelkammer? Ohne dass man wusste, was zum Vorschein kam?

«Darf ich Ihnen noch eine Tasse Kaffee bringen?»

«Auf keinen Fall.» Peggy musste dringend auf die Toilette, aber in den schwarzen Dracula-Umhang gewickelt und von Chemiedämpfen geblendet, konnte sie eine derartige Expedition auf keinen Fall riskieren.

Plötzlich hörte sie Angies Stimme neben sich. «Entspann dich. Alessandro ist der Beste.»

«Er ist Friseur, Angie, kein Schönheitschirurg. Es gibt Grenzen dessen, was man mit Haaren machen kann.»

«Vertrau mir. Alessandro ist ein wahrer Zauberkünstler.»

So wie Dr. Stephen? Sein kleines Wunder hatte dafür gesorgt, dass sie sich fühlte, als müsste sie mit einem Kater Differenzialrechenaufgaben lösen. Wenn sie ehrlich war, ging es ihr noch schlechter als vorher, weil ihr jetzt auch noch ihr Gedächtnis Sorgen machte. Der Mini-Mental-Status-Test lauerte drohend am Horizont, und Peggy wurde langsam panisch. Eine Katastrophe beim Friseur hatte ihr gerade noch gefehlt.

Peggy drehte sich mit ihrem Stuhl zu Angie herum, die vor dem Nachbarspiegel saß. Doch anstatt des Hochgefühls, das sie beim Anblick ihrer Freundin mit den an den Schädel geklatschten Haaren erwartet hatte, war Peggy kurz verwirrt. Auf dem Platz der stets sorgsam gestylten Angie Valentine saß für den Bruchteil einer Sekunde eine alte Frau. Wie sollte eine Frau, die sich immer über ihr Äußeres und ihre vom glücklichen Zufall in die Hand gespielten hohen Wangenknochen definiert hatte, zurechtkommen, sobald sie sich im Spiegel nicht mehr erkennen konnte? Die arme Pflegerin, die der berühmten Fashionista einst beim Anziehen helfen oder ihr die Haare bürsten musste! Wehe der armen Seele, die versehentlich Streifen mit Punkten kombinierte oder den falschen Absatz heraussuchte.

Peggy zog sich der Magen zusammen. «Warum tust du das alles?»

Angie schlug die Zeitschrift zu und sah Peggy an. «Ich tue es für dich.»

«Aber weshalb?»

Peggy hatte für Angies grundlose Freundlichkeit immer noch keine Erklärung gefunden und war bis jetzt zu fasziniert von ihrer Verwandlung gewesen, um sie ernsthaft zu hinterfragen. Vielleicht wollte Angie eine ähnlich glamouröse Kumpanin, eine Begleiterin, für die sie sich nicht schämen musste, und riss Peggy aus ihrer vermeintlich festgeschriebenen Eintönigkeit, um aus ihr das perfekte Accessoire zu machen?

«Ich möchte, dass du glücklich bist, Peggy.»

«Ich *bin* glücklich.»

«Klar. Bei unserer ersten Begegnung bist du auf der Suche nach deiner Strumpfhose auf dem Fußboden herumgekrabbelt.»

Nein, hätte Peggy am liebsten gesagt, *ich muss dich korrigieren. Unsere erste Begegnung war noch viel peinlicher.* Sie hatte ihr Leben lang versucht, den schrecklichen Tag zu vergessen, an dem Angie ihr als Achtjährige zum ersten Mal zu Hilfe geeilt war. Doch Scham und Demütigung brannten heute noch ebenso brutal wie vor siebzig Jahren. Dann war sie Angie begegnet und hatte sich erlaubt zu hoffen. Sie hatte sich ihr anvertraut, einer völlig Fremden, und zwar nicht mit ihrer Garderobe, sondern mit ihrem Herzen und ihren Träumen, nur um sich all das von ihr wieder entreißen zu lassen.

Unter dem Plastikumhang legte sich ein Schweißfilm auf Peggys Haut. «Nur fürs Protokoll. Ich habe dich nicht darum gebeten. Mir ging es wunderbar, ehe du aufgekreuzt bist. Okay, ich war ein wenig beige, aber das ist mit knapp achtzig Jahren kein Verbrechen.»

«Beige? Du warst so verdammt farblos, dass du wortwörtlich unsichtbar warst.»

«Aber wenigstens war ich authentisch. Ich habe mir das Gesicht nicht mit Botox vollspritzen lassen, um auszusehen wie eine ...» Peggy riss sich zusammen.

«Na los! Sag es schon!», sagte Angie aufgebracht und sah Peggy mit eiskaltem Blick herausfordernd an. «‹Auf jung getrimmte alte Vogelscheuche.› Wieso sagst du zur Abwechslung nicht mal das, was du wirklich denkst?»

Peggy senkte den Blick. «Wollte ich ja sagen, aber es stimmt nicht. Du siehst ... fabelhaft aus. Du hast schon immer fabelhaft ausgesehen.»

Angie stand auf, ging vor Peggy in die Hocke, fasste unter das schwarze Plastik und griff nach ihren Händen. «Ich will nur, dass du erkennst, was dir entgeht, Pegs. Unter dem ganzen Beige bist du eine schöne Frau. Alles, was dir fehlt, ist Selbstvertrauen. Du musst nur den Glauben an dich selbst wiederfinden.»

Peggy stiegen Tränen in die Augen. «Blöde Farbe», sagte sie und versuchte, sich mit dem Umhangzipfel die Augen zu wischen.

«Hör endlich auf, wie ein alter Mensch zu denken. Wenn du dich wie eine alte Schachtel benimmst, wirst du auch von anderen so behandelt.»

«Du hast leicht reden», sagte Peggy, das Gesicht ganz nah an Angies Gesicht. «Ohne Kinder, die dir dein Leben aus der Hand nehmen, die dich behandeln, als wärst du vollkommen unfähig, und die dich für nutzlos halten, ist das Leben einfach. Es war eine kluge Entscheidung von dir, keine Kinder in die Welt zu setzen. Keine vollen Windeln, keine Rotznasen, keine schlaflosen Nächte. Schau dich doch an und das fabelhafte Leben, das du geführt hast. Du weißt gar nicht, wie gut du es hast.»

Ein Schatten legte sich auf Angies regungsloses Gesicht.

Peggy sah die Veränderung in ihren Augen, ein neuer Ausdruck, der ihr fremd war. Plötzlich fror sie unter ihrem Umhang. Anstatt zum donnernden Gegenschlag auszuholen, stand Angie nur stumm auf, drehte sich um und ging davon. Auf ihrem leeren Platz blieb nur eine zerknitterte Ausgabe der *Vogue* zurück. Irgendetwas stimmte hier nicht. Ganz und gar nicht. Was immer sie gesagt hatte, sie war zu weit gegangen.

«Möchten Sie noch ein paar Zeitschriften, Mrs. Smart?» Das war der Lehrling.

«Bitte nennen Sie mich Peggy», sagte Peggy, sprang auf und rannte Angie hinterher, mit ihrem Flatterumhang und den Kopf voll stinkender Schmiere, vorbei an anderen Köpfen in diversen Stadien der Renovierung, vorbei an der verdatterten Rezeptionistin und direkt auf die Straße hinaus.

Sie blickte nach rechts, sie blickte nach links und entdeckte Angie schließlich in der Ferne. Sie lief in Richtung Sportplatz. Für jemanden von knapp achtzig war Angie erstaunlich schnell. Peggy humpelte hinterher, und zum Glück löste sich ihr steifes Knie mit jedem Schritt, den sie tat, ein wenig mehr. Der schwarze Umhang wehte hinter ihr her, und sie kam sich vor wie Draculas Großmutter.

Die Leute drehten sich nach ihr um, doch das war Peggy egal. Irgendetwas hatte ihre Freundin aus dem Gleichgewicht gebracht. Ihre älteste und beste Freundin, wurde ihr jetzt klar, ganz gleich, wie viele Jahre vergangen waren.

«Angie!», rief Peggy und lief, ohne nach links oder rechts zu schauen, über die Straße. «Warte auf mich!» Ein Auto kam mit quietschenden Reifen zum Stehen und verfehlte sie nur knapp. Der Fahrer lehnte sich aus dem Fenster und rief ihr eine Obszönität zu, doch auch das war Peggy egal. Sie musste um Verzeihung bitten, musste alles wiedergutmachen. Angie war der einzige Mensch, der in ihr das sah, was sie wirklich war, und keine armes altes Hutzelweibchen, das bevormundet werden musste. In Angies Augen gab es keinen Unterschied zwischen ihr und der Peggy Weaver, mit der sie sich vor mehr als einem halben Jahrhundert bei Blake's amüsiert hatte. Und vielleicht sah Angie sich selbst ebenfalls immer noch so. Sie hatte sich auf die einzige Art um Freundschaft bemüht, die sie kannte. Und Peggy hatte Angie zum Dank dafür ihre nicht existente Familie um die Ohren gehauen.

So weit war Peggy nicht mehr gerannt, seit sie sich beim Mütterrennen in einer Okrapflanze verheddert und sich den Pomuskel gezerrt hatte. Das war gewesen, als David noch auf die Grundschule ging. Den verletzten Ausdruck auf seinem Gesicht, als sie als Letzte über die Ziellinie gehumpelt war, würde Peggy niemals vergessen. Angie lehnte mitten auf dem Sportplatz an einem Torpfosten, das sonst so glattgebügelte Gesicht verzerrt von Schmerz und Enttäuschung.

«Es tut mir leid!», sagte Peggy.

«Du musst dich nicht entschuldigen. Du hast recht.» Angie zog an ihrer Zigarette und inhalierte tief.

Wo zum Teufel hat sie die schon wieder her? Ob Angie irgendwo am Körper einen versteckten Glimmstängelvorrat mit sich führte?

«Ich bin so ein Trampeltier.» Peggy ließ den Kopf hängen und hoffte, dass in dem immer größer werdenden Schweigen zwischen ihnen irgendeine Erklärung auftauchen würde. Wenn Angie jetzt einen Herzinfarkt bekam und tot umkippte, dann wäre das ihre Schuld. Dann hätte sie mit ihrer Undankbarkeit ihre beste Freundin umgebracht.

Ein Fußball kam auf Angie zugerollt, und sie schoss ihn zu einem kleinen Jungen zurück, der mit seinem Vater spielte. *Wie wir aussehen müssen,* dachte Peggy und sah sich selbst und

Angie in schwarzen Flatterumhängen mitten auf dem Sportplatz stehen.

«Ich hatte einen Sohn», sagte Angie und blies den Rauch aus dem Mundwinkel.

«Wie meinst du das? Ich dachte, du hast keine Kinder.»

«Habe ich auch nicht. Nicht mehr. Er ist gestorben.» Einen Arm eng um ihre Taille geschlungen, zog Angie wieder an der Zigarette. Ihre Hand zitterte.

«Angie! Ich hatte keine Ahnung. Das tut mir so leid!»

«Muss es nicht. Das solltest du auch gar nicht wissen.»

«Das verstehe ich nicht. Wie kommt es, dass du ihn noch nie erwähnt hast?»

«Es ist sehr persönlich. In unserem Alter hat doch jeder schon jemanden verloren, den er liebt.» Angie sah überallhin, auf den Boden, zu den Kindern, die in der Nähe spielten, hinauf in den wolkenlosen Himmel. Nur Peggy sah sie nicht an.

«Aber ein Kind ... das ist was anderes.» Peggy streckte die Hand nach ihrer besten Freundin aus und ließ sie hilflos fallen, als Angie zurückzuckte.

«*Simon.* Er hatte das schönste Lächeln der Welt.» Angie starrte, in ihre Erinnerungen verloren, ins Nichts, ihr Mund war seliges Lächeln und schmerzverzerrte Grimasse zugleich. Die Wimperntusche lief ihr mit den Tränen über die Wangen.

«Wir müssen jetzt nicht darüber reden.» *Mitten auf einem Sportplatz, unsere Haare mit Farbe zugekleistert.*

«Er war sieben. Ich habe ihn überall mit hingenommen. Er hat sich auf Reisen ein Virus eingefangen. Es hat seinen Herzmuskel angegriffen. Die Ärzte in Paris sagten mir, sie könnten nichts mehr für ihn tun. Er starb in meinen Armen.» Angies Stimme war kaum ein Flüstern, von Erinnerung erstickt.

Peggy hatte so viele Fragen. Wie konnte ein kleiner Junge an einem Virus sterben? Wo blieb die Gerechtigkeit auf dieser

Welt? Sie hatte Ted verloren, aber bis dahin hatten sie viele glückliche Jahre miteinander verbracht. Ted hatte das gehabt, was die meisten Menschen als gutes, erfülltes Leben bezeichneten. Und nach ihren Fehlgeburten hatten sie und Ted beieinander Trost gefunden, vereint in der Trauer um die Kinder, die kaum im Werden gewesen waren, die sie niemals kennenlernen durften. Aber sein lebendiges Kind zu verlieren …

«Meine Damen! Meine Damen!» Alessandro kam mit wedelnden Armen wie Windmühlenblätter auf sie zugerannt. «Kommen Sie bitte augenblicklich zurück, sonst kann ich keine Verantwortung für die Konsequenzen übernehmen.» Obwohl er noch ein ganzes Stück von ihnen entfernt war, sah Peggy die blanke Panik auf seinem Gesicht.

«Ich will dir von Simon erzählen», sagte Angie.

«Und ich möchte es hören. Ich will, dass du mir alles erzählst, aber nicht hier.»

Angie griff nach Peggys Arm. «Ich muss dir etwas sehr Wichtiges sagen», sagte sie flehend.

Direkt neben ihnen blies ein mittelalter Mann mit Fußballschuhen in eine Trillerpfeife und sah sie böse an.

«Wir müssen hier weg. Ich glaube, wir blockieren das Tor, aber wir reden später. Versprochen.»

Angie gab nach und zog ein letztes Mal an ihrer Zigarette, als wären im Rauch sämtliche Antworten verborgen. Dann versteckte sie den Glimmstängel hinter ihrem Rücken, wischte sich die Tränen und die Wimperntusche weg und rief dem heraneilenden Alessandro zu: «Wir kommen, Darling!»

«Pass auf, dass du dein Krönchen nicht verlierst», flüsterte sie und brachte Peggy damit zum Lachen.

Das war ihre Angie. Frech und lebhaft. Meisterin der Sticheleien. Nicht traurig. Nicht verloren und mit gebrochenem Herzen. Eine Mutter ohne ihr Kind.

Angie war auch nur ein Mensch. Das hatte Peggy eben erkannt. Hinter ihrer glamourösen Fassade waren Schwäche und Verletzbarkeit ebenso real und vorhanden wie bei jedem anderen Bewohner des Jacaranda Retirement Village. Versteckt hinter Elizabeth Arden und nachtblauen Palazzo-Hosen wurde auch sie alt. Es gab nur einen entscheidenden Unterschied: Im Gegensatz zu Peggy mit ihrer unvollkommenen Familie war Angie vollkommen allein.

Ein Streifenwagen bremste ab, der Polizist nahm die beiden Frauen gründlich in Augenschein und fuhr dann weiter.

«Wenn wir uns nicht beeilen, stehen wir morgen in der Zeitung», sagte Peggy.

Angie grinste. «Glaubst du, die werfen uns wegen Rufschädigung aus der Siedlung?»

«Ich glaube, dafür müssten wir uns noch ein bisschen mehr anstrengen.» Peggy nahm Angie die Zigarette aus den Fingern, tat selbst einen Zug, hustete, warf den Stummel auf die Wiese und trat ihn aus.

«Soll ich die Massagefunktion einschalten?»

Warum nicht? Die Verspannungen in ihrem Rücken brauchten zwar eigentlich etwas Handfesteres als einen Massagestuhl, aber einen Versuch war es wert. Die Lehne fuhr bis fast in die Waagerechte zurück, und ein Dutzend winziger rollender Nadeln fingen an, um Peggys Rückenmuskulatur zu rotieren. Es war eher Tortur als Entspannung und trug wenig dazu bei, Peggy vom Grübeln abzubringen.

Angie und sie waren ohne ein weiteres Wort wie zwei kleine Ausreißer in den Salon zurückgeeilt. Die Atmosphäre hatte sich verändert, und Peggy hatte das Gefühl, von dem Unausgesprochenen zwischen ihnen zermalmt zu werden. Weder Kaffee noch Zeitschriften oder ein Massagestuhl konnten Peggy vor dem Schmerz bewahren, den sie für Angies Verlust empfand.

An der Decke über den Waschbecken war ein stummgeschalteter Fernseher montiert, auf dem irgendeine grässliche Nachmittagssendung lief. Eine Riege auftoupierter Damen saß auf einem halbrunden Sofa und diskutierte hitzig über irgendein belangloses Topthema.

«Wie ist der Druck für Sie?»

«Gut.» Warum reagierten Frauen ständig so? Eigentlich wünschte sie sich, dass das Mädchen ihre Kopfhaut etwas fester massierte, aber stattdessen sagte sie, es sei gut. *Gut.* Schon wieder so ein fieses Wort zum Drüberstolpern. Angie hatte recht. Wieso konnte sie nicht einfach sagen, was sie wirklich dachte? Es wurde höchste Zeit, sich wie eine erwachsene Frau zu benehmen.

«Und? Was machen Sie am Wochenende?» Das Lehrmädchen beackerte Peggys eingeschäumte Haare mit ihren Krallen.

Lernte man das auf der Friseurschule? Peggy hätte am liebsten geschrien, aber dann musste sie an ihren ersten Tag bei Blake's zurückdenken und wie unglaublich naiv sie damals gewesen war. Sie kannte noch nicht mal den Unterschied zwischen Strumpfwaren und Kurzwaren und brauchte Angie, um sich in die geheimnisvolle Welt der Hüfthalter einführen zu lassen.

«Meine Tochter kommt zu Besuch. Sie lebt auf dem Land», sagte Peggy. Wann war das gleich wieder? Morgen oder übermorgen?

«Das wird sicher nett.»

«Ganz bestimmt.» Peggy bemühte sich, nicht sarkastisch zu klingen. «Ich freue mich auf die Tage.» Leider wusste sie nicht genau, wie viele eigentlich, und genau da lag das Problem. Wie lange würde sie den Schein der Normalität wahren können? Es war praktisch vorprogrammiert, dass sie während Jennys Aufenthalt einen Fehler machte. War die Ohrreinigung in Wirklichkeit ein Trick, ein Vorwand, um auf den Tisch zu hauen und den armen Dr. Stephen samt aller Verbrechen, welche die westliche Medizin je begangen hatte, in die Pfanne zu hauen?

Die Massage ging weiter, jetzt waren es große Kreise an Peggys Hinterhaupt. «Hat sie Kinder?»

«Alpakas», antwortete Peggy. Und eine lesbische Geliebte.

«Wie nett.» Das Mädchen plapperte weiter über irgendwas. Peggy schloss die Augen und gab sich der beruhigenden Stimme hin.

Ein lauter Schnarcher aus der Tiefe ihrer Kehle weckte sie wieder auf. Sie hatte gefühlte Stunden mit Ted und den Kindern Eis essend am Strand gesessen, dabei konnte sie maximal zwei Minuten weg gewesen sein. Das Lehrmädchen war inzwischen mit dem Handtuchzipfel an Peggys Ohren zugange. Die Schnatterweiber auf dem halbrunden Sofa waren verschwunden, und auf dem Bildschirm lief stattdessen Reklame für Sterbeversicherungen.

Platinblonde Haare lagen rund um Peggys Stuhl auf dem Boden verstreut. Bewaffnet mit einem Föhn, der eher nach einem Maschinengewehr aussah, kam Alessandro auf sie zu. Wo waren eigentlich Wickler und Hauben abgeblieben?

Heiße Luft torpedierte Peggys Kopfhaut, und Alessandros Finger zerzausten wild ihre Haare oder viel mehr das, was davon übrig war.

«Ich arbeite mit Schaumfestiger», brüllte Alessandro über den röhrenden Föhn hinweg. «Das gibt Ihnen mehr Fülle.»

Peggy stellte sich ihre ganz spezielle Mousse au Chocolat

mit frischer Schlagsahne vor. Die garantierte ebenfalls Fülle. Vor allem hintenherum.

Nach einer gefühlten Ewigkeit schaltete Alessandro den Föhn aus und trat zurück, um sein Werk zu betrachten. Peggy hatte nur noch einen einzigen Gedanken, nämlich endlich aus dem wasserdichten Plastikumhang rauszukommen. Er erinnerte sie an diesen lächerlichen Ganzkörperbadeanzug, den sie einst im Bett getragen hatte, in der Hoffnung, dadurch ein paar Pfunde loszuwerden. Das hatte natürlich nicht funktioniert, zumindest nicht, was den Gewichtsverlust betraf, aber es hatte Teds amouröse Avancen in Schach gehalten.

«Und? Was sagst du?» Angie war wieder ganz ihr glamouröses Selbst. Mit frisch frisiertem, dunkel glänzendem Bob stand sie neben Alessandro und sah Peggy erwartungsvoll an.

«Sehr gut», sagte Peggy.

«Sehr gut? Reden wir hier etwa über eine Tasse Tee?», sagte Angie. «Versuch's mal mit fabelhaft?»

«Ich habe dir nicht zu viel versprochen.» Alessandro stand vor ihr, die Arme um seinen Oberkörper geschlungen und stolz wie ein frischgebackener Vater.

Erst da wurde Peggy klar, dass die beiden sie meinten, darauf warteten, dass sie ihre Meinung äußerte, und das Gewicht der Erwartung lastete so unbequem auf ihren Schultern wie vorhin der Massagestuhl. Sie war noch nicht einmal auf die Idee gekommen, sich umzudrehen und ihren neuen Look zu betrachten. Sie war mit der Neugestaltung von 1986 zufrieden gewesen, und es erschien ihr nur logisch, dass auch die heutige Frisur okay wäre.

«Sie sehen wirklich unglaublich aus», sagte das Lehrmädchen, löste den schwarzen Umhang und drehte Peggys Stuhl zum Spiegel um. Dort saß zu Peggys Überraschung Helen Mirren. Sie schnappte nach Luft.

Alessandro zupfte ihr auf der linken Seite ein paar Strähnen in die Stirn und formte einen sanften Pony. «Umwerfend, Eigenlob hin oder her.»

Peggy musterte sich. Wie blau ihre Augen plötzlich wirkten! Wie viel mehr Farbe sie plötzlich im Gesicht hatte, selbst ohne Make-up. Ihr rundliches Gesicht unter dem gestuften Kurzhaarschnitt hatte ganze Kilos verloren, und zum ersten Mal in ihrem Leben bewunderte Peggy ihre eigenen Wangenknochen. Stumm vor Schreck bürstete sie sich ein paar einzelne Haare von der Bluse. Sie konnte nicht aufhören zu grinsen.

Auf Nimmerwiedersehen, mausgraue Rentnerin. Hallo, elegante, selbstbewusste und umwerfend fabelhafte Peggy Smart.

Sirene.

Sexy-hexy.

22

Zwei, drei Gläschen in Ehren

Zu schade, dass heute Abend keine Happy Hour stattfindet.» Peggy sah in den Außenspiegel und malte sich die Lippen an. Eine Cinderella ohne Ball.

«Wem sagst du das. Aufgebrezelt und ohne Date», seufzte Angie und trommelte mit den Shellac-Nägeln aufs Lenkrad.

Eine Filmszene entfaltete sich vor Peggys innerem Auge. Eine elegante platinblonde Frau in reifen Jahren klopft an eine Haustür. «Essen Sie mit mir zu Abend?», fragt sie den gutaussehenden älteren Mann, der ihr die Türe öffnet, mit einem Gesicht, auf dem sich Überraschung und Freude widerspiegeln.

Doch in der echten Welt war von dem silbernen Lexus, der normalerweise auf der anderen Straßenseite parkte, weit und breit nichts zu sehen. Offenbar lief es mal wieder auf einen frühen Feierabend hinaus, mit einer Tasse Gutenachttee zum Warmhalten.

«Danke fürs Mitnehmen.» Peggy zögerte, die Autotür halb geöffnet. «Das mit vorhin tut mir leid.»

«Es gibt keinen Grund, sich zu entschuldigen, Pegs.»

«Doch. Ich war fürchterlich unsensibel. Ich schäme mich dafür.»

«Wir müssen reden.» Angie beugte sich zu ihr und packte ihren Arm. Die roten Fingernägel gruben sich in Peggys Fleisch. «Ich schulde dir nicht nur eine Erklärung.»

Nicht nur? «Bist du sicher, dass du das willst?»

«Wir müssen reinen Tisch machen zwischen uns. Wir treffen uns bei mir. Du hast zehn Minuten, um nach Basil zu sehen.»

Peggy hatte den armen Hund völlig vergessen. Er war den ganzen Tag über in der Wohnung eingesperrt gewesen. Während sie mit dem Hausschlüssel im Schloss hantierte, hörte sie ihn schon auf der anderen Seite an der Tür scharren.

«Geduld, mein Liebchen. Mummy ist wieder zu Hause.»

Sie hatte die Tür kaum einen Spaltbreit geöffnet, als ein weißes Wollknäuel zwischen Peggys Beinen hindurch ins Freie schoss. Basil stolperte über den Weg auf die Gardenien zu.

Peggy ließ die Haustür angelehnt, warf die Tasche in hohem Bogen auf den Küchentisch und raste mit derselben Dringlichkeit und zur Ablenkung «Frère Jacques» summend in die andere Richtung.

Ein paar Sekunden später brachte schrilles Reifenquietschen Peggys wohlige Erleichterung zum Erliegen. Sie hörte eine Hupe, dann das unerträgliche Geräusch von kratzendem Metall.

Basil.

Fast ohne sich die Hose wieder hochzuziehen, raste Peggy zurück an die Tür. Hinter der Hecke waren Stimmen zu hören.

Bitte nicht!

Eine Menschentraube hatte sich um einen roten Wagen geschart. Die meisten Gesichter waren ihr vertraut – es waren Bekannte aus der Siedlung. Das Auto kannte Peggy ebenfalls, es war Sheila Martins neuer Honda.

«Er ist direkt vor mir auf die Straße gerannt!», ertönte aus dem Epizentrum der Gruppe Sheilas Stimme. «Ich hätte tot sein können!»

«Sieht nach keinem besonders großen Schaden aus», sagte Vince Livingstone und untersuchte die Stoßstange. «Das müsste eigentlich die Versicherung abdecken. Kommt natürlich auf die Selbstbeteiligung an.»

Peggys Brust stand in Flammen. Wie konnten diese herzlosen Ungeheuer hier stehen und sich über Versicherungen unterhalten, während ihr armer kleiner Hund zerquetscht unter den Rädern lag? Sie schob sich nach vorne, fixierte Sheila mit eisigem Blick und fauchte: «Was hast du mit Basil gemacht?»

Sheilas Augen wurden sehr schmal. «Ich? Er ist mir direkt vors Auto gelaufen. Ich musste ihm ausweichen.»

«Sie hat mit der Stoßstange die Mauer gestreift», sagte Vince und strich mit den Fingern über ein paar Kratzer in dem roten Lack. Doch es war weder Blut zu sehen noch ein Hund.

«Das ist deine Schuld, Peggy Smart. Du kennst die Regeln zur Haustierhaltung in unserer Siedlung ebenso gut wie ich. Vor allem, was gefährliche Hunde betrifft. Sieh dir mein Auto an!»

«Fass dich lieber an deine eigene Nase», fuhr Peggy sie an.

«Ja, warte nur auf die Sitzung des Siedlungskomitees. Das Thema steht schon auf der Tagesordnung. Hundehaltung in Wohnungen. Es wird eine Abstimmung geben.» Sheila schien sich selbst zu beglückwünschen und artikulierte den vermeintlichen Todesstoß dermaßen übertrieben, dass Peggy normalerweise laut gelacht hätte.

Doch hier gab es nichts zu lachen. Peggy spürte, wie Sheilas Worte ihren Siegeszug durch ihren Körper antraten und sich wie ein Stein in ihrem Magen niederließen. «Das werden wir ja sehen.» Sie biss die Zähne zusammen und schluckte schwer.

Vince teilte die übrigen Bewohner zur Hundesuche ein, schickte seine Frau ein Stück die Straße hinunter und eine Frau namens Hazel zum Empfang, um Basil als vermisst zu melden.

«Bitte beeilen Sie sich», sagte Peggy. Was, wenn er verletzt war und irgendwo lag? Für einen Hund in seinem Alter konnte ein Schock tödlich sein.

Die Menge löste sich auf, um unter Hecken und hinter Mauern nach Basil zu suchen.

Adrenalin schoss durch Peggys Krampfadern. Sie war noch nicht bereit, Abschied zu nehmen. Das Leben war so zerbrechlich. In einer einzigen Sekunde konnte sich alles ändern.

«Und was ist mit meiner Selbstbeteiligung?» Die Hände in die Hüften gestemmt, stand Sheila neben ihrer zerkratzten Stoßstange.

«Du hörst von mir», murmelte Peggy und wandte sich ab.

Mit wachsender Beklemmung fing Peggy an, die Straße abzusuchen, und durchforstete auf der Suche nach Blut oder weißem Fell Beete und Hecken. Sie rief ihn beim Namen, aber von Basil fehlte jede Spur. Schließlich konnte sie nicht mehr. Sie blieb stehen, beugte sich vor und rang, die Hände auf die Knie gestützt, nach Luft. Dann richtete sie sich wieder auf und drückte die Hände in das schmerzende Kreuz. Erst jetzt merkte sie, dass sie vor Angies Wohnung gelandet war.

Die Tür war angelehnt. «Hallo?», rief Peggy und drückte die Tür ein bisschen weiter auf.

Vor ihr im Flur stand Angie. Sie hielt ein weißes Wollknäuel auf dem Arm.

«Ist er ...» Peggy hielt den Atem an und starrte auf das Bündel.

«Hungrig? Und wie. Er hat eben ein ganzes Stück Bioziegenkäse verschlungen, nur die Cracker mochte er nicht. Ich glaube, sie sind zu hart für seine Zähne.»

«Gott sei Dank!»

«Allerdings hat er mir auf den Küchenboden gepinkelt. Gibt es für Hunde eigentlich keine Inkontinenzprodukte?»

Angie drückte Peggy den zitternden, steifen Basil in den Arm.

«Na komm, mein Alter. Du hast Mummy aber einen bösen Schrecken eingejagt.»

«Er ist über meine Antipasti hergefallen. Ich habe den Trubel draußen gehört und dachte, besser, Basil lässt sich nicht blicken, bis die Lage sich wieder beruhigt hat.»

Peggy schlug sich die Hand vor den Mund. «Ich dachte, ich hätte ihn verloren.»

«Alles gut? Du hast eine seltsame Gesichtsfarbe.»

«Mir ist ein bisschen flau zumute.» Peggy hatte das Gefühl, sich aufzulösen wie eine Laufmasche.

«Hier. Komm, setz dich.»

Angie führte sie zu einem luxuriösen Samtsofa. Es war das Sofa, das der Möbelpacker auf seinen Schultern transportiert hatte, damals, an dem Tag, als alles anders wurde. «Leg die Füße hoch», sagte Angie und türmte an einem Ende ein paar Kissen auf.

Basil war plötzlich wieder putzmunter. Er sprang von Peggys Schoß und folgte Angie in die Küche.

Dann war Gläserklirren zu hören, das Geräusch einer Schranktür und Angies Stimme. Sie sprach offenbar mit Basil. Eigentlich wich der alte Zausel Peggy nicht von der Seite. Er hatte feste Routinen und konnte fremde Menschen nicht ausstehen. Ted war genauso gewesen. Nach seiner Pensionierung hatte er am liebsten in seinem Schuppen gewerkelt. Am glücklichsten war er, wenn er etwas reparieren konnte. Manchmal machte Peggy heimlich mit Absicht etwas kaputt, nur damit er beschäftigt blieb.

«Hier. Trink das. Gleicht geht es dir wieder besser.» Angie war zurück, und Basil klebte ihr an den Fersen.

Peggy nahm ihr das schwere Kristallglas ab und führte es

an die Lippen. Der bernsteinfarbene Inhalt roch ölig, und sie war sich nicht sicher, ob sie das trinken konnte. Fast hätte sie angesichts des unverdünnten Alkohols um einen Milchkaffee zum Mischen gebeten, aber es handelte sich schließlich um einen Notfall.

Der dickflüssige Branntwein machte seinem Namen alle Ehre und brannte Peggy in Mund und Kehle. Sie musste husten. Wärme durchströmte ihren Körper. Peggy fühlte sich schon im nächsten Augenblick ein bisschen besser. Angie hatte inzwischen in einem eleganten französisch anmutenden Lehnstuhl Platz genommen, in einem dieser Louis-IVX-Dinger.

Die ganze Wohnung war unglaublich geschmackvoll eingerichtet. Ganz und gar Angie. Mit den vielen kostspieligen, in dezenten Tönen wie Blassblau, Grau und Silber gehaltenen Möbelstücken sah es aus wie in einer Musterwohnung. Hier saßen sie nun, inmitten einer Seniorensiedlung, und selbst Angies Wohneinheit sah aus wie einem Hochglanzmagazin entsprungen.

Basil war auf dem Fußboden eingeschlafen, auf einem weiß-braunen Vorleger. Peggy sah genauer hin. Tatsächlich. Da lag eine tote Kuh im Zimmer. Ein Gefühl von Müdigkeit senkte sich auf sie und hüllte sie ein, und Peggy ließ sich in die Daunenkissen sinken. Sie merkte plötzlich, wie unbequem ihr eigenes Sofa war. Sie hatte sich damals beim Kauf gegen Ted durchgesetzt. Er war für etwas Bequemes gewesen, aber sie hatte in einer Zeitschrift ein Foto gesehen und in einem Anfall von Wahnsinn auf einem komplett cremefarbenen Wohnzimmer bestanden. Inzwischen sah das dreiteilige Ensemble ziemlich schmuddelig aus, genau wie Ted es prophezeit hatte. Abgesehen davon war es äußert unbequem. Schon immer gewesen.

«Noch ein Schlückchen, Pegs?»

Peggy leerte das Glas und hickste. «Warum nicht?» Ihre Muskeln hatten sich entspannt, und eine herrliche Schwerelosigkeit hatte sich ihrer Arme und Beine bemächtigt. Dankbar hielt sie Angie das Glas hin. «Ich glaube nicht, dass ich schon bereit bin, ihn gehen zu lassen», sagte Peggy und sah Basil an, der im Traum zuckend Opossums jagte. Die Worte kamen ihr ein wenig schwerfällig über die Lippen.

«Ich glaube, ich hole mal den Käse.» Angie kam mit einem Holzbrett zurück, auf dem Oliven lagen und irgendwelche rötlich glänzenden Streifen, flankiert von ein paar rustikal wirkenden Crackern. Sie reichte Peggy einen Teller. «Bedien dich.»

Auf der Suche nach etwas Bekanntem schwebten Peggys Finger zögernd über der Auswahl. Aus welchen Eutern dieses Zeug auch stammen mochte, Dr. Stephen würde es herausfinden, wenn sie davon aß, und sie hatte keine Lust auf noch eine Liste. Doch außergewöhnliche Situationen erforderten außergewöhnliche Maßnahmen. Sie platzierte ein gummiartiges Etwas auf einem Vollkorncracker und probierte.

«Was bist du nur für ein feiner Kerl, Basil.» Angie beugte sich hinunter und kraulte ihm den Kopf. Bei der Berührung öffnete Basil verschlafen ein Auge. Er gähnte, leckte sich das Maul, drehte sich auf den Rücken und entblößte seinen Bauch. Angie reagierte mit Gurrlauten und massierte mit ihren langen Fingernägeln die rosarote Haut. Basil reagierte mit Schwanzwedeln wie ein aufgeregter Welpe und wand sich in hündischer Ekstase. Das hatte er seit Monaten nicht mehr getan.

«Das sieht Sheila Martin aber anders», lallte Peggy. «Sie hat sich bei der Siedlungsleitung über ihn beschwert, und jetzt findet auf der nächsten Sitzung eine Abstimmung statt.»

«Was für eine Abstimmung?»

«Für ein Hundeverbot. Gefährliche Rassen. Kannst du das glauben?»

«Das ist doch absurd. Basil und gefährlich? Ich kann mir nicht vorstellen, dass das Komitee ihn verbannt.» Peggy sah ihr an, dass ihr ein «Oder vielleicht doch?» auf der Zunge lag.

«Es gibt Zeugen. Die Kronzeugen von Madame La Vorsitzende. Wenn sich die Sache rumspricht, ist Basil so gut wie weg. Sie und Sheila werden bis morgen Abend ihre Verbündeten zusammengetrommelt haben.»

«Mach dir keine Sorgen. Das Komitee wird Basil bestimmt nicht der Siedlung verweisen.»

Peggy malte mit dem Finger den Samt gegen den Strich und wischte ihn wieder glatt. Könnte sie doch in Sachen Basil so zuversichtlich sein wie Angie. Falls es tatsächlich zur Abstimmung kam, würde die Sache jedenfalls knapp.

«Die Livingstones waren auch dabei», sagte Peggy.

«Und?»

«Sylvia ist das Problem, besser gesagt Engelbert. Ihr Kater.»

«Ich fürchte, ich kann dir nicht ganz folgen, Pegs.»

«Kurz nachdem wir eingezogen sind, hat Basil ihn auf den Baum gejagt. Die Feuerwehr musste mit der Leiter kommen und ihn runterholen. Es gab ein Riesentamtam. Ich bin mir sicher, die Geschichte zerren sie auf der Versammlung hinter dem Ofen vor.»

Peggy wusste, dass sie Angie mit dieser ganzen schlimmen Basil-Affäre nicht belasten sollte. Sie sollten über Simon sprechen, nicht über Katzen auf Bäumen. Andererseits war Angie nun mal zu Peggys Rettung geeilt. Die Wippe stand schräg und neigte sich in die immer gleiche Richtung: Peggy drückte mit ihrem Gewicht das eine Ende nieder, und die klapperdürre Angie hing auf der anderen Seite hoch über ihr. Angie schien es zu genießen, in ihrer Beziehung die Oberhand zu behalten, sie hatte offenbar Freude an der Unausgewogenheit der Macht. Wann würde Peggy endlich eine Chance bekommen, das Kräfteverhältnis in ihrer Beziehung auszubalancieren?

«Überlass das mir», sagte Angie, und zwischen zwei Schlucken Kognak stahl sich ein verschlagenes Grinsen auf ihre Lippen. «Ich habe einen genialen Plan.»

Peggy stellte überrascht fest, dass sie schon wieder den Boden ihres Glases sehen konnte. Offenbar hatte sie das Ausmaß des Schocks unterschätzt. «Ich glaube, ich brauche noch einen Schluck», sagte sie.

«Na gut. Wie wäre es mit einem letzten Schlückchen in Ehren, und dann begleite ich dich nach Hause? Wir hatten für einen Tag genug Aufregung.»

Angie nahm die Kristallkaraffe und schenkte Peggy einen winzigen Schluck ein. Peggy lüpfte eine Augenbraue und hielt Angie das Glas hin, bis sie mit dem Ergebnis zufrieden war. «Ich könnte mich daran gewöhnen», sagte sie und fragte sich, warum sie, was Schnaps betraf, eigentlich immer so zurückhaltend gewesen war. Es gab so viele Erfahrungen, die sie noch nicht gemacht hatte, eine Riesenmenge Laster, denen sie seit fast achtzig Jahren aus dem Weg gegangen war. Höchste Zeit, ein paar Ausschweifungen auf ihre Wunschliste zu setzen, ehe es zu spät war!

«Immer langsam mit den jungen Pferden», sagte Angie und rettete, als Peggy sich aufsetzte und mit dem Gipsarm ausholte, eine Kristallvase vom Beistelltisch.

«Weißt du eigentlich, dass ich noch nie betrunken war?»

Angie war fassungslos. «Du machst Witze!»

«Nein, nein!»

«Was? Nicht mal, als du noch jung warst?»

«Einmal war ich an Weihnachten bei der Herrencrème ein bisschen zu großzügig mit dem Rum. Zählt das auch?»

«Jetzt erzählst du mir wahrscheinlich gleich, dass du auch noch nie geflucht hast.»

Peggy senkte den Blick. «Einmal, als mir ein Blumentopf auf den Zeh geknallt ist, habe ich das V-Wort gesagt.» Sie wusste nicht, wofür sie sich mehr schämte: das Wort benutzt zu haben oder es nicht viel öfter benutzt zu haben.

Angie lachte. «Was? Das V-Wort? Welches? *Verkackt?* Erzähl mir bitte nicht, du hast *verdammt* gesagt!»

Wie absurd, mit fast achtzig Jahren! Ihre Naivität traf Peggy ebenso schmerzhaft wie damals der Blumentopf. Es gab so viel vertane Zeit aufzuholen, und ein Schimpfwortrepertoire würde den Anfang machen.

«Verfluchte Kacke!», sagte Peggy, und Angie zuckte zusammen. «Höchste Zeit, endlich mit dem verfickten Fluchen anzufangen. Besser spät als nie, oder?»

Die beiden Frauen prosteten sich zu. «Auf das Altern in Schimpf und Schande.»

Basil räkelte sich gähnend. Er hob den Kopf, sah von Angie zu Peggy und wieder zurück, als müsse er eine Entscheidung treffen.

«Hast du schon mal was geraucht?», flüsterte Angie.

Peggy sah sie verwirrt an. Sie hatte doch heute erst an ihrer Zigarette gezogen.

«Du weißt schon. Pot. Gras. Cannabis?» Angie hielt Basil ein Stückchen Käse hin. Er nahm es ihr behutsam aus den Fingern.

Solche Dinge standen im Jacaranda Retirement Village definitiv nicht auf dem Veranstaltungsprogramm. Im Siedlungsblättchen wurden Mahjong-, Quilt- und sogar Ukulele-Kurse angeboten, aber doch kein Haschisch, zumindest nicht, soweit Peggy sich erinnern konnte. Es gab in der Siedlung ein Café und einen Schönheitssalon, aber keine Drogenhöhle.

«Ist das in unserem Alter nicht gefährlich?»

Angie holte so tief Luft, dass sie fast auf ihre doppelte Größe anschwoll. «Nicht schon wieder! Deine Altersbesessenheit fängt an, mich fürchterlich zu langweilen. Kein Wunder, dass deine Kinder sich benehmen, wie sie es tun. Du lässt dich absichtlich von ihnen behandeln wie eine alte Schachtel, und damit bist du genauso schlimm wie sie.»

Sie hatten beide aufgehört zu lachen. Sogar Basil hatte den Kopf zwischen die Pfoten gelegt, und sein Blick schoss besorgt zwischen ihnen hin und her. Leugnen war ja eine nette Strategie, dachte Peggy, plötzlich ziemlich pikiert, aber man musste sich doch aufs Ende gefasst machen. Sie waren alle sterblich. Selbst die unverwüstliche Angie Valentine.

«Weißt du, du kannst so viel Grünzeug fressen, wie du willst, du kannst dir mit Nadeln ins Gesicht piksen lassen und dir die Haare färben, aber du musst trotzdem akzeptieren, dass wir alle alt werden.»

Angie stand so abrupt auf, dass ihr Teller zu Boden fiel.

«Glaubst du, das wüsste ich nicht? Mein Herz ist völlig im Eimer. Ja, die Karosserie ist noch ganz gut in Schuss, aber der Motor hat seine Höchstlaufzeit längst überschritten. Es ist nur noch eine Frage der Zeit, bis man mich zum Schrottplatz schleppt. Glaubst du, ich will hier rumsitzen und ständig auf meinem Siechtum rumreiten? Wenn du glaubst, dass ich das bisschen Zeit, das mir noch bleibt, damit verbringe, Trübsal zu blasen und mir selber leidzutun, hast du dich getäuscht. Also. Willst du das letzte Stück Halloumi, oder soll ich es dem Hund geben?»

«Du hast recht. Wir sollten das Beste aus dem machen, was uns noch bleibt. Höchste Zeit, endlich zu leben.» Peggy nahm das letzte Stück Halloumi, was auch immer das sein mochte, und schob es sich in den Mund.

Das tiefe, knautschige Sofa hatte sie fast verschluckt, und als sie sich aufsetzte, stieß sie versehentlich mit dem Fuß ein Kissen zu Boden. Basil stand auf und tapste darauf zu. Er schnüffelte daran und dann, plötzlich und ohne Vorwarnung, stürzte er sich darauf, machte einen Buckel und fing an, den Samtstoff zu rammeln. Peggy war entsetzt. Bilder von David und seiner ersten Freundin blitzten in ihr auf, die sich halb nackt auf seinem schmalen Jugendbett wälzten, plötzlich aus ihrer Datenbank der verdrängten Erinnerungen aufgetaucht.

«Basil! Du liederlicher alter Kerl.» Peggy musste plötzlich grinsen. Angie hatte sich kichernd die Hand vor den Mund geschlagen.

Lachend ließ Peggy sich zurück in die Kissen sinken. Hilflos sah sie mit an, wie ihr geliebter Hund es mit Angies Designerkissen trieb. In seinen trüben Augen lag ein Blitzen, und seine hängenden Lefzen waren eindeutig zu einem Lächeln verzogen.

«An dem solltest du dir ein Beispiel nehmen», sagte Angie und versuchte, sich zusammenzureißen.

Jedenfalls steckte in ihrem Hund noch sehr viel mehr Leben, als sie gedacht hatte.

«Ich muss Pipi», sagte Peggy kichernd und hievte sich vom Sofa hoch.

Bei den ersten paar Schritten kam sie sich vor wie ein schwankendes Kleinkind. Im Wohnzimmer war es angenehm warm, und draußen war es inzwischen dunkel geworden. Wann war eigentlich die Sonne untergegangen?

«Die Tür gleich rechts. Bist du sicher, dass du allein zurechtkommst?»

Ich bin vielleicht ein winziges bisschen beschwipst, aber ich brauche sicher niemanden, der mit mir Pipi machen geht. Noch nicht jedenfalls. Peggy tastete sich durch den dunklen Flur und wankte zwischen den Wänden hin und her wie ein außer

Rand und Band geratener Zeppelin. Sie hatte es immer sehr lustig gefunden, wenn betrunkene Menschen so getan hatten, als wären sie nüchtern. Es war schwerer, als es aussah.

Die Wohnung war ein wenig anders geschnitten als ihre. Rechts gab es zwei Türen, und um es noch verwirrender zu machen, war die erste abgeschlossen. Durch den Spalt der zweiten Tür fiel ein goldener Schimmer, der sie magisch anzog. Wie eine Motte ging sie auf das Licht zu.

Das musste Angies Schlafzimmer sein. Eindeutig. Sie erkannte es am Bett. Der Raum sah aus, wie sie sich einen Harem vorstellte, das Bett verschwand beinahe unter seidenen Kissen und einem Fellüberwurf. An der Wand darüber hing ein Aktgemälde: eine junge Frau mit verführerischem Blick und kecken Brüsten, hingegossen in einen Sessel. Peggy musste an ihr eigenes Schlafzimmer denken. Mit der Tagesdecke voller Gänseblümchen und dem Aquarell vom Hafen war es alles andere als ein Boudoir.

Der Kognak zwang Peggy weiter. Sie brauchte das Bad, und zwar schnell. Es musste hier irgendwo sein. An einer Seite des Zimmers waren zwei Türen. Eine davon musste ins Bad führen. Sie drückte die Klinke der ersten Tür, zog sie zu sich heran und fuhr zurück. Hinter der Tür befand sich ein Schminkboudoir. Sie starrte direkt in einen Spiegel. Kein schöner Anblick. Ihre neue Frisur war völlig durcheinander, und auf ihrem Oberteil prangte ein verräterischer Fettfleck. Helen Mirren beugte sich vor und musterte sie aus blutunterlaufenen Augen.

Peggy Smart, du bist betrunken.

Besoffen.

Hackedicht.

Wenn ihre Kinder sie jetzt sehen könnten! Peggy versuchte, sich ihre Gesichter vorzustellen. Die würden sie ins Heim verfrachten, ehe sie bis drei zählen konnte. Doch anstatt sich zu schämen, verspürte sie ein Gefühl von Triumph. Sie hatte es endlich getan. Peggy Smart konnte auf ihrer Wunschliste des Hedonismus den ersten Haken setzen. Das war genau die Neuigkeit, die Menschen so gerne in den sozialen Medien teilten. David hatte ihr zum Spaß mal einen Facebook-Account eingerichtet. Es wurde Zeit, ihre Abenteuer mit der Welt zu teilen. Vorausgesetzt, es gelang ihr, die Kamera auf ihrem neuen Telefon zum Laufen zu bringen. Oder auch nur das Telefon an sich.

Das Bord vor dem Spiegel war voll mit Flaschen und Fläschchen und Tuben, mit Töpfen und Tiegeln aller Farben und Größen, gefüllt mit Salben und Tinkturen, mit Cremes und Fluids. Benutzte Angie tatsächlich so viel Zeug? Es war wie bei einem Würstchen: Wenn man sah, was da alles reinkam, wirkte es sofort nicht mehr ganz so appetitlich.

Auf dem Bord darunter hatte Angie ihre Kollektion an Bürsten und Kämmen und Haarspray aufgereiht. Peggy zog die oberste Kommodenschublade auf und entdeckte ein wahres Kaleidoskop an Lippenstiften und Lidschatten. Woher wusste Angie, welche Farbe wohin gehörte? Das war ja wie allmorgendliches Malen nach Zahlen, nur ohne Zahlen. Kein Wunder, dass die Frau ständig zu spät kam.

Wie ein kleines Mädchen im Süßwarengeschäft leckte Peggy sich die Lippen und nahm sich einen Lippenstift aus der Sammlung. Am Anfang war es gar nicht so leicht, weil sie offensichtlich sämtliches Koordinationsvermögen verloren hatte, aber irgendwie gelang es ihr, die kirschrote Farbe aufzutragen. Ein wenig davon schaffte es sogar auf ihre Lippen. Ihr Spiegelbild sah aus wie ein Pornostar mit Schmollmund.

Ein billiges Flittchen.

Sie konnte die Stimme ihrer Mutter hören: «Du solltest dich schämen, dich so aufzudonnern, junge Dame!»

Peggy starrte in den Spiegel. Sie hatte gehofft, mit dem Tod ihrer Mutter auch all die Missbilligungen und Herabwürdigungen zu beerdigen. Doch selbst zwanzig Jahre später fehlte ihr weiter jede Spur von dem Selbstbewusstsein, das ihre Mutter so gründlich unterbunden hatte, und von dem anderen Leben, das sie hätte leben können. Zumindest nicht, bis Angie aufgekreuzt war.

«Verpiss dich, Mutter!»

Ich bin ein großes Mädchen. Ich kann machen, was ich will.

Aus dem Wohnzimmer erschallte ein Ruf. «Brauchst du Hilfe da drin?»

«Nein. Mir geht's gut», rief Peggy zurück.

Sie sah sich nach einem Kosmetiktuch um, mit dem sie sich dieses alberne Zeug aus dem Gesicht wischen konnte. Sie durfte sich auf keinen Fall von Angie erwischen lassen. *Schnell.* Irgendwo musste eine Schachtel sein. Peggy zog eine Schublade nach der anderen auf und lugte hinein. Seidene Unterwäsche, Strümpfe, Schmuck. Noch mehr Schmuck. Nur keine Kosmetiktücher.

Die unterste Schublade klemmte ein wenig, und Peggy musste ihr ganzes Gewicht einsetzen, um sie aufzukriegen. Als die Schublade nachgab, wäre sie fast rücklings umgefallen. Sie war vollgestopft mit Abendhandtäschchen, kleine funkelnde, glitzernde strassbesetzte Dinger. Peggy hatte noch nie eine Abendhandtasche besessen. Seltsamerweise musste sie an Brians Frau denken. Sie fragte sich, was die praktisch veranlagte Lehrerin zu all den Buchprüferbällen und Abendeinladungen wohl getragen hatte. Phyllis klang nicht nach der Sorte Frau, die eine ganze Schublade voll mit schwarzen Satintäschchen hatte. Peggy hatte das Gefühl, sie hätte Mrs. Cornell gemocht.

Sie wollte die Schublade gerade wieder schließen, als ihr

Blick auf etwas Scharfkantiges fiel. Halb versteckt hinter schwarzen Federn lugte ein Bilderrahmen hervor. Sie angelte ihn heraus und entdeckte ganz hinten einen zweiten.

Nach einem verstohlenen Blick über die Schulter betrachtete Peggy die beiden Silberrahmen. In der schummrigen Beleuchtung und ohne Lesebrille war kaum etwas zu erkennen. Peggy kniff die Augen zusammen und hielt die beiden Bilderrahmen auf Armeslänge von sich. So konnte sie gerade eben die Gesichter erkennen.

Das größere Foto war eine Schwarzweißaufnahme aus uralten Zeiten. Der Mode nach musste es in den späten Fünfzigern oder Anfang der sechziger Jahre entstanden sein. Das Bild zeigte drei Menschen, untergehakt und ausgelassen lachend. Einer davon war zweifelsohne Angie in ihrer Jean-Seberg-Phase, die blondierten Haare modisch kurz geschnitten, mit einer Zigarette in der Hand. In der zweiten, vor der Kamera zurückweichenden Frau erkannte Peggy plötzlich eine jüngere Version von sich selbst. Wie reizlos sie wirkte in der unförmigen Strickjacke und mit der langweiligen Frisur. War es ein Wunder, dass Angie alle Aufmerksamkeit auf sich gezogen hatte? In der Mitte zwischen den beiden Frauen stand ein Mann und lachte direkt in die Kamera. Groß, mit dichtem dunklem Haar und der charakteristischen Lücke zwischen den Schneidezähnen.

Es war Ted.

Peggy lächelte sein jugendliches Gesicht an. Sie hatte fast vergessen, wie er mit Haaren ausgesehen hatte. Warum hatte Angie ausgerechnet dieses Foto aufgehoben, sogar in einem Silberrahmen, und es dann in der untersten Schublade versteckt?

Peggy wandte sich dem zweiten Bilderrahmen zu. Er war kleiner und zeigte das verblasste Farbfoto eines kleinen Jungen. Er lächelte hinter einem Geburtstagskuchen hervor, und im Hintergrund war Angie mit dunklen Haaren zu sehen. Das musste Simon sein. Auf dem Kuchen brannten sieben Kerzen – nur ein Jahr älter, als Sam jetzt war. Er trug einen Cowboyhut und ein Fransenhemd. Peggy lächelte. Er erinnerte sie an David in dem Alter. Er hatte auch ein Cowboykostüm gehabt. Ehrlich gesagt war die Ähnlichkeit verblüffend. Irgendetwas an dem Lächeln dieses Kindes sorgte dafür, dass sich Peggy die Nackenhaare aufstellten.

Das war Angies Sohn. Ihr einziges Kind. Wieso versteckte sie ihn in einer Schublade? Gedanken surrten wie ein aufgescheuchter Bienenschwarm durch Peggys Kopf. In dieser ganzen ach so geschmackvollen Wohnung gab es überhaupt keine Erinnerungen aus Angies angeblich so glamourösem Jetset-Leben. Keine Schätze, keine Souvenirs, keine Fotos. Gar nichts Persönliches. Keinerlei Hinweise auf das Leben, das sie geführt hatte. Es war, als würde die mysteriöse Angela Valentine ihre Vergangenheit und ihr einziges Kind absichtlich in der untersten Schublade verstecken.

Peggy streichelte das Bild. Als Mutter ging man immer davon aus, dass man vor seinem Kind starb. Das war der natürliche Lauf der Dinge. Trotzdem hatte Angie von ihrem Sohn Abschied nehmen müssen. Mit Simons Tod hatte sie nicht nur ihr Kind, sondern auch ihre Träume und ihre Zukunft verloren. Im Jacaranda Retirement Village war jeder zweite Bewohner verwitwet. Aber wie viele von ihnen hatten ihre Kinder überlebt, waren durch eine Trauer gegangen, die zu still und zu schmerzvoll für jedes Etikett war?

«Gute Nachrichten! Ich habe im Schrank noch eine Flasche Gin gefunden», schallte es aus dem Wohnzimmer herüber.

Peggy erschrak und hätte fast die Bilder fallen lassen. Sie musste die Rahmen dringend zurücklegen, ehe Angie hereinkam und sie beim Schnüffeln erwischte. Es ging Peggy nichts an. Sie hatte kein Recht, ihre Nase in Angies Angelegenheiten zu stecken. Hastig räumte sie alles an seinen Platz zurück und entdeckte hinter einer Schiebetür an der gegenüberliegenden Wand das Bad. Sie spritzte sich ein bisschen Wasser ins Gesicht und trocknete sich an einem flauschigen blauen Handtuch die Hände ab.

War dies der richtige Zeitpunkt, sich nach Simon zu erkundigen? Angie wollte offensichtlich mit ihr über ihren Sohn sprechen, und wäre Basils nachmittägliche Eskapade nicht gewesen, hätte sie ihr längst das Herz ausgeschüttet. Peggy war eine gute Zuhörerin. Was ihr an Modebewusstsein oder Lastern fehlte, machte sie mit einem mitfühlenden Ohr wieder wett. Es war das Mindeste, das sie tun konnte. Sie würde nicht länger um den heißen Brei herumschleichen. Sie würde jetzt zurück ins Wohnzimmer gehen und direkt zur Sache kommen. In ihrem Alter gab es keine Zeit mehr zu verlieren. Außerdem hatte sie am Alkohol Geschmack gefunden.

Als Peggy endlich den Mechanismus der Schiebetür kapiert und sich aus dem Bad befreit hatte, lag Angie auf ihrem teuren Sofa und schnarchte sanft. Basil lag neben ihr. Der Gin stand ungeöffnet auf dem Couchtisch.

Peggy sammelte die leeren Gläser ein, spülte sie in der Küche ab, holte den Fellüberwurf aus dem Schlafzimmer und deckte beide damit zu. Dann zog sie die Wohnungstür hinter sich zu und wankte nach Hause.

Simon würde noch ein wenig länger warten müssen.

23
Angies Spezialrezept

Peggy starrte zu dem flusigen Vorhang aus Staubfäden hoch, der an den Rotorblättern des Deckenventilators hing. Wie gern würde sie jetzt da hochsteigen und das Ding mal wieder gründlich sauber machen, aber das war es nicht wert. Ihr unabhängiges Leben in der Siedlung hing auch so schon am seidenen Faden. Einen Sturz von der Leiter konnte sie nicht riskieren. Ein gebrochenes Handgelenk war eine Sache, aber eine gebrochene Hüfte war eine ganz andere Hausnummer. Die ließ sich nicht lachend mit einem wasserdichten Gipsverband abtun. Kaputte Hüften brauchten Operationen. Operationen brauchten Narkose. Und was eine Narkose altersschwachen Hirnzellen antat, war allgemein bekannt.

Was wohl Ted zu den gestrigen Mätzchen gesagt hätte? Ted hatte nie getrunken. Nie geraucht. Nie geflucht, zumindest nicht laut. Erst jetzt, sechzig Jahre nachdem sie den Bund der Ehe eingegangen waren, bemerkte Peggy die Ironie. Peggy Weaver war ihrer sittenstrengen Mutter entkommen, nur um den absolut lasterfreien Edward Smart zu heiraten. War es ein Wunder, dass sie ein derart mausgraues Leben geführt hatte?

Wenn Peggy normalerweise aufwachte, schnüffelte Basil schon neben ihrem Bett herum oder winselte aus seinem Körbchen zu ihr rüber, um vor die Tür gelassen zu werden. Doch: Von Basil keine Spur. Dann fiel ihr alles wieder ein. Basil hatte bei Angie übernachtet. Sie erinnerte sich an die Erleichterung, ihn unverletzt und wohlbehalten wiederzufinden. Und an den

Kognak. Danach wurde alles ein bisschen verschwommen. Irgendwas war mit Basil und dem Sofakissen gewesen. Peggy kicherte, als die Erinnerungen langsam wie die steigende Flut zu ihr zurückkamen. Angie hatte völlig recht. Sie sollte sich dringend an Basil ein Beispiel nehmen.

Das Telefon klingelte. Peggy hob den Kopf vom Kissen und überlegte es sich sofort wieder anders, weil das Zimmer zu schwanken begann wie ein Boot auf rauer See. Ihr Kopf pochte im Rhythmus zum Klingeln. Sie ließ sich zurück aufs sichere Kissen sinken und wartete, bis der Anrufer aufgab. Wahrscheinlich wollte Angie nur wissen, was Basil gerne frühstückte. Er würde warten müssen. Äpfel und Birnen konnte man eben nicht vom selben Baum pflücken. Sie wusste, dass er irgendwann zu ihr zurückkommen würde. Schon möglich, dass er sich von Angies Antipasta-Gedöns hatte verführen lassen und den unwiderstehlichen Lockungen ihrer Designerkissen erlegen war, aber Basil wusste, wo er zu Hause war. Das nannte sich Loyalität. Und wahre Liebe.

In ihrem Schädel fühlte es sich an wie im Inneren einer Kesselpauke, aber wenigstens war ihre Blase noch im Tiefschlaf. Was ihrer Zunge nach zu urteilen, allein daran lag, dass sie völlig dehydriert war.

Peggy setzte sich auf die Bettkante, ließ die Füße vorsichtig in ihre Lammfellpuschen gleiten und wartete darauf, dass die tanzenden schwarzen Flecken vor ihren Augen verschwanden. Sie durfte auf keinen Fall einen Sturz riskieren. Nicht in diesem Zustand, nach Alkohol stinkend und mit den Klamotten von gestern unter dem Nachthemd.

Peggy fragte sich, was gestern Abend sonst noch gewesen war. Welche garstigen Geheimnisse würde ihr das Kurzzeitgedächtnis im Laufe des Tages wohl noch präsentieren? Behutsam hangelte sie sich chronologisch an den gestrigen

Geschehnissen entlang. Angie hatte sie zu sich eingeladen, um zu reden. Über das Kind, das nie die Chance bekommen hatte, erwachsen zu werden wie ihre eigenen beiden. Das Kind, ohne das Angie so viel besser dran gewesen war, wie Peggy ihr so vehement vor den Latz geknallt hatte. Sie versuchte, das Gespräch noch einmal abzuspulen, aber an der entscheidenden Stelle klaffte in ihrem Verstand eine Lücke.

Hatten sie die Luft zwischen sich geklärt, hatten sie sich umarmt und auf ihre Freundschaft angestoßen? An ein Zuprosten konnte sie sich erinnern, aber nicht an irgendwelche Umarmungen. Und die Luft fühlte sich alles andere als gereinigt an. Da war irgendwas mit Abendhandtäschchen. Eine Schublade.

Die Fotos.

Weshalb hatte Angie bei all den Ehemännern, Stiefkindern und unzähligen Freunden, die sie im Laufe ihres Lebens gesammelt haben musste, ausgerechnet ein Foto von ihr und Ted aufbewahrt? Das ergab keinen Sinn. Sie hatten vor einer Ewigkeit den Kontakt verloren, und es musste Hunderte Bilder von Angies Glamourleben, von ihren Reisen, ihren Freunden und erst recht von ihren Ehemännern geben.

Doch was Peggy wirklich beunruhigte, war das zweite Foto, das Bild von Simon. Irgendwas war mit seinem Lächeln.

Nach drei Gläsern Wasser fühlte Peggy sich etwas besser. Sie hatte Brian heute Morgen verpasst. Ehrlich gesagt, sie hatte ihn nun schon mehrere Tage hintereinander verpasst. Die Operation Brian hatte ihren Lauf genommen, und es war erleichternd zu wissen, dass sie sich inzwischen mit dem Kassenwart des Komitees unterhalten konnte, ohne ihn sich nackt vorzustellen. Wenn sie bis jetzt noch nicht den Mut aufgebracht hatte, ihn zum Essen einzuladen, würde sie es nie tun. Und andersherum. Sie hatte die Verliebtheit genossen und würde Brian insgeheim auf ewig für ihre radikale Verwandlung in eine Helen Mirren dankbar sein. Doch Frauen wie Peggy Smart lebten nicht in einer Phantasiewelt. Sie lebten in Zweizimmerwohneinheiten in Seniorensiedlungen und fuhren kleine Fließheckautos mit zerschrammten Radkappen. Sie gingen zweimal pro Woche zur Wassergymnastik und sammelten für ihre Ärzte unendlich viele Urinproben. Wenn sie Glück hatten, hatten sie einen Basil an ihrer Seite, zumindest bis zur nächsten Sitzung des Siedlungskomitees. Manche von ihnen hatten sogar eine Freundin wie Angie Valentine, die sie zwar zum Wahnsinn trieb, aber ohne die sie sich ihre Zukunft nicht mehr vorstellen konnten. Es wurde höchste Zeit, sich wie eine respektable Witwe zu benehmen statt wie ein liebeskranker Teenager. Und zwar ab jetzt sofort, mit einer Tasse Tee und ein paar Panadol.

Neben dem Wasserkocher entdeckte Peggy die Tagesordnung für die heutige Sitzung. Sie hatte, als sie den Brief gestern aus dem Briefkasten gezogen hatte, nur einen flüchtigen Blick darauf geworfen, doch da stand es, schwarz auf weiß: Direkt unter *Beschaffung von Geldmitteln für die Soundanlage* und *Klempnerarbeiten* stand Basils Todesurteil.

Abstimmung über die Regularien zur Haustierhaltung in Kleinwohnungen.

Peggy hatte einen bitteren Geschmack im Mund. Diese elende Sheila hatte Basil von Anfang an im Visier gehabt. Sie hatte nur auf die richtige Munition gewartet. Peggy hörte sie deutlich vor sich, wie sie dem Komitee ihren *beinahe tödlichen Unfall* schilderte. Der arme Basil hatte seine Henkersmahlzeit gefressen und die letzte Zigarette geraucht. Wie um alles in der Welt sollte sie ihn jetzt noch retten?

Plötzlich erinnerte sie sich an einen Satz – irgendwann zwischen dem dritten und dem vierten Glas Kognak – aus Angies Mund.

Überlass das mir.

Der Arm war immer noch in Gips, und Peggy verlor langsam die Geduld. Die Möglichkeiten mit einer Mikrowelle waren sehr begrenzt, und nach dem Rindfleisch-Nudel-Fiasko war sie immer noch ein bisschen auf der Hut. Sie sehnte sich so danach, endlich wieder ordentlich zu backen. Sie sehnte sich danach, Eier am Schüsselrand aufzuschlagen und das vollkommene Wunder der Natur in ein Bett aus pudrigem Mehl gleiten zu sehen. Sams Geburtstagskuchen war eine riesige Herausforderung gewesen, und sie wollte zu der Sitzung des Komitees heute Abend unbedingt etwas Raffiniertes beitragen, vorzugsweise ohne blaue Gipsstückchen. Sie konnte nicht riskieren, Basils Zukunft mit Hagelzucker und Schokostreuseln aufs Spiel zu setzen, aber nach diversen Fehlstarts und einem intensiven Training ihres neuen Schimpfwörterarsenals musste Peggy sich widerstrebend mit einer hübsch arrangierten Packung gemischter Plätzchen zufriedengeben. Das würde das Siedlungskomitee ihr ja wohl verzeihen, nur dieses eine Mal. Doch sosehr sie auch versuchte, sich auf die Dekoration der Plätzchen zu konzentrieren – überlappend wie Blütenblätter, in Reihen, zufällig aufgehäuft –, ihre Gedanken kehrten immer wieder zu Angie und dem gestrigen Abend zurück. Irgendetwas nagte an ihr, und zwar mehr als nur die Nachwirkungen des Kognaks.

Als hätte sie hinter die Kulissen eines Theaterspiels gelugt, hatte sie einen Blick auf eine andere Angie erhascht. Da versuchte eine Frau, sich hinter Make-up und Accessoires zu verstecken.

Das Clubhaus füllte sich langsam, in der üblichen Geschwindigkeit der Jacaranda-Siedlung. Peggy vermied absichtlich, Brian anzusehen, doch sie spürte, wie er sie mit seinen Blicken verfolgte, während sie sich einen freien Platz suchte. Sie war ängstlich darauf bedacht, das richtige Bild zu vermitteln: bestimmt und entschlossen, aber nicht zickig, mit einem Hauch Demut. Die schwarze Hose passte gut ins Bild, dazu der Blazer über dem Shirt mit U-Boot-Ausschnitt. An den Ohren trug sie die schlichten Perlenhänger, die Ted ihr zur goldenen Hochzeit geschenkt hatte. Nach dem gestrigen Farbexperiment hatte Peggy sich für einen schlichten Hauch Vaseline auf den Lippen entschieden. Die Frisur jedoch stand auf einem anderen Blatt, und sie hatte sich sorgfältig geföhnt und die Spitzen genau nach Alessandros Anweisungen zerzaust. Zum Schluss hatte sie sich mit einem Hauch Parfüm besprüht und war schließlich bereit gewesen, dem Feind ins Auge zu blicken.

Peggy winkte Jim zu, setzte sich auf den Stuhl neben Brian und tat, als würde sie ihn jetzt erst entdecken.

«Guten Abend, Brian. Ich habe dich gar nicht gesehen. Wie geht es dir?»

«Gut. Sehr gut. In der Tat. Darf ich dir sagen, dass du heute Abend einfach umwerfend aussiehst?»

Peggy errötete und stellte den Plätzchenteller in die Tischmitte. Mavis musste zweimal hinsehen.

«Das ist aber nicht dein übliches Niveau, Peggy», sagte Sheila Martin. Als sie Brians finsteren Blick bemerkte, wurde ihr Gesicht ein wenig weicher, und sie fügte hinzu: «Lass uns doch bitte wissen, wenn du wegen deines Arms Hilfe benötigst. Dazu ist der Genesungsausschuss schließlich da.»

«Vielen Dank für das freundliche Angebot, Sheila, aber ich komme sehr gut allein zurecht.» Den Zusatz konnte Peggy sich nicht verkneifen. «Mit Hilfe meines guten Freunds hier.» Sie tätschelte Brians Knie. Als hätte sie seine Reflexe getestet, schoss sein ganzes Bein nach vorn. Peggy wollte sich schon bei ihm entschuldigen, da betrat Angie mit einem Kuchenteller beladen den Raum.

Mavis klatschte in die Hände und rief die Versammelten zur Ordnung. «Bitte setzt euch. Wir wollen anfangen.»

Angie entfernte die Alufolie von der Kuchenplatte und enthüllte einen riesengroßen Berg Schokoladenbrownies. Selbst Peggy musste zugeben, dass sie köstlich aussahen und verführerisch dufteten. Es fiel ihr schwer, sich Angie mit einer Schürze und bis zu den Ellbogen in Schokoladenteig vorzustellen, aber die Dinger sahen eindeutig aus wie selbst gemacht. Die Talente dieser Frau waren offensichtlich grenzenlos.

«Du lieber Himmel! Eine Runde Applaus für Angie, bitte.»

Mavis klatschte in die Hände und stibitzte sich einen Brownie vom Stapel.

«Bitte, bedient euch», sagte Angie und reichte den Teller herum. «Greif zu, Pegs. Die *musst* du probieren. Gönn dir was», fügte sie mit einem Augenzwinkern hinzu.

Peggy nahm sich ein Stück von der Platte und probierte. Der Brownie war noch ofenwarm und zerging im Mund. Der Geschmack war äußerst ungewöhnlich: erdig, fast grasig.

Sheila war die Einzige, die ablehnte. «Die sind mir zu reichhaltig», sagte sie, öffnete eine Tupperdose Eierbrote und stellte sie vor sich auf den Tisch.

«Na, dann mal los», sagte Mavis. «Sheila, sei so gut und verteil das Protokoll unserer letzten Sitzung zur Genehmigung.»

Jim ignorierte Mavis' allgemeinen Ruf zur Ordnung und fungierte als Kellner. Er reichte die Kuchenplatte herum, auf dass alle sich ein zweites und sogar ein drittes Mal bedienten. Mehrere Mitglieder benutzten das Protokoll als Serviette, darunter auch Vince Livingstone, der sich mit einer Seite die Krümel vom Mund wischte.

Je mehr Mavis sich darum bemühte, die Versammlung zur Ordnung zu rufen, desto ausgelassener wurde die Unterhaltung. Erst als Brian sich erhob, um über die Geldbeschaffungsmaßnamen zu berichten, kehrte ein wenig Ruhe ein.

Peggy bemerkte, dass Brian ein neues Jackett trug, weil das Preisschild noch am Ärmel baumelte. Sie fragte sich, ob sie ihn darauf hinweisen oder es einfach heimlich abreißen sollte, wenn er gerade nicht hinsah. Als Ted noch lebte, hatte sie für ihn eingekauft und dafür gesorgt, dass er präsentabel aussah, ehe sie aus dem Haus gingen. Es waren die kleinen Dinge, die eine Ehe ausmachten, winzige Gesten, die Liebe und Zugehörigkeit zum Ausdruck brachten. Armer Brian. Schon möglich, dass er einen Lexus fuhr, aber was er wirklich brauchte, war eine Frau, die ihm die Fussel abbürstete und die Etiketten vom Ärmel schnitt.

Als der Bericht des Kassenwarts an der Reihe war, waren Angies Brownies so gut wie verputzt. Trotz der allgemeinen Ausgelassenheit und Mavis' spöttischem Prusten gelang es Brian, seine Zahlen beinahe fehlerfrei zu präsentieren. Doch als er zu den Kosten für die neue Soundanlage kam, fing er plötzlich ein wenig an zu lallen. Außerdem schien er diverse Male völlig den Faden zu verlieren. Damit war er nicht allein. Peggy schaffte es nicht, ihm zu folgen, sosehr sie sich auch auf die Bewegungen seiner Lippen konzentrierte. Sie fühlte sich äußerst seltsam. Nicht direkt unangenehm. Eher wie betrunken, aber dabei wie auf halbe Kraft gedrosselt.

Aus irgendeinem Grund konnte Peggy den Blick nicht von Brians weißen Zähnen nehmen. Das flüchtige Bild seiner Zähne, die in einer Plastikdose auf dem Nachttisch verschwanden, riss sie in die Gegenwart zurück.

«Liegt es an mir, oder wird es hier immer stickiger?», raunte Celia zwei Stühle weiter. Sie hatte recht. Brian hatte inzwischen das neue Jackett ausgezogen und sogar die Krawatte gelockert. Gegenüber lagen Jims Stiefel unter dem Stuhl.

«Ist nur mir so warm?», wiederholte Celia und unterbrach Brians Redefluss. Sie dehnte ihren T-Shirt-Kragen und pustete sich Luft unter die weißen Ponyfransen.

«Wo war ich?» Brian blätterte in seinen Unterlagen vor und zurück und warf sie dann auf den Tisch. «Jedenfalls, nach meinen Berechnungen müssten wir bei einem Eintrittspreis von zwanzig Dollar inklusive einem Getränk und ein paar Häppchen mehr als genug für unser ... äh ... wie hieß das noch mal? Dieses Dingeldangel ...»

«Das Schubiduh ...», rief Celia.

«Das Dingsdabumsda, meinst du wohl», korrigierte Jim und zog sich auch noch die Strümpfe aus.

«Das Soundso.»

«Das Sagichdoch?»

«Meinst du unsere Klingelingmaschine?»

Die Worte flogen kreuz und quer und hin und her durch den Raum, eins alberner als das andere.

Brian war sichtlich durcheinander. «Ich ... äh ... wo war ich?»

Angie eilte zur Rettung. «Was Brian uns sagen will, ist Folgendes: Die Einnahmen aus der Modenschau werden die Kosten für die Karaokemaschine mehr als decken, weshalb wir darüber nachdenken, den Überschuss zu spenden. Irgendwelche Vorschläge?»

«Wie wäre es mit unserem Genesungsausschuss?», sagte Mavis. Sheila nickte zustimmend.

«Hm, ich glaube, die haben mit ihren Aufläufen mehr Schaden als Nutzen angerichtet», kicherte Celia.

«Den Blindenbund?»

«Dann lieber den Bund für Blindgesoffene.»

«Wie wär's mit der australischen Alzheimergesellschaft?»

«Kannst du vergessen!»

«Oder ‹Besser Hören Australien›? Was, Jim?»

«Was hast du gesagt?» Jim fummelte an seinen Hörgeräten herum, und ein schrilles Fiepen erklang.

Mavis klatschte in die Hände. «Meine Damen und Herren», rief sie und versuchte, sich über das Gelächter und das Durcheinander Gehör zu verschaffen.

«Wir wollen uns doch bitte an die Tagesordnung halten. Gut, Angela, nachdem du den Vorschlag gemacht hast, hattest du vielleicht eine spezielle Organisation im Sinn?»

«Die Herzstiftung», sagte Angie.

Das war nur gerecht, dachte Peggy. Schließlich hatte Angie genug Herzen gebrochen.

«Sehr gut. Dann weiter zum nächsten Punkt. Es gibt Beschwerden hinsichtlich übermäßigem nächtlichem Gebrauch der Toilettenspülungen.» Mavis unterbrach sich und las die Zeile noch einmal. «Ja. Steht hier.»

Die Versammlung verstummte. Alle Augen waren auf Mavis gerichtet. Ihre Unterlippe begann zu zittern. Die ehrenwerte Frau Vorsitzende hob beide Arme, ließ sie auf die Oberschenkel niedersausen und brach grölend zusammen. Auch Celia konnte nicht länger an sich halten, dicht gefolgt von Brian und Jim. Peggy stimmte ebenfalls mit ein. Sie bekam vor Seitenstechen fast keine Luft mehr.

Nur Sheila lachte nicht. «Das habe ich nicht verstanden»,

sagte sie. «Kann mir bitte jemand erklären, wo dabei der Witz ist?»

«Welcher Witz?», fragte Mavis und brach aufs Neue vor Lachen zusammen.

«Was ist denn hier los?» Plötzlich stand Christine, die Siedlungsleiterin, in ihrem roten Jackett in der Tür. «Es gab Beschwerden über den Lärm.»

«Wir sprechen übers Wasserlassen», sagte Brian mit todernstem Gesicht und fing sofort wieder an zu kichern. «Steht ganz oben auf der Tagesordnung!» Er schlug sich aufs Knie angesichts seiner genialen Pointe.

So entspannt ging es auf den Sitzungen des Komitees sonst nie zu. So heiter. So albern. Christine ließ den Blick vom Tisch zum Tresen und wieder zurück schweifen. Sie konnte weder verräterische Flaschen noch Gläser entdecken, nur einen leeren weißen Teller mit ein paar Kuchenkrümeln.

Peggy drehte sich zu Angie um und sah sie aus schmalen Augen an. «Was war in diesen Brownies drin?»

«Das geht dich gar nichts an», entgegnete Angie. «Heute Abend geht es um Basil.»

Plötzlich war es still im Raum. Die Direktorin war gekommen, um die aufmüpfige Klasse zu disziplinieren. Auf der Suche nach den Missetätern ließ Christine den Blick über die eingeschüchterten Komiteemitglieder schweifen. «Wo ich schon mal da bin, kann ich ja vielleicht die verbliebenen Tagesordnungspunkte verlesen. Es ist bereits nach sieben, und ich würde gerne bald nach Hause gehen.»

Ein Chor an Entschuldigungen erschallte. Celia schaffte für Christine einen Stuhl herbei. Brian bot ihr Peggys unberührten Keksteller an.

«Ein Leckerli?», fragte er und bemühte sich, nicht wieder loszuprusten.

«Machen wir weiter», sagte Christine und musterte die Tagesordnung. «Der dritte Punkt behandelt einen Antrag zur Abänderung der Regularien bezüglich der Haustierhaltung in Kleinwohneinheiten. Wenn ich richtig informiert bin, geht es insbesondere um Hunde.»

Sheila legte das Eibrot beiseite und setzte sich kerzengerade hin.

«Seitens der Siedlungsleitung treffen wir in solchen Angelegenheiten Einzelfallentscheidungen. Mir ist ein ernstzunehmender Vorfall mit einem nicht angeleinten Hund zu Ohren gekommen, der eine Kollision zwischen einem Kraftfahrzeug und einer Mauer nach sich zog. Meine Aufgabe ist es, die Gesundheit und Sicherheit sämtlicher Bewohner dieser Siedlung zu gewährleisten. Der menschlichen Bewohner, versteht sich. Nichtsdestotrotz besagt unsere Satzung bezüglich Angelegenheiten dieser Art, dass Entscheidungen zur Veränderung der betreffenden Regularien dem Siedlungskomitee obliegen.»

Peggy musste schlucken. Jetzt lag Basils Schicksal in der Hand dieser durchgeknallten Kichererbsen. Bis auf Jim, der offenbar eingeschlafen war, starrten alle sie an. Die ganze Siedlung wusste über das Tamtam mit Sheilas Wagen Bescheid.

«Also, meine Damen und Herren, ich schlage vor, wir stimmen ab», sagte Christine. «Wer ist dafür, dass alle derzeit in unserer Siedlung lebenden Hunde bleiben dürfen – unter ausnahmslos ständiger Aufsicht natürlich? Ich bitte um Handzeichen.»

Peggy riss die Hand in die Höhe, gefolgt von Brian und Celia. Angie rempelte Jim an, und die beiden hoben ebenfalls die Hand. Blieben noch Sheila, Vince und Sylvia Livingstone, Pat Pritchett, die nach ihrer Operation am Grauen Star Hundehäufchen auf eine Meile Entfernung sehen konnte, und Mavis. Das bedeutete Gleichstand.

«Das ist unerhört!» Angie sprang auf und stellte sich ein wenig schwankend hin. «Ihr könnt doch nicht im Ernst für die Ausweisung eines armen, wehrlosen Hundes stimmen. Er ist uns ähnlicher, als ihr denkt. Er ist alt und gebrechlich, schwerhörig und fast blind. Jeden Tag wacht er auf und fragt sich, ob es sein letzter sein wird. Ja, manchmal spaziert er davon oder passt nicht auf, wo er hintritt. So geht es der Hälfte der Bewohner hier. Wollt ihr die etwa auch loswerden? Gut, er ist nicht mehr so flink wie früher, weil seine Knie und Hüfte steif sind. Hand hoch, wer an einem kalten Morgen kein Gliederreißen hat und wer nachts nicht zehnmal rausmuss. Wer von uns hat sich nicht schon einmal gewünscht, sie würden endlich ein Handy erfinden, das leicht zu bedienen ist, und wieder Songs mit Wörtern schreiben, die man auch versteht?»

Vince nickte. Mavis starrte zu Boden.

Angie war noch nicht fertig. «Wer von uns hat sich noch nie einen breiteren Parkplatz gewünscht oder dass ihm jemand endlich das mit dieser dämlichen Wolke, dieser Cloud, erklärt? Und wer von uns hört noch ganz wunderbar, wenn sein Gegenüber nur deutlich genug spricht?»

Man hätte eine Stecknadel fallen hören können – fast zumindest.

«Wir sind doch für den Rest der Gesellschaft sowieso schon unsichtbar geworden. Ich finde, wir müssen zusammenhalten. Wir sollten füreinander einstehen und uns für unsere Weisheit und unseren Erfahrungsreichtum ehren. Wir sollten uns um einander kümmern. Wir sollten Mitgefühl zeigen, und zwar für unsere Mitmenschen und für Hunde gleichermaßen, und den alten Jungen den Herbst seines Lebens in Frieden genießen lassen.»

Um den Tisch herrschte Schweigen. Angie setzte sich hin und sprang sofort wieder auf.

«Eine Sache noch. Wenn Basil geht, gehe ich auch.» Sie nahm den leeren Teller vom Tisch. «Und zwar *mit* meinem Spezialrezept.»

Als Mavis das hörte, schoss ihre Hand in die Höhe.

24
Leugnen, leugnen, leugnen

Peggy vertilgte gerade das dritte Toastbrot, als sie hörte, wie die Haustür aufging. Sie hatte heute Morgen unglaublich Hunger und, der leeren Kekspackung auf dem Nachttisch nach zu urteilen, vergangene Nacht ebenfalls.

«Hallo, Mum!»

Das war Jenny! Sie kam zu früh. Vierundzwanzig Stunden zu früh.

«Jenny, Schätzchen! Ich hatte dich erst morgen erwartet.» *Oder so um den Dreh.*

«Die Pläne haben sich geändert. Ich habe bei Dave und Mel übernachtet. Ich hatte gestern versucht, dich anzurufen.»

Peggy wurde augenblicklich misstrauisch. Ihre Kinder sprachen kaum miteinander, außer zu Weihnachten und an Geburtstagen. Es tat ihr in der Seele weh, wie sehr die Geschwister sich auseinandergelebt hatten. Bis vor kurzem. Das jetzt klang für puren Zufall ein bisschen zu gemütlich. «Möchtest du eine Tasse Tee, Schätzchen?»

«Ich mache mir selbst einen.» Jenny beugte sich zu ihrer Mutter hinab und küsste sie auf die Wange. «Bleib du lieber sitzen und ruh dich aus.»

Peggy stöhnte innerlich. Sie würden aneinandergeraten, ehe der Tag vorbei war.

«Wie bist du reingekommen?» Schon möglich, dass Peggy gestern Abend stoned gewesen war, aber sie war sich sicher, dass sie die Haustür abgesperrt hatte.

«David und ich haben uns Schlüssel nachmachen lassen», antwortete Jenny und holte sich eine frische Tasse aus dem Schrank.

«Wozu?»

«Nur für den Fall.»

«Für welchen Fall?»

«Für den Notfall, Mum. Mach dir keine Sorgen.»

Das klang ja alles sehr vernünftig, aber Peggy war sich nicht sicher, dass ihr die Vorstellung gefiel, wie ihre Kinder jederzeit unangemeldet bei ihr ein und aus gingen.

«Du hättest mich vorher fragen sollen», sagte sie und angelte sich die nächste Scheibe aus dem Toaster. «Wegen dem Schlüssel.»

Die Vorstellung, dass Jenny in die Wohnung spaziert und über hastig ausgezogene Kleidungsstücke gestolpert wäre: das neue Jackett mit dem Preisschild am Ärmel und das U-Boot-Shirt auf einem Haufen. Sie versuchte, das Bild abzuschütteln, doch es hatte sich bereits fest in ihrem Bewusstsein eingenistet. Peggy bezweifelte, dass Brian überhaupt in der Lage war, Kleidungsstücke unordentlich herumliegen zu lassen. Sie stellte sich seine Hose vor, ordentlich in die Bügelfalten gelegt, am Fußende ihres Betts.

«Angesichts der jüngsten *Ereignisse*», Jenny lenkte den Blick auf Peggys Gipsarm, «halte ich es für vernünftig, auf alle Eventualitäten vorbereitet zu sein.»

«Es war ein Unfall.»

«Eben, Mutter. Nächstes Mal ist es vielleicht die Hüfte, und dann steckst du wirklich in Schwierigkeiten.»

«Aber ich passe gut auf.» Peggy fragte sich, ob Jenny den Rollator schon entdeckt hatte, der hinter der Haustür versteckt Staub ansetzte.

«Das hat Nan auch gesagt, ehe sie ins Pflegeheim kam.»

«Jenny, Schätzchen, zu deiner Information: Ich habe nicht vor, noch einmal zu stürzen.»

«So was plant ja auch keiner, oder? Jedenfalls habe ich für dich einen Hausnotruf bestellt. Das ist ein Knopf an einer Schnur, die du immer um den Hals trägst.»

Wie ein Galgenstrick.

«Mach dir doch ein Toastbrot, Jenny. Im Tiefkühlschrank ist noch jede Menge.»

«Nein danke. Wir müssen uns beeilen. Wir haben um neun einen Termin bei Dr. Lim.»

Was sollte das denn heißen? *Wir?*

«Geh du schon mal vor und nimm im Wartezimmer Platz. Ich komme gleich nach», sagte Jenny, als sie das Foyer betraten.

«Wo willst du hin?»

«Ich möchte noch kurz mit Christine sprechen.»

Peggy drehte sich der Magen um. Irgendwas ging hier vor sich. Irgendetwas hinter ihrem Rücken. War der gefürchtete Tag gekommen? Der Tag, an dem Jenny mit ihr einen kleinen Ausflug unternahm, von dem es kein Zurück mehr gab? Falls das der Fall war, würde sie nicht kampflos abtreten. Sie würde sich unter Protest an den Empfangstresen ketten und ihre Rechte einfordern, lautstark wie eine Suffragette. *Wahlrecht für die Alten! Für die Seniorenrechte!* Und wenn das nichts nutzte, rief sie bei der Notrufnummer für misshandelte Senioren an. Die wurden schließlich fürs Zuhören bezahlt.

Peggy betrat ein leeres Wartezimmer. Es war erst fünf vor neun. Sie schlug eine Zeitschrift auf und versuchte, nicht ständig auf den Minutenzeiger der Wanduhr zu sehen. Von den anderen Mitgliedern des Komitees war nichts zu sehen.

Wahrscheinlich hatten sie nach den Eskapaden des gestrigen Abends kollektiv verschlafen. Als sie gegangen war, waren Jim, Celia und Angie gerade auf der Suche nach Snacks über die Clubhausbar hergefallen. Peggy war von der Erleichterung über Basils Begnadigung in einen unruhigen Schlaf gesunken.

Jenny kehrte mit verkniffenem Gesicht zurück und setzte sich stocksteif neben Peggy. Sie wirkte stinksauer.

«Hier steht, dass David Attenborough in diesem Jahr neunzig wird», sagte Peggy. «Da ist ein Foto von ihm beim Abseilen. Das könnte ich eigentlich auch mal versuchen.» Ihre Versuche, die Stimmung zu heben, trafen auf eisernes Schweigen. Sie kam sich vor, als ob sie vor der Tür des Direktors warten müsste, ohne zu wissen, was sie angestellt hatte.

Punkt neun Uhr öffnete Dr. Stephen die Tür zur Arztpraxis. Er streckte Jenny die Hand entgegen und sagte: «Schön, Sie endlich kennenzulernen.»

Endlich kennenzulernen? Der Anblick des reizenden jungen Arztes, der sonst so beruhigend auf sie wirkte, erfüllte Peggy mit dem Gefühl, ihr stünde unmittelbar das Verderben bevor. Er war die ganze Zeit ein maskierter Doppelagent gewesen!

«Kommen Sie rein, Peggy. Setzen Sie sich.» Er deutete auf den Stuhl direkt vor seinem Schreibtisch. *Der elektrische Stuhl.* «Wie sind die Dinge gelaufen?»

Dinge? Was für Dinge? Plötzlich befand Peggy sich auf einem Minenfeld. Jetzt galt es mehr denn je, auf Zack zu sein.

«Toll. Wirklich. Richtig, richtig gut», sagte sie übertrieben fröhlich.

«Gab es irgendwelche Probleme?»

Leugnen, leugnen, leugnen. Das war der beste Rat, den sie bekommen hatte, seit sie in die Siedlung gezogen war.

«Nein. Nullkommanix. Zero. Rein gar nichts.»

Peggy merkte, dass Dr. Stephen Jenny einen Blick zuwarf. Offensichtlich waren sie nicht ihrer Ohren wegen hier.

«Das ist ja wohl nicht ganz richtig, oder, Mutter?»

Peggy pulte an einem losen Hautfetzen an ihrem Zeigefinger herum. «Ich weiß nicht, wovon du sprichst.»

«Ich mache mir Sorgen, dass meine Mutter es in letzter Zeit ein bisschen übertreibt, Doktor. Offensichtlich ist sie ziemlich oft ziemlich spät ins Bett gekommen.»

«Ich war auf einer Sitzung, Schätzchen.»

«Und ich habe gehört, dass du Basil hast Amok laufen lassen. Er hat einen …»

«Beinahe tödlichen Unfall verursacht?» *Leider nicht tödlich genug.* «Das ist furchtbar übertrieben. Es gab eine Verschwörung, um meinen süßen kleinen Hund loszuwerden. Daran ist nur Sheila Martin schuld. In Wirklichkeit versucht sie, mich loszuwerden. Basil ist lediglich der Sündenbock.»

«Verstehe.» Dr. Stephen knetete sein Kinn. «Das klingt ein wenig paranoid, Peggy», sagte er in einem ganz bestimmten Tonfall, den sie noch nie an ihm gehört hatte. «Gab es in letzter Zeit noch mehr gegen Sie gerichtete Aktionen? Geheime Verschwörungen zum Beispiel?»

«Abgesehen von dem Versuch meiner Kinder, mich ins Heim abzuschieben, meinen Sie?»

«Das ist nicht wahr, Mutter. Du darfst hier wohnen bleiben, solange du möchtest – vorausgesetzt, es ist sicher für dich.»

«Hier ist es sicher für mich!» Peggy versuchte, den Gips unter der Handtasche zu verstecken.

«Ich muss zugeben, als Sie gestürzt sind, war ich ebenfalls etwas besorgt», sagte Dr. Stephen. «Aber ich finde, inzwischen kommen Sie wirklich gut zurecht.»

Gut! Er war wieder auf ihrer Seite.

«Dr. Lim, ich mache mir Sorgen, dass meine Mutter noch einmal stürzt und sich die Hüfte bricht.»

«Das wollen wir natürlich nicht», sagte Dr. Stephen. Zurück auf Jennys Seite.

«Mir geht es gut! Sehen Sie?» Peggy sprang so schnell auf, dass Dr. Stephen zurückzuckte und versehentlich den Stift fallen ließ. Sie breitete die Arme aus, um zu demonstrieren, wie gut es ihr ging. Es gelang ihr, sich unauffällig wieder hinzusetzen, bevor die Pünktchen anfingen, vor ihren Augen zu tanzen.

«Mum, beruhige dich. Weißt du, David und ich, wir machen uns Sorgen um dich. Uns ist aufgefallen, dass du dich völlig ungewohnt verhältst.» Jenny fasste in die Handtasche und zog ein Blatt Papier heraus. Sie faltete es auseinander und reichte es dem Arzt. «Hier. Das ist die Sache, von der ich Ihnen erzählt hatte.»

Ha! Sie hatten also tatsächlich hinter Peggys Rücken über sie gesprochen. Peggy verschränkte die Arme und furchte die Stirn.

Der Arzt las, ohne aufzusehen. Nach ein paar Minuten räusperte er sich. «Na gut. Wollen wir die Symptome durchsprechen, um zu sehen, ob sie auf Sie zutreffen?»

«Symptome wofür?», fragte Peggy.

«Dazu kommen wir gleich», sagte Jenny. «Hör einfach zu.»

Dr. Stephen begann. «Hier steht ‹Verlust von Hemmungen›, ‹ungewohnt extrovertiert›, ‹sozial unangebrachtes Verhalten›, ‹impulsive Reaktionen›, ‹Hang zu großen Ausgaben›, ‹gesteigertes Interesse an Sex›.»

Während Dr. Stephen die einzelnen Punkte vom Blatt ablas, hob er immer wieder den Blick, um Peggys Reaktion zu kontrollieren und den betreffenden Punkt abzuhaken. Sie spürte, wie ihr Gesicht brannte. Jenny hatte offensichtlich ihre neue Garderobe bemerkt und mit Sicherheit von ihrem neuen Freundeskreis gehört. Außerdem hatten Mel und David ihr todsicher von Brian erzählt.

Dr. Stephen fuhr fort. *Verlangen nach Süßigkeiten. Exzessiver Konsum von Alkohol und Zigaretten.* Er hob den Blick. «Sie rauchen und trinken doch nicht, oder, Peggy?»

Leugnen, leugnen, leugnen. «Ich trinke nur in Gesellschaft», sagte sie. *Und dann Unmengen.*

Jenny nahm dem Arzt das Blatt aus der Hand und beugte sich vor, um ihn auf einen Satz aufmerksam zu machen, den sie unterstrichen hatte. In Rot.

«Häufig fehlt dem Betroffenen jegliche Einsicht in sein verändertes Verhalten», las sie vor.

Dr. Stephen wirkte wie auf verlorenem Posten. Er brach unter der Beweislast zusammen.

«Darf ich erfahren, was hier vor sich geht?», fragte Peggy. «Was soll ich denn da angeblich für eine Krankheit haben?»

«Ich fürchte, dies sind Symptome einer frontotemporalen Demenz.»

«Du hast sämtliche Symptome, Mum. Ich habe nachgesehen.»

«Demenz? Wir haben doch erst letzte Woche über mein Gedächtnis gesprochen, Dr. Stephen. Sie haben mir selbst gesagt, dass ich so wirr bin, läge an den neuen Tabletten.»

Das durfte nicht wahr sein. Ausnahmsweise fühlte Peggy sich nicht alt. Gut, sie verlor ihre Hemmungen. Na und? Sie wünschte, sie hätte sie schon vor Jahren verloren. Zugegeben, sie war diese Woche betrunken und bekifft gewesen, aber verzweifelte Situationen erforderten nun mal verzweifelte Maßnahmen. Endlich hatte sie Spaß. Und was die Gedanken an Sex betraf, wäre sie neunundzwanzig und nicht neunundsiebzig, wäre das völlig normal. Heuchlerische Bande.

«Weißt du noch, wie Nan dem Tierschutzverein den Riesenscheck ausstellte und ihr ganzes Silberbesteck der Putzfrau schenkte?», meldete Jenny sich zu Wort.

Natürlich wusste Peggy das noch. Das Silber zurückzubekommen, hatte sie mehr gekostet, als es wert war. Mr. Parsons, der Familienanwalt, hatte sie dazu gedrängt, es einzuklagen – und mit dem Honorar seine ganze Kanzlei renoviert.

«Jenny hat insofern recht, als es sinnvoll wäre, für die Zukunft vorauszuplanen», sagte Dr. Stephen. «Ob Sie nun am Frühstadium einer Demenz leiden, ob frontotemporal oder sonst einer Form, es ist nie zu früh, seine Angelegenheiten in Ordnung zu bringen. So wäre es für den Anfang klug, einer Person Ihres Vertrauens umfassende Vollmacht zu erteilen und jemanden vorsorglich zum Vormund zu bestimmen, solange Sie noch im Vollbesitz Ihrer geistigen Kräfte sind. Diesen Rat gebe ich übrigens all meinen Patienten.»

Peggy fühlte sich hintergangen. Man verbündete sich gegen sie. Sie war in der Unterzahl. Und diesmal war keine Angie da, um sie zu retten.

Die Messingglocke verkündete das Ende der Schulpause, und das Rasseln der Ketten und Wasserrauschen aus den über Kopf montierten Spülkästen steigerte sich zum Crescendo. Peggy lauschte mit angehaltenem Atem, bis die letzte Klotür zugeknallt wurde und das Geschnatter erstarb. Erst als der letzte Spülkasten sich füllte, fing Peggy wieder an zu atmen und ließ ihren Schluchzern freien Lauf.

«Wer ist denn da hinten noch drin?»

Peggy erstarrte.

«Keine Ahnung, aber die hockt da schon seit einer Ewigkeit.»

«Schau mal unten durch.»

Peggys Fingernägel gruben sich in ihre feuchten Handballen, und sie kniff die Augen zu. Auf dem Schoß hielt sie, in weißes Klopapier gewickelt, ihr schändliches Geheimnis.

Als sie ein Auge öffnete, sah sie unter der Tür ein feixendes Gesicht durchlugen.

«Das ist Hosenpieslerpeggy.»

Mehr Gesichter tauchten auf, quietschendes Gelächter erklang.

«Hosenpieslerpeggy, Hosenpieslerpeggy», sangen sie im Chor.

Tränen stachen ihr in den Augen. Peggy krümmte die Zehen in den engen braunen Schuhen, aus zweiter Hand von einem größeren Mädchen bekommen. «Die werden es noch eine Weile tun müssen», hatte ihre Mutter gesagt, und Peggy hatte beinahe den Zusatz hören können: «Kannst dich bei deinem Vater bedanken», denn sein Fleiß als Ehemann und Ernährer hatte nie den Erwartungen seiner Ehefrau entsprochen.

Schwester Agnes' donnernder Tadel trieb Peggys Peinigerinnen in die Klasse zurück. Peggy stellte sich ihr Gekicher vor, die starrenden Blicke, die spitzen Lineale in ihrem Rücken, die geflüsterten Hänseleien. Sie hatten recht – sie war eine Missgeburt, eine Behinderte. War es ein Wunder, dass sie keine Freunde hatte?

Hosenpieslerpeggy.

Sie musste abhauen. Sie konnte sich hinter dem Fahrradschuppen verstecken. Sich durch die Lücke im Zaun quetschen. Für immer verschwinden. Und nie wieder in diese dämliche Schule zurückkehren.

Peggy öffnete vorsichtig die Klotür und spähte zu den Waschbecken hinüber. Jemand hatte einen Wasserhahn laufen lassen. Mit der Unterhose in der Hand schlich Peggy sich aus der Kabine.

«Du bist neu, oder?»

Peggy fuhr herum. Hinter ihr stand ein dunkelhaariges Mädchen, das in ihre Klasse ging. Sie hatte schon einmal bemerkt, dass die andere sie beobachtete, aber sie war zu schüchtern gewesen, um sie anzulächeln oder hallo zu sagen.

Peggy nickte, die Augen gesenkt.

«Was hast du da?» Das Mädchen deutete auf das Stoffknäuel in Peggys Hand.

«Nichts.»

«Hattest du ein Missgeschick?»

Peggy murmelte etwas, ohne dass ein vernünftiger Satz aus ihrem Mund kam.

«Komm mit», sagte das Mädchen und nahm Peggy bei der Hand. «Ich bring dich ins Sekretariat. Die Schulschwester ist echt nett.»

Auf dem Weg rieben Peggys feuchte Oberschenkel aneinander. Die Hand des Mädchens war kühl, und die Finger um Peggys Knöchel lang und schlank.

«Ich bin Angela», sagte sie. «Du kannst Angie zu mir sagen.»

«Wir verschwenden Dr. Stephens Zeit, Jenny.» *Und meine.*

In ein paar Tagen fand die Modenschau statt, und sie wusste noch immer nicht, welche Füllungen sie für die Teigtaschen machen sollte. Im Rückblick betrachtet, war es ein Fehler gewesen, die Leute beim Ticketkauf nach ihren Lebensmittelunverträglichkeiten zu fragen. Die ganze Sache gestaltete sich langsam komplizierter als Sams Geburtstagsparty.

Jennys Stimme holte sie in die Gegenwart zurück. «Hörst

du mir zu, Mum? Das ist wichtig. Falls du Demenz hast, müssen David und ich Vorkehrungen treffen.»

Der Rollator, der Notrufknopf, die nachgemachten Haustürschlüssel. Auf welche Folterideen würden die beiden wohl noch kommen? Mit jedem neuen Hilfsmittel entglitt ihr ein weiteres Stückchen Freiheit. Peggy fühlte sich, als würde sie ihr Leben durch das falsche Ende eines Teleskops betrachten, die langgestreckte Vergangenheit und die immer kürzer werdende Zukunft vermessend.

«Es gibt nur eine Möglichkeit, diese Angelegenheit ein für alle Mal aus der Welt zu schaffen», sagte Peggy. «Testen Sie mich.»

«Sind Sie sicher?» Dr. Stephen sah sie zweifelnd an.

Du dumme alte Pute. Sie hatte ein Hirn wie ein Sieb. Sie hatte sich erst vor einer Woche selbst bei ihm darüber beklagt und verglich immer noch jeden Morgen ihren Kalender mit der Pillenbox. Was dachte sie sich nur dabei? Andererseits gab ihr das endlich die Möglichkeit, sich zu beweisen. Es war ein Risiko, aber falls sie gewann, würden David und Jenny sie vielleicht mit dem Thema in Frieden lassen.

«Wenn ich den Test bestehe, gestehen Sie mir zu, meine eigenen Entscheidungen zu treffen?»

Dr. Stephen nickte.

«Und du?»

Jenny sah nervös zwischen ihrer Mutter und dem Arzt hin und her.

«Wir wollen doch nur, dass du nicht in Gefahr bist.»

In Gefahr. Dieser Begriff schon wieder. In ihrem Alter wimmelte es wirklich von fiesen Wörtern – in Gefahr, stürzen, Schmerzen –, die ihr wie ein Mühlstein um den Hals hingen. Dabei gab es viel schönere Wörter. Und kürzere, die man sich viel besser merken konnte. Wörter mit drei Buchstaben.

Gin. Pot. Sex.

Ted. Das war überhaupt das beste Wort mit drei Buchstaben. Wie hätte sein Rat gelautet? *Im Hafen ist ein Schiff außer Gefahr, aber Schiffe sind nicht für den Hafen gebaut.*

«Also? Worauf warten Sie?»

«Bitte nehmen Sie es mir nicht übel, manche Fragen kommen Ihnen womöglich etwas zu simpel vor», sagte Dr. Stephen. «Es ist ein Standardtest. Er ist für alle gleich.»

Peggy rückte sich die Brille zurecht. «Bereit!», sagte sie enthusiastisch. Sie liebte Quizsendungen und hatte sich oft vorgestellt, selbst im Scheinwerferlicht zu sitzen, nur noch eine einzige Frage von der Million entfernt.

«Welcher Tag ist heute?» Der Test hatte begonnen.

Zwar nicht gerade die Millionenfrage, aber zu ihrer Bestürzung musste Peggy feststellen, dass ihr Hirn wie leer gefegt war. Sie versuchte, ihre Pillenbox zu visualisieren.

«Donnerstag?», sagte sie und suchte forschend in seinem Gesicht nach einer Reaktion.

«Welche Jahreszeit haben wir?»

Peggy dachte an den Shopping-Trip mit Angie zurück und Arabellas Bitte, doch dringend bald wiederzukommen, um sich die neue Sommerkollektion anzusehen. «Frühling.»

Der Arzt setzte ein Häkchen auf sein Blatt. «Welches Datum ist heute?»

Der Neunzehnte? Oder schon irgendwas mit zwanzig? Zwischen ihr und der Antwort war eine Gardine zugezogen. Ihre Augen trafen auf den Kalender, der hinter Dr. Stephens Kopf an der Wand hing. Als Dr. Hanski-Panski noch Siedlungsärztin war, war ihr der nie aufgefallen. Damals durfte man sich ja kaum hinsetzen, geschweige denn die Wände betrachten, ehe sie schon wieder den nächsten Patienten hereinrief. Es war ein Kalender mit europäischen Städten, wie Peggy jetzt sah. Kurz überkam sie Traurigkeit, denn sie musste an die Broschüren denken, in denen sie geblättert hatte, als sie und Ted eine Flusskreuzfahrt planten. Sie hatte die Prospekte damals weggeworfen, als sie aus dem Krankenhaus kam.

Den Brücken nach war Prag die Septemberstadt, und aus irgendeinem Grund fing es bei September an zu klingeln. Sam hatte im September Geburtstag. Das war letztes Wochenende gewesen. Dann war heute …

«Der siebzehnte.» Peggy war vorsichtig optimistisch. Streng genommen wusste sie, dass sie schummelte, aber um überhaupt ordentlich schummeln zu können, musste sie ihre sieben Schusser beieinanderhaben. Was noch schwieriger war, als die Antwort zu kennen.

Die Antworten auf die nächsten Fragen spulte sie mit einer ähnlichen Strategie herunter. Erst als es ans Rechnen ging und Dr. Stephen sie bat, sieben von einhundert abzuziehen, vom Ergebnis wieder sieben und immer so weiter, verlor Peggy an Schwung. Ted war von ihnen der Mathematiker gewesen, nicht sie. Zahlen und Rechnungen waren seine Abteilung. Briefe und Worte ihre.

Sudoku: Ted.

Kreuzworträtsel: Peggy.

Abfalleimer: Ted.

Wäsche: Peggy.

Nach fünf Antworten unterbrach Dr. Stephen sie und schrieb mit unergründlichem Gesicht etwas auf sein Blatt. Er würde einen guten Pokerspieler abgeben. Jennys Gesicht dagegen war höchst angespannt.

«Und jetzt möchte ich, dass Sie mir die drei Begriffe nennen, die Sie sich zu Beginn merken sollten», sagte Dr. Stephen und musterte sie über den Rand seiner Brille.

Was für Begriffe? Sie konnte sich an nichts dergleichen erinnern. Alle Scheinwerfer waren auf sie gerichtet. Peggy Smart war nur noch drei Antworten vom Jackpot entfernt. Oder vom Pflegeheim.

Na los, Frau! Denk nach!

«Können Sie mir wenigstens einen nennen?»

«Apfel», sagte Peggy.

«Richtig.»

Wirklich? Das war geraten. «Tisch?»

«Gut.» Schon wieder geraten. Schon wieder ein Haken. Wie seltsam.

«Und den letzten Begriff?»

«Penny.» Wo war das denn hergekommen?

Dr. Stephen reichte ihr seinen Stift und schob ein leeres Blatt Papier vor sie hin. «Ich möchte, dass Sie einen Satz aufschreiben. Ganz egal, welchen.»

«Einen Satz, sagen Sie?»

«Was immer Ihnen gerade in den Sinn kommt.»

Vielleicht war das ein Assoziationstest. Peggy dachte einen Augenblick nach. Es konnte ja wohl nicht schwer sein, ein paar Worte zusammenzuschustern. Sie war in der Schule in Schreiben immer gut gewesen und oft für ihre ordentliche Schreibschrift gelobt worden. Zum Teufel, hätte ihr Vater keinen Schlaganfall bekommen, sie wäre Lehrerin geworden!

Heute wird es wieder nass werden.

Die Buchstaben waren zittrig und ihre Handschrift so schwach wie ihre Blase dieser Tage. Sie hoffte, dass Dr. Stephen ihren Sinn für Humor zu schätzen wusste und ihr dafür einen Bonus einräumte.

«Und zum Schluss noch eine kleine Zeichnung, bitte. Ich möchte, dass Sie diese Figur nachmalen.»

Peggy sträubte sich. Sie hasste Zeichnen. Sie betrachtete die zwei sich berührenden Fünfecke und bekam feuchte Hände.

Fast meinte sie, Ted hinter sich zu spüren. «Warte, Liebling, überlass das mir», sagte er.

Der Strich war zwar etwas wackelig, aber das erste Fünfeck kam relativ leicht aus der Spitze des Kugelschreibers zum Vorschein. Peggy klemmte sich das Blatt unter den Gips.

Konzentrier dich.

Eins, zwei, drei, vier, fünf. Fünf Seiten, fünf Ecken. Hübsch war es nicht, aber sie hatte es geschafft.

Dr. Stephen setzte das letzte Häkchen und zählte die Punkte zusammen.

«Hat sie bestanden?» Jenny schaukelte ungeduldig auf ihrem Stuhl hin und her. Das hatte sie schon als kleines Kind getan.

«Ich habe eine gute und eine schlechte Nachricht.»

«Was soll das heißen?» Peggy war verwirrt. Hatte sie Demenz, oder hatte sie keine?

«Die gute Nachricht lautet, nach diesem Test zu urteilen, ist mit Ihrem Gedächtnis alles in Ordnung.»

«Und die schlechte?»

«Die schlechte Nachricht ist, dass Ihr Rechenvermögen grauenhaft ist.»

Peggy fiel Dr. Stephen um den Hals. «Danke, danke, danke!» Ihre Tränen tropften ihm auf die Schulter. Sie war unglaublich stolz darauf, dass sie den Mut aufgebracht hatte, für sich selbst einzustehen, erst ihrer Mutter gegenüber und jetzt ihrer Tochter gegenüber.

Spiel, Satz und Sieg.

Jenny bekam ein sehr spitzes Gesicht und versetzte Peggys Siegestaumel einen kleinen Dämpfer.

Der Krieg war noch nicht gewonnen.

25
Omi-Päuschen

Pegs, Schätzchen, ich bin's wieder. Langsam wird es lächerlich. Kannst du bitte endlich anfangen, dein Handy zu benutzen? Ich hole dich um eins ab, wir treffen uns mit Arabella, um die endgültige Auswahl für die Modenschau zu besprechen. Und danach fahre ich dich in die Klinik, damit du endlich diesen hässlichen Gips loswirst. Ich wollte nur noch mal den Termin in der orthopädischen Ambulanz bestätigen. Halb fünf, richtig?

Morgen, Maggie. Jim hier. Ich weiß nicht mehr, um wie viel Uhr wir verabredet waren, um die Musik für die Show durchzugehen. Rufst du mich bitte an? Meine Nummer ist neun … Nein, warte kurz, Mist …

Celia hier. Ich erreiche Angie nicht. Wir müssen die Bestuhlung besprechen.

Hallo, Peggy. Ich dachte, ich melde mich kurz bei dir, um dich wissenzulassen, dass die Karten für die Modenschau alle verkauft sind. Ich dachte mir, vielleicht brauchst du die Info fürs Catering. Ich hoffe, dir geht's gut. Bis später. Ich freue mich. Auf die Modenschau, meine ich. Und auf dich. Vor allem auf dich. Auf Wiederhören. Ach so, hier spricht Brian Cornell.

Peggy hörte sich die letzte Nachricht ein paarmal an und löschte sie dann versehentlich. Verflixter Anrufbeantworter.

Bis zur Modenschau waren es nur noch wenige Tage, und in der Siedlung ging es zu wie in einem Bienenstock. Angie spielte Bienenkönigin, versammelte ihre Arbeitsbienen um sich und scheuchte sie durch die Gegend. «Das wird ganz herrlich, Darling. Vertrau mir.»

Nachdem Peggy Angies Heraufbeschwörung der bevorstehenden Herrlichkeit zum zigsten Mal gehört hatte, kamen ihr erste Zweifel. Peggy war genau wie alle anderen fest davon ausgegangen, dass Energie und Tatkraft ihrer Freundin kein Ende kannten. Trotzdem hatte sie jetzt schon ein-, zweimal gesehen, wie Angie sich nach dem Mittagessen in ihre Wohnung zurückstahl. Das war beunruhigend. Angie war nicht der Typ, der sich tagsüber ein Omi-Päuschen gönnte.

Nach der letzten, in aller Eile in Celias Küche einberufenen Sitzung des Festkomitees war bei allen ernstlich Lampenfieber ausgebrochen. Angesichts der Tatsache, dass das Projekt dem Zeitplan deutlich hinterherhinkte, hatte Celia die ganze Kognakflasche auf den Tisch gestellt, und der Nachmittagstee mit Scones und Konfitüre wandelte sich zum Dämmerschoppen mit pikanten Häppchen, während sie versuchten, die letzten offenen Fragen zu klären. Geraume Zeit später, nachdem sowohl süße wie salzige Häppchen vertilgt waren, hatten sie sich auf eine Generalprobe am Vormittag der Veranstaltung geeinigt, die von Peggy koordiniert werden sollte.

Doch Peggy spukte noch etwas anderes im Kopf herum. Seit dem Abend mit den entdeckten Fotos hatte sich der Elefant im Zimmer zu einem Riesenmammut ausgewachsen. Es wurde von Tag zu Tag schwieriger, das Thema Simon und das, was Angie ihr so dringend hatte erzählen wollen, zur Sprache zu bringen. Und angesichts all der Dinge, die es vor dem Event noch zu tun gab, war es schwer, Angie allein zu erwischen.

Wenigstens hielt Jenny sich fern. Dank einer trächtigen

Alpakastute, die jeden Moment niederkommen sollte, war ihr Besuch zum Glück sehr kurz gewesen. Jenny war auf ihre Farm zurückgeeilt, um Eve bei ihren Hebammenpflichten beizustehen, nicht ohne das Versprechen, Peggy über die Ankunft ihres ersten «Alpaka-Enkels» auf dem Laufenden zu halten.

«Viel Glück mit der Modenschau, Mum. Ich rufe David an, damit wir einen Termin beim Anwalt machen können, sobald es vorbei ist», hatte Jenny durch das offene Autofenster gerufen, während sie darauf wartete, dass die Klimaanlage einsetzte. Der Wagen war mit einer roten Staubkruste überzogen, und irgendein Schlaukopf aus der Siedlung hatte «wasch mich» auf die Heckscheibe geschrieben. Peggy konnte sich ein Grinsen nicht verkneifen. So was sähe Celia ähnlich, fand sie.

Schon im Wegfahren hatte Jenny noch hinzugefügt: «Mach dir keine Sorgen, Mum.» Bis zu dem Moment hatte Peggy sich keine Sorgen gemacht.

Endlich waren sechs Wochen vorüber, und sie freute sich darauf, den Gips loszuwerden. Ihr Auto setzte am Straßenrand Vogelmist an, und sie konnte es kaum erwarten, sich wieder ans Steuer zu setzen. Natürlich bedeutete das gleichzeitig das Ende der Fahrten im Lexus, aber Brians geheizter Beifahrersitz würde immer für sie da sein, falls sie einen kalten Po bekam. Die Ironie lautete: Wäre Peggy nicht gestolpert und hätte sie sich nicht dabei den Arm gebrochen, hätte es das wundervolle neue Komitee und ihre neuen Freunde nie gegeben. Sie waren in mehr als nur einer Hinsicht der Silberstreifen an ihrem Horizont. Oberflächlich betrachtet hatten sie und diese Rentner wenig mehr gemeinsam als ihre letzte Adresse, und trotzdem verband sie etwas ganz Besonderes.

In guten wie in schlechten Zeiten.

In Wohlstand wie in Armut.

In Krankheit wie in Gesundheit.

Bis dass der Tod uns scheidet.

Arabella begrüßte sie so überschwänglich, als stünden sie in Cannes auf dem roten Teppich, und diesmal gab es für Angie und Peggy Luftküsschen.

«Liebling! Du siehst hinreißend aus! Ich liebe deine neue Frisur!» Arabella küsste ihre Fingerspitzen wie ein Chefkoch, der sein gelungenes Soufflé taxierte. «Ganz wie Helen Mirren.»

«Ich war mir zuerst nicht ganz sicher, aber wir freunden uns an.»

«Liebling, du bist ja so amüsant!» Arabella lachte und tätschelte der verwirrten Peggy die Schulter. «Dazu habe ich absolut das Passende für dich! Komm mit.»

Auf der großen polierten Mahagonitischplatte in der Mitte des Raums lagen mehrere Stapel ordentlich zusammengefalteter Strickteile. Arabella hob ein gelbes Wolljäckchen heraus und knöpfte es auf. «Hier. Das würde göttlich an dir aussehen.»

Die Strickjacke war weich und so gewichtslos, dass Peggy Angst hatte, sie würde ihr jeden Moment aus den Händen gleiten.

«Dazu gehört ein kleines ärmelloses Stricktop.»

«Twinsets sind in dieser Saison schwer angesagt», sagte Angie.

Peggy fragte sich, ob Angie sich noch an den Schicksalstag bei Blake's erinnerte, als Mr. Hawley sie beim Posieren mit dem Hermèstuch erwischt hatte.

«Direkt aus New York kommt dieses elegante Jäckchen aus

reiner Merinowolle», sagte Peggy und legte sich mit einem Schwung die Jacke um die Schultern.

Zu ihrer Überraschung erwiderte Angie: «Kombinieren Sie es mit einem schlichten Pullover in Smaragdgrün oder Rosarot.»

Sie erinnerte sich an jedes Wort. Versonnen lächelten die beiden einander zu. Damals hatte Peggy noch nicht geahnt, dass der scheue Ted, der sich mit seiner Leiter im Hintergrund herumdrückte, einmal ihr Ehemann und der Vater ihrer Kinder werden würde.

«Die musst du haben, Peggy. Ich bestehe darauf», sagte Angie.

«Nein», gab Peggy zurück. «Nur, wenn ich sie selbst bezahle.»

Arabella nahm ihr die Jacke ab und trug sie zur Kasse. «Ich lass mir was einfallen», sagte sie. «Ich mach dir einen Freundschaftspreis. Hier. Das Tuch dazu geht aufs Haus.» Peggy wollte protestieren. Sie brauchte keine milden Gaben, aber sie musste trotzdem gestehen, dass der Seidenschal perfekt zu der Strickjacke passte. «Ich packe dir das nur schnell zusammen, und dann zeige ich euch meine Auswahl für die Modenschau.»

Hinten im Lager hatte Arabella drei rollbare Garderobenständer vorbereitet.

«Diese Auswahl trägt meine persönliche Handschrift. Dies hier ist meine neue Auswahl mit bezahlbaren Basics, und das hier ist die Herrenauswahl», sagte sie und deutete nacheinander auf die drei Ständer.

«Die Herrenauswahl?» Peggy war platt. Daran, auch die Herren in der Siedlung neu einzukleiden, hatte sie überhaupt noch nicht gedacht. Dann fiel ihr Brian ein und sein baumelndes Etikett.

«Ihr müsst also noch ein paar willige Männermodels auftreiben.»

Jim natürlich, so viel stand fest, bei ihm war wenigstens die Brust immer noch breiter als die Taille – und Brian, der legte immer viel Wert auf sein Äußeres. Natürlich brauchten sie getrennte Umkleiden für Damen und Herren. Peggy sah Angie einen Millimeter schrumpfen, als sie der endlosen Liste eine weitere Aufgabe hinzufügte.

«Arabella, Liebste, du bist so großzügig!» Angie ließ die Finger über die Kleidungsstücke auf den Ständern streifen. «Das ist alles perfekt für unsere Modenschau.»

«Weißt du, Darling, ich tue das ja nicht aus reiner Nächstenliebe. Ich hoffe natürlich, an dem Abend meine zwei neuen Linien präsentieren und das ein oder andere Tütchen packen zu können.»

Vom Erfolg ihrer Modenschau hing so viel ab, sowohl das gesellschaftliche Siedlungsleben als auch Arabellas Geschäft. Der Kartenverkauf hatte bereits alle Erwartungen in den Schatten gestellt, was natürlich für ihre Karaokemaschine gut war, doch damit stieg auch der Druck. Was das Catering betraf, war Peggy zuversichtlich, sobald sie erst wieder zwei Hände zur Verfügung hatte, aber dafür hatte sie keine Ahnung vom Schaulaufen. So wie alle, abgesehen von Angie. Angie war Herz und Seele und Motor der ganzen Veranstaltung, aber irgendwie schien ihrer Batterie der Saft auszugehen.

Es war schon nach sechs Uhr abends, als sie endlich ohne den hässlichen Gips das Krankenhaus verließen. Beim Anblick der Säge war Peggy zurückgezuckt, aber nachdem der Assistent ihr das Instrument an seinem eigenen Handgelenk demonstriert hatte, hatte sie ihm doch erlaubt, den Gips aufzuschneiden.

Der Anblick der blassen, schrumpeligen Haut auf ihrem Unterarm war erleichternd und enttäuschend zugleich. Die Gelenkknochen sahen immer noch ein bisschen missgestaltet aus, aber eine erste zaghafte Drehung bewies, dass das Gelenk voll funktionstüchtig war.

Peggy war als Erste beim Auto. Überraschenderweise kam Angie in einiger Entfernung hinterhergetrottet. Als sie Peggy endlich eingeholt hatte, hatte sie Schwierigkeiten, in ihrer Handtasche den Autoschlüssel zu finden. Seit dem Vorfall mit dem Hausschlüssel hatte Peggy ihre Schlüssel an einem alten Minischneebesen befestigt. Damit ließen sie sich in der Eile viel leichter finden, auch wenn sie damit schon den ein oder anderen erstaunten Blick kassiert hatte.

Vielleicht war es nur Einbildung, aber Peggy bemerkte seit ein paar Wochen eine deutliche Verbesserung, was die Disziplin ihrer Blase betraf. Irgendwie war sie offenbar durch reinen Zufall auf das Patentrezept gestoßen, eine schwer zu fassende Strategie, die sich ihr seit der dritten Klasse so beharrlich entzogen hatte. Obwohl sie sich immer noch nicht bei Schwester Slack gemeldet hatte, hatte sich etwas verändert. Sie hatte keine Ahnung, ob es an dem vielen Lachen mit Angie lag, das ihre Beckenbodenmuskeln auf Trab gebracht hatte, oder schlicht an der Tatsache, dass sie in letzter Zeit viel zu beschäftigt war, um sich mit dem ständigen Gequengel ihrer unteren Regionen abzugeben. Jedenfalls war es wie immer bei aufmerksamkeitsheischendem Verhalten, ob es nun von kleinen Kindern, Hundewelpen oder menschlichen Organen kam: Ignorieren war effektiver als reagieren. Peggy fühlte sich entspannt und zufrieden, endlich hatte sie ihr Leben unter Kontrolle. Und zum allerersten Mal war ihre Blase mit ihr einer Meinung.

Die Suche nach dem Schlüssel schien Angie zu überanstrengen. Kein Wunder, die Handtasche wog mehr als die Frau selbst, dachte Peggy. «Was schleppst du da eigentlich alles mit dir rum?»

«Nur das Nötigste», antwortete Angie und lächelte schwach. «Kannst du fahren, Pegs? Ich fühle mich nicht dazu imstande.»

Peggy schob den Fahrersitz vor und zurück, bis sie zufrieden war. Überrascht stellte sie fest, dass ihre Beine offensichtlich ein paar Zentimeter länger waren als Angies. Dabei hatte sie immer gedacht, sie wäre von ihnen beiden die Plumpere. Sie hatte die ganze Zeit Schlankheit mit Größe verwechselt. Wenn sie ehrlich war, hatte sie den Eindruck, als würde Angie vor ihren Augen schrumpfen. Sie wirkte auf dem Beifahrersitz fast wie ein Kind.

Der spritzige Motor des Mini Coopers erwachte zum Leben, und als der Wagen unter ihrem rechten Fuß einen Satz nach vorn machte, konnte Peggy sich ein lautes «Woo-hoo!» nicht verkneifen. Das machte eindeutig mehr Spaß als ihr langweiliger Kleinwagen. Peggy spürte, wie sich vor ihr ein völlig neues Kapitel würdelosen Alterns öffnete.

«Ich glaube, ich kaufe mir vielleicht einen Zweisitzer», sagte sie. «Findest du mich für oben ohne zu alt?»

«Das würde in der Siedlung jedenfalls zu so mancher hochgezogenen Augenbraue führen, Pegs.»

Unter normalen Umständen hätte Angie augenblicklich einen Umweg über den Autohändler befohlen, doch sie sah aus, als wäre sie auf dem Beifahrersitz eingenickt. An der ersten roten Ampel beugte Peggy sich sogar zu ihr hinüber, um nachzusehen, ob ihre Freundin noch atmete. Die Organisation der Modenschau schlauchte sie ganz offensichtlich. Wie es aussah, hatte sogar Angie Valentine ihre Grenzen.

«Soll ich Dr. Lim anrufen, wenn wir zurück sind?»

Angie schlug die Augen auf. «Nein», sagte sie und zwang sich ein Lächeln auf die Lippen. «Ich muss nur einfach früh ins Bett. Morgen geht es mir wieder gut.»

In Peggy öffnete sich ein tiefes Loch aus Unwohlsein, in das Angie Hals über Kopf hineinpurzelte. Es war dasselbe Gefühl, mit dem sie damals auf Teds Untersuchungsergebnisse gewartet hatte.

«Soll ich besser noch mit reinkommen?», fragte Peggy, als sie den Mini vor Angies Wohnung parkte.

«Hör mit dem Wirbel auf, Frau! Mir geht's gut.»

Leugnen, leugnen, leugnen. Angie schlug Peggy in ihrem eigenen Spiel.

«Ich ruf später noch mal an, um zu hören, wie's dir geht.»

«Wenn es dich glücklich macht.»

In der Siedlung gab es viele, deren Gebrechen ihr einziges Thema waren und die Krankheiten als Wettbewerb ansahen. Angie war anders. Sie hatte der Siedlung neues Leben eingehaucht. Es war, als hätte sie in einem muffigen Zimmer Tür und Fenster geöffnet, frische Luft hereingelassen und dem Alter einfach den Stinkefinger gezeigt. Gegen ihre Logik ließ sich nur schwer argumentieren.

Das Knie macht Mätzchen? Wenn schon. Besorg dir ein neues.

Graue Haare? Steh dazu oder lass sie färben.

Das Glas ist halb leer? Schenk es in ein kleineres um.

Wie Tränen landeten die ersten Tropfen auf der staubigen Windschutzscheibe. In der Ferne fiel der Regen in wolkigen Streifen vom Himmel. Gleich würden sie pitschnass werden. Sie sollte sich beeilen und Angie ins Haus bringen.

Peggy schob den Fahrersitz in die ursprüngliche Position zurück, vergewisserte sich, dass alle Fenster zu waren, und sperrte den Wagen ab. Ihre Finger spielten abwesend mit dem

Schlüsselanhänger, während sie zusah, wie Angie zur Haustür schlurfte, die gewaltige Handtasche hinter sich herzerrend wie eine Einkaufshilfe. Sie wirkte schwach und gebeugt und zum ersten Mal alt.

26
Größe sechsunddreißig und ordentlicher Hintern gesucht

Als die letzte Miniquiche auf der Platte angerichtet und das Ganze in Frischhaltefolie verpackt war, machte Peggy sich einen Belohnungstee und schlüpfte aus den Pantoffeln. Sie setzte sich an den Küchentisch und betrachtete ihr Werk. Jeder freie Fleck in der Küche war mit Tellern und Platten voller Häppchen zugestellt. Es war alles bereit. Ihr Handgelenk meckerte nach dem vielen Rühren und Schlagen ein bisschen, aber Peggy war von ihrer Leistung beinahe high.

Der Countdown hatte begonnen. Bis zum Beginn der Modenschau waren es nur noch ein paar Stunden, und das Festkomitee steckte bis über die Ohren in den letzten Vorbereitungen. Weil Angie sich noch nicht hatte blickenlassen, war Brian als Projektleiter eingesprungen. Er war bestens geeignet: all die vielen Steuererklärungen am Ende des Finanzjahrs waren das perfekte Training für sich anbahnende Katastrophen. Er hatte sogar zwei gutaussehende Enkel mit eingespannt und Peggy damit eine unerwartete Hitzewallung beschert. Der eine war für die Einlasskontrolle und das Dirigieren der Massen abgestellt, der andere half Jim dabei, im Gemeindesaal die geliehene Soundanlage aufzubauen.

Basil döste in seinem Körbchen vor sich hin. Er war diese Woche auch nicht ganz er selbst gewesen. Gleich zweimal hatte er sein Hackfleisch mit Kartoffeln verschmäht, dabei hatte Peggy ihm extra Soße dazu gemacht und die Kartoffeln mit

Butter zerstampft, doch auch das hatte ihn nicht locken können. Sie fragte sich, ob er Angie vermisste. Wenn sie in seiner Nähe war, schien er jedes Mal aufzuleben. Das ging jedem so. Vielleicht fehlten ihm auch nur ein paar Vitamine oder ein kleines Stärkungsmittel. Sie erinnerte sich, wie ihre Mutter den Arzt vor vielen Jahren um ein Stärkungsmittel gebeten hatte. Er hatte ihr etwas verschrieben, das dann in der Apotheke für sie gemischt worden war. Heutzutage nahm man keine Vitamine mehr, sondern ging zum Therapeuten, um über alles zu reden.

Es hatte keinen Sinn, noch eine Nachricht zu hinterlassen. Peggy lauschte Angies munterer Stimme, dann kam der Piepton. Die hatte gut reden, wenn es darum ging, nicht ans Telefon zu gehen. Peggy hatte sie gestern Abend vor dem Zubettgehen schon angerufen. Da war Angie wenigstens noch rangegangen und hatte gesagt, sie fühle sich wieder etwas besser. Sie klang erschöpft, hatte aber angeblich noch ein bisschen übriggebliebene Fritzata gegessen – was auch immer das sein sollte –, und es hatte gewirkt. Trotzdem hatte Peggy sich die ganze Nacht unruhig hin und her gewälzt, unfähig, ihr Unbehagen zu benennen. Schließlich musste sie doch noch eingeschlafen sein, denn sie hatte davon geträumt, sie hätte Ted ihren Shepherd's Pie gekocht und mit zermatschten Bananen garniert.

Peggy stellte das Telefon zurück in die Ladeschale und bemerkte auf dem Kühlschrank eine angebrochene Flasche Kochsherry. Ein winziges Gläschen konnte kaum schaden, oder? Als Mutmacher. Ohne Angie an ihrer Seite war Peggy ziemlich flatterig zumute. Ihr wurde bewusst, wie abhängig sie von ihrer Freundin geworden war, nicht nur in Sachen Stilberatung, Alkohol und illegale Drogen, sondern auch, was Gesellschaft und moralische Unterstützung betraf.

Peggy blies den Staub von einem der Sherrygläser und genehmigte sich zwei dicke Fingerbreit.

Mut antrinken.

Um siebzehn Uhr sollten die Mannequins für Frisuren und Make-up eintreffen und um sich von Arabella das passende Outfit heraussuchen zu lassen. Sie hatten separate Abteile abgehängt, eines für Damen und eines für Herren.

Es dauerte nicht lang, ehe die Pläne ins Wanken gerieten. Die Generalprobe am Vormittag war ohne Mannequins und ohne Klamotten die reinste Zeitverschwendung gewesen. Wie oft hätte Celia die Bühne auch testen und die Stühle auch umstellen sollen, während Jim versuchte, den Kabelsalat zu entwirren? Und jetzt war Arabella zu allem Überfluss auch noch früher gekommen als vereinbart und stürzte den gesamten Versammlungssaal ins offene Chaos. Brian schickte seine Enkel hinaus, um die riesigen Garderobenständer aus dem weißen Lieferwagen in den Umkleidebereich zu rollen. Währenddessen begann Arabella, sich hinter der Bühne mächtig aufzuplustern.

Peggy bemühte sich nach Kräften, für Ruhe zu sorgen. «Wie kann ich helfen?» Nachdem Angie trotz einem Dutzend Anrufe und heftigem Klopfen an ihrer Wohnungstür immer noch als vermisst galt, war die Verantwortung, Arabella im Zaum zu halten, automatisch auf ihren Schultern gelandet.

«Wo ist meine Größe zweiundvierzig?» Arabella schnipste mit den Fingern.

Celia nahm vor ihr Haltung an. «Das wäre dann ich.»

Ohne zu fragen, lüpfte Arabella Celias weites Oberteil und drehte sie um ihre eigene Achse. «Darling, Sie sind maximal eine Vierzig mit Satteltaschen», sagte sie rügend.

«Und wo ist der Unterschied?» Celia verschränkte beleidigt die Arme.

«Die *Lücken*, Darling. Hier geht es schließlich um Mode, nicht um die Präsentation von Campingartikeln.»

Das Ganze war ein Albtraum. Angie hätte sämtliche Models einteilen und die einzelnen Outfits auf den Ständern vorsortieren sollen, damit alle wussten, wer wann was anziehen sollte. Ohne sie herrschte ein einziges Kuddelmuddel aus Rüschensäumen und Faltenstoff. Das reinste Chaos. Ein Riesenschlamassel.

Peggy fasste sich ein Herz. «Was ist mit mir? Wenn ich die Luft anhalte?»

«Das ist nicht witzig, Peggy. Hier geht es um die sportive Outdoor-Kollektion. Bleib du bitte bei dem Jerseykleid, auf das wir uns geeinigt haben, und bring mir wen mit ordentlichen Knien. Und wenn du schon dabei bist, ich brauche dringend noch eine Größe sechsunddreißig.»

«Eine Sechsunddreißig?» Was denn noch? Ein rosarotes Einhorn vielleicht?

«Schnell. Ich brauche ein schmales Lieschen. Her damit!»

Frauen wie Arabella – und Angie – akzeptierten kein Nein. Protest war sinnlos. «Gib mir zehn Minuten», sagte Peggy.

«Fünf. Du hast exakt fünf Minuten. Und schick mir den ersten Mann rein. Ich brauche eine sechsundvierziger Taille und einen ordentlichen Hintern.»

«Brauchen wir den nicht alle?», sagte Celia und lehnte den Spiegel an eine Wand.

«Kann ich helfen?» Brian streckte den Kopf durch die Vorhänge und sah Peggy an. «Wir sind hier fertig. Ich gehöre ganz und gar dir.»

Ich gehöre ganz und gar dir. War es Einbildung, oder hatte Brians Blick dabei einen Hauch zu lange auf Peggy geruht?

Plötzlich waren sämtliche Sinne geschärft. Auf einem Ohr hörte sie, wie Jim das Mikrophon testete, und auf dem anderen das Gezwitscher der Vögel im Gebüsch vor der Tür. Sie konnte Brians Rasierwasser riechen: Minze, Lavendel, Koriander und ein Hauch Rosmarin. Peggy konnte sogar die perlenden Champagnerblasen auf ihrer Zunge schmecken.

«Sehr gut!», sagte sie. «Ich brauche dich.» *Ich brauche dich so sehr.*

Brian verkrampfte etwas, und Peggy konnte trotz der dämmrigen Beleuchtung in der Umkleide sehen, wie er rot wurde.

«Vier Minuten!», rief Arabella hinter einem der Ständer. «Die Zeit läuft ...»

«Wir brauchen Angie. Sie ist immer noch nicht da. Sie sollte eigentlich die Mannequins einteilen. Uns läuft die Zeit davon, und Arabella wirft jeden Moment das Krönchen hin.»

«Soll ich sie suchen gehen?» Brian wirkte besorgt, was Peggy nur noch mehr Angst machte.

«Nein. Besser, du bleibst hier. Ich gehe Arabellas Modells suchen und sause dann schnell zu Angies Wohnung rüber.»

«Glaubst du, mit ihr ist alles in Ordnung?»

Nicht mehr lange, wenn ich sie zwischen die Finger kriege, dachte Peggy.

«Wahrscheinlich macht sie sich gerade zurecht.» Sie stellte sich vor, wie Angie vor ihrem Spiegel stand und sich das Gesicht mit Estée Lauder zukleisterte. Sie wünschte nur, sie würde ein bisschen Gas geben.

Brian klang nicht überzeugt. «Ich bereite Jim schon mal darauf vor, die Rolle des Ansagers zu übernehmen. Nur für alle Fälle.»

«Jim? Hältst du das für klug?»

«Er hat sein Leben lang auf der Bühne gestanden. Er liebt Publikum.»

«Ja, aber er ist nicht mehr ganz so auf Zack wie zu seinen Glanzzeiten.»

«Tja. Ich fürchte, uns bleibt nichts anderes übrig», sagte Brian. «Die ersten Zuschauer trudeln bereits ein.»

Er öffnete den Vorhang einen Spaltbreit, um Peggy die Leute zu zeigen. Da es keine festen Sitzplätze gab, stürzten sich die Frühankömmlinge auf die erste Reihe. Mavis und Sheila hatten bereits ganz vorn am Bühnenrand Platz genommen.

«Die ganze Veranstaltung ist ein einziges Fiasko. Ich werde jetzt eine grundlegende Entscheidung treffen, Brian», sagte sie. «Stehst du hinter mir?»

«Aber immer», antwortete er mit einem Lächeln, das Peggys Knie in halbflüssigen Schokopudding verwandelte.

«Drei Minuten!», rief Arabella.

Peggy lief über die Bühne und stieg die drei Stufen zur ersten Stuhlreihe hinunter. Sie zwang sich zu einem Buddha-Gesicht und setzte sich neben Mavis auf den leeren Platz.

Mavis sah aus, als wäre sie extra beim Friseur gewesen, der betonierte Bienenstock auf ihrem Kopf war undurchdringlich. Sogar Sheila hatte auf den üblichen Rollkragen verzichtet und zeigte unerwartet viel Haut.

«Hallo, meine Damen! Na, wie geht's heute Abend?»

«Sehr gut, danke. Und? Wie läuft es dahinten, Peggy? Alles unter Kontrolle?»

Typisch Mavis. Sie würde sie zu gerne scheitern sehen. Sie brannte mit Sicherheit darauf, ihnen allen ihre völlige Inkompetenz unter die Nase zu reiben. Sie wartete mit Sicherheit nur auf die Gelegenheit, einzuspringen und die Kontrolle an sich zu reißen. Ins Publikum verbannt zu sein und quasi von der Seitenlinie aus zusehen zu müssen, brachte sie bestimmt halb um.

«Natürlich. Absolut alles unter Kontrolle. Hundert Prozent.»

«Wir können es kaum erwarten zu sehen, was ihr euch da Spannendes ausgedacht habt», sagte Mavis. «Ich nehme doch an, Angie moderiert den Abend? Das war ja schließlich ihre Idee.»

Peggy konnte ihr unmöglich erzählen, dass die Gastgeberin des heutigen Abends noch immer fehlte, genau wie ein paar Modells. Bis jetzt hatten ihre Zuschauer zwanzig Dollar für ein Finger-Food-Buffet und ein paar Garderobenhaken bezahlt. Wenn es so weiterging, würde es keine Modenschau geben. Und keine Karaokemaschine. Ihr musste etwas einfallen. Und zwar schnell.

«Jim ist die Hauptattraktion heute Abend», sagte Peggy.

Mavis zog die aufgemalten Augenbrauen hoch.

Sheila grinste spöttisch. «Wir freuen uns schon so auf die ganzen herausgeputzten Mannequins, nicht wahr, Mavis? Und was für eine wunderbare Idee, auch die Männer miteinzubeziehen.»

Die Männer.

Plötzlich fiel bei Peggy der Groschen. Jetzt wurde ihr alles klar. Bei den ganzen Gemeinheiten in Bezug auf Basil war es nie um den Hund gegangen. Es ging allein um Brian. Peggy war nicht die Einzige, deren Phantasien sich um den attraktivsten Witwer im Jacaranda Retirement Village drehten. Die Wahrheit wurde mit einer kleinen Beilage Schalk auf dem Silbertablett serviert, als Peggy plötzlich klarwurde, dass sie rein zufällig ihre Zweiundvierzig und ihre Sechsunddreißig gefunden hatte.

«Hätten die Damen vielleicht Lust, einen Blick hinter die Bühne zu werfen?»

Mavis und Sheila vermochten kaum, ihre Aufregung zu verbergen, und folgten Peggy eilig in den Garderobenbereich.

«Höchste Zeit.» Arabella musterte die beiden Neuankömmlinge von Kopf bis Fuß. Sie murmelte etwas von Teufel, Not und Fliegen und drückte jeder einen vollbeladenen Kleiderbügel in die Hand. Normalerweise hätte der Anblick, wie die ehrenwerte Madame Vorsitzende von Arabella den Befehl erhielt, sich auszuziehen, in Peggy unbändige Freude ausgelöst, doch ihr lief die Zeit davon. Schon möglich, dass Jim mit seinem Hüftschwung auf der Bühne seinerzeit ein Vermögen gemacht hatte, trotzdem konnte er ein Twinset nicht von einem Trainingsanzug unterscheiden.

«Und? Immer noch keine Spur?» Brian stand plötzlich vor ihr. Er trug bereits die erste Kombination vom Herrenständer. Mit dem kragenlosen weißen Hemd und den khakifarbenen Bermudashorts sah er ziemlich schick aus.

Peggy schüttelte den Kopf. Sie sah auf ihr Mobiltelefon. Keine Nachrichten, keine verpassten Anrufe, nichts.

«Peggy?» Brian räusperte sich. «Ich weiß, dies ist weder die passende Zeit noch der passende Ort, aber es gibt etwas, worüber ich schon lange mit dir sprechen wollte. Ich habe ständig auf die richtige Gelegenheit gewartet, aber irgendwie scheint die nie zu kommen.»

«Falls es ums Essen geht, die vegetarischen Röllchen sind die auf der blauen Platte. Ich habe sie mit einem V gekennzeichnet.»

«Es geht nicht um die Röllchen.»

«Oder um Gluten? Wenn irgendjemand Sellerie nicht verträgt, kann er stattdessen Chickenwings nehmen.»

«Nein, es geht nicht ums Essen. Nicht direkt, jedenfalls.» Brian fing an zu stammeln und fuhr sich mit dem Finger unter den nicht vorhandenen Hemdkragen. «Ich frage mich, ob du … also falls … falls du vielleicht eines Abends mal Zeit hättest …»

Peggy sah auf die Uhr. Brian würde warten müssen. In einer Viertelstunde sollte die Modenschau beginnen.

«Entschuldige, Brian, ich muss Angie suchen. Ich habe Angst, dass ihr etwas passiert ist.» Sie kramte ihr unnützes Mobiltelefon aus der Handtasche und steckte es in die lockere Tasche der apfelgrünen Wasserfallstrickjacke aus Arabellas persönlicher Linie. «Sobald sie auftaucht, rufst du mich an.»

Peggy humpelte bereits, als sie die Eingangstür zum Veranstaltungssaal erreicht hatte. Jetzt hing alles von ihr ab. Plötzlich befand sie sich wieder im Jahr 1979 und jagte Davids Drachen hinterher, der schnurstracks auf die Stromleitung zusegelte.

«Guten Abend.» Dr. Stephen hielt ihr die Tür auf.

«Ich bin sehr froh, dass Sie kommen konnten», sagte Peggy. Sie hätte sich fast nicht getraut, ihn einzuladen, weil sie nicht wusste, ob eine Modenschau so ganz sein Ding war. Jetzt war sie froh, ihn notfalls in der Nähe zu wissen. Sie fragte sich, ob er seine große schwarze Tasche dabeihatte.

«Alles in Ordnung? Sie wirken ein wenig außer Atem.»

«Wie immer. Kleines technisches Problem in letzter Minute. Nichts Ernstes.»

Das war eine grobe Untertreibung.

27
Reich mir mal das Dynamit

Peggy klopfte zum zweiten Mal an die Haustür. Ein bisschen lauter diesmal.

«Angie! Wo bist du?»

Verfluchtes Weib.

Peggy drückte versuchsweise die Klinke. Es war abgeschlossen.

«Ich weiß, dass du da bist. Dein Auto steht vor der Tür. Weißt du, du bist zu unserer Modenschau ein bisschen knapp dran. Arabella dreht völlig durch, und die Leute kommen alle viel zu früh. Wir brauchen dich.»

In der Hoffnung auf den Wohnungsschlüssel sah Peggy unter der Fußmatte nach. Sie musste daran denken, wie Jenny sich neulich mit dem Zweitschlüssel selbst aufgesperrt hatte. Auch wenn sie es nie im Leben zugeben würde, ihre Tochter hatte womöglich nicht ganz unrecht.

Zu ihrer Linken lag Angies Wohnzimmerfenster. Peggy beschirmte mit der Hand die Augen und spähte hinein. Sie erinnerte sich, dass Angies Schlafzimmer auf der Nordseite der Wohnung lag. War es denkbar, dass Angie sich vor der Modeschau noch ein kurzes Nickerchen gegönnt und versehentlich fest eingeschlafen war? Sie war gestern ungewöhnlich müde gewesen. Kein Wunder bei dem Stress, den sie sich angetan hatte. Typisch Angie. Zu viele Eisen im Feuer – wie immer.

Peggy bahnte sich einen Weg an den Mülltonnen vorbei, die um die Ecke standen. Trotz ihrer Fähigkeiten in Sachen Power-

Shopping oder Herstellung bewusstseinserweiternder Süßspeisen, eine Gärtnerin war an Angie nicht verlorengegangen. In der kurzen Zeit, seit sie hier eingezogen war, war die Bougainvillea außer Rand und Band geraten. Die mit unzähligen, unter lieblich rosaroten Blütenblättern versteckten Krallen bewehrten Ranken griffen nach Peggy. Ein langer Zweig verfing sich im Saum ihrer Strickjacke, und als Peggy daran zog, hörte sie etwas reißen.

Mist. Wenn Arabella das rauskriegte, war die Hölle los.

Umringt von dornigem Blattwerk blieb Peggy stehen, um nachzudenken. Sollte sie umkehren und rausfinden, was Brian ihr so dringend hatte sagen wollen? Oder sich weiter durchs Dickicht kämpfen und nicht nur ihre Unversehrtheit, sondern auch das geborgte Ensemble aus Arabellas Sommerkollektion aufs Spiel setzen? Unvermittelt schlug Peggy sich weiter vorwärts durchs Gebüsch, ohne auf die kleinen blutenden Rinnsale zu achten, wo die Dornen ihr die Haut aufgeritzt hatten. Angie zu finden, war wichtiger als die alberne Strickjacke oder ein paar Kratzer.

Das Schlafzimmerfenster war bedeckt mit Spinnweben. Hausarbeit war offensichtlich auch nicht Angies Ding. Peggy versuchte, sie mit der Hand wegzuwischen, doch der Großteil landete auf ihrem Kopf und heftete sich wie ein klebriges, graues Haarnetz an ihre Frisur. Weniger Helen Mirren und mehr ihre griesgrämige Großtante.

Sie wischte ein bisschen Staub und Dreck von der Scheibe und spähte hinein. Die Vorhänge standen einen Spalt offen. Innen war es ziemlich dunkel, doch Peggy konnte das Bett erkennen. Bis auf ein paar sorgfältig arrangierte geschmackvolle Kissen war es leer.

Peggy sackte vor Enttäuschung zusammen. Wie es aussah, hatte Angie sie also tatsächlich im Stich gelassen. Und das, obwohl die ganze Sache ihre Idee gewesen war. Das bewies wieder einmal, wie egoistisch diese Frau war. Mit der Aussicht auf etwas Exotisches, Aufregendes, mit dem Versprechen, endlich einmal aus dem Alltagstrott auszubrechen, hatte sie alle an der Nase herumgeführt, Peggy eingeschlossen. Hier zeigte sich mal wieder ihr wahres Gesicht. Angie Valentine dachte immer nur an sich. Alles, was sie je getan hatte, diente immer nur der Befriedigung ihrer eigenen oberflächlichen Bedürfnisse. Auf Angie durfte man sich nicht verlassen, man konnte ihr nicht trauen. Peggy fühlte sich, als hätte plötzlich jemand einen Eimer eiskaltes Wasser über ihr ausgeschüttet.

Sie wollte gerade kehrtmachen, um ins Chaos im Gemeindezentrum zurückzuhumpeln, als sie sah, dass das Fenster einen Spalt offen stand. Erst letzte Woche hatte im Siedlungsblättchen etwas über einen Einbruch gestanden, und die Bewohner waren alle ermahnt worden, die Fenster zu schließen, wenn sie das Haus verließen. Außerdem parkte der Mini vor der Tür. Das ergab keinen Sinn. Angie war nicht der Typ, der zu Fuß ging, wenn sie fahren konnte.

Peggys Blase fing an zu ziehen. Hier stimmte etwas nicht. Ihr Herz flatterte in ihrem Brustkorb wie ein verängstigter Vogel, sie zwang die Finger ihres Schrumpelarms durch den Spalt und löste den Haken. Dann hielt sie inne und lauschte, ob aus dem Zimmer irgendwas zu hören war. Doch das Einzige, was an ihr Ohr drang, war blecherne Musik in der Ferne, der Begrüßungssong, den Jim ausgesucht hatte. Jetzt war es zu spät, Hilfe zu rufen. Die Modenschau hatte ohne sie begonnen.

Plötzlich hörte Peggy doch etwas. Sie erstarrte lauschend, versuchte, außer «Honky Tonk Women» noch etwas anderes zu erkennen. Jetzt würde Mavis jeden Moment in einem Merinozweiteiler über den Laufsteg stolzieren. So ein Schauspiel würde Angie sich doch niemals absichtlich entgehen lassen!

Hinter sich im Gebüsch entdeckte Peggy ein paar halb überwucherte schwarze Plastiklaubkisten. Sie leerte die Blätter aus und stapelte die Dinger unter dem offenen Fenster. Der verwegene Plan kam zu einem abrupten Ende, als sie feststellen musste, dass sie ihr Wartelistenknie nicht weit genug beugen konnte, um hinaufzusteigen.

Verdammtes Knie!

Ted hatte recht: Sie hätte auf das Physiotherapierezept bestehen müssen. Doch dazu war es jetzt zu spät. Jetzt waren unkonventionelle Lösungsansätze gefragt.

Peggy setzte sich rücklings auf den Kistenstapel, lehnte sich zurück und schwang die Beine nach oben. Mit ein bisschen Ächzen und Stöhnen gelang es ihr, sich auf Hände und Knie herumzurollen. Nach einigen sehr wackeligen Versuchen stand sie tatsächlich aufrecht. Gleichgewichtsuchend klammerte sie sich ans Fensterbrett. Breitbeinig und mit Riemchensandalen auf zwei Plastikcontainern zu balancieren, war ein wenig heikel, von damenhaft ganz zu schweigen, aber wenigstens war Peggy jetzt auf Fensterhöhe. Irgendwo im Zimmer hörte sie es grunzen. Gefolgt von einem Stöhnen.

«Angie? Hörst du mich?»

Peggy hörte eine zittrige Stimme rufen, verstand aber nichts.

«Warum machst du mir denn nicht die Tür auf, du beklopptes Huhn?»

Da war es wieder: «Hilfe.» Keine Zurechtweisung, keine scharfzüngige Retourkutsche. Angie musste in Schwierigkeiten sein.

«Warte. Ich komme!»

Peggy drückte das Fenster auf, soweit die Angeln es zuließen, und zwängte den Kopf durch den Spalt. Auf Zehenspitzen auf der umgedrehten Kiste balancierend, gelang es ihr, den Oberkörper ins Zimmer zu quetschen. Als sie das Fenster losließ, krachte der Rahmen gegen ihre Nieren und klemmte sie ein. Da hing sie nun, völlig außer Atem, halb drinnen und halb draußen. Was um alles in der Welt machte sie da, kletterte mit fast achtzig durch ein Fenster? Plötzlich schossen ihr ungezählte Alternativen durch den Kopf, alle viel vernünftiger. Wenn Jenny sie jetzt sehen könnte! Sie wäre schneller im Pflegeheim als sie «Apfel, Tisch, Penny» sagen konnte.

Dann hörte Peggy plötzlich wieder die zittrige Stimme, noch schwächer als vorhin. «Peggy? Bitte hilf mir!»

Mit ein bisschen Schwung von ihrem künstlichen Knie und den einen Arm hinter dem Rücken, um den schweren Fensterrahmen wegzudrücken, warf Peggy sich durchs Fenster. Mit Hilfe der Schwerkraft glitt sie auf der anderen Seite an der Wand hinunter und schaffte es im selben Augenblick, als das Fenster krachend zufiel, die Beine vom Fensterbrett zu lösen. In einem wirren Haufen aus grünem Jersey und verknoteten Gliedmaßen landete Peggy auf dem Schlafzimmerteppich, um die Fesseln lose Bougainvillearanken und eine zerrissene Strumpfhose.

Die Worte ihrer Tochter dröhnten ihr in den Ohren. *Nächstes Mal ist es vielleicht die Hüfte, und dann bist du wirklich in Schwierigkeiten.*

Schwer atmend lag Peggy auf dem Teppichboden. Sie wartete auf den Schmerz und fragte sich, wo er sich als Erstes melden würde. Doch außer den üblichen Wehwehchen spürte sie nichts, und allmählich beruhigte sich ihr Herzschlag. Sie wackelte mit den Zehen und ließ die Handgelenke kreisen. Die wahren Schmerzen würden sich erst morgen melden, mit heftigem Muskelkater, aber diesmal war offensichtlich wenigstens nichts gebrochen.

«Ich bin hier!», rief sie.

«Das sehe ich. Ich glaube, wir müssen dringend an deiner Haltung arbeiten», erklang eine Stimme aus dem Sessel in der Ecke.

Peggy rollte sich auf die Seite und versuchte, sich zu sammeln. «Ist alles in Ordnung mit dir?», keuchte sie.

«Dasselbe könnte ich dich fragen», sagte Angie.

Peggy rappelte sich hoch. Draußen wurde es langsam dunkel, aber es gelang ihr, im Dämmerlicht eine schwache, zusammengesunkene Gestalt mit sehr ungesunder Gesichtsfarbe zu erkennen. Wie zu dünner Tee. Angie atmete schwer, und die dunklen Haare klebten feucht an ihrer Stirn.

«Du siehst scheiße aus», sagte Peggy.

«Du bist auch nicht gerade der Knaller.»

«Soll ich einen Krankenwagen rufen?»

Angie brachte ein kraftloses Lächeln zustande. «Dazu ist es zu spät.»

«Zu spät? Was redest du denn?»

«Das habe ich schon lange kommen sehen.»

«Was hast du kommen sehen, Angie? Was ist los?»

«Das war der Große. Die Kardiologen haben mir gesagt, sie hätten getan, was sie tun konnten. Ich habe gewusst, dass der nächste Herzinfarkt mein letzter sein würde.»

«Red keinen Müll. Hast du kein Dynamit-Spray?»

«Nitroglycerin, du Dussel. In meiner Handtasche. In der Küche.»

Selbst in ihrem betrunkenen Zustand neulich war Peggy schockiert von den Handtaschen gewesen, die in Angies Küche herumflogen. Diese Frau hatte von allem zu viel. Die Dinger vermehrten sich offensichtlich heimlich. «Du musst schon ein bisschen genauer sein.»

«Prada. Schwarzer Shopper. Rotes Futter.»

Peggy humpelte in die Küche, das gute Knie auf einmal gar

nicht mehr so gut. Bei jedem Schritt schoss ihr der Schmerz durchs Bein. Mit zitternden Händen wühlte sie auf der Suche nach dem Spray in der riesigen Tasche. Was sie da alles fand! Trotz aller Eleganz und Raffinesse war der Boden von Angies Handtasche ein einziger Sumpf aus staubigen Mandeln, nicht zu identifizierenden Krümeln, zerknüllten Taschentüchern und Kassenzetteln. Bergeweise Kassenzettel.

So wurde das nie was. Was sollte sie nur tun? Das nächste Krankenhaus war meilenweit weg, eine der Schattenseiten der ach so ruhigen Lage, mit der die Siedlungsprospekte so gerne angaben. Es wäre nur logisch, einen Krankenwagen zu rufen, aber der würde trotz aller Lichter und Sirenen niemals rechtzeitig eintreffen. Angie brauchte sofort einen Arzt. Und nachdem ihr siedlungseigener Dr. Stephen heute Abend als Ehrengast zugegen war, wusste Peggy auch, wo sie einen finden konnte.

Peggys Hände glitten wie von selbst an ihrer Figur herunter und fingen an, die Taschen abzutasten. Wie durch ein Wunder hatte ihr Mobiltelefon den Kamikazesturz durchs Fenster überlebt. Arabella würde einen Tobsuchtsanfall bekommen, wenn sie den Zustand des empfindlichen Stoffs sah, denn das schwere Telefon hatte die zarte Stricktasche völlig ausgebeult. Von den vom Fensterrahmen gezogenen Fäden ganz zu schweigen. Aber Peggy scherte sich nicht darum, nicht um das, was Arabella sagen würde, und auch nicht, ob sie besser Baum- oder Merinowolle tragen sollte, Fledermausärmel oder Flatterkleider. Sie brauchte keinen dämlichen Imagewechsel, um die Liebe wiederzufinden. Sie hatte sie die ganze Zeit direkt vor der Nase gehabt, und zwar die Art Liebe, die ein Leben lang hält. Die Liebe zwischen echten Freundinnen. Die Liebe, die sie auf keinen Fall noch einmal verlieren durfte. Angie zu retten, war alles, was zählte. Und dazu musste sie nur eines tun: sich an vier kleine Zahlen erinnern und sie in ihr Telefon tippen. Vorzugsweise in der richtigen Reihenfolge.

Im Geiste ging Peggy jede nur erdenkliche Kombination von Geburtstagen und Jahrestagen durch, während sie, in der einen Hand den Prada-Shopper, in der anderen ihr Mobiltelefon, zurück ins Schlafzimmer humpelte. Sie reichte Angie die Tasche und sah zu, wie ihre Freundin den gesamten Inhalt einfach auf den Boden kippte. Die rote Dose purzelte heraus. Peggy sah zu, wie Angie den Mund aufmachte und das Spray aus der Dose drückte, direkt unter die Zunge. Sie verdrehte die Augen und sackte mit gurgelndem Geräusch zusammen.

Peggy starrte das Display an. *Wie lautete die PIN gleich noch mal?* Sie konnte sich erinnern, wie ihr Vater sie, als sie sechs Jahre alt gewesen war, auf einer Schaukel angeschubst hatte, als wäre es gestern gewesen. Sie erinnerte sich daran, wie Ted und sie sich vor der Haustür in der Markham Avenue zum ersten Mal geküsst hatten, und an das Gesicht ihrer Mutter, als sie danach zur Tür hereingekommen war. Peggy erinnerte sich an den Duft von Davids Kopf, als er ein Säugling gewesen war, und an Jennys erstes Wort. *Mama.* Wieso konnte sie sich dann nicht an diesen PIN-Code erinnern? *Apfel, Tisch, Penny.* Es war ihr gelungen, Dr. Stephen und ihre Tochter davon zu überzeugen, dass mit ihrer Erinnerung alles in bester Ordnung war, obwohl sie die ganze Zeit gewusst hatte, dass das nicht stimmte.

Du bist eine Betrügerin, Peggy Smart. Du hast vorgegeben, etwas zu sein, das du nicht bist, und du wurdest ertappt. Deine älteste Freundin wird sterben, weil du dich geweigert hast, der Wahrheit ins Gesicht zu sehen. Kapier's endlich: Du hast deine sieben Schusser nicht mehr beisammen, und es wird der Moment kommen, wo du selbst es nicht mehr merkst. Schau, was mit deiner Mutter passiert ist.

Währenddessen verschwand Angie Stück für Stück in ihrem farblich perfekt abgestimmten Hausanzug. Peggy tippte verzweifelt auf dem Zahlenfeld herum. Das Telefon vibrierte und bat sie, es noch einmal zu versuchen. Ihre Mutter hatte sich aufgegeben, sich von ihrem Elend bezwingen lassen. Mit achtzig Jahren war sie eine hilflose, abhängige alte Frau gewesen. Peggy würde sich nicht geschlagen geben. Sie konnte nicht aufgeben, und zwar wegen Angie. Es war Zeit, ihre Schuld zu begleichen.

Der PIN-Code. Es musste was Wichtiges sein. Welche Ironie. Vielleicht eine Jahreszahl? 1938. Nein. 1963. Wieder nein. Dann ein Geburtstag? 1611. Das Telefon vibrierte frustriert. «Scheiß Teil!» Peggy hätte das Ding ums Haar vor lauter Frust an die Wand geknallt.

«Deine Sprache!» Angie schlug die Augen auf. «Nimm meins. Coach-Clutch. In der Küche.»

«Ein Versuch noch. Mir liegen die Zahlen auf der Zunge.»

David hatte das Scheißteil für sie eingerichtet, aber die Zahlen hatte sie selbst ausgesucht. Irgendwas Bedeutsames. Eine Herzenssache.

7...2...7...4. Wie durch ein Wunder öffnete sich der Bildschirm, und ein altes Familienfoto wurde sichtbar. Es war eins der Bilder aus den Fotoalben, die David für sie gescannt hatte.

Das Bild war am Strand aufgenommen. Ted hatte den Kopf voller Haare und stand hüfttief in einem Loch im Sand. Peggy stand lächelnd daneben, einen Eimer in der Hand. Die Kinder, braun wie die Haselnüsse, grinsten in die Kamera und wedelten mit roten Spaten. Das Bild musste Ende der Siebziger entstanden sein. Glückliche Zeiten. 1972 und 1974. Die beiden glücklichsten Jahre in Peggys Leben. Nach den vielen enttäuschten Hoffnungen und Fehlstarts der ersten Versuche waren in diesen Jahren endlich ihre Kinder zur Welt gekommen.

Außer ihrer Familie hatte sie nur zwei Telefonnummern eingespeichert. Peggy wählte Brian Cornell und drückte auf das Zeichen, das aussah wie ein altmodischer Telefonhörer. Ihr Herz schlug dreimal so schnell wie das Freizeichen. Ehe sie wusste, was geschah, ertönte ein Biep, und sie wurde zu seinem Mailbox-Dingsda weitergeleitet. Peggy versuchte vergeblich, die milde Hysterie in ihrer Stimme zu kaschieren, und bat ihn, so schnell wie möglich zu kommen. Als ihr klarwurde, dass der Anruf vergeblich war, versagte ihr die Stimme. Durchs Fenster dröhnte Tom Jones zu ihnen herüber. Bei dem Lärm konnte Brian sein Telefon gar nicht hören.

Sie überlegte, ob sie selbst zurückrennen sollte, aber ihr Knie fing in erschreckender Geschwindigkeit an, immer dicker zu werden. Sie hatte sich mit Sicherheit den Meniskus gerissen. Jetzt blieb nur noch die 112. Sie hatte die Nummer schon als Kind auswendig gelernt und verspürte beim Wählen einen seltsamen Nervenkitzel. Den Notruf zu wählen, hatte zwar nicht auf ihrer Wunschliste gestanden, aber es gab für alles ein erstes Mal.

«Dr. Lim ist auf dem Weg», sagte Peggy, nachdem sie mit der beruhigend unaufgeregten Dame in der Notrufzentrale gesprochen hatte. Das war natürlich gelogen. Was war sie für eine Freundin, dass sie nicht einmal in ihren letzten gemeinsamen Minuten die Wahrheit sagen konnte?

«Ich sterbe», flüsterte Angie, verdrehte erneut die Augen und griff sich an die Brust.

Peggy packte Angie bei den Schultern und drückte zu, bis sie die Augen wieder aufmachte. «Red keinen Unsinn. Du schaffst das. Hörst du?»

«Es ist zu spät.»

«Jetzt hörst du mir mal zu.» Peggy strich Angie die feuchten Strähnen aus dem Gesicht und streichelte sanft ihre Stirn.

«Du wirst nicht sterben. Du tust zur Abwechslung mal, was ich sage. Höchste Zeit, dass ich in dieser Beziehung die Hosen anziehe.»

Mit einem mehr als schwachen Lächeln lallte Angie: «Dann aber bitte leicht tailliert und zu den Knöcheln hin schmaler.»

«Schon besser. Und jetzt schaffen wir dich aufs Bett.»

Trotz der vielen Grünzeugfresserei war Angie überraschend schwer. Peggy versuchte, das Gewicht zu schultern, aber sie schafften gerade mal ein paar Schritte, ehe sie auf dem Fußende des Bettes zusammenbrachen. Irgendwie gelang es Peggy, ihre schweißbedeckte Freundin ganz auf die Matratze zu hieven, und umgab sie mit einem Rettungsring aus Kissen. Jeder einzelne wertvolle Atemzug rasselte tief in Angies Brust.

«Ich muss dir etwas sagen», flüsterte sie.

«Nicht jetzt. Einfach nur atmen, Angie.» Peggy nahm die kalte Hand ihrer Freundin in ihre. Sie wirkte zwischen all den Seidenkissen so schwerelos, so unbedeutend.

«Bitte. Hör mir zu. Ich muss es dir sagen, bevor es zu spät ist.»

Peggy drehte sich der Magen um. «Was musst du mir sagen?»

Angies Blick wanderte zu der Tür, hinter der sich das Schminkboudoir befand. «Dort drin. Unterste Schublade.»

«Das muss doch nicht jetzt sein. Darüber können wir später immer noch sprechen, wenn es dir wieder besser geht. Ich habe noch eine halbe Flasche Kochsherry im Schrank, dazu backe ich uns noch ein paar Käsestangen, ja?»

«Halt die Klappe, Weib. Mach einfach die Schublade auf.»

Peggy tat, was Angie ihr befahl, vielleicht zum allerletzten Mal. Und da lagen sie, zwischen Strass und Pailletten, die beiden silbernen Fotorahmen. Genau so, wie Peggy sie zurückgelassen hatte. Irgendetwas hatte seit dem Abend, als sie darauf gestoßen war, an ihr genagt, hatte ihr keine Ruhe gelassen. Eine Erinnerung, die wie ein Stück Treibgut beharrlich vor ihrer Nase schwamm, ohne dass Peggy sie je zu fassen kriegte. Sobald sie ihr zu nahe kam, hob eine Welle sie auf und trieb sie ein Stück weiter. Dann, ganz plötzlich, und noch ehe sie die Bilder ein zweites Mal ansah, wusste Peggy, was Angie ihr zu sagen versucht hatte.

Der kleine Junge mit dem Cowboykostüm lächelte ihr aus dem Bilderrahmen zu. Peggy wischte sich mit dem Ärmel des Designerjäckchens die erste Träne fort. Zwischen seinen Schneidezähnen prangte eine Lücke. Dieselbe Lücke, mit der David mit seinem roten Spaten in die Kamera gegrinst hatte, ehe der Kieferorthopäde ihm den Mund verdrahtet hatte. Dieselbe Lücke, die Ted sein Leben lang nicht hatte korrigieren lassen.

«Ich habe lange nach dir gesucht, Peggy Weaver.»

«Wieso?» Peggy hatte Mühe, klar zu denken. *Wieso ausgerechnet jetzt, nach all den Jahren?*

«Um dich um Verzeihung zu bitten.»

Peggy starrte das Foto mit den drei Erwachsenen an, Arm in Arm miteinander verbunden, und langsam dämmerte ihr die Wahrheit. Sie, Angie und Ted, im Leben verbunden, und jetzt auch im Tod. Durch ein Kind.

«Wann?»

«Nach dem Abend im Odeon. *Außer Atem.* Es war nur das eine Mal, das schwöre ich dir. Ich war schwach und selbstsüchtig.» Die Worte kamen Angie nur zitternd über die Lippen.

Peggy fühlte sich, als wäre auf sie geschossen worden. «Aber du hättest jeden Mann haben können, den du wolltest. Wieso Ted? *Meinen* Ted?»

«Ich war so unsicher, völlig verkorkst. Ich wollte wie du sein. Ted liebte dich. Ich wollte auch wen, der mich liebt, mich, so wie ich wirklich bin.»

Angie? Eifersüchtig? Ausgerechnet auf sie? Das ergab keinen Sinn. Peggy hatte eine Ewigkeit in Angies Schatten gestanden, hatte sie für alles bewundert, was sie tat, für das, was sie war. Die Vorstellung, dass Ted sie betrogen hatte! Aber stimmte das? Er hatte sich für sie entschieden, nicht für Angie, und sein unspektakuläres Leben an ihrer Seite verbracht. Zufrieden? Ganz bestimmt. Glücklich? Vermutlich ja.

Vierundfünfzig Jahre lang hatte er kein Wort über die Affäre verloren, falls man es überhaupt so nennen konnte. Selbst als Peggy ihm den Artikel gezeigt hatte, den sie bei ihrer Podologin heimlich aus der Zeitschrift gerissen hatte, hatte er keinen Ton gesagt. An ihrer Seite hatte Ted alt werden wollen. Und er hatte seine Schuld nach Jahren stummer Buße mit ins Grab genommen. All die Jahre hatte er seine Rolle als pflichtbewusster Ehemann und Vater erfüllt. Hatte nie geklagt, nie hinterfragt, nie verglichen. Als hätte er diesen einen schwachen Augenblick tief in sich begraben.

«Und du hast ihm nie von Simon erzählt?»

Angie schüttelte den Kopf. Die Anstrengung war offenbar fast zu viel für sie.

«Ich wollte vor der Hochzeit mit ihm reden. Ich bin extra aus New York zurückgekehrt, weil ich dachte, es sei das Richtige. Ich dachte, er hätte das Recht, es zu wissen. Jetzt ist mir klar, dass ich damals nur mein Gewissen beruhigen wollte.»

Peggys Erinnerungen an den Tag waren klar und deutlich, kondensiert, wie der Tag selbst es gewesen war. Sie sah Angie auf die Kirche zulaufen, unter dem hochgeschlossenen Mantel Teds Kind unter ihrem Herzen. *Flittchen.* Ihre Mutter hatte die ganze Zeit recht gehabt.

«Du hast aber nichts gesagt.»

Angie verzog das Gesicht. «Ich war dabei, als ihr euch euer Versprechen gabt, und ich habe gesehen, wie glücklich ihr wart. Ich habe gesehen, wie sehr ihr euch liebtet. Ich wusste, ich würde es nie über mich bringen, euch weh zu tun.»

Die Beichte gab Angie offensichtlich den letzten Rest. Sie war völlig am Ende. Zu erschöpft, um Blickkontakt zu halten, starrte sie ins Nichts. Peggy kletterte neben sie aufs Bett und nahm sie in den Arm. Sie beruhigte und tröstete sie, ganz genau so, wie sie es mit David und Jenny getan hatte, als sie noch kleine Kinder waren. Angie wurde mit jedem Atemzug schwächer. Sie packte Peggys Hand, als klammere sie sich ans Leben selbst, so verletzlich wie ein Neugeborenes mit seinem instinktiven Griff. Nichts weiter als ein Reflex. Der instinktive Versuch, am Leben zu bleiben.

Ach, hätte Ted sich doch länger festgeklammert. Peggy erinnerte sich an den Augenblick, als die Muskeln seiner Hand erschlafften, seine Finger sich von ihren lösten. Wie sehr sie sich danach gesehnt hatte, all die Augenblicke ungeschehen zu machen, wo sie sich ihm in der Öffentlichkeit entzogen hatte. Peggy verstärkte den Griff um Angies knochige Hand. «Verlass mich nicht», flüsterte sie ihr ins Ohr.

Von ferne hatte ihre wiederbelebte Freundschaft gewirkt wie eine perfekt gezogene Linie im Sand, die die Vergangenheit von der Gegenwart trennte. Aus der Nähe betrachtet, war das Wasser zwischen ihnen angestiegen und trübe wieder abgeebbt, durchsetzt mit Strandgut und Treibgut aus Lügen und Geheimnissen.

In all den Jahren, die sie einander aus den Augen verloren hatten, waren sie durch einen Mann verbunden geblieben. Er hatte ihnen beiden zutiefst geliebte Kinder geschenkt. Doch Angie war ihr Kind genommen worden. Und Peggy war Ted genommen worden. Jetzt hatten sie nur noch einander. Es kam ihr fast so vor, als hätte Ted Angie geschickt, um ihr Gesellschaft zu leisten. Um etwas wiedergutzumachen.

Doch all das spielte jetzt keine Rolle. Bald wären, wo Gelächter und Freude waren, für sie beide nur noch Tabletten und Fremde. Während Angie sich an jeden einzelnen mühsamen Atemzug klammerte, wurde es Zeit zu verzeihen, solange sie noch konnte. Es war Zeit, den Deckel von Pandoras Büchse wieder zuzuklappen. Und wenn in den kommenden Jahren Peggys jüngste Erinnerungen immer mehr schwanden, bliebe am Ende nur die Zeit, bevor sie es gewusst hatte. Die Wahrheit wäre verschwunden und mit ihr Schmerz und Eifersucht.

Es war Zeit, die Vergangenheit ruhenzulassen.

Zeit, schlafende Hunde schlafen zu lassen.

Peggy hörte einen Schlüssel in der Haustür, dann Stimmen.

«Hallo? Ist jemand zu Hause?»

«Wir sind im Schlafzimmer. Bitte, schnell!»

Der Anblick von Dr. Stephen mit seiner großen schwarzen Tasche erfüllte Peggy mit unendlicher Erleichterung. Erschöpft ließ sie sich gegen die Wand sinken. Direkt hinter ihm standen Christine mit dem Generalschlüssel und Brian, diesmal sehr flott in einem mauvefarbenen Hemd und langer grauer Hose.

28
Was kostet der Kaffee?

Der Empfangsbereich der Anwaltskanzlei kam Peggy eher wie eine schicke Hotellobby vor. Sie hätte die Räumlichkeiten beinahe nicht wiedererkannt. Das letzte Mal waren sie hier gewesen, um Teds Angelegenheiten zu regeln. Die Stühle waren mit diesem hübschen weichen Chinchilla bezogen – kein Vergleich zu dem wasserabweisenden Kunststoffzeug in Dr. Stephens Wartezimmer. Außerdem gab es einen Couchtisch aus Rauchglas mit einem Stapel dieser Hochglanzarchitekturmagazine, die kein Mensch jemals las. In Peggys Augen die reinste Verschwendung. Aber Sterben und Scheidungen waren nun mal kostspielige Angelegenheiten.

David kam durch die Tür geplatzt und entschuldigte sich für die Verspätung.

«Entspann dich. Mr. Parsons ist noch mit einem anderen Mandanten beschäftigt», sagte Jenny mit angespanntem Lächeln. Sie war auf der Fahrt hierher so gut wie stumm gewesen. Peggy störte das überhaupt nicht. Sie hatte keine Sekunde geschlafen. Sobald es wieder hell war, war sie in Angies Wohnung gelaufen, um eine Tasche für sie zu packen. Sie hatte die Blumen gegossen und die Kissen aufgeschüttelt. Es war das Mindeste, das sie tun konnte.

«Mel schafft es nicht. Sie wurde bei David Jones aufgehalten.»

«Was? Bewaffnete Geiselnahme in der Schuhabteilung, oder wie?», feixte Jenny.

«Hört auf zu streiten, ihr zwei!», fuhr Peggy ihre Kinder an.

Plötzlich saßen sie wieder in ihrem alten Kombi, während einer heißen, stickigen Fahrt an die Küste, und die Kinder stritten auf der Rückbank. «Wenn ihr nicht nett zueinander sein könnt, sagt besser gar nichts.»

Bei Ted und ihr hatte sich diese Strategie bewährt. Manchmal waren ihnen einfach die Worte ausgegangen, sie hatten nicht mehr gewusst, was sie sagen sollten. Schweigen hatte immer funktioniert. Wenn es nichts zu sagen gab, war es besser zu schweigen. Wozu auch reden? Ihr hörte sowieso nie jemand zu. Damit Peggy sich nicht mehr unsichtbar fühlte, brauchte es mehr als eine Imagepolitur.

Die Empfangsdame hob den Blick. «Mr. Parsons ist gleich bei Ihnen», sagte sie mit aufgesetztem Lächeln. «Darf ich Ihnen währenddessen einen Kaffee anbieten?»

«Kostet das extra?», fragte Peggy und erwiderte das Lächeln.

«Mutter!» Jenny runzelte die Stirn und flüsterte der Empfangsdame etwas zu. Eine Entschuldigung, vermutlich.

Alte Leute wurden so. Peinlich. Unvernünftig. Wie kleine Kinder. Peggy hatte keine Ahnung, in wie viele Tobsuchtsanfälle sich Jenny als Kleinkind hineingesteigert hatte. Normalerweise im Supermarkt. Sie ließ sich durch nichts beruhigen. Am Ende ging Peggy meistens einfach weg und ließ sie liegen, während Jenny mit ihren kleinen Fäusten den Fußboden bearbeitete. David war auch nicht viel besser gewesen. Zog sich ständig aus, in aller Öffentlichkeit. Dann die turbulenten, anstrengenden Teenagerjahre. Es war ein Wunder, dass sie da unbeschadet wieder rausgekommen waren, alle miteinander. Jennys heimliche Raucherei und die andauernden Widerworte. Davids Besäufnisse und ständig eine neue Beule im Auto. Lustig, wie sich die Rollen vertauscht hatten.

«Das mit Angie tut mir leid», sagte David. «Hast du schon was aus dem Krankenhaus gehört?»

Peggy winkte kopfschüttelnd ab. Einzelne Schnipsel des Gesprächs mit Angie stiegen wie kleine Luftblasen auf und zerplatzten in ihrem Bewusstsein.

Es dauerte eine Ewigkeit, bis der Krankenwagen kam. Peggy erinnerte sich an den Ausdruck auf Dr. Stephens Gesicht. Nicht geduldig lauschend, entspannt zurückgelehnt, während Peggy über ihre dumme Blase klagte. Auf einmal war er sehr geschäftig, ein echter Arzt, um ihn herum auf dem weißen Bettlaken alle möglichen medizinischen Gerätschaften. Sie erinnerte sich, wie er Angie die Blutdruckmanschette angelegt hatte, während Christine moralische Unterstützung gewährte.

«Hilfe ist unterwegs», sagte sie und tätschelte Angie die bleiche Hand. «Kein Grund zur Sorge.» Ihr Gesichtsausdruck erzählte eine andere Geschichte.

Dr. Stephen nahm das Stethoskop aus den Ohren und seufzte. «Der Blutdruck ist sehr niedrig.»

«Das ist doch gut, oder?», sagte Peggy verzagt.

«Nein. In diesem Fall nicht.» Er wandte sich an Christine. «Bitte helfen Sie mir, sie flach hinzulegen. Legen Sie ihr Kissen unter die Füße.»

Peggy war es gewesen, die Angie gegen einen ganzen Berg Designerkissen gelehnt hatte. Trotz der unzähligen Arztromane, die sie im Laufe der Jahre verschlungen hatte, hatte sie das falsche Ende erwischt. Sie betete darum, dass Angie überlebte, um ihr Vorwürfe zu machen.

«Hat sie das genommen?» Dr. Stephen musterte die rote Spraydose.

«Ja», sagte Peggy und rang die Hände.

«Ach so. Das erklärt einiges.»

«Es tut mir leid.»

«Nein. Das ist gut. Sie haben richtig gehandelt. Das Medikament unterstützt den Blutzufluss zum Herzen, aber es kann auch für einen Abfall des Blutdrucks sorgen. Kann mir bitte jemand ein Glas Wasser bringen?»

«Ich gehe», sagte Brian und verschwand Richtung Küche. Er war für eine Krise der perfekte Mann, dachte Peggy. Immer ruhig, immer gefasst, immer vernünftig. Sie hätte beinahe vergessen, wie stabil sie sich in seiner Gegenwart immer fühlte.

Sobald Brian ihm das Glas reichte, riss Dr. Stephen die Folienverpackung einer Tablette auf und ließ sie ins Wasser fallen. Peggy fragte sich, ob er Kopfschmerzen hatte.

«Hier, Angie, trinken Sie das. Das ist Aspirin», sagte er. «Zur Blutverdünnung.»

«Kognak wäre mir lieber», sagte Angie und verzog beim Anblick der milchigen Flüssigkeit das Gesicht.

Das war der Moment, als Peggy neue Hoffnung schöpfte. Es gab doch noch eine Chance, dass Angie tatsächlich überlebte. Alles andere wäre unverschämt von ihr. Sie waren so viele Jahre getrennt gewesen und hatten sich erst eine Minute vor Mitternacht wiedergefunden. Es gab so viel verlorene Zeit wettzumachen.

«Ich kann dich ins Krankenhaus fahren, sobald wir hier fertig sind», sagte David. Er war auf dem bequemen Sofa ein Stückchen näher an Peggy herangerückt.

«Für mich wäre das auch kein Problem», sagte Jenny mit sanfter, sogar weicher Stimme.

«Ich danke euch, aber Brian kommt und holt mich ab.»

Peggy wollte ihre Arme um ihre beiden Kinder legen und sie an sich drücken, an ihre Brust. Sie wollte ihre Köpfe küssen und ihren Geruch einatmen, so wie damals, wenn sie in ihren Armen eingeschlafen waren. Sie dachte an Simon als Baby in Angies Armen. Ob er geduftet hatte wie Jenny und David? Er hatte Davids Mund und Jennys Augen, wie ihr jetzt klarwurde. Er war ein kleines Stück von Ted gewesen. Ein Stück all der Menschen, die sie liebte. Plötzlich, aus dem Nichts, wurde Peggy wütend. Nicht auf Angie und auch nicht auf Simon – nur auf seinen Blinddarm und auf die Ärzte, die ihn nicht retten konnten.

Ehe Peggy wusste, wie ihr geschah, saßen sie da und hielten sich an den Händen. Das waren ihre Kinder, und sie hatten ihren Vater verloren. Es war verständlich, dass sie versuchten, an ihrer Mutter so lange wie möglich festzuhalten.

Sie waren still. Das Klappern der Fingernägel der Rezeptionistin auf dem Computer war das einzige Geräusch. Es gab nichts zu sagen. David und Jenny von ihrem Halbbruder zu erzählen, würde zu nichts Gutem führen. Von ihrem toten Halbbruder. Sie würden es nicht verstehen. Sie würden ihren Vater verurteilen und damit ihre Erinnerungen an ihn beflecken. Denn das war alles, was sie noch hatten. Erinnerungen. Und einander.

«Wir tun das nur, um dir das Leben zu erleichtern, Mum», sagte David. «Es ist nur eine Unterschrift auf einem Stück Papier.»

Geburt, Tod, Heirat. Wenn es darauf ankam, war das ganze Leben nicht mehr als eine Reihe von Formularen. Eine Unterschrift war die mächtigste Waffe von allen und die beständigste. Peggys Name würde auf einer gepunkteten Linie weiterleben, wenn sie selbst schon lange gestorben war.

Jenny drückte ihre Hand. «Wir wollen, dass du so lange wie möglich deine Unabhängigkeit behältst.»

«Bist du sicher, dass du schon dazu bereit bist, Mum? Wir müssen das nicht jetzt tun», sagte David. «Wenn du dich momentan nicht dazu in der Lage fühlst, verschieben wir es.»

«Jetzt sind wir schon mal hier. Wir bringen das jetzt hinter uns. Es geht doch nur um eine Generalvollmacht und um die Vorbereitung der Vormundschaft, richtig?»

«Ja. Das ist alles», sagte David. «Nur zur Vorsorge.»

«Also plant ihr noch nicht, jetzt schon die lebenserhaltenden Maschinen abzuschalten?»

«Bring mich nicht auf Ideen, Mutter», sagte Jenny lachend.

Die Tür ging auf, und Mr. Parsons erschien, gefolgt von einer elegant gekleideten, silberhaarigen Dame. Dahinter kam ein jüngeres Paar, etwa im Alter von David und Jenny. Die ältere Dame sah Peggy an und lächelte. Es war ein wissendes Lächeln. Sie wirkte sehr gefasst. Schicksalsergeben und der Welt überdrüssig, aber gefasst.

«Kommen Sie herein, Mrs. Smart», sagte Mr. Parsons und reichte Peggy die Hand.

Als Peggy versuchte aufzustehen, streikte ihr Knie, und sie plumpste aufs Sofa zurück. David erwischte sie unterm Arm und versuchte, sie wieder hochzuhieven.

«Ich schaff das schon», fuhr Peggy ihn an und schüttelte seinen Arm ab. «Ich wünschte wirklich, ihr würdet aufhören, mich ständig zu verhätscheln.»

Die andere Dame – die inzwischen mit aufgeschlagenem Scheckheft am Empfang stand – verdrehte mitfühlend die Augen.

«Viel Glück!», flüsterte sie tonlos.

29
Valentine. Wie Sankt Valentin

«Das ist furchtbar nett von dir, Brian.»

«Nicht der Rede wert. Das ist das Mindeste, was ich tun kann.»

Peggy drückte die Übernachtungstasche fest an sich. In Angies Wohnung gab es mehr Taschen als bei David Jones und Myer zusammen, in jeder nur denkbaren Farbe und Größe. Peggy hoffte, dass sie die richtige erwischt hatte und dass ihre Auswahl an Anziehsachen, Unterwäsche und Toilettenartikeln – ganz zu schweigen von der Tasche an sich – auf Angies Zustimmung traf.

«Glaubst du, wir müssen uns Sorgen machen?», fragte Peggy und sah zu Brian hinüber, während sie Seite an Seite durch das geschäftige Krankenhausfoyer liefen.

«Ich finde, wir sollten versuchen, positiv zu bleiben», antwortete er mit einem Gesicht, das alles andere als positiv war.

Die Frau an der Pforte starrte in ihren Computer.

«Valentine, sagten Sie?»

«Ja, Valentine. Wie der heilige Sankt Valentin», antwortete Peggy. *Der Schutzpatron der Liebenden.*

Brian trat vor. «Angela Valentine. Sie wurde gestern Abend eingeliefert.»

«Gestern Abend.» Die Frau studierte mit gerunzelter Stirn ihren Bildschirm und sprach vor sich hin. «V – A – L ...»

Ohne aufzublicken, griff sie zum Hörer und wählte eine Nummer.

«Guten Tag. Die Pforte am Apparat. Ich hab eine Anfrage zu Angela Valentine. Ja ... gut ... okay ... danke.»

Sie sah auf und lächelte. «Eine Minute. Eine Schwester kommt und holt Sie ab.»

«Ist alles in Ordnung?», fragte Peggy. Normalerweise wurden Besucher mit einer verwirrenden Wegbeschreibung aus Aufzügen und Gängen und jeder Menge rechts und links sich selbst überlassen.

«Nehmen Sie Platz», sagte die Dame. «Es ist gleich jemand bei Ihnen.» Und damit wandte sie ihre Aufmerksamkeit einem grauhaarigen Paar mit blauem Teddybär und Blumenstrauß zu. Frischgebackene Großeltern, ohne Zweifel. Peggy hätte ihnen gerne jede Menge Ratschläge gegeben. Genießt es, wollte sie sagen. Verwöhnt sie, aber mischt euch nie ein. Beißt euch auf die Zunge, wenn eure Schwiegertochter euch erzählt, heute wären die Dinge anders. Schaut euch *Star Wars* an. Kauft euch eine Rückfahrkamera.

Peggy und Brian hatten sich kaum gesetzt, als die Empfangsdame eine blasse, hagere Schwester in ihre Richtung schickte. Die müsste man mal richtig aufpäppeln, das arme Ding. Die Schwester stellte sich vor und legte Peggy die Hand auf die Schulter. Ihre Stimme war genauso ausgezehrt wie ihre Hand, und Peggy konnte nicht richtig verstehen, was sie sagte.

«Möchten Sie mit nach oben kommen und sie sehen?»

Peggy nickte. Brian hatte seine Hand in ihre geschoben. Sie folgten ihr durch einen geschäftigen Flur. Das Quietschen ihrer Gummisohlen auf dem frisch desinfizierten, noch feuchten Boden war ohrenbetäubend. Peggy war wie taub. Der Schmerz im Knie war verschwunden. Ihr schwereloser Kopf schwebte irgendwo über ihren Schultern. Der einzige Teil von sich, den sie spüren konnte, war Brian, die Handflächen verbunden durch einen hauchdünnen Schweißfilm.

«Bleiben Sie, solange Sie möchten, Mrs. Smart.» Die Schwester stellte einen Stuhl ans Bett.

Peggy kannte das Spiel. Sie hatte es schon einmal mitgemacht. Um sie herum krallten sich ein Dutzend Körper ans Leben, verzweifelte Kletterer, die sich an eine Felswand klammerten. Peggy entdeckte das Bett, in dem Ted losgelassen hatte. Sie wandte sich ab.

«Bitte sehr, Mr. Smart. Der ist für Sie.» Die Schwester stellte einen zweiten Stuhl ans Bett.

Mr. Smart? Das hätte Angie gefallen.

«Er hält deine Hand», hätte sie vielleicht gesagt. «Natürlich hat er Interesse, du Dussel.»

Peggy versuchte, nicht zu atmen, weil sie die sterile Luft nicht kontaminieren wollte.

«Kann sie mich hören?»

Die Schwester nickte. Und erklärte ihnen alles noch einmal. Beatmet, sediert, Medikamente, die ihr Herz weiterschlagen ließen. Schläuche und Drähte, um jeden einzelnen kostbaren Herzschlag zu überwachen. Es stünde auf Messers Schneide, sagte sie.

Auf Messers Schneide.

Peggy fasste unter das Laken und ergriff Angies Hand. Ihre Haut sah aus wie roher Teig. Sie erwartete, dass sie auch so kühl war, und registrierte überrascht die Wärme. Ein Fingernagel war abgebrochen. Sie sollten gemeinsam zur Maniküre gehen. Peggy hatte sich noch nie die Nägel machen lassen. Sie konnten an diese Nagelbar in der Mall gehen und hinterher zum Kaffeetrinken. Angies Ansatz brauchte auch dringend eine Auffrischung. Gleich Montag würde sie bei Alessandro einen Termin vereinbaren. Sie hatten noch so viel vor. Zum Beispiel die Flusskreuzfahrt durch Europa, die Peggy nie gemacht hatte. Sie würde ins Reisebüro gehen und ein paar Prospekte holen. Sie könnten Brian und Jim einladen mitzukommen. Das wäre ein Spaß!

Reglos lag Angie in der weißen Bettwäsche, zwischen den Lippen einen dicken Plastikschlauch, der ihr das letzte bisschen Leben einhauchte, einen mechanischen Atemzug nach dem anderen. Die Augenlider waren halb geöffnet, als hätte sie Angst, etwas zu verpassen. Das war wieder mal typisch Angie.

Peggy wurde die Brust eng, und ein lauter Schluchzer entfuhr ihr, ehe sie ihn mit der freien Hand ersticken konnte. Sie spürte Brians Hand auf ihrem Rücken und drehte sich zu ihm um. «Bitte sei mir nicht böse, aber ich brauche einen Augenblick für mich allein.»

«Selbstverständlich.» Brians Augen waren voller Sorge. «Ich warte da drüben.»

Peggy fasste in ihre Handtasche und zog einen Lippenstift aus dem Seitenfach. Sie hatte ihn aus Angies riesiger Sammlung ausgewählt, und zwar eher dem Namen als der Farbe nach. Es war das Mindeste, das sie tun konnte. Peggy sah sich verstohlen um und machte sich daran, Angies Lippen um das Mundstück herum auszumalen.

Frech, aber hübsch. Wenn Angie tatsächlich starb, sah sie dabei wenigstens fabelhaft aus.

Als Nächstes nahm Peggy zwei silberne Bilderrahmen aus der anderen Tasche und stellte sie auf den Beistelltisch.

«Simon ist hier», sagte sie leise. *Simon, Ted und ich.*

Sonst gab es niemanden. Nach fast achtzig Jahren hatte Angie in ihrem Leben nichts vorzuweisen als die fragile Freundschaft zu einer Frau, die sie seit über fünfzig Jahren nicht gesehen hatte, und eine Riesensammlung Handtaschen.

Das weiße Klinikhemd saugte Angie alles Leben aus dem

Gesicht. Vermeiden Sie alles, was weiß ist, hatte Dr. Stephen gesagt. Jetzt würde Angie ausnahmsweise ihr zuhören.

«So, junge Dame, jetzt bin ich hier der Boss.» Peggy strich das Laken glatt und steckte es unter der Matratze fest. «Ich sage dir, was wir tun. Als Erstes atmest du bitte wieder selbständig und ziehst dir was Anständiges an. Weiß macht furchtbar alt, Darling. Ein hübscher Cremeton steht dir besser. Dann werde ich dich nach Hause holen und sehr viel Wirbel um dich machen. Jetzt ist nämlich Zahltag, weißt du? Ich werde dich mit ordentlichem Essen mästen und zusehen, dass du ein bisschen Speck auf die Rippen bekommst. Und dann wirst du mir helfen, ein neues Auto zu kaufen, etwas Spritziges, das den Unmut meiner Kinder erregt, und danach fahren wir ins Tierheim und suchen einen kleinen flauschigen Freund für dich aus. Basil gehört nämlich mir, also behalte künftig deine Pfoten und deinen Gummikäse bei dir.»

Sie nahm den größeren Rahmen vom Tisch, gab Ted einen Kuss und stellte ihn zurück. Dann küsste sie Angies glattgedehnte Stirn.

Alles, was zählte, war das Hier und Jetzt.

«Und eines noch», sagte Peggy. «Diese Fotos werden aufgestellt. Ab jetzt wird Simon nicht mehr in der Schublade versteckt. Hast du mich verstanden? Er war auch der Sohn von meinem Mann. Und damit ist das Thema erledigt. Ab jetzt tun wir so, als wäre nie etwas geschehen. Okay?»

Sie hatten sich beinahe über jedes Thema unterhalten: Blasen, Beckenböden, sogar Sex. Doch es gab ein paar Dinge, die nicht bis in alle Ewigkeit seziert werden mussten.

Manche Dinge waren am besten in der Vergangenheit aufgehoben, ohne immer wieder aufgewärmt zu werden.

Manche Dinge würden unaussprechlich bleiben.

30
Gibt's hier einen Feuerlöscher?

«Eins-zwo, eins-zwo.» Das schrille Kreischen hallte von den Clubhauswänden wider, als Jim ins Mikrophon blies.

«Hier bist du jedenfalls laut und deutlich zu hören.» Celia zuckte zusammen, während sie einen Stapel Stühle durch den Raum zerrte.

Peggy war mit Gläserpolieren beschäftigt. «Hast du gesehen, ob er seine Hörgeräte trägt?», fragte sie.

«Ich hab vergessen nachzusehen», lachte Celia. «Aber wenn man seinen Auftritt auf der Modenschau zum Maßstab nehmen darf, sind wir auf der sicheren Seite. Er kam bei den Damen ziemlich gut an. Hast du schon gesehen?» Sie zog ihr Handy aus der Hosentasche, drückte den Daumen auf einen runden Knopf und winkte Peggy zu sich. Das Video war ein bisschen verwackelt, und Celia hatte womöglich ein wenig zu nah an den Lautsprechern gestanden, aber trotzdem, da war sie, live und in Farbe: die Premiere der Jacaranda-Retirement-Village-Modenschau.

Aller Bedenken zum Trotz, die Peggy gehabt hatte: Jim war der perfekte Showmaster. Was immer seinen improvisierten Kommentaren an Takt oder Political Correctness fehlte, hatte er mit einem unglaublichen Unterhaltungswert wieder wettgemacht. Es war ein Jammer, dass Angie ihn nicht gesehen hatte.

«Jetzt kommt das Allerbeste», sagte Celia und zog mit den Fingern den Ausschnitt größer. «Schau auf Mavis.»

Peggy kniff konzentriert die Augen zusammen, damit ihr nur ja nichts entging. In der rechten Ecke kam im Takt der Musik eine Gestalt angewackelt. Es war tatsächlich Mavis, in schwarzer Lycra-Leggins und knallpinker Reißverschlussjacke. Die Frau hatte unter dem ganzen vielen Tweed ein erstaunlich gut erhaltenes Paar Beine versteckt. Peggy fragte sich, ob die neuerdings so sportliche Mavis auch noch mit Joggen oder Yoga anfing. Nicht auszudenken. Als Nächstes kam Sheila auf hohen Hacken in einem schimmernden Abendkleid angestöckelt. Sie lief wie der Storch im Salat. Jemand hatte sie geschminkt und ihr die Haare hochgekämmt, aber das spöttische Lächeln war unverkennbar. Peggy hörte, wie Celia hinter der Kamera eine Bemerkung machte, und sah Brian losprusten, ehe er sich in einem umwerfenden Abendanzug zu Sheila auf die Bühne begab. Er nahm sie bei der Hand und führte sie galant die Stufen hinunter. Sheilas Blick war fest auf ihn geheftet.

«Wo möchtest du die hinhaben?» Mavis kam mit einer großen Kiste Brötchen hereingepoltert.

Peggy nahm ihr den Karton ab und lächelte. «Danke fürs Abholen. Ich stelle sie aufs Buffet.» Mavis wandte ihre Aufmerksamkeit den Blumen zu, die Sheila soeben arrangiert hatte, und fing an, sie neu zu arrangieren. Peggy grinste in sich hinein, drehte sich um und wäre fast mit Brian zusammengestoßen, der ein Tablett Pastetchen trug.

«Das war knapp daneben», sagte er.

Knapp daneben. War das alles, was jemals zwischen ihnen sein würde?

Sie hatten seit dem Tag im Krankenhaus keine Gelegenheit gehabt, miteinander zu sprechen. Zumindest nicht in Ruhe. Peggy vermisste ihn. Sie vermisste die Berührung seiner Hand auf dem Beifahrersitz. Sie standen da und sahen einander an, verharrten in verlegenem Schweigen. Es war, als schwebten die Worte, die sie einander eigentlich sagen wollten, in unsichtbaren Sprechblasen zwischen ihnen in der Luft.

Nach einer gefühlten Ewigkeit sagte Brian: «Geht es dir gut?»

«Gut. Ja, ja. Mir geht es gut.»

«Wirklich?»

Peggy hielt inne. Der Boden unter ihren Füßen war kaum zu spüren. «Nein. Eigentlich nicht», sagte sie zerknirscht. Brian befreite sie von den Brötchen und führte sie in eine ruhigere Ecke des Clubhauses.

Die letzten Wochen hatten ihr viel abverlangt, sowohl körperlich als auch emotional.

Brian holte ihr ein Glas Wasser. «Hier. Trink das.»

Die anderen Mitglieder des Siedlungskomitees wuselten weiter im Clubhaus herum, trugen Tabletts mit Gläsern und Platten mit Essen und passten dabei gut auf, um nicht über die Kabel der neuen Karaokemaschine zu stolpern.

Peggy trank einen Schluck. «Kognak wäre mir lieber», sagte sie lächelnd und musste an Angie denken. Brian lächelte zurück und ergriff ihre Hand. Die Berührung jagte pure Energie durch Peggys Adern.

«Darf ich dich was fragen?» Peggy legte ihre Hand auf Brians Arm, die Finger verweilten auf der scharfen Bügelfalte seines Hemds aus einhundert Prozent Baumwollpopeline. «Was wolltest du mich neulich abends eigentlich fragen? Kurz vor der Modenschau? Hinter der Bühne? Ich habe dich nicht aussprechen lassen.»

Brian schluckte schwer und richtete sich kerzengerade auf. «Ich … also … es ist nämlich so …» Er räusperte sich mehrere Male, und Peggy fragte sich, ob sie ihm auf den Rücken klopfen sollte.

«Ich kann nicht ganz folgen.»

«Ich finde, man muss in diesen Dingen ganz offen miteinander sein», sagte Brian.

«Ganz meine Meinung.»

«Es hat überhaupt keinen Sinn, um den heißen Brei herumzureden.»

«Nein. Auf keinen Fall.»

«Schließlich ist das Leben kurz.»

«Sehr kurz.» Peggy bekam langsam Angst, es könnte zu kurz sein.

«Ich komme also direkt auf den Punkt.»

«Möchtest du mit mir zu Abend essen?», platzte es aus Peggy heraus.

Da. Sie hatte es getan. So furchterregend es auch war, weder hatte der Himmel sich aufgetan, noch war sie in loderndes Höllenfeuer hinabgestürzt. Es war viel mehr so, als hätte sich jede einzelne Sekunde ihres achtzigjährigen Lebens direkt auf diese eine Frage zubewegt. Die Silben blieben, wo sie waren, weil sie nicht wussten, wo sie sonst hinsollten.

«Ich störe doch nicht etwa?»

Die Stimme kam von hinten, und Brian und Peggy fuhren auseinander wie zwei positiv geladene Magnete. Peggys Rollator vor sich herschiebend, kam Angie auf sie zugeschlurft. Sie war blass und noch dünner als früher, aber herausgeputzt wie eh und je. Sie trug ein paillettenbesetztes Kleid mit passenden Accessoires. Auf den Rollator war ein Sauerstoffgerät montiert, mit einem blassblauen Schlauch, der in zwei Stöpseln in Angies Nasenlöchern endete. Sie blieb stehen und breitete theatralisch die Arme aus: Evita Perón auf dem Balkon höchstpersönlich.

«Happy Birthday, Pegs.»

«Und Happy Birthday, Angie.»

Eine Woche zu spät bei der einen und, weil ihr die wertvolle Zeit davonflog, bei der anderen einen Monat zu früh.

«Achtzig, ja? Klingt uralt!»

Peggy lachte. «Ich weiß. Wir sagen einfach sechzig plus Zinseszins.»

Der Rollator war nur der erste Kompromiss gewesen. Entweder das oder ein Rollstuhl, hatte Peggy gesagt. Auch was Waschen und Anziehen betraf, hatte Angie kapituliert. «Augen zu und durch, Süße», hatte Peggy gesagt. «Entweder ich oder der Pflegedienst.»

Welch seltsame Wendung der Ereignisse. Die Riemchensandale mit Keilabsatz hatte definitiv den Fuß gewechselt. Sie zankten und zickten sich an, und sie lachten viel mehr. Wie ein altes Ehepaar.

«Übrigens. Du siehst unglaublich aus», sagte Angie. «Tolles Kleid!»

Selbst Peggy musste ihr recht geben. Das mitternachtsblaue Etuikleid war perfekt. Und ohne den grässlichen Gips am Arm sogar noch perfekter. Sie fühlte sich glamourös, selbstbewusst, mehr noch – unbesiegbar. So sehr, dass sie Brian soeben zum Abendessen eingeladen hatte.

Celia trat mit einem Tablett Champagnergläser zu ihnen. «Wie wär's mit einem Drink für die Geburtstagskinder?»

«Wird auch höchste Zeit!», sagte Angie. «Ich bin am Verdursten.»

Das mussten die Entwässerungstabletten sein, dachte Peggy. Sie hatte das Regiment über Angies Pillenbox übernommen und kämpfte täglich mit ihr wegen der Einnahme. Sie hatte Angie zu ihrem ersten Termin bei Dr. Stephen begleitet und stumm danebengesessen, während ihr langsam die Wahrheit ins Bewusstsein drang. Es war eine Frage von Monaten, im besten Fall ein Jahr. Der arme Doktor war so aufgelöst, als er ihnen die Diagnose offenbarte, dass Peggy ihm schließlich die Kleenex-Schachtel reichen musste, während Angie seine Hand tätschelte.

Das macht unsere Generation aus, dachte Peggy. Wir nehmen die Dinge, wie sie sind. Machen das Beste draus. Sehen keinen Sinn darin, die Dinge totzureden.

Ruhe bewahren und weitermachen.

«Achtung!», sagte Celia. «Spaßbremsen im Anmarsch.»

Mavis erschien, flankiert von Sheila.

«Wir haben ein Kuchenproblem», sagte Mavis.

Peggy stellten sich augenblicklich die Nackenhaare auf. Sie hatte eine ganze Woche gebraucht, um sämtliche Extrawünsche zu berücksichtigen. Angies fettfreies Rezept war die größte Herausforderung gewesen. Die Zutaten hatten sich geweigert, in der Rührschüssel zum Teig zu werden. Sie hatte schließlich noch ein Extraei und einen heimlichen Klecks fettreduzierte Sahne unterrühren müssen, um es irgendwie hinzukriegen. Wenn sie Glück hatte, trug der Champagner das Seine dazu bei, dass Prinzessin Paelo, Herrin der Diäten, nichts merkte.

«Was für ein Problem?»

«Die Kerzen. Einhundertsechzig Stück, alle gleichzeitig angezündet. Ich meine, hier geht es um Gesundheit und Sicherheit.»

Brian baute sich vor Mavis auf. «Ich übernehme heute Abend die Verantwortung für die Pyrotechnik. Ich habe bei den Pfadfindern ein Brandschutztraining absolviert.»

«Wenn das so ist, übertrage ich dir höchstpersönlich die Verantwortung, Brian Cornell.» Mit einem Augenzwinkern führte Madam Vorsitzende Madam Schriftführerin davon, um die gewagten elektrischen Anschlüsse hinter der nagelneuen Karaokemaschine zu inspizieren.

Peggy spürte, wie jemand sie am Rock zupfte. Sie drehte sich um und sah Emily hinter sich stehen, mit eingedrehten Füßen, in Glitzerschuhen und einem weißen Prinzessinnenkleid.

«Siehst du aber prachtvoll aus», sagte Peggy und beugte sich hinunter, um ihre Enkeltochter in den Arm zu nehmen.

Emily machte sich schüchtern lächelnd los. «Ich hab ein ganz besonderes Geschenk für dich, Granny», sagte sie und zog ein grünes, flauschiges Federmäppchen hinter dem Rücken hervor. Peggy erkannte es sofort wieder. Daraus hatte sie sich den goldenen Glitzerstift geliehen, mit dem sie ihre ganz besonderen Brian-Termine im Kalender markierte. Sie nahm das Geschenk aus Emilys ausgestreckten Händen entgegen und zog lächelnd den Reißverschluss auf.

«Die habe ich extra für deinen Geburtstag gesammelt», sagte Emily. «Jetzt hast du deine sieben Schusser wieder beisammen.»

«Ich danke dir, mein Liebchen.» Mit Tränen in den Augen betrachtete Peggy die hübsche Sammlung bunter Glaskugeln in dem flauschigen Stoff. «Das ist das schönste Geschenk, das ich je bekommen habe.» Ach, wenn Ted jetzt hier sein könnte, um den Augenblick mit ihr zu teilen. Die kleine Emily war ihm so ähnlich. Wenn etwas kaputt war, dann reparierte man es. Wenn man ein Loch in seinem Leben hatte, dann füllte man es.

Peggy sah sich suchend nach dem Rest ihrer Familie um. Die Party im Clubhaus war in vollem Gange. Mel hielt David offenbar gerade einen ehelichen Vortrag und registrierte gerade noch rechtzeitig, dass Sam versuchte, einen unbemannten Rollator in Richtung Bühnenrand zu schieben. Jenny, bereits mit glasigem Blick, unterhielt sich angeregt mit Christine. Peggy hoffte nur, dass es nicht um sie ging. Wenigstens lächelten sie.

Während Celia mit dem Champagner herumging und

Angie ganz in ihrem Element war, sah Peggy sich nach Brian um. Er hatte noch keine Gelegenheit gehabt, ihr zu antworten. Nach all der Vorbereitung, nach den Monaten, ja Jahren, die sie gehabt hatte, um heimlich zu proben, war der Augenblick ziemlich danebengegangen. Brian war nicht gerade vor Freude an die Decke gesprungen, und jetzt war er verschwunden. Wahrscheinlich versteckte er sich auf der Herrentoilette oder war nach Kanada geflohen.

«Meine Damen und Herren! Ein Hoch auf unsere Geburtstagskinder!»

Das war Jim. Er stand auf der Bühne und klatschte, das Mikrophon zwischen den Händen. Peggy sah einige Gäste zusammenzucken und ihre Hörgeräte justieren. Sie taxierte ihn durch die obere Hälfte ihrer neuen Gleitsichtbrille. In seiner lässigen Lederjacke sah er immer noch aus wie ein echter Frauenheld. Als sie die provisorischen Stufe zur Bühne erklommen hatte, küsste er sie auf die Wange und nannte sie Sandra. Sie hatten alle ihre schwachen Seiten.

«Vor gar nicht allzu langer Zeit», begann Peggy, unterbrach sich und klopfte auf das Mikrophon. «Können alle mich hören?» Hinter dem Mischpult streckte ihr Brians Enkelsohn den gereckten Daumen entgegen. «Vor nicht allzu langer Zeit hätte mich die Vorstellung, hier oben zu stehen und zu so vielen Menschen zu sprechen, mit blankem Entsetzen erfüllt.»

Und mich sofort auf die nächste Toilette gejagt.

«Und jetzt stehe ich hier.» Peggy wartete, bis der Applaus – und Celias Gejohle – abebbte.

«Mein Dank für den heutigen Abend gilt so vielen Menschen. Meinen lieben Freunden vom Festkomitee, meinen Kindern ...» David prostete seiner Mutter von hinter der Bar mit einer Bierflasche zu, und Jenny winkte vom Buffet mit dem Buttermesser zu ihr rüber.

«Und meine wunderbaren Enkelkinder nicht zu vergessen, Sam und Emily.» *Und Baby Lulu, das Alpaka.* Alle applaudierten jubelnd. Sam schwenkte sein Laserschwert, und Emily machte einen Knicks.

«Aber zwei Menschen möchte ich meinen ganz persönlichen Dank aussprechen. Erstens: Brian Cornell für all seine Hilfe und Unterstützung in den letzten Wochen.» Von Brian fehlte noch immer jede Spur. Er hatte sich offensichtlich zusammen mit seiner Antwort auf ihre Frage in Luft aufgelöst.

«Und, nicht zu vergessen, die einmalige Angie Valentine. Ohne sie hätte unsere Siedlung heute nicht diese fabelhafte Singmaschine inklusive Musikanlage und allem Pipapo. Das Komitee bereitet gerade eine ganze Reihe ziemlich peppiger Veranstaltungen vor. Außerdem planen wir einen monatlichen Karaokeabend und …» Peggy winkte Jim zu sich auf die Bühne, und gemeinsam hielten sie einen riesengroßen Scheck in die Höhe. «Im Namen des Bücherei- und Festkomitees des Jacaranda Retirement Village geht eine Spende von eintausend Dollar an die australische Herzstiftung.»

Angie, die inzwischen auf ihrem Rollator direkt vor der Bühne saß, schickte Peggy einen Luftkuss. Die anstrengenden Vorbereitungen der Modenschau hatten sie beinahe das Leben gekostet, aber nur Peggy kannte den wahren Grund, weshalb sie bereit gewesen war, es zu opfern.

Sie fuhr fort: «Bitte begrüßt mit mir die unbezwingbare Angie Valentine. Auch sie möchte ein paar Worte an euch richten.»

Mit ein wenig Unterstützung von Jim und Celia erklomm Angie die Bühne. Ihre Sauerstoffstöpsel lagen einsam und verlassen auf dem Rollator, und sie brauchte ein paar Augenblicke, um zu Atem zu kommen. Stille senkte sich auf den Saal, als sie sich eine türkisfarbene Lesebrille auf die Nase setzte.

«Meine Damen und Herren, Jungs und Mädels», sagte sie.

«Freundschaft ist ein kostbares Gut. Wir sammeln sie im Laufe unseres Lebens – verschiedene Freunde für verschiedene Lebensabschnitte. Sandkasten- und Schulfreunde, Ehepartner, Arbeitskollegen, Freunde mit gleichen Interessen oder Hobbys, Weggefährten. Manchen begegnen wir durch Zufall, andere scheinen vom Schicksal gesandt, um unseren Weg zu kreuzen. Es ist unausweichlich, dass sich manche von ihnen irgendwann wieder verabschieden. Andere wiederum kommen und gehen, und auch wenn wir uns jahrelang nicht gesehen haben, kommt es uns beim Wiedersehen vor, als wären wir nie getrennt gewesen. Solche Freunde könnte man also gut mit Herpes vergleichen.»

Gelächter erschallte.

«Ich für meinen Teil hatte das große Glück, nach über fünfzig Jahren eine sehr kostbare Freundin wiederzutreffen. Wir kennen uns von Kindesbeinen an, und obwohl sich unsere Lebenswege in zwei sehr unterschiedliche Richtungen entwickelten, habe ich sie nie vergessen. Alles, was ich tat, musste sich an dieser wunderbaren Frau messen lassen, und auch wenn sie es nie wusste, sie war in meinem Leben das Barometer. Sie wiederzutreffen, war, wie nach Hause zu kommen. Für mich ist sie mehr Familie, als ich je hatte oder haben werde. Und ich verdanke ihr im wahrsten Sinne des Wortes mein Leben. Ihr wisst es natürlich längst, ich spreche von unserer Kuchenkönigin, der umwerfenden und unglaublich witzigen Peggy Smart. Happy Birthday to Us, Darling!»

Ein Chor von Jubelrufen und Glückwünschen erschallte. Peggy hätte sich niemals träumen lassen, ihren achtzigsten Geburtstag an der Seite der Mutter des unehelichen Sohns ihres verstorbenen Mannes zu feiern. Aber so war das Leben eben. Irgendwie waren sie die modernste Patchworkfamilie von allen.

Sie wussten beide, dass dies Angies letzter Geburtstag sein würde. Die Ärzte waren erstaunt, dass sie es bis hierher geschafft hatte. Doch es hatte keinen Sinn, über das zu lamentieren, was vor ihnen lag. Darüber mussten sie nicht nachdenken, bis die Zeit gekommen war.

Als Peggy sah, dass Jim bereits am Mikro stand und anfangen wollte zu singen und Angie gemeinsam mit Celia eine Champagnerflasche öffnete, beschloss sie, sich davonzustehlen. Sie musste sich dringend die Nase pudern und sich für die Begegnung mit Brian wappnen.

Es war sinnlos, sich etwas vorzumachen. Dies war nun mal kein Ende wie im Märchen. Genau wie die modernen Disney-Prinzessinnen war sie beherzt und geradeheraus gewesen. Doch leider gab es für sie trotzdem keinen Traumprinzen, der an der Tür auf sie wartete, um sie auf dem weißen Ross oder im silbernen Lexus zu entführen. Sie hatte es versucht. Ein mutiges Herz hatte noch nie eine zaghafte Jungfer gewonnen. Oder so was in der Art. Irgendwann würden Brian und sie über die alberne Essenseinladung lachen können und nach vorne sehen. Aber inzwischen musste sie dringend aufs Klo.

Peggys Hand lag bereits auf der Klinke zur Damentoilette, als sie plötzlich spürte, dass jemand hinter ihr stand.

«Ich hatte noch keine Gelegenheit, deine Frage zu beantworten.»

Ausnahmsweise einmal gab Peggys Blase keinen Mucks von sich. Ausnahmsweise einmal standen ihre Nervenenden stramm und warteten geduldig, bis sie an der Reihe waren.

«Es ist schon gut, Brian», sagte Peggy über ihre Schulter. «Du musst nichts dazu sagen. Lass uns einfach so tun, als wäre es nicht geschehen.»

«Warte. Du verstehst mich nicht.»

Peggy öffnete die Tür einen Spaltbreit. Sie drehte sich langsam um und wappnete sich. Sie würde ihm die Peinlichkeit ersparen. «Das ist nicht schlimm. Du bist noch nicht über Phyllis hinweg. Das verstehe ich. Ich war zu forsch.»

Das grelle Neonlicht aus dem Waschraum fiel auf Brians zusammengezogenes Gesicht. «Bitte, Peggy.» Er fuhr sich mit den Fingern durch die dünnen Haare und rückte sich die Brille zurecht.

«Geht es dir gut? Du siehst ziemlich ... zusammengepuzzelt aus.»

Mit einem hastigen Blick über die Schulter fasste Brian Peggys Hand und führte sie den Flur entlang bis hinter die Vitrine mit den Bowlingpokalen. Er beugte sich vor und nahm sanft ihr Gesicht zwischen die Hände. «Ich würde sehr gerne mit dir zu Abend essen», sagte er. Er streichelte ihre Wangen so sanft, als wären sie empfindliche Schmetterlingsflügel. «Und wäre ich nicht so eingeschüchtert gewesen, hätte ich dich selbst schon vor Monaten gefragt.»

«Eingeschüchtert?» Peggy war fassungslos.

Brian senkte den Blick. «Ich war mir nicht sicher, ob eine so unabhängige, moderne Frau wie du einen so alten, kauzigen Buchhalter wie mich überhaupt ansehen würde.»

Peggy war ebenso sprachlos wie geschmeichelt. «Falls du mich küssen möchtest, dann mach bitte schnell.» Ausnahmsweise war sie diejenige mit dem akut infarktgefährdeten Herz – wenn auch vor Ungeduld.

Brian beugte sich ganz nah zu ihr. «Darf ich?»

«Du darfst.» Peggy schloss die Augen und erlaubte Brian Cornell – Witwer, vereidigter Buchprüfer, Lexusfahrer –, sie zu küssen. Irgendwo, ganz tief in ihrem Inneren, gähnte und räkelte und streckte sich verschlafen ihre Lust und suchte tastend die Pantoffeln. Die schönsten Pantoffeln.

Brians Lippen waren warm und zart, und sein Geschmack

war so vertraut wie eine kostbare Erinnerung. Wie wenig Lippen im Vergleich zum Rest des Körpers doch alterten, dachte sie. Was für eine Verschwendung, sie nicht zum Küssen zu gebrauchen.

«Was das Abendessen betrifft, bin ich mir auf einmal nicht mehr so sicher», sagte sie und löste sich von ihm. Sie spürte, wie er den Atem anhielt. «In unserem Alter», sagte sie, «sollten wir nicht mehr so lange warten.»

«Hast du eine bessere Idee?»

«Wie wäre es stattdessen, wenn wir zusammen frühstücken?»

Plötzlich sah Peggy über Brians Schulter hinweg, wie jemand sie beobachtete. Er folgte ihrem Blick und drehte sich um. Es war Sheila. Ihr Mund stand offen wie bei einer Riesenforelle. Als sie merkte, dass sie entdeckt worden war, machte sie auf dem Absatz kehrt und ging davon. Brian und Peggy sahen einander einen Moment lang an, dann brachen sie vor Gelächter zusammen.

«Hast du ihr Gesicht gesehen?», fragte Peggy.

«Wahrscheinlich wird sie auf einen Eintrag im Protokoll bestehen.»

Brian zog Peggy an sich. Er war größer als Ted, und sie musste den Kopf in den Nacken legen. Ihr leichtes Unbehagen spürend, legte er ihr stützend die Finger an den Hinterkopf. Erleichtert stellte Peggy fest, dass die Zähne bei näherer Betrachtung tatsächlich alle seine waren.

«Es tut mir sehr leid, bin ich zu forsch?», fragte er.

Auf diesen Moment hatte sie vier Jahre gewartet. Und ein ganzes Leben lang.

Nein. Peggy würde das nicht zu forsch nennen.

31
Tee und einen Toast dazu

Peggy konnte nicht fassen, dass sie tatsächlich verheiratet war, selbst als sie die puderblauen Knöpfe des Jäckchens öffnete, das sie mit Hilfe ihrer Mutter ausgesucht hatte.

Ted hatte so gut ausgesehen in seinem Cut, vorne am Altar. Hinterher, während ihre bescheidene Gästeschar sich an Poularde mit Pfefferminzerbsen und weißen Damasttischdecken erfreute, hatte er sie seiner Verwandtschaft als «meine Frau» vorgestellt. Peggy war sich erwachsen und bedeutend vorgekommen. Als verheiratete Frau gehörte sie plötzlich zu einem exklusiven Kreis, in dem sie respektiert und geschätzt werden würde und der unerreichbaren Anerkennung ihrer Mutter wieder einen Schritt näher kam.

Sie und Ted waren seit zwei Jahren fest zusammen gewesen. Die Ehe war der nächste logische Schritt. Nach den ständig immer noch gewagteren und leidenschaftlicheren Schmusereien auf dem Weaver'schen Sofa – sobald Mrs. Weaver zu Bett gegangen war – wagten sie sich auf unbekanntes Terrain vor. Als Ted die Hand in die wattierte Schale ihres Büstenhalters gleiten ließ, hatte Peggy gedacht, ihr müsse jeden Augenblick der Kopf platzen. Sie versuchte, an die geschmorten Lammhaxen im Dampfgarer ihrer Mutter zu denken, doch als Ted anfing, mit den Lippen an ihrem Ohrläppchen zu knabbern, und zärtlich ihre Brust drückte, war ihr, als säße sie selbst mit im Topf. Dunkles, erdiges Verlangen drohte, sich ihrer zu bemächtigen. Es war mitreißend, und es war beängstigend.

Sie hängte das Jäckchen auf den wattierten Kleiderbügel an der Badezimmertür und fiepte vor Angst. Hinter dieser Tür war ihr frischgebackener Ehemann, lag zwischen weißen Hotelbettlaken, wartete auf sie. Er war geduldig und verständnisvoll gewesen. Jetzt war die Zeit gekommen, aufs Ganze zu gehen.

Aus dem Schlafzimmer erklang ein Geräusch, und Peggy zuckte zusammen. Es war das Ploppen eines Champagnerkorkens. Ihr Magen zog sich zusammen wie auf einer Achterbahnfahrt. Sie hielt den Atem an und knöpfte sich die Bluse auf. Unzählige winzige Knöpfe, einer nach dem anderen, bis sie endlich den seidigen Stoff von den Schultern hinunter auf den gekachelten Boden gleiten ließ. Die Mädchen bei Blake's hatten sie wiedererkannt, als sie dorthin zurückgekehrt war, um ihre Brautausstattung zu kaufen. Sie war jetzt eine Sekretärin, und sie würde heiraten. Was die Mädchen für einen Wirbel um sie veranstaltet hatten, als sie das spitzenbesetzte Höschen in Seidenpapier gewickelt hatten. Selbst Mr. Hawley war gekommen, hatte ihr die Hand gegeben und ihr Glück gewünscht.

Am Waschbecken stand ein umgedrehtes Wasserglas. Peggy füllte es aus dem Hahn mit Wasser und trank einen Schluck. Ihr Mund war so trocken. Es war so weit. Noch ein letzter Spritzer Yardley, dann betrachtete sie ihr Spiegelbild.

«Ich kann das», sagte sie zu sich. «Ich bin eine erwachsene Frau. Eine verheiratete Frau.»

Wenn sie es doch nur glauben könnte. Ihre Haut prickelte vor Erwartung, und ihre kurzen, abgehackten Atemstöße sagten ihr, dass sie Ted mit jeder Faser ihres Wesens begehrte. Peggy starrte den Türgriff an, dann ging ihr Blick zurück zur weißen Schüssel. Das Symbol ihrer Bedrängnis.

«Peggy? Ist alles in Ordnung da drin?», ertönte Teds Stimme leise hinter der Tür.

Eine Träne brannte in Peggys Augenwinkel. «Ich bin in einer Sekunde bei dir», rief sie.

Wem würde sie erlauben, ihr Leben zu regieren? Ihrem Herzen oder diesem Feind, der tief in ihrem Körper vergraben war? Peggy dachte an Angie, an die Sinnlichkeit, die sie verströmte, und an die Macht, die sie besaß, über Männer und Frauen gleichermaßen.

Entspann dich einfach und lass los.

Versuch einfach, ein bisschen mehr wie Angie zu sein.

Die Hausschuhe waren geschrumpft, seit Peggy sie gekauft hatte. Sie hatten immer noch das Preisschild von Grace Bros an der Sohle kleben, der Kauf lag also offensichtlich schon ein paar Jahre zurück. Seitdem waren Peggys Senkspreizfüße offensichtlich entschieden breiter geworden, denn inzwischen quoll mehr Fuß über die Ränder, als in den Seidenpantoffeln Platz hatte. Peggy zwängte beide Füße tiefer in die Schuhe hinein und quetschte die Zehen in die zulaufende Spitze. Sollten Pantoffeln nicht bequem sein? Sie hätte sie von Anfang an tragen sollen, als ihre Füße noch länger als breit gewesen waren! Es lohnte sich einfach nicht, Dinge für besondere Gelegenheiten aufzubewahren. Und das würde sie in Zukunft auch nicht mehr tun. Sie würde die teuren Duftkerzen anzünden und sich jeden Tag mit ihren exotischen Parfüms einsprühen.

Peggy wickelte sich den Morgenmantel um die Taille, band den Seidengürtel zu einer Schleife und trippelte in die Küche. Basil blinzelte ihr gähnend zu. Sie mahnte ihn zur Ruhe und bestach ihn mit einem Leckerli. Es sollte alles perfekt sein. Die Küchenjalousien waren zur Hälfte hochgezogen, so wie Peggy sie vor der Party zurückgelassen hatte. Es war schon nach

Mitternacht gewesen, als die Feierlichkeiten endlich zu einem Ende gefunden hatten. David hatte Sam und Emily, ein Kind auf jedem Arm, zum Auto getragen, während Mel, nüchtern und mit versteinertem Gesicht, sämtliche Sitze umgebaut hatte, um die unter erheblichem Alkoholeinfluss stehende Tante Jenny auf die Rückbank verfrachten zu können. Die anderen Siedlungsbewohner verstreuten sich, spazierten langsam in ihre Wohnungen und Häuser zurück, und Celia sang, als sie in der Dunkelheit verschwand, noch immer lautstark «King of the Road». Jim bestand darauf, Angie nach Hause zu bringen. Langsam. Sie hatte Peggy zum Abschied zugezwinkert, und die Pailletten auf ihrem Kleid hatten im Mondlicht gefunkelt. Alle waren sich einig, dass es ein wundervolles Fest gewesen war. Peggy freute sich jetzt schon auf die höchst interessante Nachbesprechung, wenn sich das Festkomitee das nächste Mal im Schwimmbad traf.

Der silberne Lexus parkte, wie immer, auf der Straße.

Peggy setzte den Wasserkocher auf und deckte den Tisch. Das kostbare Spitzentischtuch ihrer Großmutter. Ihr bestes Geschirr. Frischgepresster Orangensaft in ihren Waterford-Kristallgläsern.

«Guten Morgen.» Brian stand auf der Schwelle zur Küche und rieb sich die Augen. Schlafzerwühlter Flaum schwebte wie Morgendunst über seinem Kopf. Er streckte sich gähnend.

«Gut geschlafen?»

«Wie das sprichwörtliche Murmeltier.»

«Ich auch.» Peggy konnte sich nicht erinnern, wann sie zum letzten Mal eine ganze Nacht durchgeschlafen hatte. Sie hatten sich ohne ein Sterbenswort ihre Schlafsachen angezogen, als wäre es die normalste Sache der Welt. Und Peggys Befürchtungen hatten sich schließlich alle als unnötig erwiesen: Er schnarchte nicht, er störte sich offenbar nicht an ihren kalten

Füßen und, das Erstaunlichste überhaupt, keiner von ihnen hatte letzte Nacht auch nur ein einziges Mal auf die Toilette gemusst. Das Letzte, woran Peggy sich erinnerte, war Brians Körper, der sich im Bett von hinten an sich schmiegte, und seine Hand auf ihrem weichen Bauch.

Heute Morgen würde es ein paar verkaterte Köpfe geben. Peggy stellte sich einen überempfindlichen David vor, der vom Gekreische eines Mini-Jedi-Ritters und einer übernächtigten Prinzessin geweckt wurde. Mel würde augenrollend die Märtyrerin spielen, während Jenny in aller Seelenruhe ihren Rausch im Gästezimmer ausschlief. Peggy betete nur, dass niemand aus ihrer Familie auf die Idee kam, ihr eine Stippvisite abzustatten.

«Was für ein wunderschönes Fest», sagte Brian.

«Wunderschön.» Peggy lächelte ihn an. «Tee oder Kaffee?»

«Tee, bitte. Kann ich helfen?»

«Nein danke. Alles unter Kontrolle. Setz dich und iss etwas Toast.»

«Ich muss sagen, ich habe heute Morgen großen Appetit.»

Peggy trug die Teekanne zum Tisch. «Ich auch. Ich bin völlig ausgehungert.»

Sie fragte sich, ob irgendjemand beobachtet hatte, wie Brian im Schutz der Dunkelheit in seine Wohnung zurückgegangen war, um Pyjama und Zahnbürste zu holen und sich quer über die Straße zu Peggy hinüberzuschleichen. Wenn, dann machte sie sich nichts daraus. Und Brian, so schien es, auch nicht. Sie waren beide erwachsen und alt genug – absolut alt genug –, um zu wissen, was sie taten.

Brian verteilte den Tee auf die beiden Porzellantassen und gab jeweils einen Schuss Milch hinzu. Er butterte sein Toastbrot und bestrich es akribisch mit exakt der richtigen Menge Orangenmarmelade. Dann fasste er in die Tasche seines Morgenmantels und zog eine grüne Dosette heraus, jedes Fach bedruckt mit einem Wochentag. Er öffnete den Sonntagsdeckel und schüttelte die kleine Pillenschar aufs Tischtuch.

Peggy holte ihre Pillenbox vom Küchenschrank und entnahm dem Fach ihre eigene Sonntagsmorgenration. Sie lächelten einander über den Küchentisch zu und schluckten dann jede Tablette einzeln mit einem Mundvoll Tee.

Mit achtzig konnte ein Sturz verheerend sein.

Aber Peggy Smart war mehr als bereit zu stürzen. Und zwar Hals über Kopf.

Und es war, in der Tat, ein fabelhaftes Gefühl.

Danksagung

Wie Peggy Smart es ausdrücken würde: Um diese Apparatur zum Laufen zu bringen, waren viele Zahnräder beteiligt. Ich ergreife die Gelegenheit, um den vielen Talenten hinter den Kulissen meinen Tribut zu zollen, die daran beteiligt waren, meine gut gemeinten Worte in ein richtiges Buch zu verwandeln.

Mein erster Herzensdank geht an meine Verlegerin Rebecca Saunders und jedes einzelne Mitglied des herausragenden Teams bei Hachette Australia für die Leidenschaft, die Vision und die unermüdliche Energie, mit der sie Jacaranda und all seine Bewohner zum Leben erweckten. Von der allerersten E-Mail bis hin zu den violetten Cupcakes war mir klar, dass mein Buch seinen Meister gefunden hatte. Und an das Team bei Hodder & Stoughton in Großbritannien, das Rebeccas Begeisterung von Anfang an teilte. Ein besonderer Dank gebührt Andy Palmer, Ella Chapman und Sarah Brooks für euren unschätzbaren Anteil.

Außerdem ein Dank an meine Lektorinnen, vor allem an Karen Ward und Libby Turner. Ich bin euch außerordentlich dankbar für eure Kompetenz, euren Blick fürs Detail und dafür, in Bezug auf Peggys Wortverwechslungen immer wieder ein Auge zuzudrücken.

Meiner wunderbaren Agentin Haylee Nash bin ich auf immer zu Dank verpflichtet. Ich danke dir für deine Professionalität und deinen Glauben an mich als Schriftstellerin.

Ein besonderer Dank gilt meiner Mentorin Valerie Parv AM für deine weisen Worte und deinen Zuspruch. Ich fühle mich geehrt, dein Protegé zu sein.

Außerdem möchte ich mich bei «The Fellowship of Australian Writers» und «The Bundanon Trust» für den Aufenthalt bedanken, der den perfekten kreativen Freiraum für die ersten Worte schuf. Ein besonderer Gruß geht in diesem Zusammenhang auch an «The Australian Writers' Centre» für Ratschläge und Anleitung bei jedem einzelnen Schritt meines Schaffenswegs.

Vielen Dank an Eileen Herbert-Goodall für einfühlsame Bemerkungen und an Kate O'Donnell und Kate Forsyth von «Writing NSW» für die Hilfestellung bei den frühen Entwürfen. Außerdem möchte mich bei David Higham Associates für die Genehmigung zum Abdruck von Dylan Thomas' «Do Not Go Gentle Into That Dark Night» bedanken.

David Kinley, Catherine Greer, Jules Van Mil, Penelope Janu, Thurza Getzler, Debbie Hawkins, Michelle Barraclough und Carol Flannery danke ich für Ratschläge, Unterstützung und Freundschaft. Zu wissen, dass ihr jederzeit mit Kaffee, Champagner und/oder Taschentüchern für mich da wart, bedeutet mir mehr, als ihr jemals ahnen werdet.

Man kann durchaus sagen, dass ich dieses Buch ohne die Liebe und Geduld meiner wunderbaren Familie nicht hätte schreiben können. An meine Kinder William und Charlotte: Ich bin unglaublich stolz auf euch beide. An meinen Mann John: Danke dafür, dass du meinen Traum mit mir teilst. Wie immer: Du bist der Gin in meinem Tonic.

An meine stolzen Eltern, John und Diane Spain: Ich danke euch für die unerschütterliche Unterstützung und für meine allererste Schreibmaschine (und dafür, dass ihr sie immer noch bereitwillig in eurer Garage lagert). An meine Großeltern, Sid und Gladys Spain und Molly und Lol Green: Ihr habt mir so viel über gutes Altern beigebracht, ohne euch dessen je bewusst zu sein. Ich wünschte, ihr wärt noch da, um dieses Buch zu lesen.

Ohne meine hingebungsvolle Gefährtin und vierbeinige Muse Margot hätte ich diesen Roman nicht schreiben können. Ich danke dir. Unsere gemeinsamen Spaziergänge waren stets die beste Zeit, um nachzudenken.

Und schließlich und endlich muss und möchte ich mich, obwohl das Jacaranda Retirement Village natürlich ein fiktiver Ort ist und sämtliche Charaktere ausschließlich meiner Phantasie entsprungen sind, bei meinen echten Patienten und Patientinnen bedanken, die in vielerlei Hinsicht meinen ganzen Respekt verdienen. Ihnen danke ich für Ihre Weisheit, Ihren Gleichmut und Ihren unverwüstlichen Humor. Sie alle inspirieren mich tagtäglich dazu, eine bessere Ärztin, eine bessere Schriftstellerin und ein besserer Mensch zu sein.

MIX
Papier aus verantwortungsvollen Quellen
FSC® C014496

Das für dies es Buch verwendete Papier ist FSC®-zertifiziert.